Zum Buch

Eine Insel im Sturm und ein Killer, der sein Unwesen treibt – die Greifswalder Oie liegt vor der Küste Mecklenburg-Vorpommerns. Von einigen wird sie auch die Turminsel genannt, da der ausgediente Leuchtturm am Rande der Klippen andächtig in den Himmel ragt und das Bild der Insel prägt. Eigentlich hat diese mit ihren Tannen, Laubbäumen, einem kleinen See und Spazierwegen nicht viel zu bieten. Bis auf das Hotel »Seewind Manor«! Ein kleines Luxushotel mitten in der Abgeschiedenheit. Absolute Ruhe, seichtes Wasser, schöne Angelgründe, Bootstouren und frische Luft bieten wohlhabenden gestressten Gästen den perfekten Rahmen für eine angenehme Auszeit. Wäre da nicht eine Gestalt mit Harlekinmaske, die den Besuchern eine ganz besondere Nacht schenken wird.

Zum Autor

Hendrik Klein, geboren im Jahr 1987 in Lingen (Ems), lebt mit seiner Frau und seiner Tochter in Lohne (Wietmarschen). Neben seinem Beruf gilt seine Leidenschaft dem Schreiben und Entwickeln spannender Geschichten. Auch durch seinen Vater, einen pensionierten Kriminalbeamten, wurden seine schriftstellerischen Fantasien geweckt. Tiefgründige Charaktere und fesselnde, elektrisierende Spannung stehen bei Hendrik Klein im Vordergrund.

Hendrik Klein

CODE KILL

Ein tödliches Spiel

Thriller

HarperCollins

1. Auflage 2025
Originalausgabe
© 2025 HarperCollins in der
Verlagsgruppe HarperCollins Deutschland GmbH
Valentinskamp 24 · 20354 Hamburg
info@harpercollins.de
Umschlaggestaltung von bürosüd, München
Umschlagabbildung von Stefan Weis / Shutterstock
Gesetzt aus der Adobe Garamond
von GGP Media GmbH, Pößneck
Druck und Bindung von CPI books GmbH, Leck
Printed in Germany
978-3-365-01002-0
www.harpercollins.de

*Dieses Buch widme ich
meiner lieben Freundin Tanja.
Du fehlst.*

KAPITEL 1

Panik!

Wo bin ich?, dachte der Mann.

Er hatte ein weißes Patientenhemd an und lief barfuß durch einen Gang, von dessen Decke grelles Neonlicht strahlte. In seiner Vene steckte noch eine Nadel, die er sich ruckartig herauszog. Sie fiel mit einem hellen Geräusch zu Boden, und Blut sickerte aus der kleinen Wunde. Der Flur machte einen Knick nach rechts.

»Da!«, rief jemand und zielte mit einem Gewehr auf ihn.

Der Mann mit dem weißen Hemd fuhr herum und rannte in die entgegengesetzte Richtung. Links und rechts waren weiße Türen, alle verschlossen. Mit Gewalt rüttelte er an den Klinken, jedoch ließen sich die Türen nicht öffnen. Plötzlich ertönte ein Knall, und Putz platzte dicht neben ihm von der Wand.

»Was wollt ihr von mir? Lasst mich in Ruhe!«, schrie er und rannte um sein Leben.

Es gab keine Fenster. Er wusste nicht, was für ein Gebäude das war. *Wo zum Teufel bin ich hier nur?*

Nach ein paar Metern erreichte er eine gläserne Durchgangstür, hinter der ein Treppenhaus zu erkennen war. Diese Tür war zum Glück nicht verschlossen. Er riss sie mit einem Ruck auf und stolperte hindurch. Hektisch blickte er durch das Treppenhaus nach unten und sah mehrere Schatten, die auf dem Weg nach oben waren. Er vernahm Stimmen, die einen Namen riefen.

War das mein Name? – Ich kenne meinen Namen nicht!

Er betrachtete die Wunde in seiner Armbeuge und hastete mit großen Schritten nach oben. Ein Stockwerk darüber war die Tür zum Flur verriegelt, also lief er notgedrungen noch weiter nach oben. Die nächste Tür stand offen, und der Mann rutschte mit nackten Füßen ein kurzes Stück über den Kunststoffboden. Sein Kopf schmerzte, er fühlte sich schwindelig.

Nicht anhalten! Du musst hier raus!

Der Flur hier glich exakt dem Flur, aus dem er gerade geflohen war. Vor wenigen Minuten hatte er einem Arzt – war das überhaupt ein Arzt gewesen? – die Nase gebrochen, nachdem dieser sich über ihn gebeugt und nicht bemerkt hatte, dass er wach war. Anschließend hatte er sich von Kabeln und Sonden losgerissen und war davongesprintet.

»Halt! Stehen bleiben!«, befahl da eine Stimme von hinten.

Wieder ein Schuss, wieder abplatzender Putz, der schmerzhaft auf seine Arme und Beine traf.

Der Mann erreichte im letzten Moment eine weitere Tür, die nicht verschlossen war. Er zog sie auf, schlug sie hinter sich zu und blockierte sie mit einem Stuhl, der in seiner Nähe stand. Zittrig ertastete er einen Lichtschalter, und die Neonlichter flammten nach und nach auf.

Er erstarrte, weil er nicht glauben konnte, was er sah.

Um einen großen Apparat in der Mitte des Raumes waren sechs Betten im Kreis aufgebaut. In jedem Bett lag ein Patient, wenn man sie denn so bezeichnen wollte. Frauen und Männer. Alle trugen Patientenhemden wie er. Alle waren komatös, und in ihren Venen steckten Nadeln. Eine dunkle Flüssigkeit tropfte langsam in eine Kanüle und wurde in ihre Körper geleitet. An dem Apparat in der Mitte des Kreises piepten Bildschirme, Messdaten wurden digital angezeigt. Außerdem trugen sie alle eine Art Brille. Kabel und Sonden führten von diesen Brillen zu verschiedensten Stellen der Köpfe der Patienten.

Keine Zeit! Ich muss weiter!

Der Mann konnte Schritte auf dem Gang hören und stürmte wieder los. Er stolperte gegen ein Bett und stieß sich böse das Knie. Der Patient, der in diesem Bett lag, riss plötzlich die Brille zur Seite, öffnete die Augen und griff nach dem Kragen des Mannes. Er stöhnte und röchelte dabei, fiel schließlich zurück und war wieder bewusstlos.

Der Mann spürte, wie sein Herz in seiner Brust hämmerte. Schüsse brachen durch die Tür, und jemand rammte von außen etwas dagegen. Die improvisierte Blockade würde nicht mehr lange halten.

»Nein, nein, nein!«, krächzte der Mann und sah sich panisch um.

Plötzlich flackerten Erinnerungen in seinem Kopf auf, und seine Netzhaut brannte wie Feuer. Er hielt sich beide Hände vor das Gesicht und schlug sich auf den Kopf. Er sah eine Frau (seine Frau?) und Kinder (seine Kinder?). Ein Haus, einen Teich, einen Hund. Dann wichen diese Bilder neuen: Er saß in einem Auto. Wohin war er unterwegs? Plötzlich ein Knall! Jemand war ihm in die Seite gefahren. Die nächste Szene: Ein Arzt stand neben dem Wagen und beugte sich zu ihm herein.

»*Es wird nun alles gut*«, hatte der Arzt behauptet.

Nächster Gedankensprung: Er war jetzt in einem hellen Raum. Er wehrte sich gegen etwas …

Und urplötzlich waren die Erinnerungen weg.

»Was passiert hier mit mir?«, brüllte er.

Das Brennen hinter seinen Augen ließ nach, und er konnte wieder klarer sehen.

Die blockierte Tür wurde bereits halb aus den Angeln gerissen, und jemand schoss auf ihn. Eine Kugel traf ihn am Oberschenkel, ein paar flogen vorbei. Ein Projektil traf eine Patientin, die neben dem Mann lag, der vorhin kurzzeitig aufgewacht war. Die Geräte hinter der Frau piepten auf einmal aufgeregt, und ein Monitor zeigte eine Nulllinie an.

»Fuck!«, schrie er und hielt sich das verwundete Bein. Blut sickerte zwischen seinen Fingern hindurch, und er konnte nur noch humpeln.

»Passt doch auf!«, rief eine Frau.

Er stolperte durch den Raum und erreichte ein Fenster zu einem Balkon.

Verschlossen!

Ohne zu zögern, sprang er trotzdem hindurch. Scherben zerschnitten ihm Hände und Gesicht, und er landete auf hartem Beton. Benommen richtete er sich auf und suchte nach Orientierung.

Als er über die Balkonbrüstung blickte, wurde ihm klar, dass es zu Ende war.

Er erkannte weit unter sich die dunklen Baumkronen eines Waldes. Der volle Mond stand hoch am Himmel, es war eine fast wolkenlose Nacht. Schnell zählte er die unter sich liegenden Balkone ab und erkannte, dass er sich im siebten Stock eines hohen Gebäudes befand. Um ihn herum war nichts, und den darunter liegenden Balkon konnte er nicht erreichen.

Zwei Männer tauchten auf und zielten mit ihren Waffen auf ihn. Blutverschmiert drehte er sich zu ihnen um. Er bewegte sich langsam rückwärts und stieß gegen die Balkonmauer. Hinter den

Bewaffneten tauchten Männer und Frauen mit weißen Arztkitteln auf. Einer dieser Männer zwängte sich an den Bewaffneten vorbei.

»Ganz ruhig«, sagte er und hob beschwichtigend die Arme.

»Er könnte sterben! Ein Fehlschlag!«, wetterte eine Frau erzürnt.

»Nein, das wird er nicht. Wir haben viel zu viel investiert. Du weißt, wie teuer dieses Projekt ... Hey! Warte!«

Der Mann im Patientenhemd war auf die schmale Mauer geklettert und wankte nun. Vor ihm zwei Gewehre, hinter ihm die tödliche Tiefe.

»Hören Sie zu, Sie sind verwirrt, das verstehe ich«, sagte der Arzt. »Aber bitte kommen Sie da runter. Wir können das klären. Wir helfen Ihnen.«

»Kommen Sie nicht näher! Wer sind Sie? Was mache ich in diesem Krankenhaus? Wer bin *ich*?«, schrie der Mann und verlor beinahe das Gleichgewicht.

»Sie denken vielleicht, Sie hätten einen Unfall gehabt oder Ähnliches. Stimmt aber nicht. Sie sind in keinem Krankenhaus. Ihr Name ist Joris.«

Joris? Der Name sagt mir nichts.

»Was passiert denn hier mit mir?«

»Sie lagen im Koma. In einem künstlichen Koma. Sie sind aufgewacht und davongelaufen.«

Das kann doch nicht sein. Wieso bin ich so verwirrt?

Er wollte gerade etwas erwidern, als blitzartig erneut Feuer hinter seinen Augen aufloderte. Erinnerungen kamen wie in einer Fotoabfolge zurück.

Die Frau. Es war seine Frau! Die Kinder. Es waren seine Kinder! Das Haus an dem kleinen Teich, der Hund, ein Golden Retriever. Das war sein Zuhause. Das nächste Bild. Schmerz, Schreie, Blut, überall Blut. Seine Frau: tot. Seine Kinder ...

Was habe ich getan?

Der Unfall. Er trug nicht die Schuld! Jemand war ihm absichtlich ins Auto gefahren und danach geflohen.

Der Mann mit dem Patientenhemd blickte auf und sah die Leute vor sich an. »Ihr habt meine Familie getötet«, sagte er ganz ruhig, und seine Augen füllten sich mit Tränen. Der Schmerz in seinem Herzen war unerträglich.

»Nein. So war es nicht. Ihrer Familie geht es gut«, sagte der Arzt und seufzte.

Er drehte sich zu den anderen um. »Notieren Sie die Uhrzeit. Es ist wichtig, dass wir eine genaue Fehleranalyse durchführen.«

Er wandte sich wieder dem Mann auf der Mauer zu. »Kommen Sie runter. Ihrer Familie geht es gut. Sehen Sie sich um! Wir brauchen Ihre Hilfe. Wir müssen herausfinden, was schiefgelaufen ist. Dann können wir …«

Zu spät.

Er ließ sich fallen. Er stürzte rückwärts hinab, sah den Balkon kleiner und kleiner werden. Er wusste, was er getan hatte. Er wusste, was sie getan hatten. Das durfte er nicht mehr zulassen. Gleich würde er aufprallen, und dann konnte er endl…

KAPITEL 2

Regen.

Seit drei Tagen permanent Regen. Es war frustrierend und zugleich wirklich unpassend. Denn heute war endlich der Tag gekommen: Nach wochenlangen Verzögerungen und Nacharbeiten war das Hotel schließlich fertiggestellt worden. Sein Hotel.

Heute war der Tag, an dem das erste Mal Gäste in den nagelneuen Zimmern übernachten sollten. Und ausgerechnet heute hatte er verschlafen.

Max grüßte den Busfahrer, der sich daraufhin sein Hemd mit Kaffee vollkleckerte und das mit einem lautstarken »Scheiße« quittierte, und nahm im hinteren Drittel des Busses Platz. Seine Kopfschmerzen waren im Laufe des Morgens stärker geworden, und er warf sich eine kleine weiße Tablette in den Mund. Aus dem Netz im Sitz vor ihm zog er seine Flasche, auf deren Boden sich noch ein letzter Schluck Wasser befand, der durch das Geschaukel hin und her schwappte. Max drehte den Deckel ab und trank den Rest aus. Beiläufig nahm er sein Handy aus der Hosentasche und blickte zum wiederholten Male auf die Uhr.

Sieben Uhr siebzehn.

Es könnte auch mitten in der Nacht sein. Die tief hängende Wolkendecke verdunkelte die Welt so sehr, dass man sich schnell vertun konnte. Die Sonne war nicht ansatzweise auszumachen. Irgendwo im Osten musste sie sein.

Max glaubte zu fühlen, wie das Medikament half und sein Kopfschmerz wieder verschwand. Er entspannte sich etwas. Der Sitz war bequem und der Bus ziemlich neu. Es roch nach frischer Polsterung und Chemie. Nachdem er vor drei Monaten nach Mecklenburg-Vorpommern gezogen war, hatte Max sein Auto verkauft und benutzte nur noch öffentliche Verkehrsmittel. Er brauchte keinen eigenen Wagen. Seine Wohnung war nur fünf Minuten von der Bushaltestelle entfernt, und in seiner Straße befand sich ein großer Supermarkt. Er konnte den Einkaufswagen bis vor seine Tür schieben. Und sollte er doch mal ein Stück weiter wegmüssen, konnte er sein gutes Fahrrad benutzen. Alles andere war wunderbar mit dem Bus zu erreichen. Das war sein bescheidener Beitrag, um den Klimawandel aufzuhalten.

Eine junge Frau beobachtete ihn und lächelte verlegen, als er dies bemerkte. Sie saß auf der rechten Seite, vier Reihen vor ihm. Max lächelte zurück und wurde etwas rot. Bis heute ließ es ihn nicht kalt, wenn jemand ihn anschaute, obwohl er mittlerweile daran gewöhnt war, dass das ab und an vorkam. Es waren seine Augen, die Menschen dazu brachten, ihn anzustarren. Sie waren giftgrün. Auf Fotos, besonders wenn sie mit Blitzlicht aufgenommen waren, stach sein Gesicht deswegen besonders hervor. Das helle Grün war so aufdringlich, dass es den Anschein erweckte, zu leuchten. Ansonsten war Max eher ein durchschnittlicher Typ. Einen Meter fünfundsiebzig groß, drahtiges, sportliches Aussehen, verwuscheltes dunkles Haar, das sich auch mit Gel kaum bändigen ließ und unnatürlich zu allen Seiten wuchs.

Max ertappte sich dabei, dass er wieder zu der Frau hinübersah. Erneut trafen sich ihre Blicke. Er stellte sich jetzt die Frage, wer eigentlich damit angefangen hatte, herüberzusehen. Plötzlich stand sie auf und ging den Gang hinunter auf ihn zu.

»Ist neben Ihnen noch frei?«, fragte sie freundlich.

Sie hatte glutrotes Haar, blaue Augen und Sommersprossen in ihrem Gesicht. Sie war ein gutes Stück kleiner als Max. Er blickte verwirrt auf den freien Platz neben sich und dann zurück zu der jungen Frau.

»Lassen Sie sich Zeit, darüber nachzudenken. Kein Problem. Ich warte hier solange und hoffe, dass wir jetzt keinen Unfall bauen und ich vorne durch die Scheibe fliege.« Sie schmunzelte und strich sich die Haare hinter die Ohren.

»Tut mir leid«, sagte Max und schüttelte verwirrt den Kopf. »Ich bin noch etwas müde. Natürlich ist hier frei. Setzen Sie sich.«

Sie nahm Platz und erstarrte kurz, während sie die Netztasche am Sitz vor ihren Knien musterte. Darin steckte eine offensichtlich leere Packung Penicillin-Tabletten. Die junge Frau wirkte richtig erschrocken, fing sich aber schnell wieder. »Sind Sie krank?«, fragte sie und deutete auf die Verpackung.

»Das sind nicht meine. Die lagen dort schon, bevor ich mich hingesetzt habe.«

»Gut, ich kann es aktuell wirklich nicht gebrauchen, krank zu werden«, sagte sie nervös lächelnd und strich sich abermals ihre Haare hinter die Ohren. »Sorry, dass ich Sie angestarrt habe«, begann sie dann. »Ich hoffe, es war Ihnen nicht unangenehm. Hier sind nicht viele in meinem Alter, und ich dachte, ein wenig Unterhaltung schadet nicht.«

Sie ließen den Blick durch den Bus streifen. Bis auf den beleibten Fahrer und sie waren noch sieben weitere Menschen an Bord. Vier auf der linken Seite des Busses, alles Frauen von mindestens achtzig Jahren, dann drei auf der rechten Seite, alles Männer um die fünfzig Jahre alt. Die Herren trugen Anzüge, saßen ganz vorne und würden an der nächsten Haltestelle aussteigen. Max hatte sie schon öfter mit dieser Linie fahren sehen. Sie arbeiteten bei einer Bank und kamen aus einem Ort, der ein paar Kilometer von Max' Wohnung entfernt lag. Von den Damen hatte er auch zwei wiedererkannt. Vermutlich waren sie auf dem Weg zur Kirche oder zum Friedhof. Die rothaarige junge Frau, die nun neben ihm saß, hatte er allerdings noch nie gesehen. Dies ließ nur einen Schluss zu.

»Sie müssen sich nicht entschuldigen. Ich habe ebenso herübergesehen. Ich heiße Maximilian Ryf. Kurz Max.«

»Clair de Lous. Kurz Clair. Wir können uns gerne duzen«, sagte sie grinsend, und sie reichte ihm die Hand, was Max sofort erwiderte.

»Darf ich fragen, wo du hinfährst? Oder anders gefragt: Fährst du zum Seewind Manor?«, wollte er wissen.

Seewind Manor war das Hotel, das heute den ersten Tag einer langen Ära als Gästehaus erleben sollte. Das wünschte er sich für sein Hotel. Na ja, fast sein Hotel jedenfalls. Max hatte als Hotelleiter den Bau viele Monate lang begleitet. Tausende Entscheidungen hatte er treffen müssen, weil sich unvorhergesehene Probleme während der Bauphase aufgetan hatten. Und Max' Arbeitgeber, das Unternehmen namens *HotelDiamant*, beauftragte ihn damit, diese Entscheidungen zu treffen. Das war ein enormer Vertrauensvorschuss, da Max zum ersten Mal ein Hotel leitete, nachdem er sein Studium im Hotelmanagement abgeschlossen hatte.

Er war direkt angeworben worden. *HotelDiamant* hatte seinen Sitz in Stuttgart und dachte nicht im Traum daran, für jedes Detail in dieser abgelegenen Gegend nach dem Rechten zu sehen. Also war Max es, der Tag (und Nacht) bei der Baustelle anrücken durfte, wenn wieder einmal der Architekt etwas völlig falsch geplant hatte, die falschen Materialien geliefert wurden oder der vorgegebene Kostenrahmen nicht eingehalten werden konnte.

Max tat das allerdings gerne. Er hatte seinen Traumjob gefunden: ein Hotel auf einer Insel in der südlichen Ostsee zu leiten. Die Insel gehörte noch zu Mecklenburg-Vorpommern und trug den wunderschönen Namen *Greifswalder Oie*. Max nannte sie einfach Turminsel, da der ausgediente Leuchtturm am Ende der Insel andächtig in den Himmel ragte und dem Gesamtbild das gewisse Etwas verlieh. Eigentlich hatte die Turminsel bis auf Tannen, Laubbäume, einen kleinen See und Spazierwege nicht viel zu bieten.

Und gleichzeitig war genau dies der Grund dafür, dass *Hotel-Diamant* die Insel gepachtet und ein Hotel darauf gesetzt hatte. Absolute Ruhe, seichtes Wasser, schöne Angelgründe, Bootstouren und frische Luft boten wohlhabenden gestressten Gästen den perfekten luxuriösen Raum für eine Auszeit.

Die Insel lag etwa neun Kilometer vor dem Örtchen Peenemünde im Meer. Sie war ausschließlich mit einer Fähre zu erreichen, die morgens und abends vom Festland aus die Turminsel ansteuerte. Mit nur zehn Zimmern und kleinen Räumlichkeiten für die vier Mitarbeitenden war *Seewind Manor* ein recht kleines Hotel. Dafür kostete eine Übernachtung in den normalen Zimmern – und erst recht in den zwei Suiten – ein kleines Vermögen.

Für die ersten Gäste, die sich über die Webseite beworben hatten, waren ab heute vier der acht normalen Zimmer reserviert – jedes dieser Zimmer war mit einem großen Bett ausgestattet, sodass man es als Einzel- oder auch Doppelzimmer mieten konnte. Max selbst hatte die Idee für das Gewinnspiel gehabt. Hunderte Stammgäste der *HotelDiamant* hatten an der Verlosung teilgenommen, und das mediale Interesse war enorm gewesen. Eine bessere Werbung konnte Max sich nicht wünschen.

»Genau. Seewind Manor. Ich bin eine der Glücklichen, die zwei Nächte kostenlos bleiben darf. Außerdem bin ich Reporterin bei *Mecklenburg Aktuell* und schreibe einen Artikel über das geheimnisvolle Hotel, das seinen exklusiven Gästen Ruhe und Anonymität schenkt. Unsere Zeitung hat die Ausschreibung gewonnen. Bist du auch auf dem Weg dorthin?«

Max schmunzelte und nickte. »Ja, und ich bin ebenfalls beruflich unterwegs. Ich bin der Hotelmanager.«

»Oh, das trifft sich ja gut!«, sagte sie begeistert. »Der Manager begleitet mich persönlich zu seinem Hotel, und ich kann gleich mein erstes Interview führen.«

»Na ja. Leider habe ich verschlafen. Ich weiß, ein absoluter Fehlstart, schon klar. Ich sollte im Hotel die Gäste empfangen und nicht parallel mit Bus und Fähre anreisen.«

»Ich finde es sympathisch. Das ist sicher kein schlechtes Omen.«

»Ich hoffe, du hast recht«, sagte er verlegen.

Sie blickte ihn mit ihren blauen Augen an, und Max betrachtete verlegen die Sommersprossen auf ihrer Nase.

Sie griff in ihre Tasche, zog einen Notizblock hervor und fragte: »Also, wie kommt man dazu, in so jungen Jahren ein Hotel zu führen?«

Max hörte auf, ihre Sommersprossen zu zählen, und zuckte mit den Schultern. »Ich wurde direkt nach einem Seminar angeworben, bei dem ich offensichtlich einen guten Eindruck hinterlassen habe. Eine Dame, die als Gastdozentin vor Ort war, kam am Ende der Veranstaltung auf mich zu und fragte, ob ich Interesse hätte. Natürlich musste ich nicht lange überlegen, denn meine Zeit an der Uni war fast vorüber. Hotelmanager sind rar, der Fachkräftemangel macht's möglich. Ich schloss mein Studium ab und nahm den Job an. Keine spannende Sache also. Außerdem hat das Hotel nur zehn Zimmer und ist somit ein eher kleines Projekt. Für den Start meiner Karriere, um Erfahrung zu sammeln, eine gute Wahl. Außerdem gefällt mir die Ruhe da draußen. Somit fiel mir die Entscheidung nicht schwer.«

»Willst du auch irgendwann mal ein eigenes Hotel besitzen?«, fragte sie und machte sich Notizen.

»Irgendwann vielleicht. Genau genommen war dies mein eigentlicher Plan. Aber der Vorteil bei Seewind Manor ist, dass ich Erfahrung sammeln kann, bevor ich mich selbst in ein finanzielles Risiko stürze. Das ist sinnvoll. Ich würde hier maximal meinen Job verlieren, wenn dieses Projekt scheitert. – Aber bitte schreib das nicht so in deinem Artikel«, meinte er lachend.

»Keine Angst. Ich formuliere es um«, entgegnete sie. »Und deine Familie? Ehefrau, Kinder, Eltern, Geschwister? Wohnen sie in der Nähe?«

Bevor Max antworten konnte, wurde ihm leicht übel, und er musste sich konzentrieren, um sich nicht zu übergeben.

»Alles in Ordnung mit dir?«, fragte Clair besorgt.

»Ja, ja. Geht schon. Ich habe mir, glaube ich, doch etwas eingefangen. Hätte zu keinem ungünstigeren Zeitpunkt passieren können. Keine Frau, keine Kinder, keine Geschwister in der Nähe, kein Kontakt zu den Eltern.«

Der kurze Schwindelanfall ging so schnell, wie er gekommen war, und sein Magen beruhigte sich wieder. Er musterte sein Gegenüber und war mehr und mehr von ihr angetan. Clair trug einen weißen Rock, der knapp über ihren Knien endete. Dazu einen gelben Blazer und gelbe Schuhe ohne Absatz. Er fühlte sich zu ihr hingezogen, was ihm unangenehm war, und hoffte, sie bemerkte es nicht.

Der Bus bremste ab und fuhr rechts ran. Die Türen öffneten sich, und die älteren Frauen sowie die Banker stiegen aus. Ein

Paar, um die sechzig Jahre alt, stieg zu und grüßte freundlich. Hinter ihnen folgte eine junge Frau. Ihr schwarzes Haar war an den Seiten kurz rasiert und in der Mitte zu einem strammen Zopf gebunden, der ihr lang zwischen die Schulterblätter fiel. In der Nase hatte sie einen kleinen Ring. Zu pinken Boots trug sie eine schwarze Jeans mit Flicken und eine schwarze Lederjacke mit Nieten.

»Weitere Gäste, vermute ich mal«, flüsterte Clair.

Sie musste recht haben, da sie allesamt Taschen und Koffer dabeihatten. Außerdem wusste Max, dass ein älteres Paar, zwei junge Frauen und ein Mann Mitte vierzig, der offensichtlich später anreisen würde, die Verlosung für sich entschieden hatten.

»Sieht so aus.«

»Bist du nervös?«, wollte Clair wissen.

»Nervös? Wieso sollte ich das sein?«

»Na ja, falls etwas schiefgeht? Schließlich hast du schon verpennt«, merkte sie neckisch an.

»Danke fürs Aufbauen! Wir haben fünf Gäste. Das Hotel ist für absolute Ruhe und Entspannung konzipiert worden. Ich werde vor Langeweile vermutlich nicht in den Schlaf finden.«

Sie lachte. »Bestimmt hast du recht.«

KAPITEL 3

Der Bus kroch die L264 im Schneckentempo hoch, da der Fahrer die Straße kaum noch sehen konnte. Regen peitschte gegen die Scheiben, und die Scheibenwischer stoben auf maximalem Anschlag hin und her.

»Da haben wir uns ja einen schönen Tag ausgesucht«, sagte Clair und blickte schmollend nach draußen.

Den Notizblock hatte sie weggepackt, nachdem Max sich den Mund fusselig geredet und sie zwei Seiten vollgeschrieben hatte.

»Heute und morgen soll das Wetter noch schlecht sein. Danach klart es wieder auf. Hoffe ich zumindest«, entgegnete er.

»Wohnst du eigentlich in dem Hotel? Oder fährst du immer nach Hause?«, wollte Clair wissen.

»Die meiste Zeit verbringe ich dort. Ich habe zwar auch eine Wohnung, aber vorerst will ich in Seewind Manor bleiben. Mal sehen, wie sich die ganze Sache einspielt. Uns fehlen noch eine Küchenhilfe und ein Gärtner – hier und da werde ich also mit anpacken müssen. Wenn die Gäste keinen allzu großen Ärger machen, kann ich vielleicht mal nach Hause fahren«, flachste er.

»Keine Angst, ich bin handzahm und anspruchslos«, behauptete Clair und zwinkerte.

»Erstens kann ich dir das nicht glauben und zweitens: Wer sagt denn, dass die anderen Gäste harmlos sind?«

»Hallo?«, sagte sie gespielt empört. »Warum sollte ich denn bitte nicht handzahm sein?«

Max sah verlegen weg und antwortete lieber nicht darauf. Sein Magen knurrte auf einmal, und er wünschte, er hätte etwas mehr gefrühstückt. Essen am Morgen war einfach nicht sein Ding. Schon gar nicht, wenn er es eilig hatte. Wenn es nach ihm ginge, könnte er komplett auf ein Frühstück verzichten, da sein Hungergefühl erst später einsetzte. Nur sein Magen wollte offensichtlich nicht, dass er auf ein Frühstück verzichtete. Er knurrte und rumorte.

»Hunger?«, fragte Clair lächelnd.

»Keinen echten Hunger, nur zu wenig gefrühstückt. Ich bräuchte einfach ein Päckchen Nüsse oder so etwas in der Art, damit das Grummeln aufhört.«

»Bitte keine Nüsse, dagegen bin ich hochallergisch.«

»Wirklich? An der Bar haben wir immer welche stehen. Da musst du aufpassen. Ist das denn gefährlich?«, wollte Max wissen. »Ich meine, Spuren von Nüssen kommen ja überall vor. In Schokoriegeln, in Speisen im Restaurant, Flips, Soßen und so was halt.«

»Ich werde es mir merken, das mit der Bar. Ja, es ist gefährlich. Ich habe immer ein Notfallmedikament bei mir.«

Sie deutete auf ihr Handgelenk, an dem eine kleine Kette mit einem Anhänger daran baumelte. »Darin ist ein Gegenmittel, das ich umgehend einnehmen muss. Ansonsten schwellen mein Gesicht, mein Hals und eigentlich so ziemlich alles andere an. Wenn es ganz schlimm ist, ersticke ich.«

»Ist dir schon mal so etwas passiert? Also ein Erstickungsanfall?«

»Einmal, ja. Tatsächlich in einem Restaurant. Ich studiere die Speisekarten immer ganz genau. Bei einem Gericht waren Spuren von Nüssen enthalten. Nur stand es nicht auf der Karte, und die

Bedienung wusste es nicht besser. Ein Notarzt hat mir das Leben gerettet, nachdem ich in dem Laden zusammengebrochen war. Seither gehe ich ohne Gegengift nicht aus dem Haus.«

Der Bus stoppte und fuhr dann langsam wieder an, um eine Brücke zu überqueren. Der Fahrer hielt schließlich rechts und schaltete den Motor aus. »Ladys und Gentlemen, wir sind angekommen. Ich hoffe, Sie haben einen Regenschirm parat.«

Max und Clair sahen sich an, zuckten mit der Schulter und standen auf.

»Ein paar Tropfen bringen uns schon nicht um«, meinte sie.

Die Fähre wartete bereits. Sie war klein und blau angestrichen. Es gab nur einen überdachten und geschlossenen Aufenthaltsbereich, in dem maximal dreißig Personen Platz finden konnten. Sie trug den einfallsreichen Namen *Kleine blaue Fähre* und fuhr, wenn Max sich richtig erinnerte, insgesamt vier Inseln an. Die Turminsel war als Erste an der Reihe. Eine der anderen drei war ebenfalls bewohnt. Ein Mann mittleren Alters, den Max ein paarmal gesehen hatte, ohne das Bedürfnis zu verspüren, ihn anzusprechen, hatte sich dort ein Holzhaus gebaut. Zumindest hatte das der Fährkapitän mal erzählt. Die anderen beiden Inseln wurden nur angefahren, weil dort Angler Fische aus dem Meer holten und Meeresbiologen Instrumente und Messstationen kontrollierten.

Max und Clair hasteten, mit einer Hand die Jacke über den Kopf gezogen, in der anderen Hand das Gepäck, über den matschigen Weg. Direkt vor ihnen lief das ältere Ehepaar und erreichte bereits die Fähre. Der Kapitän hatte die Trittrampe ausgefahren und grinste ihnen entgegen.

Plötzlich entdeckte Max etwas kleines Silbernes auf dem Weg. Es glitzerte auffällig, und beinahe wäre er draufgetreten. Er bückte sich danach und hob es auf. Es war ein Ohrring, der die Form eines länglichen Blattes besaß. Er war schwer, hatte einen blauen Stein in der Mitte und musste vermutlich eine Menge Geld gekostet haben. Von seinem Gegenpart fehlte allerdings jede Spur. Max lief weiter, holte Clair ein, die nun bemerkte, dass er stehen geblieben war, und auf ihn wartete.

»Na, bisschen feuchter Wind draußen, was?«, fragte der Kapitän, ohne eine Antwort zu erwarten.

Beide liefen an ihm vorbei und ächzten laut, als sie endlich den Innenbereich erreicht hatten. Dicht hinter ihnen kam die junge Frau mit den pinken Boots ebenfalls an Bord. Max half der älteren Dame mit ihrem Koffer, woraufhin sie sich lächelnd bedankte.

»Gehört zufällig jemandem dieser Ohrring?«, fragte Max in die Runde, doch niemand antwortete. Alle standen sie da wie begossene Pudel und schüttelten sich. Im Innern war es schön warm. Der Kapitän zog die Trittrampe ein und schloss die Stahltür zum überdachten Raum. Die plötzliche Stille, da der Sturm ausgeschlossen war, fühlte sich merkwürdig, aber auch angenehm an. Bis auf die fünf und den Bootsführer war niemand hier.

»Willkommen, zusammen. Ich bin der Kapitän und heiße Hannes. Ich fahre euch zur Insel Greifswalder Oie, und wie ihr seht, habt ihr freie Platzwahl.«

Ganz klischeehaft trug Hannes einen weißen Vollbart und sah aus wie Käpt'n Iglo: dunkelblauer Anzug, blaue Kapitänsmütze und freundliche graue Augen. Er deutete auf die freien gepolsterten Sitze, die in mehreren Dreierreihen hintereinander aufgereiht waren.

»Hi, Hannes«, begann Max und wandte sich dann seinerseits an die anderen Passagiere. »Guten Morgen, alle miteinander. Mein

Name ist Maximilian Ryf, und ich bin der Hotelmanager von See-wind Manor. Eigentlich sollte ich schon längst dort sein, jedoch wurde ich aufgehalten, weswegen ich nun die Ehre habe, parallel mit Ihnen anzukommen«, log er. Clair grinste und zwinkerte ihm zu. »Hannes hier ist der beste Bootsführer, den man bekommen kann. Allerdings duzt er direkt jeden, und ich muss mich deswegen für ihn entschuldigen«, sagte Max zum Spaß. »Ich heiße Sie recht herzlich willkommen und freue mich, Sie als allererste Gäste unseres Hotels begrüßen zu dürfen. Auch im Namen der *Hotel-Diamant* wünsche ich Ihnen einen wunderschönen und erholsamen Aufenthalt, auch wenn das Wetter aktuell nicht sonderlich einladend ist.«

Ein paar Hände klatschten einen kurzen Beifall. Regen prasselte gegen die breiten Seitenscheiben der Fähre, und die unruhige See ließ das Schiff leicht schaukeln. Es war allerdings überraschenderweise so schnittig konstruiert, dass man das Gewackel kaum wahrnahm.

Max fuhr fort: »Die Überfahrt wird etwa fünfzehn Minuten dauern, vielleicht heute etwas länger. Haben Sie bitte keine Sorge. Dieses Schiff könnte uns auch sicher einmal um die Welt schippern. Ihre Koffer können Sie einfach in die Gepäckfächer abladen, und dann legen wir auch gleich ab. In den Kühlschränken«, er deutete zu den zwei weißen Kästen, die sich an einer Seitenwand befanden, »sind Getränke und Obst. Daneben stehen eine Kanne Kaffee, Milch, Zucker und Tassen. Bitte bedienen Sie sich.«

Max sah Käpt'n Iglo an, der lächelnd nickte.

»Genau. Ich werde in aller Ruhe größere Wellen umkurven, und die Haie haben heute vermutlich keine Lust, erneut diesen Dampfer anzugreifen«, sagte er, und Max schlug sich innerlich mit der flachen Hand auf die Stirn.

In den Augen des älteren Paares konnte er sehen, dass sie sich etwas unbehaglich fühlten. Die junge Frau mit den dunklen Haaren ließ gelangweilt ein Kaugummi platzen und blickte aus dem hinteren Fenster. Clair lächelte höflich.

»Ach ja, hier. Diesen Ohrring habe ich draußen vor der Fähre gefunden«, sagte Max an Hannes gerichtet und hielt ihm den silbernen Blattohrstecker hin. »Weißt du, wem er gehören könnte? Vielleicht einem der Gäste, die die letzten Tage mit dir gefahren sind?«

Hannes war kurz sichtlich perplex. Er, den sonst nichts aus der Ruhe bringen konnte, blickte Max' Hand an. Er wirkte irgendwie fahrig, dann zuckte er mit den Schultern, nahm den Ohrring entgegen und begutachtete diesen.

»Ich habe keine Ahnung. Es hat sich niemand gemeldet. Ich lege ihn in die Fundkiste. Vielleicht meldet sich ja doch noch eine Dame. Zumindest sieht er sehr wertvoll aus.« Er verließ den Aufenthaltsraum und ging nach vorne in das Führerhaus. Der Motor startete röchelnd, und die Schiffsschrauben fingen an, sich zu drehen, sodass die Fähre leicht vibrierte.

»Hallo, Herr Ryf. Mein Name ist Elisabeth Roth, und das ist mein Lebenspartner Richard Pfeifer«, sagte die ältere Dame und gab ihm aufgeregt die Hand. »Sie dachten sicher, Richard und ich wären verheiratet. Wir sind erst seit sieben Monaten ein Paar.«

Max lachte kurz auf. Er hätte die beiden tatsächlich für ein altes Ehepaar gehalten, da sie wie ein eingespieltes Team wirkten.

»Ihn Ehemann zu nennen, wäre wohl noch etwas zu früh. Auch wenn die Zeit in unserem Alter etwas schneller verrinnt«, sagte sie zwinkernd.

Sie hatte graue Strähnchen in ihrem blonden Haar, das sie offensichtlich nicht färbte, sah aber gepflegt aus und kleidete sich stilvoll. Sie trug einen cremefarbenen Mantel, darunter einen weißen Pullover und einen farblich passenden Rock. An ihrem Hals hing eine silberne Kette mit einem Kruzifix als Anhänger. Ihr Haar war mit einem Tuch umwickelt, das sie vor der Stirn verknotet hatte, und die cremefarbene Tasche mit Schulterriemen rundete das Outfit perfekt ab. Max fragte sich, ob sie in der Modebranche arbeitete.

Richard war ebenfalls elegant angezogen, trug Chinohose, Boots und einen braunen Mantel. Doch er wirkte eher so, als hätte Elisabeth ihn eingekleidet.

»Hallo Frau Roth. Schön, Sie kennenzulernen«, begrüßte Max sie.

Auch Richard gab ihm die Hand und knurrte ein »Hallo«. Offensichtlich war sie die Rednerin von beiden.

»Wir sind so aufgeregt, dass wir diesen Aufenthalt gewonnen haben. Wir haben schon öfter bei der *HotelDiamant* gebucht. Es war jedes Mal eine Freude.«

»Das freut mich wirklich sehr. Meine Mitarbeiter und ich werden alles dafür tun, dass Sie sich auch dieses Mal wohlfühlen, Frau Roth.«

Die Dame strahlte über das ganze Gesicht, und Max nahm ein Minzbonbon und den fruchtigen Duft ihres Parfums wahr.

»Nennen Sie mich ruhig Elisabeth. Meinen alten Knochen hier dürfen Sie auch Richard nennen.« Sie stieß ihrem Lebensgefährten einen Ellenbogen in die Rippen, und er knurrte zustimmend.

»Sehr gerne. Nennt mich einfach Max.«

Sie nickte strahlend, gab anschließend auch jedem anderen Gast die Hand und ließ sich bei jedem etwas zu viel Zeit. Vermutlich wollte sie nur höflich sein.

»Ich würde vorschlagen, dass wir uns hinsetzen und …«, begann Max gerade, als er unterbrochen wurde.

»Hey«, rief die junge Frau mit den dunklen Haaren. »Was ist das denn?«

Sie blickte durch die Tür, durch die sie gerade alle hereingekommen waren. In deren Mitte war ein großes Bullauge eingelassen, und man konnte das Festland noch halbwegs durch den Regen erkennen. Max ging an dem älteren Paar vorbei und schaute ebenfalls durch die Scheibe. Der Steg war gut zu sehen, und Max erkannte nichts Ungewöhnliches.

»Was gibt es denn …«, setzte Max seine Frage an.

»Nichts. Ich habe mich wohl vertan.«

Sie blickte für einen weiteren Moment nach draußen und wandte sich dann ab. Jedoch konnte er deutlich erkennen, dass sie irritiert wirkte. Sie stopfte ihren Koffer in ein Ablagefach, warf sich in die letzte Reihe auf einen freien Platz und setzte sich Kopfhörer auf die Ohren. Schmatzend biss sie weiter auf einem Kaugummi herum. Auch das Ehepaar und Clair hatten Platz genommen. Der Kapitän schaltete Musik ein, und so dudelte durch die Boxen an der Decke ein Song der Beatles.

»Sie sind Helena Lindholm, richtig?«, fragte Max die junge Frau mit der flippigen Frisur. Sie war vielleicht zwanzig oder einundzwanzig Jahre alt.

»Auf diesen Namen höre ich nur ungern. Nenn mich Amy.«

»Amy? Darf ich fragen …«

»Weil er mir gefällt. Meine Katze hieß damals Amy. Als sie starb, nannte ich mich halt so.«

Max spürte, dass er sie besser in Ruhe lassen sollte. Warum Amy als Gast in einem noblen Hotel mitten im Nirgendwo einchecken wollte, war ihm ein Rätsel. Sie wirkte nicht so, als wäre sie gerne hier. Er blickte ein letztes Mal durch das Bullauge der Tür und blieb überrascht stehen. Für einen kurzen

Moment hatte er gemeint zu sehen, dass eine Welle am Steg unnatürlich brach.

Merkwürdig, dachte er.

Die Strömung war hier stark und die See sehr rau. Als er genauer hinsah, war aber im Meer nichts Unnatürliches mehr zu sehen. Clair sah besorgt zu ihm herüber und hob fragend die Augenbrauen. Max lächelte und schüttelte den Kopf. Er konnte in diesem Moment auch nicht erklären, was genau er dort eigentlich gesehen hatte.

KAPITEL 4

Die Fähre brauchte siebzehn Minuten, bis die Insel in Sicht kam. Clair war wohl im Laufe der Überfahrt etwas schlecht geworden, denn sie wirkte blass um die Nase. Max setzte sich zu ihr und fragte sich im selben Moment, ob das richtig war. Er fühlte sich zu ihr hingezogen, obwohl er sie erst seit wenigen Stunden kannte. Aber Clair war offensichtlich froh, dass er bei ihr war, da sie ihn anstrahlte, nachdem er sich gesetzt hatte.

»Wie geht's dir?«, wollte er wissen.

»Ich komme schon klar. Hauptsache, wir sind gleich da.« Sie wirkte dennoch ziemlich gequält.

Hannes fuhr jetzt etwas langsamer, wendete um neunzig Grad und schipperte seitwärts an den Steg der Insel heran. Die Insassen blickten alle gespannt durch die Seitenfenster auf die kleine Insel. Sie war nicht viel größer als zehn Fußballfelder. An der östlichen Seite stand das Hotel. Es lag etwas erhöht. Unzählige kleine Strahler beleuchteten die Fassade, die beige verputzt war. Das Gebäude hatte insgesamt fünf Etagen: Keller, Erdgeschoss, erster und zweiter Stock sowie einen Dachboden. Das Dach war mit schwarzen Ziegeln gedeckt, der Haupteingang war aus rundlichem Sandstein gemauert und noch intensiver als die Fassade von warmem Licht angestrahlt. Alles wirkte nagelneu, gemütlich, einladend und elegant. Selbst bei Regen sah das Hotel wunderschön aus. Wenn das

Wetter klar war und die Sonne unterging, würde die gesamte Schönheit dieses Gebäudes erst richtig zur Geltung kommen, fand Max.

Unterhalb des Seewind Manor befand sich ein Steg. Hier war ein kleines Motorboot festgebunden, das die Aufschrift des Hotelnamens trug und von einer roten Plane bedeckt war. Vom Steg ausgehend führte ein Fußweg aus Kies in mehreren Windungen hinauf zum Hotel. Diesen Weg säumten alle paar Meter kleine Laternen, links und rechts ragten hohe Kiefern und Sträucher in die Luft.

»Okay, wir sind da«, sagte Max, stand auf und öffnete nun eine Tür an der Seite des Schiffes.

Draußen standen zwei Frauen, die Regenschirme und einen großen Rollwagen für das Gepäck dabeihatten. Die Gäste verließen die Fähre, schnappten sich jeder einen Schirm und legten ihre Koffer auf den Wagen. Der Niederschlag hatte etwas nachgelassen und war in einen leichteren Sprühregen übergegangen. Alle, bis auf Käpt'n Iglo, standen auf dem Steg und warteten. Max öffnete seinen Schirm, der, wie die anderen, die Aufschrift *Seewind Manor* trug.

»Die Überfahrt haben wir geschafft. Ich möchte euch gerne meine Mitarbeiterinnen vorstellen.«

Er deutete nach links auf die Frau neben sich. Sie war korpulent, bestimmt zwei Köpfe kleiner als Max, hatte blonde Haare und eine ganz warmherzige Ausstrahlung.

»Zu meiner Linken steht Emilia Lockwald. Sie arbeitet am Empfang und ist, wie natürlich sowieso jeder von uns, eure Ansprechpartnerin, wenn Fragen auftauchen. Bei ihr könnt ihr gleich einchecken.«

»Hallo, zusammen«, sagte Emilia und lächelte herzlich in die Runde.

Max deutete nach rechts und fuhr fort: »Zu meiner Rechten seht ihr Nala Jobarteh. Sie arbeitet im Service und wird sich darum kümmern, dass eure Zimmer immer in einem perfekten Zustand sind. Zusammen mit unserem Koch wird sie uns kulinarische Köstlichkeiten zaubern. Eigentlich haben wir noch eine weitere Kollegin im Service, aber die ist aktuell in Elternzeit. Dafür werden Emilia und ich natürlich auch mit anpacken. Aber lasst uns schnell ins Warme gehen, damit wir nicht alle nass und krank werden!«

Nala war Schwarz, hatte wunderschöne Locken und dunkle Augen, in denen man sich schnell verlieren konnte. Sie war direkt von der *HotelDiamant* geschickt worden, um die Arbeit an der Hotelbasis kennenzulernen. Sie war eine unglaublich kluge junge Frau, hatte in Yale studiert und als eine der Besten abgeschlossen. Gebürtig kam Nala aus Kenia, ihre Muttersprache war Kiswahili. Sie hatte in wenigen Monaten mühelos perfektes Deutsch gelernt und sprach fast akzentfrei. Sie würde eines Tages sicherlich in eine hohe Managementposition wechseln, nachdem sie die Grundlagenarbeit in diesem Hotel hinter sich gebracht hatte.

Alle lächelten dankbar (bis auf Amy, die weiterhin gelangweilt war) und machten sich auf den Weg. Zum Hotel waren es nur fünfzig Meter. Der Gepäckwagen war mit einem Elektromotor ausgestattet und wurde von Nala gezogen. Nach wenigen Momenten erreichten sie bereits den Eingang des Hotels. Die Schiebetür wich automatisch zur Seite, und alle huschten in die Lobby.

Es roch hier nagelneu, und es sah auch so aus. Rechtsseitig war vor einem flackernden Kamin eine kleine Sitzgruppe aufgestellt. Dunkelrote Ledersessel waren daneben um einen gläsernen Tisch angeordnet. Sie standen auf einem weißen weichen Teppich und wirkten einladend. Daneben lag die Bar: massives, dunkles Eichenholz, eine polierte Auflage, Dutzende Flaschen und Gläser in den dahinter hängenden Regalen, drei Zapfhähne für Bier und Cider sowie rote gepolsterte Sitzhocker mit bequemen Rückenlehnen. Linksseitig führte eine Flügeltür zum Speisesaal. Die wenigen Tische darin waren bereits gedeckt, und es roch nach Rührei, frischen Brötchen und leckerem Kaffee.

Geradeaus befand sich der Empfang – eine lange, auf Hochglanz polierte Rezeption. Seitlich davon lag der Fahrstuhl, und eine Tür führte zum Treppenhaus. Außerdem gab es noch eine Gästetoilette, deren Fußboden aus hellem Marmor und deren Wände aus Fliesen in Betonoptik bestanden.

Emilia lief schnell zur Rezeption herum und winkte die Gäste zu sich, damit sie einchecken konnten. Das ältere Paar hatte es direkt ans Feuer gezogen. Widerwillig, aber natürlich elegant höflich, rissen sie sich wieder von den flackernden Flammen los, um den lästigen Check-in zu absolvieren.

Max nahm Nala zur Seite und fragte: »Wo ist Gast Nummer fünf? Er war nicht auf der Fähre. Wie hieß er? Marc Webber?«

Eigentlich sollten an diesem Morgen fünf Gäste einchecken, und die nächste Überfahrt war erst um achtzehn Uhr wieder möglich. Es sei denn, es gab einen Notfall, dann konnte man die Fähre jederzeit anfordern.

»Ja, Marc Webber. Ich weiß nicht, wo er ist.«

Plötzlich ein Knall.

Alle drehten sich erschrocken um und blickten zum Feuer. Ein Holzscheit hatte laut geknackt, und Funken schlugen den Kaminsims hinauf. Der Teppich bestand aus nicht brennbarem Kunststoff und lag weit genug entfernt. Emilia lenkte die Aufmerksamkeit der Gäste wieder auf sich.

Nala fuhr fort. »Er ist Engländer. Vermutlich hat sich sein Flug verspätet oder er hängt am Flughafen fest. Ich rufe dort an und frage mal nach.«

»In Ordnung«, sagte Max. »Er wird sich wohl melden. Dann muss die Fähre halt noch mal losfahren. Das wird Hannes nicht gefallen, aber er wird dafür gut bezahlt. Bringst du die Koffer gleich rauf? Und hast du gefrühstückt?«

»Max, ich bin kein Baby mehr. Du musst nicht immer auf uns alle aufpassen.«

Er lachte kurz und blickte zu den Gästen, die offensichtlich alle von Emilia eingecheckt worden waren. Jeder Gast hatte dafür seinen Daumen für ein paar Sekunden auf einen Scanner gelegt. Die Türen in diesem Hotel hatten keine Schlüsselkarten, sondern ließen sich per Fingerabdruck des jeweiligen Gastes öffnen. Emilia teilte ihnen gerade die Essenszeiten mit und erklärte, dass der Koch außerdem bis Mitternacht bereitstünde, um auf Wunsch leckere Steaks, geräucherten Lachs, Beef-Burger, Seefrüchte aller Art, deftige Hausmannskost oder leichte Salate und andere Delikatessen zu zaubern.

»Ich bringe das Gepäck rauf, führe die Gäste einmal herum, und dann werden sie frühstücken gehen«, sagte Nala.

»In Ordnung. Saunalandschaft und Pools sind bereit?«

»Natürlich«, entgegnete sie. »Bleib locker, Max. Das werden zwei entspannte Tage.«

»Vermutlich hast du recht«, sagte er und blickte auf die Uhr. Zehn Uhr acht.

Die nächste Stunde sollte für sehr lange Zeit seine letzte entspannte werden.

KAPITEL 5

Was für ein langweiliger Ort, dachte Amy und ließ ihr rotes Kaugummi platzen.

Nachdem ihnen die beeindruckende Sauna, der Fitnessraum, die Poollandschaft und andere Ecken des Hotels gezeigt wurden, liefen die restlichen Gäste in den Frühstücksraum. Amy hatte jedoch keinen Hunger und zog sich zurück, ohne sich die Unterkunft noch genauer zeigen zu lassen. Ein Zimmer im zweiten Stock war ihr zugewiesen worden. Sie drückte ihren Daumen auf ein Display neben der Tür, und ein Klicken sowie ein grünes Licht verrieten ihr, dass sie die Tür öffnen konnte. Sie fand sich in einem kleinen Flur wieder, und über ihrem Kopf ging ein warmes Licht an. Der Boden war mit Parkett ausgelegt, die Garderobe wirkte pompös und teuer. Ihr schwarzer Koffer stand schon davor und wartete darauf, ausgepackt zu werden. Daran dachte Amy jedoch nicht. Sie würde aus dem Koffer heraus leben und nicht, wie ein Snob, alles sauber ausräumen.

Eine Tür führte links zum Bad. Zu ihrer Überraschung glitt die feine Holztür automatisch zur Seite auf und verschwand in der nebenliegenden Wand, als sie sich ihr näherte. Dahinter lag ein nagelneues Badezimmer: dunkle, breite Bodenfliesen in Betonoptik, weiße, teils gefliese Wände, ein breiter Spiegel, der indirekt beleuchtet wurde, ein teures Waschbecken, das in die Anrichte unter dem Spiegel eingearbeitet war, ein hochwertiger gläserner Wasserhahn, der sich per Hand- oder Sprachbefehl wärmer und kälter stellen ließ, eine große Duschkabine mit Sprühdüsen an allen Seiten der Wand, Regendusche und einem automatischen Fensterreiniger. Die Klobrille wurde permanent vorgewärmt, und auch der Fußboden war schön warm.

»So ein Schwachsinn«, sagte sie und verdrehte die Augen.

Ein Dixi-Klo auf einem Festival wäre ihr lieber. Sie schloss die Eingangstür ihres Zimmers und betrat das Hauptzimmer. Es war in zwei Bereiche unterteilt. Sie stand nun im Wohnbereich und hatte ein großes Ecksofa vor sich, das zu einem riesengroßen Fernseher hin ausgerichtet war. Dahinter stand ein eleganter Tisch, an dem man sein Essen zu sich nehmen konnte, wenn man nicht im Essbereich des Hotels speisen wollte. Aktuell war ein überdimensionaler Obstkorb mit Früchten darauf platziert. Ein halber Raumtrenner aus edlem Holz grenzte den Wohn- vom Schlafbereich ab. Amy fand dahinter ein Bett vor, in dem sicher fünf Menschen gleichzeitig mit ausgestreckten Armen liegen konnten. Das Lächerlichste war aber die ovale Badewanne, die vor dem Fußende des Bettes mitten im Raum stand. Sie sah makellos und schneeweiß aus. Wenn sie es richtig erkannte, leuchtete sie sogar ein wenig. Dutzende Knöpfe an der Seite ließen das Wasser sprudeln, die Farbe ändern, man konnte damit den Service rufen, die Temperatur regulieren, Schaum hinzugeben, Milch hinzugeben, Schlamm hinzugeben, den zweiten Sechzig-Zoll-Fernseher in diesem Raum bedienen, die fahrbare Minibar, die in der Nähe stand, zur Wanne rollen lassen und bestimmt noch einiges mehr.

»Unfassbar«, sagte sie.

Hätte sie sich doch nur das Zimmer einmal gründlich zeigen lassen. Nala hatte es ihr angeboten, doch sie hatte abgelehnt – warum auch sollte ihr jemand zeigen, wie ein Hotelaufenthalt funktionierte …

Amy warf sich aufs Bett und blickte aus den Panoramafenstern hinter der Badewanne. Eine Terrassentür führte auf den Balkon, der mit futuristischen Möbelstücken, einem Geländer aus Glas und bunten Pflanzen in voluminösen Töpfen bestückt war. Dahinter konnte sie das Meer erkennen. Würde es nicht regnen, könnte sie sicherlich bis zum Horizont blicken. Allerdings fielen schon wieder Tropfen in der Größe von Patronenhülsen. Weit draußen auf dem Meer blitzte es, und Wind peitschte die See auf. Es war fast nachtdunkel. Sie merkte, wie müde sie war, und ihre Augen fielen ihr zu.

Plötzlich vibrierte das Handy. Sie hatte fünfunddreißig Minuten lang geschlafen.

»Ja?«, lallte sie schlaftrunken in den Hörer.

»Hi Amy«, sagte die Frauenstimme am anderen Ende der Leitung.

»Melli. Hallo. Ohne Scheiß, was mache ich hier?«

»Dich erholen. Du warst kurz vor einem Nervenzusammenbruch.«

»Das hier ist nichts für mich. Hier sind nur Loser und alte Leute. Das Zimmer sieht aus wie aus einem scheiß Film mit reichen Leuten. Hier gibt es nichts für mich. Wasserski und Jet-Ski kann ich bei dem Wetter vergessen.«

»Ach Kleines, dann schreib doch in Ruhe dein nächstes Buch. Das wäre perfekt, finde ich als deine Agentin. Du brauchst diese Auszeit. Ich kümmere mich um dich, auch wenn es dir nicht passt. Schließlich habe ich alle Kontakte spielen lassen, damit du in diesem Hotel als Erste einchecken konntest. Und dass ich dafür extra meinen Ex kontaktiert habe, soll bitte nicht umsonst gewesen sein. Zeig dich also ein bisschen dankbar.«

»Melli, komm schon! Das ist nicht fair. Jeder hat mal …«

»Schätzchen, ich muss Schluss machen. Ruh dich aus, trink dem Barkeeper den Wein weg, bums 'nen Typen oder treib Sport. Und schreib. Das ist das Wichtigste, hörst du? Wir brauchen dringend mal wieder ein Erfolgserlebnis.«

Es klickte, und das Gespräch war beendet.

»Fuck, ey!«, fluchte Amy und warf ihr Handy auf eines der vielen Kissen.

Sie überlegte kurz, ob sie sich einfach vom Balkon stürzen sollte, nur um Mellis dämlichen Blick aus dem Jenseits zu betrachten, entschied sich dann aber für eine heiße Dusche, denn ihr war kalt. Also zog sie sich aus, warf ihre Klamotten auf den Schreibtisch und ging ins Bad zurück. Zwanzig Minuten verbrachte sie unter dem heißen Wasserstrahl, ließ sich von allen Seiten durch die Wand- und Deckendüsen ansprühen, bis ihre Haut fast rot geworden war. Sie trocknete sich ab, schlüpfte in einen Bademantel, der an der Tür hing, und schlenderte zurück zum Bett, um sich hineinfallen zu lassen. Mit ausgebreiteten Armen starrte sie zur Zimmerdecke und tastete mit einer Hand nach ihrem Handy.

Aber sie fand es nicht und richtete sich wieder auf. Auf dem Kissen lag es nicht. Sie schaute zu dem Kleiderstapel auf dem Tisch und entdeckte ihr Handy dort. Hatte sie es nicht auf eines der Kopfkissen geworfen? Sie zuckte mit den Schultern, stand auf und schnappte sich das kleine Gerät. Plötzlich klopfte es an der Tür. Sie beschloss jedoch, nicht aufzumachen. Zwei Tage musste sie hier durchhalten. Sie hatte es Melli versprochen, obwohl sie eigentlich nicht gern zu etwas gedrängt wurde. Einmal ein Fehltritt, und schon …

Ein zweites Klopfen.

»Ich brauche nichts! Danke!«, rief sie und hoffte, dass sie den Besucher so vertreiben konnte.

Sie überlegte, zu schreiben. Ja, das war eine gute Idee. Viel zu lange hatte sie sich mit dem neuen Buch Zeit gelassen. Sie sollte endlich die nächsten Zeilen aufs Papier zaubern. Melli war eine wunderbare Agentin. Aber auch sie verdiente nur Geld, wenn ihre Autorinnen lieferten. Und Amy hatte lange nicht mehr geliefert. Hier hatte sie tatsächlich die Ruhe, die sie brauchte. Vielleicht sollte …

Wieder Klopfen.

»Okay. Amy, bleib ruhig. Keine körperliche Gewalt anwenden.« Sie stand auf, durchquerte den Wohnbereich und riss die Tür auf. »Was ist denn …«, fragte sie, aber hielt im Satz inne.

Vor der Tür stand niemand. Sie starrte den Flur rauf und runter. Weicher, warmer Teppichboden in dunkelroter Farbe, gedimmtes Licht an den Wänden und Kunstgemälde, die farblich abgestimmt waren – sonst war hier nichts zu sehen. Gegenüber lag die Tür eines anderen Gästezimmers, doch die war geschlossen. Neben dem Fahrstuhl gab es zwei weitere Türen, die ebenfalls verschlossen waren und vermutlich zu anderen Wohnbereichen führten. Die Suite war außer Sicht, denn sie befand sich ganz am Ende des Flures, der zwanzig Meter neben Amys Zimmer einen Knick nach rechts machte. Wenn Amy richtig aufgepasst hatte, als sie herumgeführt worden waren, besaß jedes Stockwerk vier einfache Zimmer und eine große Suite. Letztere und zwei normale Zimmer waren auf dieser Etage aktuell nicht bewohnt. Nur ihr eigenes und das gegenüberliegende Zimmer beherbergten Gäste.

Sie hörte weder vom Fahrstuhl noch von der Tür zum Treppenhaus Geräusche, also musste der Klopfer noch hier sein. Amy ging leise den Flur hinauf, bis dieser rechts abknickte. Von da aus sah sie die Türen zu der Suite, und dahinter endete der Gang.

Hier war niemand.

Amy ging zurück und klopfte an der Tür gegenüber. Es dauerte einen Moment, dann machte der alte Mann die Tür auf.

»Ja, bitte?«, fragte er. Er wirkte immer noch so grummelig, wie Amy es auf dem Boot schon erlebt hatte. Wenn sie sich richtig erinnerte, hieß er Richard Pfeifer. Zumindest hatte seine Lebenspartnerin das dem süßen Hotelmanager erzählt.

»Sorry, haben Sie bei mir geklopft?«, fragte Amy rotzig und verschränkte die Arme vor ihrer Brust, da sie sich an seinen Blicken störte. Der Alte musterte sie nämlich von Kopf bis Fuß und schaute besonders lang ihren Nasenring an. Amy spürte, dass er sie in die Kategorie *Irre* einordnete.

»Nein, wir haben nicht geklopft.«

Amy sah ihn noch einen Moment lang an, drehte sich um, verschwand in ihrem Zimmer und schlug die Tür hinter sich zu. Sie lief weiter in Richtung Wohnzimmer und blieb abrupt stehen.

Ein Rauschen.

Wasser?

»Was zum …«

Sie drehte sich um und ging auf die Tür zum Bad zu, die wieder leise zur Seite aufglitt. Das Licht im Bad flammte auf, und Amy sah, dass der Wasserhahn lief.

KAPITEL 6

»Wer war das?«, wollte Elisabeth wissen und blickte von ihrem Koffer hoch, den sie gerade ausräumte.

Richard schaute noch ein, zwei Sekunden hinaus in den Flur, schloss dann aber die Tür hinter sich.

»Gegenüber wohnt offensichtlich diese Durchgeknallte mit den rasierten Haaren und dem Ring in der Nase. Sie wollte wissen, ob jemand von uns bei ihr an der Tür geklopft hat.«

»Wirklich? Hast du denn geklopft?«

Richard lachte auf. »Nein, habe ich nicht. Warum sollte ich auch? Ich war doch gerade im Bad. Übrigens, du solltest einen Moment abwarten, bevor du da hineingehst. Der Kaffee ist ziemlich wirkungsvoll auf dieser Insel.«

»Igitt«, sagte Elisabeth, während sie eine Bluse faltete, um sie in den Schrank zu legen.

»Und nenn die Kleine nicht *diese Durchgeknallte*. Nur weil sie einen anderen Modestil hat als …«

»Als jeder normale Mensch«, fuhr er ihr ins Wort.

»Als die meisten anderen Menschen! Sie ist jung und steckt bestimmt in einer rebellischen Phase. Vermutlich ist ihr der Erfolg über den Kopf gewachsen.«

Richard blickte fragend zu ihr herüber. »Wie? Erfolg? Was meinst du?«

»Hast du sie nicht erkannt? Sie ist Autorin und veröffentlicht unter dem Pseudonym Amy Roak Kriminalromane. Hat einen Bestseller gelandet, die Kleine. Danach blieb ihr Erfolg leider aus. Sie hat, meine ich, noch drei weitere Bücher geschrieben, die von der Presse zerrissen wurden.«

Richard war erstaunt. »Das wusste ich nicht. Um Bücher zu schreiben, muss man vielleicht wirklich durchgeknallt sein. Solche Menschen sind mir nicht geheuer. Die Kleine steckt offensichtlich voller Überraschungen.«

Elisabeth lächelte vielsagend. »Wer hat denn keine Überraschungen oder Leichen im Keller, hm?«

»Na, wir beide, würde ich sagen.«

»Ja, mag sein. Aber sei dennoch etwas netter zu den Leuten hier. Du bist viel zu miesepetrig.«

»Ich gebe mir Mühe.« Richard klappte seinen Koffer auf und nahm einen Stapel Unterhosen heraus, dann ein Hemd für den morgigen Tag und ein paar Lederschuhe, die farblich zum Hemd passten. Mitten in der Bewegung hielt er inne.

»Was ist das denn?«

»Was meinst du?«, fragte Elisabeth und wirkte erschrocken.

»Diese Quittung hier!« Richard hielt ein weißes Stück Papier hoch.

»Mein Gott, du hast mich erschreckt. Ich dachte schon, eine Ratte würde hier rumlaufen oder sonst etwas Ekeliges.«

Elisabeth faltete weitere Kleidungsstücke zusammen und ging dann ins Bad, um ihren Kulturbeutel auszuräumen. Richard warf einen letzten Blick auf die Quittung, um sie dann zu zerknüllen und in den Mülleimer zu werfen, der unter dem Schreibtisch stand.

»Wie geht's dir?«, fragte Max und schlug mit Linus ein.

Linus Kitz war der Koch des Hotels, und Max hatte ihn auf Anhieb eingestellt, nachdem er sich bei ihm beworben hatte. Er war etwas älter als Max und hatte jahrelang als Koch in verschiedensten Lokalen gearbeitet. Mit fast zwei Metern Körpergröße, einer schlaksigen Figur, den blonden Surfer-Haaren und einer breiten Narbe mitten auf der Stirn hatte Linus ein Gesicht, das man nie wieder vergessen konnte, wenn man es erst einmal gesehen hatte.

»Max, mir geht's blendend. Das Jungfernfrühstück ist geglückt, das Rührei und der Kaviar kamen gut an, und die Küche ist wirklich allererste Sahne. Mir fehlt nur noch eine Hilfskraft mehr.«

Sie standen in besagter Küche des Hotels. Alles wirkte nagelneu. Die Ablagen, Arbeitsflächen und Schränke waren aus poliertem Edelstahl gefertigt, der noch frei von Kratzern war. Die Oberflächen blitzten im Licht der Deckenbeleuchtung auf. Es roch nach Kaffee, Olivenöl, Lachs und Spülmittel.

»Gefällt dir deine neue Arbeitsumgebung also? Ich versichere dir, bevor der Betrieb hier richtig losgeht, habe ich für dich eine Küchenhilfe besorgt.«

Nala kam herein und stellte die restlichen Teller, die beim Frühstück nicht angerührt worden waren, auf eine Ablage.

»Hey, bin ich dir etwa nicht gut genug, Linus?«, fragte sie gespielt empört, und ihre Augen blitzten.

»Doch, doch! Ich befürchte nur, Max wird dich nicht für immer hier halten können. Als Studierte aus Yale meine ich.«

Sie warf ein Geschirrhandtuch nach ihm und streckte die Zunge raus. Sie kannten sich erst seit wenigen Wochen, doch zog Linus sie immer mit ihrem Yale-Studium auf.

»Wie sind die Gäste? Alle nett?«, fragte er Max.

»Alle nett. Ein älteres Paar, eine umwerfende Rothaarige, ein

Engländer, der bisher noch nicht angekommen ist, und eine Lisbeth Salander.«

»Was denn für eine Lisbeth?«, fragte Linus.

»Vergiss es. Du wirst sie schon erkennen, wenn du sie siehst«, sagte Max. Dann schaute er sich um. »Brauchst du noch Hilfe? Ansonsten würde ich gehen.«

»Ne, verschwinde. Das hier ist sowieso mein Reich. Ich brauche keine Hilfe mehr. Außerdem putzt sich diese moderne Einrichtung ja fast ganz von alleine.«

Er blickte demonstrativ auf einen Wischroboter, der sich gemächlich über den Boden schob und eine feuchte Spur, wie die einer Schnecke, hinter sich zurückließ.

»In Ordnung. Was gibt's mittags?«

»Ein Pastagericht mit Fisch, Steak mit verschiedenen Beilagen, etwas Vegetarisches und dänische Knuspercreme als Nachspeise.«

Max blickte zufrieden und verließ die Küche. Draußen faltete Nala die neuen Tischdecken aus.

»Etwas Neues von unserem fünften Gast?«

»Am Flughafen haben sie gesagt, Marc Webber sei pünktlich gelandet und hätte sich ein Taxi genommen – allerdings schon vor fünf Tagen! Ich habe keine Ahnung, wo er sich in der Zeit aufgehalten hat und wo er jetzt ist. Emilia hat es unter seiner Handynummer probiert, es springt allerdings nur die Mailbox an.«

Kopfschmerzen machten sich breit, und Max warf sich eine der Tabletten ein, die er griffbereit in seiner Tasche hatte.

»Das ist nicht gesund. Du nimmst zu viele von den Dingern«, tadelte Nala ihn.

»Ich weiß. Ist der Stress der letzten Wochen. Mein Arzt sagte, ich solle sie bei Bedarf nehmen. Das legt sich von alleine.«

»Nicht, dass du einen Tumor hast.«

Max zuckte mit den Schultern. »Dann musst du hier ohne mich weitermachen«, entgegnete er süffisant.

»Darauf warte ich ja nur.«

»Wir sehen uns später. Mach das vernünftig, sonst schmeiß ich dich raus«, sagte er grinsend und verließ den kleinen Speisesaal.

Nalas gespielte Empörung bekam er nicht mehr mit, da etwas anderes seine Aufmerksamkeit auf sich zog.

Clairs Zimmer befand sich im ersten Stock. Wenn sie Nala richtig verstanden hatte, wohnten das Punkmädchen und das ältere Paar im zweiten Stock. Das Zimmer, das ihrem gegenüberlag, war eigentlich für einen weiteren Gast reserviert. Dieser war aber bisher noch nicht hier, sondern traf vermutlich später ein. Ein Engländer, wenn sie sich richtig erinnerte.

Clair hielt die Hand unter den warmen, weichen Wasserstrahl, der aus dem Hahn neben der ovalen Badewanne lief. Ein Bad wollte sie später nehmen, nachdem sie das Hotel und die Insel, sollte es denn jemals aufhören zu regnen, eingehend erkundet hatte. Sport wollte sie im Fitnessraum ebenfalls noch machen. Ein Blick auf ihr Handy zeigte ihr, dass es zehn Uhr acht war. Sie hatte noch genügend Zeit, um ihre Checkliste, die sie im Kopf mit sich trug, abzuarbeiten.

Sie wusste nicht genau, warum sie eigentlich hier war. Als sie die E-Mail ihres Redakteurs erhalten hatte, dass sie im Auftrag der Zeitung diesen Aufenthalt wahrnehmen solle, um darüber zu berichten, war sie schon etwas überrascht gewesen. Zuerst hatte sie überhaupt keine Lust gehabt. Schließlich war sie, trotz ihres noch jungen Alters, keine Anfängerin mehr, und Berichte über neu eröffnete Hotels waren normalerweise Anfängerthemen. Doch ihr

Redakteur hatte sie nicht oft um einen Gefallen gebeten, und durch mehrere Krankheitsfälle war die Redaktion zudem stark gebeutelt. Also war sie seiner Bitte nachgekommen und hatte ihre Tasche gepackt. Zu Hause wartete niemand auf sie, weshalb sie genauso gut ein verlängertes Wochenende auf einer Insel verbringen konnte. Clair hatte also das Nötigste eingepackt, war fast hundert Kilometer Richtung Norden gefahren, fand sich in dem Bus, danach in der Fähre und schlussendlich in diesem traumhaften Hotel wieder.

An sich war sie eher der Typ Mensch, der das Abenteuer suchte. In den Bergen von Alm zu Alm wandern, mit nichts dabei außer einem Schlafsack, Wechselkleidung und etwas Geld. Durch Südamerika trampen, die Westküste der USA bereisen, in Thailand auf Elefanten reiten, in Afrika eine Safari machen. Doch jetzt war sie hier. Mitten im Meer, auf einer kargen Insel, welche ein kleines luxuriöses Hotel beherbergte. Zwar verstand sie, dass manche Menschen diese Ruhe und Auszeit brauchten. Für sie war allerdings Action die beste Erholung. Dennoch, es war nicht zu ändern, und der Aufenthalt war schließlich kostenfrei. Sie konnte Sport treiben und segeln, ein Buch lesen und diesen Max besser kennenlernen. Clair lächelte. Ihre letzte Beziehung war schon eine Weile her, und wie sich herausgestellt hatte, genoss sie das Singledasein aktuell mehr, als sich fest zu binden. Obwohl sie sich schon vorstellen konnte …

Hör auf, darüber nachzudenken! Unglaublich, dachte sie.

Kaum lernte sie mal einen attraktiven Mann kennen, kamen ihr schon Beziehungen und Hochzeiten in den Kopf. Ihr letzter Freund hatte sich als Versager und Arschloch herausgestellt. Erst hatte sie die Augen davor verschlossen, dass er sie betrogen und belogen hatte. Als sie ihm aber eines Tages gefolgt war und mitansehen musste, dass er sich heimlich mit einer anderen Frau traf, wurde Clair klar, was für eine Idiotin sie doch gewesen war. Vermutlich, weil sie seit ihrer Kindheit an Verlustängsten litt. Auf keinen Fall würde sie es zulassen, wieder zu schnell zu viel zu wollen.

Sie drehte den Hahn der Wanne mit einer entschiedenen Handbewegung ab und bediente eine Taste am Rand, damit der Stöpsel sich löste und das wenige Wasser ablaufen konnte. Es bildete einen langsamen Strudel, dann blubberte es kurz, und weg war es.

Clair streckte sich, ging zu ihrem Koffer und holte Sportkleidung heraus. Nach wenigen Sekunden hatte sie sich ausgezogen und hielt dann plötzlich inne.

Irgendetwas war merkwürdig. Sie fühlte sich ... beobachtet?

Clair sah sich in ihrem Zimmer um. Die Lamellenjalousien waren heruntergefahren und fest verschlossen. Niemand war hier. Und dennoch hatte sie das Gefühl, dass ein Paar Augen sie anstarrte. Sie schaute hoch zur Decke, aber natürlich fand sie keine Kamera. Auch ein Loch in der Wand, wie man es aus Horrorfilmen kannte, durch das der Maskenmörder starrte, war nirgendwo zu finden.

Reiß dich zusammen, sagte sie zu sich selbst in ihrem Kopf.

Mit einem Fuß kickte sie ihre ausgezogenen Klamotten zu ihrem Koffer und musterte sich im großen Spiegel, der neben dem Bett hing. Sie hatte eine makellose Haut, und ihre roten Haare fielen ihr von der Schulter bis über ihre Brüste. Mit einem Gummiband knotete sie sich einen Zopf und schlüpfte in ihre Sportkleidung. Doch wo waren ihre Schuhe? Clair durchsuchte das Fach im Koffer. Sie war sich sicher, dass sie ihre Schuhe eingepackt hatte.

»Das gibt's doch nicht.«

Sie sah unter der restlichen Kleidung nach, nahm jedes Teil heraus und trug sie gleich zum Schrank im Flur. Und auf einmal sah sie ihre lila-weißen Sportschuhe. Sie waren akkurat nebeneinander vor der Tür zum Badezimmer platziert. Clair stand ein paar Sekunden einfach da und blickte nach unten. Langsam und vorsichtig machte sie einen weiteren Schritt, als befürchtete sie, dass die Dinger auf einmal loslaufen könnten. Verwirrt legte sie ihre Kleidung in den Schrank.

»Wie kommt ihr hierher?«, fragte sie ihre Schuhe. Die beiden blieben stumm. »Habe ich euch schon ausgeräumt? Muss ja wohl. Offensichtlich bin ich doch urlaubsreifer, als ich es erwartet habe.«

Clair schlüpfte in die Sportschuhe, öffnete die Tür und machte sich auf den Weg zum Fitnessraum.

»Hey, Clair. Alles okay?«, fragte Max und versuchte, ihr nicht auf die Brüste zu starren, was nicht einfach war, da Clair in ihrer eng anliegenden Sportkleidung umwerfend aussah.

Sie ging gerade an der Rezeption vorbei und blieb stehen.

»Hi. Ja, bei mir ist alles bestens. Ich wollte gerade zum Sport. Ein wirklich schönes Hotel. Die Zimmer sind der Wahnsinn. Wenn schon die *normalen* so aussehen, wie sind dann die Luxussuiten ausgestattet?«

Max schmunzelte und sagte: »Sie sind eigentlich nur etwas größer und haben ein wenig mehr Technik. Dazu noch einen großen Balkon mit Pool. Soll ich dich ein Stück begleiten?«

Clair strich sich verlegen eine Strähne hinter das Ohr. »Gerne. Wenn du als Hotelmanager denn Zeit hast?«

Max breitete die Arme aus und grinste. Das Feuer knackte im Hintergrund, Funken flogen den Kaminsims hinauf.

»Sieht so aus, als hätte ich genügend Zeit.«

Sie liefen nebeneinander her. Die Tür neben der Rezeption schwang automatisch und lautlos auf. Dahinter lag ein Flur, dem die sanfte Wandbeleuchtung und ein gefliester Boden in Holzoptik ein warmes Ambiente gaben. Ein Messingschild an einem Säulenbogen zeigte an, dass sich geradeaus, die Treppe hinunter, der Sport- und Wellnessbereich befand.

»Darf ich dich etwas Persönliches fragen?«, wandte sich Max an Clair.

»Klar.«

»Was machst du, wenn du deine Zeit nicht in Hotels verbringst und für Mecklenburg Aktuell recherchierst?«

»Hm, gute Frage. Ich treibe viel Sport, gehe ab und an mal aus, unterrichte an einer Abendschule. Kein wirklich spannendes Leben.«

»Wichtig ist doch, dass dir dein Leben gefällt, und nicht, ob es immer spannend ist. Du bist bestimmt eine gute Lehrerin.«

»Wie kommst du darauf?«

»Dein Auftreten. Du wirkst so sympathisch, offenherzig und klug. Ich wette, deine Schüler mögen dich gerne.«

Clair wurde ein wenig rot und zuckte mit den Schultern. »Na ja, das ist zumindest mein Ziel.«

»Und ... also ... gibt es einen ...«, brabbelte Max und wusste nicht, wie er fragen sollte, ob sie einen Freund hatte.

Sie nahm ihm diese Frage ab, indem sie sagte: »Keinen Freund, keinen Mann. Das war einmal. Wie sieht's bei dir aus? Ich weiß, du hattest im Bus schon von dir berichtet. Aber gibt es eine Eventuell-könnte-ja-sein-Frau Ryf?«

»Keine Freundin, keine Frau. Das war einmal«, sagte er verlegen. »Sorry, dass ich so plump gefragt habe. Nicht gerade souverän für einen Hotelmanager, oder?«

Sie schüttelte den Kopf. »Ach, ich fand's nicht schlimm. Das werde ich in meiner Bewertung berücksichtigen: *Netter Hotelmanager, der dezent und liebevoll im Privatleben seiner Gäste rumstöbert.*«

Sie lachten beide und fanden sich vor drei Durchgängen wieder, die alle aus zweiflügeligen Türen mit pompösen Verzierungen bestanden. Der linke Durchgang führte zu den Wohnbereichen der Angestellten, was ein Schild mit der Aufschrift *PRIVAT* in großen Lettern ausdrückte. Linus', Nalas, Emilias und Max' Zimmer lagen dahinter. Die Türe geradeaus führte zur Sauna- und Poollandschaft. Es gab fünf Pools. Ein Sportbecken, drei große Whirlpools auf einer Empore und ein heißes Salzwasserbecken mit integrierten Liegeflächen. Außerdem befanden sich hier eine finnische Sauna, eine Dampfsauna und ein Wärmeraum. Zur rechten Seite lag das Fitnesszentrum mit seinen Laufbändern, Kraftgeräten, Hometrainern, Crosstrainern und Hantelbänken, einem üppigen Wasserspender, Regalen mit Handtüchern, einem plätschernden Springbrunnen und einer breiten Fensterfront, die den Blick auf das weite Meer freigab. Außerdem war da noch der Spa-Bereich, der aber aufgrund eines Baufehlers noch nicht in Betrieb genommen werden konnte. Das war jedoch nur halb so schlimm, da Max auch noch kein geeignetes Personal gefunden hatte, um es überhaupt zu betreiben.

Regen peitschte gegen die Scheiben, und Blitze schlugen in der Ferne um sich.

»Okay«, sagte Clair. »Ich werde mal loslegen. Oder machst du mit?«

»Würde ich wirklich gerne«, log Max. Er war alles, nur kein sportbegeisterter Mensch. Von Natur aus hatte er einen guten Stoffwechsel und musste nicht viel unternehmen, um schnell abzunehmen, aber viel tun, um nur ein paar Gramm zuzulegen.

»Ich muss mich weiter um ein paar Angelegenheiten kümmern.«

Plötzlich fiel eine Hantel zu Boden, die gerade noch an einer der Spiegelwände gelehnt hatte. Beide erschraken umso mehr, als zeitgleich das Telefon klingelte, das neben der Tür an der Wand hing. Max sah, dass die Rezeption anrief. Zögernd griff er zum Hörer und meldete sich.

»Hallo? Hier spricht Max.«

»Max!«, meldete sich Emilia. »Komm sofort hoch. Hier ist etwas vorgefallen!«

KAPITEL 7

Max rannte aus dem Fitnessraum und lief die Treppe wieder hinauf. Dicht gefolgt von Clair, die ihn, wie ihm schien, am liebsten überholt hätte, da sie wesentlich agiler war. In der Hotellobby rutschte Max beinahe aus, als er abrupt stehen blieb. Emilia erwartete ihn bereits. Starr vor Schreck stand sie vor der Rezeption.

»Was ist denn los?«, wollte er wissen, und sein Herz trommelte gegen die Innenseite seines Brustkorbs.

Clair neben ihm atmete ruhig, offensichtlich unbeeindruckt von dem Sprint durch das halbe Hotel.

»Sieh es dir selbst an. Ich kann mir das nicht erklären.« Emilia deutete mit ihrer Hand in Richtung Haupteingang.

Max schritt langsam voran und sah zunächst nicht, was sie meinte. Doch dann erblickte er einen kleinen ... Was war es denn?

»Was zum ...«, sagte Max und ging etwas näher ran.

»Oh, igitt«, meinte Clair neben ihm und sah angewidert weg.

»Tote Bachstelzen«, klärte Emilia sie einsilbig auf.

Sechs tote Vögel lagen neben- und übereinander außerhalb der Glastür. Der Regen erreichte die toten Körper nicht, da das Vordach sie davor schützte. Dennoch war ihr Gefieder nass. Die Augen der Bachstelzen starrten tot und stumm in unterschiedliche Richtungen. Ihre Hälse waren unnatürlich verdreht.

»Man hat ihnen das Genick gebrochen. Aber wieso? Und wo kommen sie her? Auf dieser Insel gibt es eigentlich nur Möwen, oder?«, fragte Max sich eher selbst.

»Viel unheimlicher finde ich die Frage, *wer* das getan hat«, hauchte Clair.

»Du kennst diese Art von Vogel?«, wollte Max von Emilia wissen, die weiterhin wie erstarrt wirkte.

Nach einem kurzen Moment sagte sie: »Ja. Mein Vater … Er war sehr vogelkundig. Ich musste früher oft mit ihm die Artenvielfalt durchgehen. Das schwarz-weiße Gefieder, der lange Federschwanz, die schwarzen Krallen. Ich bin mir ganz sicher, dass es Bachstelzen sind.«

Die Schiebetür glitt zur Seite auf, und kalter, feuchter Wind schlug ihnen entgegen. Max ging neben dem Haufen aus toten Vogelkörpern in die Hocke. War die ganze Szene nicht schon grauenhaft genug, lief ihm jetzt erst recht ein Schauder über den Rücken. Auf dem Flügel eines der Vögel, der obenauf lag, blitzte etwas auf.

Ein Schlüssel.

Aber es war nicht irgendein Schlüssel. Es war der Generalschlüssel des Hotels. Es gab insgesamt drei davon, für den Fall, dass der Türscanner eines Gastes den Geist aufgab oder das Zimmer aus einem anderen Grund nicht mehr betreten werden konnte und man es öffnen musste. Zwei befanden sich im Hotelsafe hinter der Rezeption, und einen trug Max immer bei sich. Sein eigener Schlüssel hatte eine rote Kappe am Griffende. Und dieser Schlüssel, der hier vor ihm auf einer toten Bachstelze lag, hatte ebenfalls eine rote Kappe am Griffende. Er tastete seine Hosentasche ab, spürte aber nicht den harten Druck eines Gegenstandes. Es gab keinen Zweifel. Bevor die anderen etwas bemerken konnten, schnappte sich Max schnell den Schlüssel und steckte ihn in seine Tasche zurück.

Einen Augenblick später beugte sich Clair nach vorne und blickte angewidert auf die toten Tiere. »Ekelhaft.«

Wie zum Teufel kommt mein Generalschlüssel hierher?, fragte sich Max und klopfte mit dem Spaten auf den Boden, nachdem er die letzte Schippe Sand geworfen und die toten Bachstelzen begraben hatte.

Clair stand neben ihm und hielt eine dicke Taschenlampe, damit er besser sehen konnte. Es war gespenstig dunkel, obwohl die Sonne irgendwo hinter den dicken Regenwolken sein musste.

Und welcher Vollidiot bricht diesen Viechern das Genick, um sie vor dem Hotel abzuladen?

Emilia, Clair und Max vereinbarten, dass sie den anderen nichts davon erzählten, solange sie nicht genau wussten, was hier überhaupt vorgefallen war. Sie einigten sich darauf, dass diese armen Tiere höchstwahrscheinlich gegen die Hotelfassade geflogen waren und sich dabei die Hälse gebrochen hatten. Bestimmt bedingt durch den Sturm, der dort draußen tobte. Dass die Körper ausgerechnet übereinander- und nicht nebeneinander lagen, ließen sie bewusst außen vor.

»Fertig?«, fragte Clair, und Regentropfen perlten auf ihrem Gesicht.

Beide waren bis auf die Unterwäsche nass, und ihnen war eiskalt.

»Fertig. Schnell rein.«

Sie gingen den Weg wieder hinauf und traten durch den Haupteingang ins Warme. Emilia kam ihnen entgegen und brachte ihnen Handtücher. Sie wirkte fahrig und mitgenommen. Offensichtlich war sie immer noch schockiert darüber, dass diese Vögel dort gelegen hatten.

»Alles in Ordnung, Emilia?«

»Ja … Also, ja«, stammelte sie und reichte ihnen die Handtücher.

Dankbar nahmen sie sie an und rieben sich halbwegs trocken. Sie setzten sich auf die Sessel vor dem Kamin, und Max holte ihnen Cola aus der Bar. Er öffnete zwei kleine Flaschen und reichte Clair eine davon.

»Hier, geht aufs Haus«, sagte er zwinkernd.

»Danke.«

Das Feuer wärmte sie schnell auf, und beide starrten in die Flammen.

»Wer tut so etwas? Komm schon. Sie sind nicht gegen die Hotelfassade geflogen. Nicht so«, meinte Clair irgendwann und blickte ihn an.

»Keine Ahnung. Ich kann mir nicht vorstellen, dass es jemand aus dem Hotel sein könnte. Ich meine, ich kenne meine Leute. Und die Gäste würden niemals bei dem Wetter das Hotel verlassen. Außerdem hätte Emilia es mitbekommen, hätte jemand die Lobby durchquert.«

»Hast du sonst eine Ahnung?«, fragte Clair.

Max überlegte und sagte: »Eine Sache könnte ich mir vorstellen. Der Bericht, den du über die Eröffnung des Hotels schreiben willst, wurde schon in der Presse erwähnt. Mehrere Male sogar. Es gibt Leute, die nicht wollen, dass wir erfolgreich sind. Naturschützer, die diese Insel bis zuletzt nicht hergeben wollten, andere Hotelketten, die befürchten, ihnen würden Gäste abwandern. Es ist durchaus denkbar, dass sich ein Witzbold auf die Insel geschlichen, die toten Tiere vor die Tür gelegt hat und jetzt darauf wartet, dass die neuen Gäste darüber etwas posten. Oder vielleicht aus Angst abreisen. Ich weiß es nicht«, schloss Max.

Clair sah an ihm vorbei nach draußen. Die Wolkendecke hing weiterhin tief und bedrohlich über ihnen.

»Bei dem Wetter kann hier keiner weg. Wie auch? Schwimmen?«

Sie merkte, dass Max beunruhigt war.

»Hey«, sagte sie. »Mach dir keine Gedanken. Da hat sich jemand einen schlechten Scherz erlaubt, nichts weiter. Deswegen geht ein Hotel nicht vor die Hunde, nur weil ein komischer Kauz ein paar Dingsbumsstelzen umbringt.«

Sie tätschelte sein Bein, zog die Hand allerdings gleich wieder zurück – weil sie sich dabei ertappt hatte, dass sie Max wie einen alten Freund berührte. »Tut mir leid, ich …«

»Nein, schon gut. Ich habe keine Berührungsängste«, sagte er lächelnd. Er nahm einen Schluck Cola und blickte über seine Schulter zur Bar.

»Eigentlich schmeckt so eine Cola am besten, wenn sie nicht allein daherkommt, oder?«

Clair blickte auf die Uhr über dem Kamin und zuckte mit den Schultern. Hinter ihnen ging das ältere Ehepaar zum Mittagessen und grüßte freundlich.

»Es ist ja schon später Vormittag. Warum nicht? Ich habe heute sowieso nicht mehr viel vor«, sagte sie. »Aber ich nehme lieber einen Gin-Tonic.«

Max sprang auf und ging erneut um die Theke herum. Später würden Nala oder Linus die Gäste hier bedienen. Aber noch war niemand da.

»Ist der Eingang nachts eigentlich abgeschlossen?«, fragte Clair beiläufig.

»Aha, hast du jetzt ein mulmiges Gefühl?«

»Nein, nein, wirklich nicht. Ich frage aus reinem Interesse. Und weil ich Angst habe, dass sich ein Unbefugter hier Zutritt verschafft«, witzelte Clair.

»Ja, die Türen sind abends verschlossen. Die Gäste können jedoch die Schiebetüren genau wie die Zimmertüren mit ihrem Fingerabdruck öffnen. Falls du also mal einen Mitternachtsspaziergang unternehmen möchtest, nur zu.«

Er nahm zwei Gläser aus dem Schrank, warf Eiswürfel aus der Frostlade hinein und öffnete eine Flasche Tonicwater, als auch Helena alias Amy durch die Lobby lief und zu ihnen herübersah. Er konnte ihren Blick nicht genau deuten. Doch etwas beunruhigte ihn. Es waren ihre Schuhe.

Sie waren nass und mit Schlamm bedeckt.

Das Essen war sehr gut. Amy hatte zwei große Teller mit Nudeln und buntem Zeugs, das aus irgendwelchem Zeugs gemacht wurde, gegessen. Auch der Nachtisch aus Vanille und Brombeeren hatte ihr geschmeckt. Noch besser waren die vier Kaugummis, die sie sich anschließend in den Mund steckte.

Doch konnte sie das gute Essen nicht vollends davon ablenken, dass dieser Hotelmanager sie so merkwürdig angestarrt hatte. Er hatte dagestanden und sie fragend angeblickt. Sie von Kopf bis Fuß gemustert und war an ihren Schuhen hängen geblieben, was ihr überhaupt nicht passte. Sie hatte schon immer Probleme damit gehabt, wenn Fremde sie anstarrten.

Das ältere Ehepaar saß zwei Tische neben ihr, und Amy bemerkte, dass auch sie ihr ab und an Blicke zuwarfen. Genervt stand sie auf, steckte sich Kopfhörer in die Ohren und verließ den Speisesaal. Die junge Frau und der Hotelmanager saßen wieder vor dem Feuer und unterhielten sich leise, ehe sie sie bemerkten und plötzlich schwiegen.

Jetzt reicht es.

Amy ging auf die beiden zu und setzte sich auf einen freien Platz.

»Hab ich irgendwas im Gesicht?«, fragte sie provozierend grinsend.

»Nein. Nichts Ungewöhnliches zu sehen«, sagte Max.

»Und warum starrst du mich an, als hätte ich ein Einhorn im Maul?«

Clair lachte leise und lächelte Amy an.

»Entschuldige. Das war unbedacht, ich wollte dich nicht verärgern. Möchtest du auch etwas trinken?«, fragte er.

Amy schüttelte den Kopf. Sie würde sich später ein paar Bourbon mit Cola in den Hals schütten, aber erst musste sie einige Seiten in ihrem Buch fertigstellen. Das konnte sie nur bei klarem Verstand.

»Nein. Ich werde mich vielleicht heute Abend hier bedienen. Ohne Leute, die mich anstarren.«

»Sicher. Die Bar ist geöffnet.«

Amy stand auf und wollte sich gerade die Ohrstöpsel wieder reinstecken, als Max sie doch noch aufhielt. »Wir haben im Flur zu deinem Zimmer einen mechanischen Schuhputzer. Falls du deine Schuhe sauber machen möchtest, meine ich.« Er deutete auf ihre Füße, und Amy sah den Schlamm.

»Kleinen Spaziergang im Regen gemacht?«, fragte Clair und nahm einen Schluck aus ihrem Glas.

»Geht dich eigentlich nichts an«, blaffte sie und zwinkerte dem Rotschopf zu. »Aber, ja. Ich war kurz draußen. Ich mag den Regen mehr als die Sonne. Das kleine Unwetter schreckt mich nicht ab.

Sonst noch etwas, das unklar ist?«, fragte sie und sah beide abwechselnd an.

»Nein. Geht es dir sonst gut? Mit deinem Zimmer und dem Essen alles in Ordnung?«, wollte Max wissen.

Amy zuckte mit den Schultern. »Kann mich nicht beschweren. Ich bin auch nicht der klassische Hotelmensch. Mir ist das alles zu extravagant. Ein Zelt wäre mir genauso recht.«

Sie ließ die beiden sitzen, steckte sich ein fünftes Kaugummi in den Mund, die Kopfhörer wieder in die Ohren und ging zum Fahrstuhl. Die Tür schloss sich hinter ihr, und Amy fragte sich, warum sie zwei Stockwerke mit dem Fahrstuhl fuhr, anstatt die Treppe zu nehmen. Bevor sie zu einem Ergebnis kam, hatte sie schon ihre Etage erreicht. Sie lauschte der melancholischen Melodie der Metal-Band *KoЯn*, die gerade verklang.

Und dann hielt Amy blitzartig inne. Das war Track sieben gewesen, sie kannte das Album, und Amy erwartete Track acht. Nur kam kein weiteres Lied. Stattdessen knackte und rauschte es plötzlich durch ihre Kopfhörer. Was war das? Sie klammerte sich an den Gedanken, dass vielleicht der Akku ihres Handys leer war. Mit einer Hand zog sie es aus ihrer Hosentasche, stellte aber fest, dass der Akku noch eine Kapazität von über siebzig Prozent hatte. Sie öffnete den Mediaplayer und sah eine Datei namens *Plamy* auf dem Display, die aktuell abgespielt wurde.

»Plamy?«, las sie leise und wunderte sich über die Schreibweise.

Doch dann wurde ihr klar, was dieses Wort bedeutete. Es sollte wohl ein Wortspiel sein.

Plamy gleich *Play me, Amy.*

Spiel mich ab, Amy.

Merkwürdig war nur, dass Amy diese Datei nie zuvor gesehen, geschweige denn, diese Datei heruntergeladen oder gespeichert hatte. Sie war kurz davor, mit ihrem Finger auf *Weiter* zu drücken, als das Rauschen und Knistern aufhörte. Stattdessen hörte sie eine Stimme. Verzerrt und schwer zu verstehen. Die Nachricht dauerte nur ein paar Sekunden, dennoch gefror ihr Blut buchstäblich zu Eis.

»Nein«, hauchte sie und versuchte, nicht in Tränen auszubrechen.

»Amanda, wie sieht es aus?«, fragte er.

»Gut. Alles im Normalbereich. Diesmal läuft es nicht schief«, sagte sie.

»Die Daten werden aufgezeichnet?«

»Natürlich. Es wird alles dokumentiert.«

»Wo stehen wir?«, wollte er wissen.

Amanda sah nach. »Sie hat soeben die Nachricht abgehört. Er hat den Schlüssel gefunden.«

»Sehr gut. Dann geht's jetzt richtig los.«

Sie nickte zustimmend und lächelte.

KAPITEL 8

Max hatte wieder Kopfschmerzen, und das nervte ihn. Der Drink mit Clair hatte nicht sonderlich dazu beigetragen, dass das Stechen nachließ. Ganz im Gegenteil, es wurde schlimmer. Also warf er sich wieder eine Tablette ein und schwor sich, dass er seinen Arzt aufsuchen würde, sobald er die Zeit dafür fand.

Fünf Stunden waren vergangen, seit er die toten Vögel vergraben hatte. Er stand an der Rezeption und drehte seinen Generalschlüssel mit der roten Kappe in den Händen.

»Max?«, sprach Emilia ihn an.

»Ja?«

»Unser verschollener Gast, Marc Webber. Er ist nicht aufgetaucht und hat sich nicht gemeldet. Ich denke, er wird nicht mehr kommen. Vielleicht ist er krank geworden oder aus anderen Gründen wieder abgereist, bevor er überhaupt angekommen ist.«

»Verstehe. Beschissener Probelauf für dieses Hotel. Erst verschlafe ich, das Wetter spielt nicht mit, dann das mit den toten Vögeln, und ein Gast taucht nicht auf. Das ist ätzend.«

Emilia schluckte kurz, lächelte jedoch ihre Besorgnis weg. »Ach, es könnte schlimmer sein. Morgen soll es vielleicht besser werden. Eventuell können die Leute Kanu fahren, angeln oder die Insel erkunden.«

»Ja, du hast recht. Es könnte wirklich schlimmer sein. Ich zieh mich mal aufs Zimmer zurück. Wir sehen uns aber später noch.«

Max ging an der Rezeption vorbei, folgte dem Gang mit den warmen Wandlichtern und bog links durch die Flügeltür ab. Sein Zimmer befand sich auf der linken Seite, und der Flur führte etwas bergab, sodass sich die privaten Räumlichkeiten der Angestellten schon unterhalb des Gartens befanden.

Seine Zimmertür war schlicht und weiß, ohne Nummer. Auch hier gab es einen Fingerscan, der dafür sorgte, dass nur Max seine Räumlichkeiten betreten konnte. Er öffnete die Tür und betätigte den Lichtschalter. Die Wohnbereiche der Angestellten sahen anders aus als die der Gäste. Dennoch waren sie durchaus luxuriös zu nennen; man konnte es hier gut aushalten. Das Zimmer bestand aus zwei Räumen, einem Badezimmer und einem Wohnbereich. Ein großes Bett stand an der rechten Seite. In die Wand geradeaus war ein künstliches Fenster eingelassen. Max hatte gelernt, dass man unter der Erde schnell Beklemmungen bekommen konnte und die Illusion eines Ausblicks dem entgegenwirkte. Mithilfe einer Fernbedienung konnte er die Aussicht verändern: Er hatte die Wahl zwischen Strandblick, Tiroler Bergen, der Skyline von Berlin und einem Sternenhimmel. Aktuell war die Leinwand hinter den Lamellen allerdings grau, da Max die künstliche Aussicht abgeschaltet hatte.

Gegenüber dem Bett stand ein ausladender Schrank und auf einer kleinen Kommode ein Fernseher. An den Wänden hingen Bilder, die farblich auf die Tapeten abgestimmt waren. Der Boden war mit weichem Teppich ausgelegt, und von der Decke hing eine dezente Lampe, die man in drei Helligkeitsstufen einstellen konnte. Außerdem waren da noch ein Sekretär und ein kleiner Kühlschrank.

Max hatte heute nicht vor, zu Abend zu essen, da ihm nicht gut war. Es würde zum bisherigen Tag passen, wenn er sich nun auch noch eine Erkältung einfing.

»Komm, reiß dich zusammen. Du wirst jetzt nicht krank«, sagte er zu sich selber und entledigte sich seiner Kleidung.

Neben seinem Kleiderschrank war ein großer bodentiefer Spiegel in die Wand eingearbeitet. Max stellte fest, dass man ihm ansah, wie müde er war. Wenigstens hatten seine Kopfschmerzen wieder etwas nachgelassen. Er schlurfte langsam ins Badezimmer, öffnete die Glastür zur Duschkabine und ließ sich mit heißem Wasser berieseln. Das belebte ihn, und er fühlte, dass es ihm wieder besser ging. Er duschte mindestens zwanzig Minuten, ehe er die Brause abstellte, aus der Kabine stieg und sich mit dem weißen Hotel-Handtuch abtrocknete, welches über einem Heizkörper an der Wand hing.

Eine Gänsehaut zog über seinen Körper, als die schöne Wärme von eben verschwand. Es gab Dinge, die Max mochte. Dazu gehörte zum Beispiel duschen. Dinge, die er nicht mochte, gab es auch. Dazu gehörte es, in die Dusche und aus der Dusche zu steigen.

Er trat an den Badezimmerspiegel, wischte mit der Hand darüber, weil er völlig beschlagen war, und griff zu seinem Rasierer. Er wollte gerade loslegen, als ihm plötzlich schwindelig wurde. Mit beiden Händen stützte er sich auf dem Waschbecken ab und schüttelte den Kopf.

»Meine Güte«, sagte er und fasste sich an die Stirn.

Kein Fieber.

»Ich muss mich hinlegen.«

Er legte den Rasierer wieder auf die Ablage, warf sein Handtuch auf den Boden und ging zurück ins Schlafzimmer. Irgendetwas klickte nervig, und Max suchte nach der Ursache des Geräusches. Doch er fand es nicht, und nach wenigen Momenten hatte es auch wieder aufgehört. Die neuartigen Lüftungen in diesem Hotel waren noch nicht ganz eingespielt. Vermutlich waren diese die Ursache für das Klicken und Knacken. Nackt, benommen und müde stieg er in sein Bett, schaltete das Licht aus und schlief umgehend ein.

Er lief den Waldweg entlang, so wie er es immer tat. Graue Wolken, Dunkelheit. Dann ein Geräusch. Was war das? Er schritt ein Stück in den Wald. Da lagen sie.

Vögel!

Ein ganzer Haufen aus toten Vögeln. Oh Gott! Was war denn das? Er ging auf sie zu, kam jedoch nicht näher heran, aber er sah etwas.

Einen Schlüssel!

Rote Kappe, aus Messing. Er sah es deutlich. Mit großen Schritten versuchte er weiterhin, näher an die Vögel heranzukommen. Dann plötzlich gab der Boden unter ihm nach. Er fiel, und ihm wurde ganz flau in der Magengegend.

Schmerzen! Überall, am ganzen Körper. Seine Haut blutete, er konnte sich nicht bewegen. Was war passiert? Ein Gesicht direkt über ihm. Dahinter graue Wolken. Du?! Was machst du hier? Ein Blitz, plötzlich stand er auf der Fähre. Da war Hannes, aber er kam nicht näher an ihn heran, die paar Meter zu ihm wurden länger und länger. Da! Plötzlich tauchten zwei Hände auf, packten ihn kräftig an den Knöcheln, zerrten brutal daran. Er würde über Bord gehen! Max wehrte sich nach Kräften, hielt aber nicht lange durch. Dann stürzte er ins Wasser …

… und wachte aus seinem Albtraum auf.

Sein Puls raste. Das Bett war feucht, und Max dachte zunächst, er hätte sich eingenässt. Er fühlte Schweißperlen von seiner Stirn rollen. Er hatte einen schweren Albtraum gehabt, und noch immer war er sich unsicher, ob er überhaupt wach war. Mit einer zitternden Hand knipste er das Licht auf dem Nachttisch an.

»Scheiße«, zischte er und warf seine Bettdecke zur Seite.

Er zog das Laken und die Bettwäsche ab, warf sie im Badezimmer in den Wäschekorb, holte frisches Bettzeug aus dem Kleiderschrank und bezog sein Bett neu. Er stieg wieder unter die Dusche und wusch sich innerhalb von wenigen Stunden das zweite Mal. Max befürchtete, dass sein Körper gegen eine Grippe ankämpfte und diesen Kampf vielleicht verlieren könnte.

Wieder abgetrocknet ging er zurück zu seinem Bett und legte sich hinein. Sein Handy zeigte zwei Uhr dreiundfünfzig in der Nacht an. Er war offensichtlich tief und fest eingepennt. Niemals hätte er geglaubt, dass es schon spät nachts sein konnte. Aber die Uhr auf seinem Handy log sicherlich nicht. Und wenn man träumte, verging die Zeit ganz anders.

Mit Mühe versuchte er, sich an den Traum zu erinnern, konnte aber nur ein paar wenige Fetzen zusammenpuzzeln. Da waren die toten Bachstelzen gewesen, Emilias erschrockenes Gesicht, Clair auf dem Laufband, der, als er sich ihr näherte, Blut aus den Augen lief. Die nächste Szene war auf der Fähre gewesen: Hannes stand am Ruder, und er wollte auf ihn zugehen. Der Weg hatte sich unendlich ausgedehnt, dann hatte ihn etwas an den Beinen gepackt und ins Meer gezogen – das war der Punkt, an dem er aufgewacht war.

»Was für ein Blödsinn«, murmelte er und rückte sein Kopfkissen zurecht.

Es dauerte nicht lange, da überkam ihn wieder eine bleierne

Müdigkeit. Max war gerade dabei einzuschlafen, als plötzlich jemand an seine Zimmertüre klopfte.

»Max! Max, wach auf! Ich bin es, Linus!«

»Was?«, murmelte er und schlug die Bettdecke zur Seite.

Weiteres Klopfen an der Tür. »Mach auf! Es ist dringend. Fuck, ey.«

Max schaltete das Licht ein, zog sich schnell eine Unterhose an und öffnete verschlafen die Tür. Linus stand vor ihm und war leichenblass.

»Linus, was ist denn …«

»Emilia! Irgendetwas stimmt nicht«, unterbrach Linus ihn. Er drängte schon fast in Max' Zimmer.

»Was meinst du damit, irgendetwas stimmt nicht? Bitte erklär mir das kurz.« Max trat zur Seite, um seinen Koch reinzulassen, danach schloss er die Tür.

»Du siehst furchtbar aus«, sagte Linus.

»Danke. Es ist mitten in der Nacht, ich hatte einen Albtraum und habe das Gefühl, krank zu werden. Wer sieht schon unter solchen Umständen gut aus?«

»Darum geht es jetzt nicht. Etwas stimmt mit Emilia nicht.«

»Was willst du damit sagen?«

»Ich habe vorhin an der Bar gearbeitet. Eigentlich wäre Emilia heute dran gewesen, die sah aber unglaublich fertig aus. Keine Ahnung, wieso. Ich hab ihr angeboten, die Schicht zu übernehmen. Es war auch nicht viel los. Nur die ältere Dame und ihr Lebenspartner waren da und haben ein paar Gläser Wein getrunken. Am Ende hat sich der Mann noch alleine ein paar Schnäpse gegönnt. War ganz schön betrunken irgendwann und ist auf der Theke eingeschlafen.«

»Du meinst Richard Pfeifer«, sagte Max.

»Kann sein. Ich kann mir Namen nicht merken. Zumindest der Mann oder Lebensgefährte der älteren Dame. Also, Richard und ich haben uns erst ganz nett unterhalten, und als er sein Schläfchen gehalten hat, um Mitternacht, wollte ich kurz bei Emilia vorbeischauen. Ich war besorgt um sie und wollte einfach wissen, ob es ihr gut geht. Sie war so merkwürdig drauf.«

Linus deutete mit dem Daumen nach rechts. Emilias Zimmer lag zwei Türen neben Max' Räumlichkeiten.

»Okay, weiter.«

»Ich hab an ihre Tür geklopft. Habe Geräusche gehört, vielleicht den Fernseher, aber sie hat nicht aufgemacht. Also hab ich gedacht, ich lasse sie in Ruhe, und bin zurück zur Bar. Um Viertel nach zwei ist dann Richard endlich Richtung Zimmer gewankt. Ich habe noch aufgeräumt, die Gläser gewaschen, die Theke geputzt und das Licht ausgeschaltet. Wegen Emilia hatte ich aber ein komisches Gefühl, und deswegen bin ich noch mal zu ihrem Zimmer gegangen.«

»Und? Wieder Geräusche vom Fernseher?«

»Nein! Sieh es dir selbst an.«

Linus öffnete die Tür und stürmte aus dem Raum. Max zog sich in Windeseile eine Hose, Schuhe und einen Pullover an und lief hinter ihm her. Er brauchte nur wenige Sekunden, bis er die Zimmertür von Emilia erreicht hatte. Dort blieb er wie angewurzelt stehen.

»Was ist das denn?«, fragte er schockiert.

Das, was er sah, war rot wie Blut.

Nummer 1

»Nummer 1«, las Max und blickte verdattert auf die weiße Tür.

Das Wort *Nummer* und die Zahl *1* waren in roten Buchstaben auf das Türblatt geschrieben. Wie es aussah, mit einem Finger. Max riss die Augen weit auf und betrachtete die Farbe ein wenig genauer.

»Ist das etwa …«

»Blut! Ja«, unterbrach Linus ihn.

Mit voller Wucht klopfte Max mit der Faust gegen die Tür. »Emilia! Mach bitte die Tür auf«, rief er.

Nichts.

Wieder und wieder klopfte er und rief Emilias Namen. Doch auch dieses Mal blieb die Tür verschlossen. Er schaute auf den Türscanner und dachte dann an den roten Schlüssel in seiner Hosentasche. Er zog ihn heraus und betrachtete ihn in seiner Hand. In dem Moment öffnete sich eine Tür. Allerdings war es nicht die von Emilia, sondern die, die zwischen Max' und Emilias Zimmer lag.

Nala steckte verschlafen ihren Kopf durch den Rahmen und sah die beiden Gestalten auf dem Flur entgeistert an. »Waschn hier los?«, murmelte sie verschlafen und rieb sich die Augen. Dann trat sie aus ihrem Zimmer und blickte das Türblatt an. Sie band sich ihre Jogginghose fester zu und richtete ihr Shirt.

»Nummer 1? Ist das Blut?« Mit einem Mal war Nala hellwach und sah abwechselnd zwischen Linus und Max hin und her. »Was geht denn hier vor?«

Linus antwortete: »Wir wissen es nicht. Wir haben die Tür so vorgefunden. Emilia öffnet nicht.« Max hämmerte ein weiteres Mal gegen das Holz, wurde aber wieder enttäuscht.

»Okay. Ich öffne die Türe jetzt«, sagte er und schob seinen Generalschlüssel in das Türschloss unter dem Fingerscanner.

Langsam drehte er nach links, und ein kleines grünes Licht zeigte ihm, dass sich die Tür öffnen ließ. Vorsichtig, als wäre die

Klinke heiß, drückte er diese hinunter und schob die Tür nach innen auf. Zunächst sah er nichts, aber nachdem er den Licht-schalter betätigt hatte, sog er schockiert die Luft ein. Nala schlug sich die Hand vor den Mund, und Linus übergab sich sofort auf den Teppich.

KAPITEL 9

Max konnte sekundenlang überhaupt nicht verarbeiten, was er dort vor sich sah. Emilia lag ausgestreckt auf dem Teppichboden. Sie trug einen lilafarbenen Bademantel und weiße Hausschuhe, die das Logo der *HotelDiamant* trugen: ein goldenes *H* und ein *D*, die von einem roten Lorbeerkranz umringt waren. Die Beine und Arme waren von ihrem Körper weggespreizt, so als würde sie einen Schneeengel machen, nur dass sich ihre Gliedmaßen nicht auf und ab bewegten. Ihre leblosen Augen blickten zur Zimmerdecke, ihr Mund war leicht geöffnet. So weit, so harmlos. Das Schlimme, das, was Max bis ins Mark fuhr, war, dass in Emilias Schädel eine Axt steckte. Direkt oberhalb der Stirn am Scheitelpunkt. Der gelbe Gummigriff der Tatwaffe ragte über ihr Gesicht. Der halbe Kopf war aufgespalten, und Hirnmasse sowie Blut waren auf den Teppichboden gelaufen.

Zwar wusste Max, dass jegliche Hilfe hier überflüssig war, dennoch ging er neben Emilia zu Boden und tastete mit einem Finger an ihrem Hals nach dem Puls. Sie war bereits abgekühlt, und die Totenstarre setzte ein. Natürlich war kein Herzschlag zu spüren.

Linus stützte sich im Türrahmen ab und wischte sich mit seinem Ärmel Erbrochenes vom Mund.

»Du solltest … sie nicht berühren. Das hier ist ein Tatort. Nicht, dass du Spuren … verwischst«, sagte er angestrengt und rang damit, nicht wieder zu brechen.

Nala liefen Tränen über die Wangen, und dicke Tropfen landeten auf dem Fußboden.

»Du hast recht«, sagte Max und stand auf. »Ruf die Polizei.«

Linus wich in den Flur zurück und zog sein Handy aus der Hosentasche. Max sah sich währenddessen das Zimmer an, ohne sich vom Fleck zu bewegen. Es war identisch mit seinem eigenen. Zwei Räume. Ein Wohnbereich und ein Badezimmer. Die Tür zum Bad stand offen, und das Licht brannte. Offensichtlich war Emilia gerade aus der Dusche gekommen, bevor sie so brutal aus dem Leben katapultiert wurde. Neben dem Bett waren ein paar Klamotten auf dem Boden verstreut, die Nachttischlampe war eingeschaltet, und unter der Lampe lagen Emilias Handy, ein Briefumschlag, eine Flasche Wasser und ein Buch. Der Stuhl des Schreibtisches war umgekippt, und die Lamellen des künstlichen Fensters waren teilweise eingeknickt.

Vermutlich hatte es einen kurzen Kampf gegeben, infolgedessen Emilia oder der Angreifer gegen das Fenster gefallen war und bei dem der Stuhl umgeworfen wurde, wobei die Kleidungsstücke zu Boden gefallen waren, die auf diesem gelegen oder gehangen hatten.

»Max«, hauchte Nala und rang um Fassung. »Wenn Emilia ermordet wurde, muss der Täter noch hier im Hotel sein.«

Darüber hatte Max so noch nicht nachgedacht. Seine Gedanken wirbelten so sehr durcheinander, dass er diese logische Tatsache völlig außer Acht gelassen hatte. Schnell schaute er zum Bad, jedoch war dort niemand zu sehen. Sofort glitt sein Blick über den großen Spiegel hinüber zum Kleiderschrank.

Die Türen waren verschlossen.

Nala folgte seinem Blick. Sie zitterte am ganzen Körper. Max griff sich eine längliche, schwere Vase, die vor dem falschen Fenster stand und dort offenbar zur Dekoration von Emilia platziert worden war.

Vorsichtig ging Max auf den Schrank zu. Er hielt die Vase etwas nach oben, auf Kopfhöhe, sodass er direkt zuschlagen konnte, falls jemand aus dem Schrank gesprungen käme. Er war noch sechs Schritte entfernt.

Dann fünf.

Vier.

Sein Herz raste.

Drei.

»Max, nein!«, zischte Nala.

Zwei.

Oh Gott, was tue ich hier?

Einen Schritt noch.

Er riss blitzartig die Flügeltür des Schranks auf und schlug umgehend zu. Doch alles, was er erwischte, waren die Blusen und Oberteile von Emilia, die akkurat nebeneinanderhingen. Hier war niemand. Kein Mörder, kein Monster. Nur Kleidungsstücke.

Max durchwühlte überflüssigerweise den restlichen Schrank, fand aber weiterhin nichts Auffälliges. Klatschnass vor Schweiß und Adrenalinschüben schaute er sich im Zimmer um. Es gab keine Möglichkeit, wo sich der Mörder hätte verstecken können. Keine weitere Tür, keine Luke in der Zimmerdecke oder auf dem Boden. Er muss durch die Tür verschwunden sein, nachdem er Emilia getötet hatte. Und das bedeutete, dass die anderen Gäste in Gefahr waren!

Wie konnte jemand hierherkommen?, fragte er sich. *Es stürmt, und die Insel ist unerreichbar. Außerdem gibt es doch die Bewegungsmelder, falls jemand am Steg oder anderswo auf der Insel anlegt.*

HotelDiamant legte großen Wert auf die Sicherheit und Anonymität seiner Gäste. Das gesamte Gelände und das Hotel waren videoüberwacht.

Max sollte eigentlich bereits einen Security-Mitarbeiter eingestellt haben. Doch das hatte er bisher versäumt, da er es nicht priorisiert hatte. Wofür er sich gerade vor Wut ohrfeigen könnte. Dieser Fehler würde ihn seine Karriere kosten. Kaum hatte er darüber nachgedacht, schämte er sich auch schon. Er dachte an seine berufliche Zukunft. Jetzt. In dem Moment, wo gerade eine Kollegin und Freundin ermordet worden war.

»Max, mein Handy … Ich erreiche niemanden«, sagte Linus. Ganz elend stand er in der Tür, starrte ungläubig auf sein Handy und schüttelte den Kopf.

Max eilte an ihm vorbei, bog in sein eigenes Zimmer ab und nahm sein Handy vom Nachttisch. Er wählte die Notrufnummer, aber auch er bekam kein Signal. Nicht mal ein Piepen oder das Zeichen einer besetzten Leitung. Die beiden anderen waren ihm gefolgt und sahen ihn erwartungsvoll an.

»Nichts. Funktioniert nicht. Liegt sicher am Sturm.«

Der nächste Sendeturm war auf dem Festland angebracht, reichte aber normalerweise bis zu dieser Insel. Vielleicht war er von einem Blitz getroffen worden. Vielleicht war er manipuliert worden. Ein unheilvoller Gedanke. Max wollte sich gar nicht ausmalen, was das bedeuten könnte.

Er steckte sein Handy ein und griff zum Festnetztelefon, das ebenfalls auf seinem Nachttisch stand. Zittrig drückte er die Tasten – nichts. Die Leitung war tot.

»Verdammte Scheiße!«, brüllte er und warf den Hörer wütend auf die Gabel. »Zur Rezeption! Los.«

Alle drei rannten den Flur entlang, bogen rechts durch die Flügeltür ab und hetzten weiter. Max war bisher gar nicht aufgefallen, dass er noch immer die Vase in einer Hand hielt. Aber jetzt war er froh, dass er eine Art Waffe dabeihatte, für den Fall, dass Emilias Mörder plötzlich vor ihm stand. Nala keuchte immer wieder ein »Oh mein Gott, oh mein Gott«, während sie neben ihm herrannte.

Kurz darauf fanden sie sich in der Hotellobby wieder, und Max umrundete die Rezeption. Er griff zum Telefon und wählte erneut die Tasten für den Notruf. Starr vor Schreck hielt er sich den Hörer ans Ohr und sah Nala und Linus an, die ihrerseits erwartungsvoll zu Max blickten.

»Und?«, fragte Linus.

»Tot«, sagte Max.

Vorsichtig legte er den Hörer zurück und loggte sich am Computer ein. Der Bildschirm wurde freigegeben. Das WLAN-Zeichen in der unteren rechten Bildschirmecke trug ein gelbes Ausrufezeichen.

Keine Verbindung.

»Das ist unmöglich«, sagte Nala, die ebenfalls auf den Bildschirm sah. »Das Internet soll auch ausgefallen sein? Das ist doch kein Zufall.«

Max drehte sich um, öffnete die braune, schwere Holztür, die die Aufschrift *Zutritt nur für Personal* trug und zu einem kleinen Büro führte. Von hier aus ging rechts eine Treppe vier Stufen nach unten. Er lief sie hinab und stand nun im Technikraum des Hotels. Stromkasten und Zähler waren links, Gas-, Wasser-, Telefon- und Internetanschluss befanden sich auf der rechten Seite hinter einer Glasscheibe. Die dazugehörige Glastür war aufgeschlossen und nur leicht angelehnt. Max öffnete sie, trat ein und kniete sich hin, um den Telefon- und Glasfaseranschluss zu überprüfen.

Das Kabel war durchtrennt.

Max sah gefühlt minutenlang auf die durchgeschnittenen Drähte und Gummiisolierungen, ehe er langsam aufstand und die Treppe wieder hinaufging. Nala saß auf einem Stuhl und tippte weiterhin verzweifelt auf den Tasten des Computers rum. Linus lief hinter der Rezeption auf und ab.

»Du kannst aufhören, Nala«, stammelte Max und fuhr sich mit einer Hand durch seine Haare.

»Wieso?«, wollte sie wissen und drehte sich auf dem Bürostuhl langsam um.

»Die Kabel wurden manipuliert. Jemand hat sie durchtrennt.«

»Was? Im Technikraum? Unmöglich. Die Glastür ist immer abgeschlossen«, rief Linus. »Ich war den ganzen Abend über gleich da drüben an der Bar. Ich hätte doch gesehen, wenn sich eine unbefugte Person hineingeschlichen hätte. Da war niemand.«

»Die Glastür wurde nicht aufgebrochen, sie wurde aufgeschlossen«, entgegnete Max ernst.

Nala sagte: »Die Generalschlüssel liegen im Safe. Wie soll da jemand rankommen?«

Max holte seinen eigenen kleinen roten Schlüssel aus der Tasche und drehte ihn in der Hand. Dann ging er wieder in das hintere Büro und tippte die Zahlenkombination des Safes ein.

020590.

Das Tastenfeld piepte, und der Tresor, der nicht größer war als ein kleiner Kühlschrank, öffnete sich. Im Innern befanden sich zahlreiche Dokumente, etwas Bargeld, eine Leuchtpistole, Walkie-Talkies und die Samtschale mit Fächern für die verschiedenen Schlüssel: für den Schuppen, in dem die Kanus und Segelboote lagerten, für den Angelschrank, für die Kasse der Bar, für das Motorboot des Hotels, das am Steg lag, für den Leuchtturm am anderen Ende der Insel, für den Zugang zum Dachboden und noch ein paar andere. Für alles gab es einen Schlüssel. Und die zwei Plätze, in denen die anderen beiden Generalschlüssel hätten liegen sollen, waren leer. Nur zwei kleine Furchen auf dem samtroten Stoff wiesen darauf hin, dass hier eigentlich zwei Schlüssel liegen müssten.

»Sie sind weg«, hauchte Max.

Panisch versuchte er jetzt, mit dem Walkie-Talkie irgendjemanden zu erreichen, doch durch den Sturm und durch die Wände des Hotels bekam er kein Signal.

Linus stand neben ihm und hyperventilierte fast.

»Leute, seht euch das mal an!«, rief Nala von vorne, und beide liefen schnell zu ihr.

Sie hatte die digitalen Überwachungsbänder der letzten Stunden aufgerufen und blickte gebannt auf den Bildschirm. Nala tippte ein paar Befehle in die Tasten, und das Bild einer Kamera erschien. Es war die, die hier in der Lobby unter der Decke angebracht war. Max sah nach oben und betrachtete die kleine rundliche Weitwinkelkamera, die unscheinbar alles aufnahm, was diesen Raum durchschritt. Die digitalen Videobänder wurden vier Wochen lang auf dem Server gespeichert, der sich im Technikraum befand, ehe sie wieder gelöscht wurden. Die Datenschutzbestimmungen in Deutschland waren streng. Max wusste allerdings genau, dass die *HotelDiamant* nicht immer die Regeln des Landes befolgte, in dem sie ein Hotel errichtet hatte. Heimlich wurden die Bänder in einer Cloud gespeichert, damit man auch zukünftig auf das Videomaterial zugreifen konnte, falls es nötig war. Diebstahl, Sachbeschädigung oder sexuelle Belästigung waren nur einige der

Tatbestände, die manchmal erst wesentlich später zutage kamen. Dann konnte es helfen, Beweismaterial zu haben, auch wenn das gegen einige Gesetze verstieß. Max fand diese Einstellung richtig. Diese völlig überzogenen Richtlinien schützten meist die Täter eines Verbrechens, nicht die Opfer.

»Ich spule zu dem Zeitpunkt zurück, in dem Linus die Bar verlassen hat. Ihr glaubt nicht, was dann passiert«, sagte Nala und riss Max damit aus seinen Gedanken.

Mit einem Drehknopf ließ sie die Zeit zurücklaufen, und auf dem Bildschirm liefen Personen blitzartig rückwärts durch die Lobby. Dann stoppte sie den Spulvorgang. Im unteren Bildschirmbereich zeigte eine digitale Anzeige eine Minute nach Mitternacht. Man erkannte Linus und Richard Pfeifer, der offensichtlich an der Bar eingeschlafen war. Er lag mit dem Kopf auf der Theke, neben ihm standen ein leeres und ein halb volles Glas mit Brandy. Linus räumte das leere Glas zur Seite, wusch die Theke um Richard herum ab, räumte den Schnaps zurück ins Regal und verließ die Lobby kurz. Genau wie er berichtet hatte, um nach Emilia zu sehen.

Wenige Momente später sog Max ungläubig die Luft ein.

Eine Gestalt mit einer Harlekinmaske trat ins Bild. Offensichtlich kam sie aus dem Speisesaal. Aber wie konnte sie dort hingekommen sein? Die Eingangstür war zu diesem Zeitpunkt längst abgeschlossen gewesen. Sie musste sich also vorher schon im Hotel aufgehalten haben.

Die Maske sah alles andere als freundlich aus. Es war eher eine Gruselmaske für eine Halloweenverkleidung. Weiße Haut, eine schwarz-weiße Mütze, dessen Zipfel an den Seiten hinabhingen, ein breites Maul mit spitzen Zähnen und giftgrüne Augen. Außerdem trug der Harlekin einen Blaumann und Arbeitsstiefel. Das

Merkwürdigste an dieser Szene war der rosafarbene Luftballon, den er in der linken Hand hielt. Dieser schwebte in der Luft und kämpfte gegen die Leine an, um weiter nach oben zu gelangen – offensichtlich war er mit Helium befüllt. Die Gestalt blickte hoch zur Kamera und winkte vergnügt. Dann zog sie eine Handaxt aus einer der hinteren Hosentaschen und winkte auch damit in die Kamera. Richard schlief weiter und bemerkte nicht, dass jemand hinter ihm stand.

»Ist das …«, fragte Nala, und eine Gänsehaut überzog ihren Körper.

Max drückte die Stopptaste und zoomte mit dem Drehknopf näher an die Axt heran.

Derselbe Gummigriff, dieselbe gelbe Farbe.

»Ja. Es ist die Axt, die in Emilias Kopf getrieben wurde.«

Max betätigte erneut die Playtaste, und das Video lief weiter. Der Harlekin im Blaumann ließ den Ballon direkt unter der Kamera aufsteigen, sodass das Bild verdeckt wurde. Man konnte nur das rosa Gummi sehen. Alle blickten gebannt auf den Bildschirm. Max wechselte mit ein paar Klicks auf eine andere Kamera, die in dem Büro hinter der Rezeption angebracht war. Der Harlekin trat ins Bild und sprühte die Linse mit schwarzer Farbe ein, sodass auch hier nichts mehr zu sehen war.

»Keine Chance zu ermitteln, wer dieser Typ ist«, sagte Linus.

Max wechselte wieder zurück zur anderen Kamera und spulte weiter vor. Wenige Minuten später wurde der Ballon von dem Harlekin an der Schnur wieder eingefangen. Er winkte zum Abschluss erneut und ging gelassen in Richtung der Schlafräume der Angestellten.

Weiteres Spulen.

Richard schlief wie ein Baby und bekam nach wie vor nichts

von seiner Umwelt mit. Linus kam laut Digitalanzeige zwölf Minuten später aus der Richtung wieder, in die der Harlekin soeben gelaufen war.

»Ich hätte ihn doch sehen müssen!«, sagte er und schüttelte den Kopf. »Da war niemand. Er muss vorher abgebogen sein.«

»Vermutlich hatte er den Generalschlüssel da schon, den muss er geholt haben, nachdem er die Kameras außer Gefecht gesetzt hat. Also kann er nun überall rein- und rausspazieren«, meinte Nala. »Woher zum Teufel kannte er die Kombination für unseren Safe?«

Ihre Frage blieb unbeantwortet im Raum hängen.

Max schaltete auf die Kameras im Gang zu den Schlafräumen und zum Wellnessbereich. Das Hotel war in jedem Flur mit Überwachungskameras ausgestattet. Anscheinend waren auch die manipuliert worden. Das Bild blieb schwarz, egal, wie lange er zurückspulte. Minuten, Stunden, Tage.

»Die Kameras sind seit Tagen defekt?«, fragte Nala und blickte ungläubig zu Max.

»Sie laufen theoretisch erst seit vier Tagen. Emilia und ich hatten alle kontrolliert. Da funktionierten sie noch«, antwortete er.

Max schaltete sich der Reihe nach auf alle anderen Kameras, die im Hotel angebracht waren. In den Fluren der Gästezimmer, im Speisesaal, vor dem Haupteingang, im Fitnessraum, am Bootssteg, überall. Und auf allen sahen sie das Gleiche: einen schwarzen Bildschirm.

»Alle defekt, bis auf die eine hier in der Lobby und die im Büro?«, fragte Linus entgeistert. »Gibt es da keine Fehlermeldung? Also, falls eine ausfällt oder kein richtiges Bild empfangen wird, weil die Linse zum Beispiel beschmiert wurde? Müssten wir das nicht feststellen?«

»Doch«, entgegnete Max. »Außer, jemand hat sich auch an diesem Computer zu schaffen gemacht. Und das muss dann bereits vor Tagen passiert sein.«

Niemand sagte etwas. Das würde bedeuten, dass der Harlekin seit Tagen hier war und weiß Gott was angestellt hatte.

Max klickte noch einmal weiter und fand plötzlich doch das Bild einer Kamera, die noch funktionierte. Weiße Türen ohne Nummern waren zu sehen.

»Da! Die funktioniert! Das sind unsere Zimmer«, rief Nala.

Max spulte wieder mit der Drehtaste und stoppte, als Emilia durchs Bild lief.

»Da geht sie in ihr Zimmer«, sagte er.

Er spulte weiter auf null Uhr fünf, und Linus trat ins Bild. Er lauschte an der Tür von Emilia, klopfte einmal, wartete einen Augenblick, klopfte wieder und ging schließlich nach einiger Zeit.

Weiteres Spulen, der Timer raste.

Null Uhr fünfzehn, null Uhr sechsundvierzig, ein Uhr zwölf, ein Uhr zweiunddreißig. Keine Gestalt in Blaumann und Maske tauchte auf.

»Hm«, wunderte sich Nala und runzelte die Stirn. »Ist er doch nicht hier entlanggegangen?«

Und plötzlich geschah etwas. Es war keine Gestalt mit Harlekinmaske aufgetaucht, obwohl diese sich kurz nach Mitternacht in die Richtung dieses Bereiches aufgemacht hatte. Aber jetzt, um ein Uhr zweiunddreißig, öffnete sich die Tür von Emilias Unterkunft von innen.

Nala stieß einen Schrei aus. »Wie kann das sein?«, rief sie, und Max zitterte kurz am ganzen Körper.

Auf dem Bildschirm war wieder die Horrormaske des Harlekins

aufgetaucht. Doch blickte sie aus dem Zimmer von Emilia *heraus*, ohne vorher *hineingegangen* zu sein.

»Das ist unmöglich! Wir haben doch gesehen, dass der Harlekin nicht im Flur war«, warf Linus ein, als könnte er hier mit der Logik verhandeln.

Max ignorierte ihn. Er blickte schockiert auf den Bildschirm und konnte kaum einen klaren Gedanken fassen. Wieder winkte die Gestalt in die Kamera und hob einen imaginären Hut hoch, so als würde sie sich bei einem fiktiven Publikum bedanken. Darauf malte sie mit einem blutigen Finger den ersten Buchstaben auf die Tür. Fünf Mal verschwand sie in Emilias privater Unterkunft, um den Finger mit neuem Blut zu beschmieren. Schließlich hatte die Gestalt die Botschaft vollendet, lüpfte erneut den imaginären Hut und schritt den Flur hinab, bis sie außer Sicht war.

KAPITEL 10

»Was machen wir jetzt?«, fragte Nala und sah Max an. »Wie konnte der an der Kamera vorbeikommen, um in Emilias Zimmer zu gelangen? Die Tür ist der einzige Zugang. Ein echtes Fenster zum Durchsteigen haben wir ja alle nicht. Wie konnte er das schaffen?«

»Ich weiß es nicht. Er muss sich schon länger hier auf der Insel und im Hotel aufhalten. Wir wissen, dass er die Generalschlüssel an sich genommen und die Verbindung zum Festland gekappt hat. Vermutlich hat er sogar den Sendemast am Festland manipuliert. Das erklärt, warum wir keinen Handyempfang haben. Wichtig ist jetzt, dass wir hier wegkommen und unsere Gäste in Sicherheit bringen.«

Max hatte die Worte noch nicht ganz ausgesprochen, als plötzlich der Feueralarm losheulte. Ein lautes Klirren einer schrillen Glocke durchfuhr das gesamte Hotel. Eine neutrale Frauenstimme wiederholte monoton, dass man in aller Ruhe das Gebäude verlassen sollte. Er lief zurück zum Bildschirm an der Rezeption, wo sich ein Alarmfenster geöffnet hatte. Die Umrisse des Hotels waren grafisch erschienen und zeigten ihm, in welchem Teil des Gebäudes der Feueralarm aktiviert wurde.

»Dachboden«, sagte Linus und deutete mit seinem Finger auf die Stelle.

Auf der Skizze drehte sich im Abschnitt des Dachbodens eine kleine rote Lampe mit dem Warnhinweis *Feuer!*.

»Max, wir müssen aufs Festland. Sofort!«, rief Nala durch das laute Schrillen hindurch.

»Ja, du hast recht. Wir verschwinden von hier«, antwortete er nickend und bemerkte in diesem Moment, dass Clair, Richard und Elisabeth verschlafen und zerzaust aus dem Treppenhaus kamen.

Linus beugte sich zu Max und flüsterte: »Wie heißt sie noch? Amy? Also Helena? Sie ist noch nicht hier.«

Max blickte besorgt zum Treppenhaus. Amy war nicht zu sehen.

»Okay, ich suche nach ihr. Ihr bringt die Gäste in Sicherheit. Wartet«, sagte Max, lief nach hinten ins Büro, holte den Schlüssel für das Motorboot, das Walkie-Talkie und die Leuchtpistole aus dem noch geöffneten Safe und kam zurück. »Hier, der Schlüssel für das Boot. Auch wenn es eng wird, passt ihr alle hinein. Schmeißt den Motor an, kreist ein wenig auf dem Wasser und wartet maximal fünfzehn Minuten. Sollte ich dann nicht auftauchen, fahrt ihr los. Und hier, das Walkie-Talkie.«

Er gab Nala den Schlüssel und das Walkie-Talkie in die Hand und steckte die Leuchtpistole in seinen Hosenbund.

»Schalte auf Kanal sechs. Hannes hat das Gegenstück. Vielleicht erreichst du ihn, wenn sein Gerät in seiner Nähe und eingeschaltet ist. Er soll sich direkt mit der Polizei in Verbindung setzen.«

Clair, Richard und Elisabeth standen vor ihm und blickten verängstigt drein.

»Was ist denn los?«, wollte Clair wissen und band sich ihre roten Haare zu einem straffen Zopf zusammen.

»Bitte folgt Nala zum Steg nach draußen. Sie wird euch ins Bild setzen und zum Festland bringen«, antwortete Max.

»Wir brauchen unsere Jacken, wenn wir da raus sollen«, entgegnete Clair.

»Dafür ist keine Zeit. Bitte folgt Nala und Linus umgehend«, wiederholte Max und machte Anstalten, zu gehen, doch wurde er von Linus am Arm festgehalten.

»Ich komme mit!«, verlangte er. »Emilia wurde um… Es ist zu gefährlich! Du brauchst Hilfe.«

»Was?«, rief Elisabeth entsetzt. »Was soll das heißen?«

»Gefährlich? Hilfe wobei?«, fragte Richard und blickte Max mit wässrigen Augen an.

»Kann nicht jemand diesen Alarm ausschalten?«, fragte Elisabeth gereizt und zog ihren Morgenmantel etwas fester zu.

Max nickte Nala zu, und diese tippte ein paar Kombinationen in die Tastatur des Computers. Der Alarm und die monotone Frauenstimme verstummten. Die plötzliche Stille war unheimlich.

»Ich verlange zu wissen, was genau hier eigentlich los ist! Ein Hotel dieser Klasse sollte sich solch einen Fehlalarm nicht erlauben!«, ereiferte sich Richard. »Jetzt sollen wir zum Festland gebracht werden? Mitten in der Nacht und das bei dem Wellengang und Unwetter?« Er wirkte durch seinen Alkoholkonsum vor einigen Stunden sehr angeschlagen.

»Leider muss ich euch sagen, dass wir hier nicht direkt von einem Fehlalarm ausgehen können. Ich werde nachsehen, warum der Alarm angesprungen ist, und suche nach Amy, unserem letzten Gast. Es ist etwas Schlimmes passiert. Ich bitte euch, nicht in Panik zu verfallen.« Max seufzte und fuhr fort. »Vor wenigen Stunden ist unsere Kollegin und Freundin Emilia verstorben.« Um die Gäste nicht noch weiter zu beunruhigen, behielt Max die schaurigen Details vorerst für sich.

Alle schwiegen bestürzt. Elisabeth wollte etwas sagen, brachte jedoch kein Wort hervor.

Clair war die Erste, die die Fassung zurückerlangte. »Verstorben?

Was genau meinst du damit? Wie kann sie hier einfach sterben? Wodurch? War sie krank? War es ein Unfall?«

Max blickte unsicher zu Linus. In der Uni hatte man ihn nicht gelehrt, wie mit einem Mord in einem Hotel umzugehen war.

»Also, es ist in ihrer privaten Unterkunft passiert. Wir haben ihren leblosen Körper vorgefunden. Wie es passiert ist, wissen wir nicht genau.«

»Hört doch auf«, warf Elisabeth ein und wirkte nun so, als würde sie gleich losweinen. »Wenn Emilia eines natürlichen Todes gestorben wäre, müssten wir wohl kaum die Insel verlassen. Feuer wird doch hier keins ausgebrochen sein. Ich rieche und sehe nichts, aber der Alarm geht los? Warum warten wir also nicht draußen, bis dieses Rätsel gelöst ist, und gehen dann zurück auf unsere Zimmer? Ich sage euch, warum: Weil hier etwas anderes vor sich geht. Die Panik steht euch allen ins Gesicht geschrieben. Was ist hier wirklich los?«

Max sah sich prüfend um. Er sorgte sich zunehmend, dass gleich ein Mann mit Harlekinmaske auftauchen könnte.

»Okay. Die Wahrheit: Emilia wurde umgebracht, und der Täter befindet sich in diesem Gebäude.«

Wumms.

Das hatte gesessen. Clair sah ihn voller Angst an und schüttelte den Kopf, so als würde sie es nicht wahrhaben wollen.

»Ein Mörder läuft hier herum? In diesem Hotel? Was soll das? Ist das ein schlechter Witz?«, fragte Richard zornig.

»Nein, er sagt die Wahrheit. Wir müssen zum Festland«, entgegnete Nala. »Bitte folgt mir umgehend.«

»ICH WILL GENAU WISSEN, WAS HIER LOS IST!«, brüllte Richard und ließ sich auch von seiner Lebensgefährtin Elisabeth nicht beschwichtigen.

»Bitte, beruhige dich …«, wollte Nala einwerfen, wurde jedoch barsch unterbrochen.

»BERUHIGEN? NEIN! Und auch mit dem *Duzen* ist Schluss! Ich finde es ja ganz nett, dass hier eine Harmoniebedürftigkeit vorherrscht, aber ich bin Doktor der Biologie, und das hier ist keine Studentenparty!«

»Richard! Hör jetzt auf! Wir müssen auf diese Leute hören«, versuchte Elisabeth, auf ihn einzuwirken.

Offensichtlich zeigte dies nun etwas Wirkung, da Richard langsam ein- und wieder ausatmete und mit ruhigerer Stimme fragte: »Also. Wie kann hier ein Mörder sein? Wir sind alle zusammen mit der Fähre auf dieser Insel angekommen. Kann hier jemand ohne Weiteres mit einem anderen Boot angelegt haben? Und woher wissen Sie so genau, dass Emilia ermordet wurde?«

Max erklärte: »Ich weiß nicht, wie der Täter hierhergekommen ist. Mit einem Boot bestimmt nicht. Das hätten unsere Sicherheitsanlagen erkannt, die rund um die Insel installiert sind. Niemand kann herkommen, ohne dass wir es mitbekommen. Vermutlich war der Täter schon vorher hier. Aber das ist jetzt nicht so wichtig. Wichtig ist, dass wir hier wegkommen. Und dass Emilia ermordet wurde, zeigt der Zustand ihrer Leiche. Mehr kann und möchte ich jetzt nicht sagen. Sie gehen jetzt zusammen mit Nala und Linus zu dem Motorboot unten am Steg. Sie starten den Motor, fahren ein Stück raus und warten fünfzehn Minuten. Tauche ich mit Amy nicht während dieser Zeit auf, fahren Sie zum Festland und holen Hilfe. Los!«

»Max, ich werde dich begleiten. Nala kann das Boot alleine steuern. Aber du kannst es nicht alleine mit einem Mörder aufnehmen und gleichzeitig Amy suchen«, warf Linus ein.

»Ich will es nicht mit einem Mörder aufnehmen, sondern nur Amy finden.«

»Ich denke, das kannst du dir vielleicht nicht aussuchen.«

»Okay. In Ordnung. Bekommst du das hin, Nala?«, sagte Max.

»Natürlich«, antwortete sie knapp. »Fünfzehn Minuten, länger warten wir nicht.«

Alle setzten sich in Bewegung, ohne noch weitere Fragen zu stellen. Die Schiebetür nach draußen glitt zur Seite auf, und Max sah, dass der Regen wieder stärker wurde und Blitze durch den Himmel peitschten.

»Na dann«, meinte Linus. »Holen wir Amy, und nichts wie weg hier!«

Sie rannten die Stufen hinauf. Der Fahrstuhl funktionierte bei Feueralarm nicht, und Max wäre sowieso nicht in einen Metallkasten gestiegen, ohne zu wissen, wer hinter der Tür lauern konnte, wenn diese sich wieder öffnete. Beim Laufen nach oben warf er sich wieder eine Tablette ein, da rasende Kopfschmerzen seinen Schädel malträtierten. Der Migräneanfall konnte zu keinem schlimmeren Zeitpunkt kommen. Diese Anfälle gingen offensichtlich mit Stress einher, da war er sich nun sicher.

Die Zimmer von Elisabeth, Richard und Amy lagen im zweiten Stockwerk, und so rannten Linus und er weiter nach oben. Über dieses Treppenhaus konnte man auch den Dachboden erreichen. Man roch keinen Rauch oder Feuer – was nicht heißen musste, dass es nicht brannte, denn die Tür zum Dachboden war aus Stahl gefertigt, und ein Feuer konnte dahinter wüten, ohne dass das außen wahrzunehmen war. Es würde eine Zeit dauern, bis die Flammen auf den Flur und andere Gebäudeteile überschlagen konnten. Sie mussten sich erst durchs Mauerwerk fressen oder sich über das Dach ausbreiten. Hoffentlich war es nur ein Fehlalarm.

Wobei – jetzt, wo Max darüber nachdachte, war der Ruf dieses Hotels sowieso ruiniert. Ein Mord in der ersten Nacht. Welcher Gast würde jemals wieder hierherkommen, falls das Hotel weiter existierte? Welches Hotelmanagement würde Max je wieder einen Arbeitsplatz anbieten, falls das Seewind Manor abbrannte?

O Mann, ich bin am Arsch, dachte Max.

Sie rissen die Tür zum Flur auf und blieben auf dem roten Teppichboden stehen. Vor ihnen lag die Tür zum Fahrstuhl. Links und rechts daneben waren Türen der Zimmer, die momentan nicht bewohnt waren. Ein Stück weiter lagen sich die Türen von Richards, Elisabeths und Amys Zimmern gegenüber.

Doch etwas war hier anders als sonst.

KAPITEL 11

Linus und Max hielten abrupt an. *Alle Türen* der Unterkünfte auf dieser Etage waren weit geöffnet. Ein ohrenbetäubender Krach dröhnte durch den Flur. Offensichtlich waren die Fernseher im Innern auf volle Lautstärke gedreht, jeder auf einem anderen Programm. Es war ein Nachrichtensprecher zu hören, der die Wettervorhersage durchgab, laute Rockmusik, die Übertragung einer Messe aus einer Kirche und Werbung für einen Safthersteller.

Auch vom anderen Ende des Flurs drangen Geräusche. Demnach war auch die Tür zur Suite geöffnet und der Fernseher eingeschaltet. Sehen konnte Max das jedoch nicht, da der Korridor vor der Suite nach rechts abbog.

»Was ist das denn für ein Scheiß?«, fragte Linus und betrat das Zimmer links vom Fahrstuhl.

Mit der Fernbedienung auf dem Tisch schaltete er den ersten Fernseher ab, und die Wettervorhersage verstummte. Max tat es ihm gleich und rannte in den zweiten Wohnbereich rechts neben dem Fahrstuhl. Hier hämmerte die Rockmusik, die Max ausschaltete.

Blieben noch drei.

Linus und er gingen dann beide in Amys Zimmer, schalteten dort den Live-Gottesdienst ab und sahen sich um. Doch von Amy fehlte jede Spur. Ein paar Klamotten lagen kreuz und quer im

Raum verteilt, das Licht war eingeschaltet. Jedoch war keine Menschenseele zu sehen. Max rannte zum Schlafbereich und fand das Bett aufgewühlt vor. Er warf einen Blick darunter – nichts. Amys Handy mit angeschlossenen Kopfhörern sowie ihr aufgeklappter und ausgeschalteter Laptop lagen auf einem der vielen Kissen. Ansonsten gab es nichts Interessantes zu entdecken.

Linus, der wohl in Richards und Elisabeths Hotelzimmer nach dem Rechten gesehen und den Fernseher ausgeschaltet hatte, kam jetzt atemlos in Amys Schlafzimmer.

»Was gefunden?«, fragte Max ihn.

»Nichts. Keine Spur von ihr.«

»Irgendwo muss sie ja sein.«

Sie waren gerade wieder auf den Flur getreten, als Max Linus am Arm packte. »Hörst du das?«, wollte Max wissen.

»Nein, was?«

»Diese Stille. Der Fernseher aus der Suite. Er läuft jetzt auch nicht mehr.«

Nun bemerkte auch Linus, dass es plötzlich absolut ruhig geworden war.

»Hast du ihn ausgeschaltet?«, fragte er Max.

»Wie denn? Ich war nur hier und gegenüber.«

Beide starrten den Flur hinab. Dann hörten sie ... Schritte? Ja, Schritte. Gedämpft durch den Teppichboden und sehr langsam. Sie kamen aus dem Winkel des Flures, den sie nicht einsehen konnten. Sie kamen immer weiter auf sie zu. Linus und Max bewegten sich langsam rückwärts zurück in Richtung Treppenhaus.

»Scheiße. Ist das der Kerl?«, zischte Linus.

Die Schritte stoppten. Die Person musste sich unmittelbar hinter dem Knick des Flures aufhalten. Und auf einmal blickte die fremde Gestalt um die Ecke.

Max keuchte, sein Herz machte einen Satz. Auch Linus ächzte erschrocken. Ein Gesicht starrte sie an. Giftgrüne Augen und gelbbraune Reißzähne im Maul.

Die Harlekinmaske.

Sie fixierte die beiden und legte den Kopf schräg.

»Weg hier!«, schrie Linus, und beide setzten sich in Bewegung.

Sie liefen die restlichen Meter am Fahrstuhl vorbei und ins Treppenhaus. Max warf die Tür hinter sich zu, schloss sie mit seinem Generalschlüssel ab und verkeilte die Tür mit einem Türstopper, damit der Harlekin sie von innen nicht aufschieben konnte. Wenige Sekunden nachdem er das getan hatte, hämmerte jemand gegen das Holz der Tür. Beide wichen panisch an das Treppengeländer zurück.

»Er hat doch die Generalschlüssel!«, keuchte Linus.

Das Hämmern hielt noch einige Sekunden an, dann hörte es abrupt auf. Offensichtlich versuchte der Harlekin nicht, die Tür mit einem der Schlüssel zu öffnen. Gedämpfte Schritte entfernten sich, und nach wenigen Sekunden hörten sie wieder die Geräusche eines Fernsehers.

»Was für ein kranker Mist ist das hier?«, fragte Max eher zu sich selbst, während sich Schweißperlen in seinem Gesicht sammelten.

»Max?«

Er blickte weiter die Tür an und konnte nicht glauben, was hier vor sich ging.

»MAX?«

Er hörte Linus' Stimme nur beiläufig, da der Schockzustand ihn fest im Griff hatte.

Dann passierten zwei Dinge: Linus riss Max aus seiner Starre, indem er ihn am Arm fasste und auf eine Stelle der Tapete neben ihnen zeigte. Gleichzeitig ließ ein ohrenbetäubender Knall das gesamte Hotel erzittern.

KAPITEL 12

Die leuchtend roten Buchstaben an der Wand waren eindeutig frisch: Blutstropfen rannen langsam nach unten, sammelten sich an der Fußleiste und ließen die unmissverständliche Botschaft noch düsterer wirken.

Nummer 2

Der Pfeil hinter der Zwei zeigte die Stufen hinauf in Richtung der Brandschutztür zum Dachboden, die von hier aus zu sehen war. Max hatte sogar das Gefühl, als könnte er durch das schwere Metall hindurch erkennen, dass auf der anderen Seite etwas Grauenvolles auf ihn wartete.

»Max, was war das für ein lauter Knall? Kam der vom Bootssteg? Es klang, als sei etwas explodiert ... Und wo kommt die blutige Schrift her? Die war gerade noch nicht da. Der Harlekin muss sie an die Wand gemalt haben, als wir die Fernseher ausgeschaltet haben«, fasste Linus hektisch zusammen.

Max war aus seinem Schockzustand erwacht und betrachtete Linus befremdet. »Wir müssen später auf den Dachboden«, antwortete er bestimmt. »Komm jetzt!«

»Meinst du, er hat Amy da oben umgebracht?«, wollte Linus wissen.

»Keine Ahnung. Darum kümmern wir uns nachher. Erst müssen wir wissen, was das für ein lauter Knall war.«

Sie rannten die Stufen wieder hinab und kümmerten sich vorerst nicht um die zweite Botschaft, die der Harlekin an der Wand hinterlassen hatte. Max war so schnell unterwegs, dass er, unten angekommen, auf dem glatten Boden die Kontrolle verlor und gegen das harte Holz der Rezeption prallte.

»Alles okay?«, fragte Linus im Vorbeilaufen, aber Max war schon wieder neben ihm. »Ja, weiter.«

Schnell hatten sie das Foyer durchquert, stürmten auf den Vorplatz und weiter Richtung Steg. Max schlitterte über den regennassen Boden und war damit beschäftigt, nicht erneut das Gleichgewicht zu verlieren, als er ein paar Gestalten bemerkte, die ihnen entgegenkamen: Nala, Elisabeth, Richard und Clair. Hinter ihnen erkannte er eine dicke Rauchwolke, die sich trotz der Dunkelheit, die das Unwetter mit sich brachte, eindeutig vor dem Himmel abzeichnete.

Der halbe Steg war zerstört. Holzsplitter und ganze Bretter lagen kreuz und quer verteilt. Teilweise brannte noch Holz an manchen Stellen, dieses wurde jedoch vom Dauerregen bereits wieder gelöscht.

»Was ist passiert?«, fragte Max und hielt die panisch zitternde Nala am Arm fest, die schon an ihm vorbeilaufen wollte.

»Das Boot! Wir waren … Wir … Wir wollten …«, stammelte sie. Ihr Haar fiel ihr nass in die Stirn.

»Es ist explodiert!«, rief Clair stattdessen und presste sich die Hände auf die Ohren, als hätte sie Schmerzen.

»Hast du etwas abbekommen?«

»Nein. Aber der Knall war so laut, und ich war nah dran«, schrie sie.

Max sah, dass sie Ruß und kleine Splitter im Gesicht und Haar hatte. Auch blutete ihre zarte Haut an manchen Stellen.

»Das Boot ist explodiert? Wie denn das?«, bohrte Linus nach.

Alle standen keuchend und außer Atem in einem Halbkreis. Regen prasselte ihnen auf die Köpfe, Blitze zuckten durch die dichten Wolken.

»Wir hatten gerade den Steg betreten, als die Druckwelle aus Feuer uns fast zu Asche verwandelt hätte. Das Boot ist vor unseren Augen in die Luft geflogen. Einen Moment später, und wir hätten in viele Teile zersprengt auf dem Grund des Meeres gelegen«, erklärte Nala monoton.

Auch sie hatte Holzsplitter und Ruß abbekommen, wenn auch nicht so viel wie Clair. Sie hielt Max das Walkie-Talkie hin, und er nahm es an sich. Es war zum Teil aufgebrochen und nass, funktionierte aber offensichtlich noch.

»Ich bin hingefallen. Ich wollte es nicht kaputt machen.« Sie brach beinahe in Tränen aus.

»Schon gut. Du kannst nichts dafür«, beruhigte Max sie.

»Klasse! Hervorragend! Jetzt ist die letzte Möglichkeit, das Festland zu erreichen, im Arsch! Was sollen wir denn jetzt machen? Hier warten, bis ein Blitz uns umbringt oder wir erfrieren? Oder wieder hineingehen und uns von Ihrem feinen Mörder töten lassen?« Richard war schon wieder nah daran, durchzudrehen.

»Hey, das ist nicht Max' Mörder! Falls Sie es noch nicht begriffen haben: Max versucht, uns alle zu retten!«, ertönte Linus' bebende Stimme. »Also machen Sie sich nützlich, anstatt die Situation für alle noch schlimmer zu machen.«

Max war ihm dankbar, dass er ihm zur Seite gesprungen war. Er schaute zurück zu dem beleuchteten Hotel und kam zu dem Schluss, dass sie hier draußen sicher an Unterkühlung sterben würden. Furchtbare Kopfschmerzen durchströmten schon wieder seinen Schädel, und er schluckte eine Tablette. Nach wenigen Sekunden wirkte sie, und das Hämmern ließ etwas nach.

»Wir gehen zurück, verbarrikadieren uns in einem der Zimmer, harren die Nacht über aus und rufen bei Tagesanbruch mit der Signalpistole Hilfe. Ansonsten wird Hannes morgen mit der Fähre wieder herkommen. Wir werden am zerstörten Steg auf ihn warten, damit er uns einsammelt.«

»Im Hotel übernachten? Sind Sie noch bei Trost?«, fragte Richard.

»Haben Sie eine bessere Idee? Sie können gerne schwimmen. Die Strömung reißt Sie nach wenigen Sekunden in die Tiefe. Oder Sie sterben an einer Unterkühlung, da das Wasser nur eine Temperatur von sieben Grad Celsius hat. Das Ufer ist über acht Kilometer entfernt. Bei dem Wellengang kommen Sie keine hundert Meter weit, bevor Sie keine Kraft mehr haben und auf den Grund des Meeres sinken, glauben Sie mir«, entgegnete Max nun wütend.

Richard schaute trotzig zur Seite und sagte nichts mehr.

»Okay. Wir gehen ins Hotel. So machen wir es«, mischte Clair sich ein. »Wir haben schließlich keine andere Wahl.«

Die anderen nickten, und Linus schlug vor, sie sollten sich mit Messern aus der Küche eindecken, für den Fall, dass sie dem Killer über den Weg laufen sollten. Sie gingen vorsichtig und langsam den Weg zurück zum Hotel und verhielten sich so, als könnte dieses Gebäude sie jeden Moment verschlingen. Jetzt wirkte das Seewind Manor auf einmal bedrohlich und abweisend. Alle beobachteten wachsam die Fenster, bemerkten aber nichts Auffälliges. Max dachte an die unmissverständliche Botschaft an der Wand im Treppenflur und stellte sich die Frage, wie sie wohl Amy vorfinden würden. Vermutlich ähnlich brutal ermordet wie Emilia.

Die Glastür glitt zur Seite auf, und langsam betraten sie das Foyer. An der Bar, bei der Rezeption, im Speisesaal: Keine Menschenseele war zu sehen. Niemand wartete auf sie.

Doch plötzlich blieb Elisabeth abrupt stehen und sog lautstark die Luft zwischen ihren Zähnen ein.

»Was ist?«, fragte Max, aber sie deutete nur mit ausgestrecktem Arm auf die Rezeption. Und dann sah er, was sie meinte.

Ein Brief.

An der Rezeption mit Klebeband befestigt.

Auf dem weißen Umschlag stand in roter Schrift:

Für Nala

KAPITEL 13

»Für Nala«, las Clair vor, und alle blickten zu Nala, die wie angewurzelt dastand.

»Was hat das zu bedeuten?«, fragte Elisabeth und ging etwas näher an die Rezeption heran.

»Nicht anfassen. Das könnte ein Beweisstück sein«, warf Clair ein, aber Elisabeth hielt den Umschlag bereits in der Hand und hatte ihn von dem Klebeband befreit. Sie ging auf Nala zu und reichte ihr den Brief. »Hier, der ist wohl für dich.«

Doch ehe Nala zugreifen konnte, hatte Richard den Umschlag in der Hand und riss ihn auf. »Der geht uns ja wohl alle etwas an! Schließlich ist jemand gestorben, und jemand hat das Boot zerstört. Mit einer Bombe!«

Er riss das Kuvert auf, und eine Plastikkarte fiel vor ihnen auf den Boden. Klappernd blieb diese liegen. Alle blickten gebannt nach unten.

»Das ist ein Ausweis«, sagte Max und drehte seinen Kopf so, dass er die Schrift darauf lesen konnte.

»Michael O'Bryan«, las er vor. »Sagt dir das etwas?«

Das Foto zeigte einen Mann mittleren Alters, der grimmig in die Kamera blickte. Er war leicht untersetzt, hatte fettige Haare und eine rötliche Knollnase. Alle schauten fragend Nala an, doch diese schüttelte bloß den Kopf und sah zur Seite.

»Wie? Da steht dein Name auf dem Brief! Und Michael O'Bryan sagt dir nichts?«, fauchte Richard ungläubig.

»Nein. Ich weiß nicht, wer das ist, und ich weiß auch nicht, warum jemand meinen Namen da drauf geschrieben hat.«

»Das ist doch Bullshit! Du lügst uns an! Ich sehe es in deinem Blick, dass dir der Name etwas sagt.« Richard ließ nicht locker.

»Lass das arme Ding in Ruhe. Was ist denn nur los mit dir?«, fuhr Elisabeth ihn an.

»Was los ist? Schatz, siehst du das denn nicht? Hier wird ein ganz perverses Spiel mit uns gespielt. Irgendjemand hier hält offensichtlich Informationen zurück. Erst der Haufen mit den toten Vögeln – ja, Clair hat uns am Steg darüber informiert.« Clair sah Max entschuldigend an, und Richard fuhr fort: »Dann wird diese Emilia getötet, als Nächstes verschwindet Helena oder Amy oder wie auch immer sie genannt werden möchte. Jetzt fliegt das Boot in die Luft, und ein Briefumschlag hängt an der Rezeption. Was zum Teufel ist das hier für ein kranker Witz?«

Ohne Vorwarnung ging er auf Max los und versuchte, ihn am Kragen zu packen. Der aber reagierte schnell und wich einen Schritt zurück, sodass Richard ins Leere griff.

»Was soll das?«, rief Max.

»Ihr Hotel wird nicht unser Grab werden!«, schrie Richard und wollte wieder nach Max schlagen. Der duckte sich, ließ den Schlag an seinem Kopf vorbeisausen, packte Richard nun seinerseits am Kragen, zog ihn zu sich und rammte seine Schulter in Richards Brust. Mit einem lauten »Uff« fiel dieser lang nach hinten und schlug schwer auf dem Boden auf.

Max, der durch den Hieb mit seiner Schulter ebenfalls das Gleichgewicht verlor, stolperte Richard hinterher und fiel über dessen Beine.

Da klapperte irgendetwas auf einmal laut. Richard war durch den Sturz ein Gegenstand aus der Hosentasche gefallen. Es sah aus wie eine sehr kleine Fernbedienung, die allerdings nur einen einzigen Knopf zum Drücken besaß.

Max sprang schnell wieder auf und behielt Richard im Auge, der sich ebenfalls wieder aufrappeln wollte.

»Reißen Sie sich jetzt bitte zusammen?«, rief Max wütend und drückte ihn mit einem Fuß abermals zu Boden.

Die anderen standen starr um sie herum und hatten den kurzen Kampf beobachtet.

Richard nickte langsam und wirkte nun wieder klarer.

»Was ist das, Richard?«, fragte Elisabeth und hob die Fernbedienung auf. Ruhig ging sie auf ihn zu und ergriff mit ihrer linken seine rechte Hand. »Was ist das?«, wiederholte sie. »Gehört diese Fernbedienung dir?«

Richard sah sie verwirrt an und blickte dann auf das kleine schwarze Gerät, welches Elisabeth in ihrer anderen Hand hielt. Er öffnete den Mund, schloss ihn dann jedoch wieder.

»Ist das … Ist das ein Fernzünder?«, fragte Nala, die noch vor dem Plastikausweis von Michael O' Bryan stand.

Elisabeth zog entsetzt ihre Hand von Richard weg und betrachtete den Gegenstand zwischen ihren Fingern. Jetzt begriff auch Max, was Nala andeuten wollte. Er näherte sich Elisabeth, und sie hielt ihm die kleine Fernbedienung hin. Sie passte locker zweimal in seine Hand. An ihrem Ende war eine kleine silberne Antenne angebracht, die man manuell herausziehen oder hineinschieben konnte. Mittig platziert war ein roter, runder Knopf.

»Was hat das zu bedeuten?«, fragte Elisabeth, und Tränen sammelten sich in ihren Augen.

»Das bedeutet, dass wir deinen Lebensgefährten nicht mehr aus den Augen lassen werden, bis die Polizei hier eintrifft«, entgegnete Max.

»Was? Richard! Sag, dass du nichts Unrechtes getan hast!«, befahl Elisabeth panisch, aber er schwieg weiterhin.

Mit blasser Miene blickte er zu den anderen auf und blieb am Boden sitzen. Nala umrundete flink die Rezeption, griff in eine Schublade und zog dickes Paketband hervor. Dann fesselten sie und Max damit Richards Hände und Beine.

Auf einmal meldete sich Clair zu Wort. »Leute, wo ist Linus?«

KAPITEL 14

Amy atmete.

Vor wenigen Momenten war sie aufgewacht. Sie hatte keine Ahnung, wie sie in diese Situation geraten war. Nachdem sie die Nachricht auf ihrem Handy abgehört hatte, war plötzlich alles schwarz geworden. Ihr letzter bewusster Gedanke war … Ja, was denn? Irgendjemand hatte sie von hinten angegriffen. Ihre Erinnerung war diffus, aber langsam konnte sie ihre Gedanken sammeln. Da war eine Hand. Wie aus dem Nichts stand jemand hinter ihr. Hatte sie ihre Zimmertür offen gelassen? Das wäre nicht typisch für sie. Oder hatte es geklopft und sie hatte jemanden hereingelassen? Dieser Moment fehlte völlig in ihrer Erinnerung. Aber die Hand und das Tuch darin standen ihr klar vor Augen. Ihr Kopf wurde nach hinten gerissen, und mit Gewalt wurde ihr ein Lappen auf den Mund gedrückt.

In ihrer plötzlichen Panik hatte sie ihr dickes Kaugummi halb verschluckt, welches ihr hinten in den Hals gerutscht und in der Luftröhre stecken geblieben sein musste. Die Chemikalie, die sie offensichtlich einatmen sollte, damit sie ohnmächtig wurde, kam an dem Kaugummi nicht komplett vorbei. Dieser Umstand hatte ihr, zumindest bis zu diesem Zeitpunkt, das Leben gerettet.

Das bisschen Gift, das dennoch in Amys Lungen gelangt war, hatte sie ohnmächtig gemacht. Jedoch nur für ganz kurze Zeit.

Als sie erwachte, war jemand gerade dabei, sie in eine Badewanne zu legen. Offensichtlich befand sie sich nun in einem anderen Zimmer. Die Badewanne, in die sie von ihrem Angreifer gelegt wurde, befand sich in einem separaten Raum und nicht vor ihrem Bett.

Siedend heiß wurde ihr bewusst, in welcher Gefahr sie sich befand. Ihr Leben hing davon ab, dass sie glaubwürdig bewusstlos spielte.

Wie gut, dass die Chemikalie, die sie eingeatmet hatte, ihren Hustenreiz unterdrückt hatte, sodass sie das Kaugummi nicht aushusten konnte. Das war ihr Glück, denn der Mistkerl, der sie überfallen hatte, hätte diesen Umstand sicherlich korrigiert, indem er Amy ein zweites Mal den Lappen ins Gesicht gedrückt hätte. So jedoch legte ihr Peiniger sie in diese Wanne, ohne zu bemerken, dass sie wach war, drehte den Wasserhahn auf und ließ sie zurück.

Fast hätte sie erneut das Bewusstsein verloren, da sich der Sauerstoffmangel in ihrem Blut und in ihrem Gehirn bemerkbar machte. Gelbe und weiße Blitze zuckten vor ihren Augen. Sie spürte das Kaugummi tief in ihrem Hals sitzen. Nur wenige Sekunden, bevor ihr Kampf gegen den Tod verloren war, ließ die Droge etwas nach, und ihre Reflexe setzten wieder ein. Sie hustete das Kaugummi umgehend aus, das in das kalte Badewasser plumpste und neben ihrer Hüfte auf dem Wannenboden liegen blieb. Panisch sog sie die Luft ein und spürte, wie ihre Lungen den Sauerstoff gierig aufnahmen. Ihre Muskeln kribbelten, und die Blitze in ihrem Sichtfeld ließen nach, da ihr Gehirn wieder versorgt wurde. Erleichtert nahm sie ein paar Atemzüge. Doch dieser Moment der Erleichterung schwand, als Amy bemerkte, dass sie weder Arme noch Beine bewegen konnte. So weit hatte die Droge noch nicht nachgelassen. Bis auf das Kribbeln waren ihre Muskeln wie tot und bewegungsunfähig. Amy versuchte, zu schreien, aber da sie nicht mal mit den Zehen wackeln konnte, waren natürlich auch ihre Hals-, Zungen- und Gesichtsmuskeln nicht funktionsfähig.

Komm schon, Amy! Reiß dich zusammen! Du musst das Wasser ablassen.

Auch ihre Augen konnte sie nicht richtig bewegen. Immerhin erkannte sie am Rand ihres Blickfelds, dass der kleine Hebel, mit dem sich der Abfluss der Wanne öffnen ließ, direkt neben ihren Füßen lag. Sie musste nur einen Fuß leicht heben und ihn zur Seite schieben. Aber wie sollte sie das anstellen? Sie atmete schneller, damit sie mehr Sauerstoff aufnahm und die Giftstoffe aus ihren Muskeln wichen. Ob das wirklich etwas half, konnte sie nur hoffen.

Atmen! Atmen! Atmen!, schrie sie in ihrem Kopf.

Das Wasser umspülte mittlerweile ihre Taille, und der geöffnete Hahn spuckte mehr und mehr der in diesem Fall tödlichen Flüssigkeit in die Badewanne. Er war auf vollem Anschlag aufgedreht. Der Ablauf, der verhindern würde, dass das Wasser über den Rand der Wanne schwappte, war dicht hinter ihrem Ohr angebracht. Das bedeutete, dass Nase und Mund unter der Wasseroberfläche liegen würden, ehe es den Ablauf erreicht hätte. Sie würde ertrinken.

Nein! Das werde ich nicht!

Sie konzentrierte sich angestrengt auf ihren rechten Fuß, so als könnte sie so dafür sorgen, dass er sich bewegte. Das Kribbeln ihrer Muskeln ließ kaum nach, und ihr Herz schlug schneller und schneller. Sie kniff ihre Augen zusammen und befahl sich, den Fuß zu bewegen. Ihr Kopf platzte beinahe vor Anstrengung. Dann fing ihr Körper unkontrolliert an, zu zittern. Doch der Fuß wollte sich nicht rühren.

Das eiskalte Wasser erreichte mittlerweile ihre Schultern.

Atme! Atme! Atme schneller!

Das Zittern ihres Körpers wurde stärker, und Amy spürte, dass das kalte Wasser vielleicht helfen würde. Durch die Kälte reagierten ihre Muskeln langsam wieder auf ihre Befehle. Wenn sie es sich nicht einbildete, nahm sie ein Zucken ihres Beines wahr.

Plötzlich schwappte ihr etwas Wasser in den Mund. Sie konnte ihn nur mit Mühe schließen und atmete versehentlich etwas von der Flüssigkeit ein. Sofort setzten ihre Abwehrreize ein, und auf einmal konnte sie stärker husten. Es geschahen nun zwei Dinge gleichzeitig: Als Erstes rutschte ihr Fuß durch die Hustenattacke etwas höher und war nun dicht neben dem Hebel. Als Zweites sank ihr Kopf aber bis zu ihrem Haaransatz unter Wasser.

Fuck! Das war's.

KAPITEL 15

Linus war verschwunden.

Max brüllte laut seinen Namen und lief erst zum Treppenhaus und dann in Richtung Personalunterkünfte – bis Elisabeth und Clair wiederum Max' Namen laut durch den Flur riefen.

»Was ist?«, fragte Max gehetzt und kam zurück.

»Du suchst mich?«, fragte Linus, der sich plötzlich wieder bei der Gruppe befand.

»Verdammt, wo warst du denn?«

Linus hob grinsend seine Hände und hielt zwei lange Messer in den Händen. »Hab die hier aus der Küche geholt. Wir können sie vielleicht gebrauchen, falls der Typ mit der Maske wieder auftaucht.«

Linus bemerkte erst jetzt Richard, der gefesselt am Boden lag. »Oh, was ist denn hier los?«

»Offensichtlich hatte Richard einen Fernzünder in der Tasche. Die Bombe auf dem Boot wurde vermutlich damit aktiviert«, erklärte Max.

»Wie bitte? Ist er der Killer? Hat er Emilia getötet?«

Richard sah Max und Linus an, schwieg jedoch weiterhin.

»Wohl eher nicht«, meinte Max. »Er war unten am Boot, während wir die Harlekinmaske im Flur gesehen haben. Kann aber sein, dass die beiden irgendwie zusammengehören.«

»Nein! Richard ist mein Mann! Auch wenn wir nicht verheiratet sind. Ich kenne ihn. Er hat damit nichts zu tun«, sagte Elisabeth bestimmt und stellte sich vor Richard.

»Dann soll er uns selbst sagen, dass er damit nichts zu tun hat«, mischte sich Clair ein.

Richard schwieg beharrlich.

»Also? Was machen wir jetzt?«, fragte Nala Max.

»Wir gehen in den ersten Stock, verschanzen uns in der Suite, warten, bis der Tag anbricht, und machen vorbeifahrende Fähren und Schiffe mit der Leuchtpistole auf uns aufmerksam.«

Linus und Max griffen Richard unter die Arme und zogen ihn hoch. Er blickte panisch zwischen den beiden hin und her, schloss dann die Augen und ließ sich widerstandslos abführen. Das Klebeband saß fest um seine Handgelenke und Füße, sodass sie ihn zwischen sich mitschleifen mussten.

Das Treppenhaus zur ersten Etage stiegen sie relativ schnell hinauf. Max öffnete die Zwischentür zum Stockwerk und lauschte angestrengt. Die anderen standen dicht hinter ihm und warteten.

Nichts war zu hören. Hier war niemand.

»Okay, los.«

Sie schlichen über den roten Teppich, ließen die Standardzimmer links und rechts liegen und steuerten direkt auf die Suite zu. Mit seinem Generalschlüssel öffnete Max die Tür. Es klickte kurz, und sie ließ sich nach innen öffnen. Er hatte sich für dieses Zimmer entschieden, weil die Zimmertüren der Suiten etwas dicker waren als die der anderen.

»Okay, alle rein.«

Er machte Platz, und Linus ging mit Richard im Schlepptau an ihm vorbei. Dicht gefolgt von Elisabeth, die Richards andere Hand festhielt, dahinter Clair und Nala.

Die luxuriösen Zimmer waren auf den ersten Blick nicht wesentlich anders eingerichtet als die anderen Hotelzimmer. Die Grundfläche war größer, und in einigen Details unterschieden sie sich. So war der große Flachbildschirm in die Wand eingelassen, und die Möbelausstattung war von *Joop*. Zudem war dieser Raum komplett mit Sprachsteuerung ausgestattet, vom Licht bis zur Toilettenspülung. Außerdem konnte man den großzügigen Balkon elektronisch abriegeln, indem man ein Dach und elegante Wände per Sprachbefehl ausfahren ließ. Ein Whirlpool auf dem Balkon rundete das Gesamtbild ab. Im Wohnzimmer war ein künstlicher Kamin angelegt, und eine Wandseite war aus wuchtigen grauen Steinen gemauert, die von teuren Wandstrahlern beleuchtet wurde.

»Was hast du vor?«, fragte Clair, die sah, dass Max sich zum Gehen umwandte.

»Ich muss etwas prüfen.«

»Etwas prüfen?«, rief Linus und ging auf ihn zu. »Du meinst die Botschaft an der Wand im zweiten Stock.«

»Welche Botschaft?«, fragte Clair.

Max brauchte hier niemandem mehr etwas vorzumachen, also erzählte er, was sie an Emilias Tür und auf den Videoaufzeichnungen gesehen hatten.

»Und jetzt ist wieder ein blutiger Schriftzug aufgetaucht? Auf der Wand im zweiten Stock?«, griff Elisabeth vor.

Richard saß hinter ihr auf dem Boden ans Sofa gelehnt und hörte gar nicht richtig zu.

»Ja«, bestätigte Max. »Der Killer hat Amy, und ich gebe hier niemanden auf. Vielleicht lebt sie noch.«

»Und das Blut hat sie gespendet?«, fragte Clair skeptisch.

»Ich bin verantwortlich für das Hotel und alle, die sich hier aufhalten. Ihr schließt euch ein. Sollte ich nicht zurückkehren, flieht ihr morgen früh an den Steg und feuert die Leuchtpistole ab, wenn ein Boot nahe genug an dieser Insel ist. Vermutlich sieht man das Signal auch vom Festland.«

Er drückte Nala die rote Pistole aus seinem Hosenbund in die Hand, die sie nun in ihrer Hose verschwinden ließ. Sogleich wandte sich Max zum Gehen.

Er sagte noch: »Ich klopfe vier Mal schnell und zwei Mal langsam, wenn ich wieder da bin. Ihr bleibt alle hier.«

»Ich komme mit«, widersprachen Linus und Clair synchron.

»Nein. Du musst auf Richard aufpassen, Linus. Befrag ihn inzwischen zu der Fernbedienung. Und versuch bitte, mit dem Walkie-Talkie Hannes zu erreichen.«

Missmutig nickte Linus und reichte Max eines seiner Messer. »Nimm wenigstens das hier mit.«

»Ich begleite dich, ob du willst oder nicht«, meinte Clair entschlossen.

Max sah die Entschlossenheit in ihren blauen funkelnden Augen. Sie würde sich nicht abwimmeln lassen.

»Ich meine es ernst, Max. Ich bleibe nicht hier. Und du weißt selbst, wie bescheuert es ist, alleine loszulaufen.«

»Sie hat recht«, sagte Nala. »Wenn du dem Kerl mit der Maske begegnest, ist es sicherlich nicht schlecht, etwas Unterstützung zu haben.«

»Okay. Ist gut, so machen wir es. Dann komm mit. Und nimm dir ebenfalls ein Messer mit.«

Nebeneinander gingen sie den Flur zurück bis zum Treppenhaus. Max zückte den kleinen orangefarbenen Behälter aus seiner Hosentasche und warf sich wieder eine Tablette ein, da er eine neue Schmerzwelle in seinem Kopf spürte.

»Was du da machst, ist ganz sicher nicht gesund. So viele Tabletten zu nehmen, meine ich.«

Er zuckte mit den Schultern, nickte jedoch. »Du hast natürlich recht. Aber ich kann dir sagen, hättest du solche Migräneanfälle, wie ich sie habe, würdest du vielleicht auch zu Medikamenten greifen.«

Jetzt war es Clair, die mit den Schultern zuckte. »Kann sein. Ich würde mir dennoch Sorgen machen, dass meine Organe darunter leiden. Diese Dinger müssen deinen Körper auch irgendwie wieder verlassen und abgebaut werden. Außerdem gewöhnt man sich schnell daran, sie einzunehmen.«

Max lachte leicht. Er wollte noch etwas erwidern, aber Clair öffnete bereits die Tür zum Treppenhaus, und er wurde wieder ernst. Schnell überprüften sie, die Messer fest in den Händen, mit Blicken das Treppenhaus – nach oben und nach unten. Zum Glück waren sie allein. Clair atmete erleichtert auf.

»Wie kann dieser Mann mit Harlekinmaske sich hier überhaupt aufhalten? Ich dachte, man kommt hier nur per Fingerabdruckscan rein. Und wo bitte sollte er sich denn aufgehalten haben, ohne dass ihr etwas davon mitbekommt?«

»Ich glaube nicht mehr an einen Zufall, Clair.«

»Was willst du damit sagen?«, fragte sie und drehte sich zu ihm um. Sie sah tief in seine grünen Augen, und ihre Gesichter waren sich ganz nahe.

»Ich weiß nicht, was ich glauben soll. Es stellen sich mir viele Fragen. Die Generalschlüssel wurden aus dem Safe genommen, also kannte jemand nicht nur den Code, sondern wusste ganz genau, wo er suchen musste. Keine Schubladen oder Schränke waren durchwühlt, nichts. Außerdem die toten Vögel draußen vor der Tür. Ich meine – wieso tut jemand so etwas? Und du hättest

Emilias Gesicht sehen sollen. Sie war mehr als schockiert. Warum? Nur wegen der Bachstelzen? Oder wusste sie etwas? Kurz darauf ist sie tot. Brutal ermordet. Amy hat sich offensichtlich draußen aufgehalten. Erinnerst du dich noch an ihre dreckigen Schuhe? Als sie an uns vorbeiging, während wir vor dem Kamin saßen? Was hatte sie da gemacht? Wo ist sie jetzt überhaupt? Ist sie oben hinter der Tür und ebenfalls tot? Und der Täter? Der spaziert hier durch das Hotel, aber wir laufen ihm nie über den Weg, außer er will es gerade. Jetzt die Bombe auf dem Boot. Jemand muss gewusst haben, dass wir damit die Insel schnell verlassen wollten. Warum sprengt er uns nicht gleich mit in die Luft, nachdem wir es bestiegen haben? Warum uns hier festhalten?«

»Mit *er* meinst du Richard?«

»Das ist auch so ein Rätsel. Richard schiebt von allen am meisten Panik und geht jedem beinahe an die Gurgel – um dann der Mann mit dem Fernzünder zu sein?! Aber wie sollte er Emilia getötet haben? Erstens war er betrunken, als sie ermordet wurde, und ist laut Videoaufzeichnung in sein Zimmer gegangen. Und zweitens war er selbst unten am Boot, als es explodierte. Linus und ich haben aber den Harlekin im zweiten Stock gesehen. Das ist alles so surreal.«

Clair stieg langsam die Treppe weiter nach oben, um dann noch einmal stehen zu bleiben.

»Glaubst du, einer deiner Angestellten steckt dahinter? Sie kennen die Kombination für den Safe. Sie wissen, wie man sich hier in dem Hotel versteckt halten kann, und sie wissen, dass man das Boot hätte benutzen müssen, um die Insel zu verlassen.«

»Ich würde jedem von ihnen mein Leben anvertrauen. Niemals haben sie etwas damit zu tun. Das glaube ich einfach nicht. Auch die Zeitlinien passen nicht. Linus konnte das Boot nicht beobachten und sprengen, da er die ganze Zeit bei mir war, und während der Ermordung von Emilia stand er hinter der Theke. Wie hätte Nala sich die Maske des Harlekins aufsetzen und hier rumlaufen können, wenn sie doch bei euch unten am Steg war? Und außerdem – was sollte das bezwecken? Sie würden ihren Arbeitsplatz verlieren und im Gefängnis landen. Das Ganze hier ist so abstrakt, dass ich das Gefühl habe, ich wäre in einer Show!«

Clair nickte. »Ja, du hast vermutlich recht. Diese Fragen werden wir nur klären können, wenn wir den Verantwortlichen schnappen, bevor er uns ermordet.«

Max nickte.

»Wenn er doch einen Generalschlüssel hat, wird den anderen die verschlossene Tür der Suite nicht viel nützen, oder?«, fragte sie.

»Nein. Aber sie können sie mit einem Stuhl blockieren oder einen Schrank davorstellen. Linus und Nala wird schon etwas einfallen.«

»Wenn ich hier alle umbringen wollte, würde ich das Hotel einfach abfackeln. Da kann man noch so viele Schränke vor die Tür stellen, die Flammen werden einen irgendwann erreichen«, meinte Clair.

»Vielleicht hat er es versucht; der Feueralarm ging an«, entgegnete Max.

»Doch ist hier kein Feuer. Sieht eher danach aus, als wollte er uns zum Dachstuhl locken.«

Max hatte bereits etwas Ähnliches gedacht und wollte deswegen nicht weiter darauf eingehen. Sie liefen nun zum zweiten Stock hinauf, und Clair erblickte die Nachricht an der Wand.

»Oh mein Gott«, entglitt es ihr.

Zu Max' Überraschung bedrückte ihn dieser Schriftzug nicht

mehr. Er hatte ihn bereits bei Emilia an der Tür gesehen und nun hier an der Wand zum zweiten Mal. Vereinzelte Blutstropfen hatten sich mit kantigen Bewegungen einen Weg nach unten gebahnt. Das Blut selbst war bereits geronnen und verklebt. Der Pfeil deutete nach oben, und dort wollten sie auch hin. Die Tür zur zweiten Etage war weiterhin abgeschlossen und zusätzlich durch einen Keil blockiert. Der Harlekin hatte nicht versucht, hier durchzukommen.

»Er war hier? In dieser Etage, sagst du?«

Max nickte. »Ja, und die Tür ist noch verriegelt.«

»Okay, weiter.«

Mit den Messern in den Händen ging Max voraus, Clair war dicht hinter ihm. Auch wenn es ein völlig falscher und unangebrachter Moment war, fühlte er sich erneut zu ihr hingezogen. Er roch ihr Parfum und ihr Shampoo. Als hätte sie ähnliche Gedanken, berührte sie beim Laufen mit einer Hand seine Finger. Vermutlich unabsichtlich, aber beide spürten, dass die Luft zwischen ihnen wie elektrisiert war.

»Tut mir leid«, sagte sie.

»Mir nicht«, sagte Max.

Ein Lächeln huschte über ihr Gesicht, als sie gerade die Tür zum Dachstuhl erreichten. Diese war weiß und aus schwerem Stahl gefertigt. Ein Schild wies darauf hin, dass Unbefugte hier keinen Zutritt hatten. Die gesamte Heizungs- und Stromanlage war hier oben. Max selbst war bisher nicht oft hier gewesen. Warum auch? Wenn etwas kaputt war, müsste er so oder so eine Technikfirma kommen lassen. Er selbst brauchte sich nicht daran zu versuchen, eine Heizung zu reparieren, auch wenn er es vielleicht konnte. Aus Haftungsgründen war es erforderlich, ausschließlich Profis an der Haustechnik arbeiten zu lassen.

Max wollte den Schlüssel in das Schloss der Tür führen, doch da griff Clair nach seiner Hand. »Ich weiß, der Moment ist der falsche. Vielleicht liegt es daran, dass hier ein Mörder herumspaziert und uns umbringen will und ich nicht weiß, ob wir alle morgen noch leben. Aber ich bin froh, dass ich dich kennengelernt habe.«

Sie küsste ihn unvermittelt auf den Mund. Max spürte, wie ihre Zunge die seine berührte. Sie nahm seine Hand und legte sie auf ihre Brust. Er spürte ihren straffen Busen. Ihre Brustwarzen drückten durch ihr Oberteil an seine Handfläche. Auch er war mit der Situation überfordert und wusste nicht, was er fühlen sollte. Angst, weil Emilia tot war? Panik, weil vermutlich Amy hinter dieser Tür wartete und ebenfalls nicht mehr lebte? Ein schlechtes Gewissen, weil er an Sex dachte, obwohl alle anderen Gäste und seine Mitarbeiter in Gefahr waren? Doch er ließ diesen Kuss zu. Wollte ihn. Als Clair ihre Hüfte gegen seinen Schoß drückte, stöhnte er vor Lust.

»Das ist falsch«, hauchte er, griff ihren Kopf und küsste sie noch inniger.

»Ja«, sagte sie und öffnete seinen Gürtel.

Er knöpfte ihre Hose auf und zog sie ihr herunter. Sie drehte sich um, er drückte sie an die Wand. Langsam drang er in sie ein, und Clair hielt sich die Hand vor den Mund, um nicht zu laut zu sein. In rhythmischen Bewegungen wurde Max schneller und schneller, bis sie vergaßen, dass sie in Lebensgefahr waren und sich der Ekstase hingaben. Sie griff nach hinten um seinen Hals und stöhnte: »Mehr! Mehr!«

Max biss ihr ins Ohr und in den Hals, wo ihre Haut so unglaublich weich und schön war. Das brachte Clair dazu, noch lauter zu werden. Sie kratzte mit ihren Fingernägeln über seine Hüfte und hinterließ tiefe Striemen – Max spürte keinen Schmerz. Er wusste, dass es jetzt kein Zurück mehr gab, mit einem weiteren kräftigen Stoß kam er tief in ihr.

Genau in diesem Moment hörten sie eine männliche Stimme hinter der Stahltür.

KAPITEL 16

(Früher)

»Wieso ich? Ich stehe vier Monate vor meiner Pensionierung. Warum muss ausgerechnet ich diesen Mord bearbeiten? Haben wir nicht genügend junge Hasen, die sich um so einen Fall reißen?«, bellte Paul ins Telefon.

Vor wenigen Minuten (er hatte sich gerade Cognac in seinen Kaffee geschüttet) hatte ihn der Anruf des ersten Kriminalhauptkommissars Andreas Lemke erreicht.

»Paul, wie du schon sagtest: In vier Monaten kannst du gehen. Aber jetzt ist dein Karriereende noch nicht erreicht. Das heißt, du wirst raus nach Rittsteig fahren und dir ansehen, was die Kollegen dort gefunden haben. Sie warten seit Stunden auf jemanden von der Kriminalpolizei. Sieh es als eine Art Abschlussprüfung für deinen wohlverdienten Ruhestand an. Zeig noch einmal, dass du so einen Fall lösen kannst.«

Paul spürte durch das Telefon hindurch, dass Andreas bei diesen Worten grinste. Sie hatten sich eigentlich immer gut verstanden, waren allerdings beruflich gegensätzliche Wege gegangen. Paul hatte immer die Ermittlungsarbeit und das Leben auf der Straße geliebt. Andreas war von Anfang an darauf erpicht gewesen, möglichst schnell weit aufzusteigen. Das hatte er geschafft, während

Paul im Laufe der Zeit ein alter Fuchs wurde, der den Anschluss nach oben irgendwie aus den Augen verloren hatte und bei Beförderungen übergangen wurde.

Und jetzt sollte sein letzter großer Fall also in Rittsteig gelöst werden. Einem Ort mitten im Nirgendwo. Viel näher konnte man der tschechischen Grenze kaum kommen. Es war eine trostlose Gegend mit wenig Arbeit, viel Kummer und kaum Anschlusschancen. Das passte ja auch irgendwie zu Paul.

»Meine Güte. In Ordnung. Aber eigentlich schiebe ich keine Überstunden mehr! Wenn ich so auf meine Stechuhr gucke, kann ich eigentlich jetzt schon gehen. Was ist denn überhaupt passiert?«

Die Reifen seines Wagens rollten über Stock und Stein. In den letzten Tagen hatte es stark gestürmt. Äste waren abgeknickt, und ganze Bäume waren durch den Wind entwurzelt. Die Feuerwehr hatte verdammt viel zu tun und war Tag und Nacht im Einsatz gewesen, damit die Infrastruktur wiederhergestellt werden konnte. Kleine Orte so wie dieser, durch den Paul nun fuhr, waren ganz zum Schluss dran. Also legte er gefühlt den doppelten Weg zurück, da er in Schlangenlinien um Hindernisse herumfahren musste. Hinter einer kleinen Lichtung erkannte er die ersten Streifenwagen. Ihre Blaulichter drehten sich auf den Dächern, die Sirenen waren abgeschaltet.

Ein Kollege in Uniform hielt Paul kurz an, prüfte dessen Dienstmarke und ließ ihn passieren. Nach sechzig Metern zeigte ein anderer Kollege in Richtung eines kleinen Fußweges. Paul setzte den Blinker und bog auf den Weg ab. Als nach einem weiteren halben Kilometer noch immer nichts zu sehen war, dachte er kurz, er hätte sich irgendwo verfahren. Doch endlich erkannte er Personen, die steif auf dem Weg standen und alle in dieselbe

Richtung blickten. Ein weißes Zelt war unter den wuchtigen Eichen aufgebaut, sodass man nicht sehen konnte, was sich dort verbergen mochte.

»Hallo, Herr Seller?«, fragte eine blonde junge Frau.

»Moin«, antwortete Paul.

Er wusste, dass die Leute hier es nicht mochten, wenn man ein »Hallo« mit »Moin« beantwortete. Aber er kam gebürtig aus Kiel und wollte diese kleine Provokation, auch so kurz vor Schluss, nicht einstellen. Der Kollegin huschte nur ein kurzes Lächeln über die Lippen, doch sagte sie nichts weiter.

»Ja, ich bin Paul Seller. Diensthabender Oberkommissar, achtunddreißig Jahre Diensterfahrung, drei Monate und achtundzwanzig Tage bis zur Pension. Der alte Sack, der diesen Fall hier aufgebrummt bekommen hat. Sonst noch Fragen? Ach ja, und ich bin Single und eine Wucht in der Kiste«, fügte er noch grinsend hinzu.

»Schön für Sie. Am besten, Sie gehen zu Fuß weiter. Die Wurzeln und Unebenheiten im Boden reißen nur die Ölwanne Ihres Wagens auf. Schaffen Sie das oder soll ich Sie stützen?«, fragte sie übertrieben freundlich.

Paul stieg aus seinem Wagen, ignorierte ihre Bemerkung und ging ohne Hast zu dem weißen Zelt. Auf dem Weg steckte er sich zum sechzehnten Mal sein Hemd in die Hose, das immer wieder herausrutschte. Er hatte in den letzten Jahren zu viele Süßigkeiten gegessen, sodass ihm die Diensthemden langsam, aber sicher zu eng wurden und sein Bäuchlein gegen die Knöpfe drückte. Er zog die Zeltwand zur Seite und erblickte einen gelben Wagen, der hier auf dem Fußweg am Waldrand stand.

»Moin, moin, Paul! Du darfst also hier die Ermittlungen leiten?« Die Frage wurde von seinem alten Kumpel Johann gestellt.

Er war Gerichtsmediziner, und sie hatten zusammen, als sie beide noch in Bonn gewesen waren, viele Verbrechen bearbeitet.

»Johann, schön, dich zu sehen. Was haben wir ... Ach du meine Herren«, sagte Paul und warf einen Blick in den quietschgelben Renault.

Er hatte schon einige Leichen gesehen. Das ließ sich berufsbedingt kaum vermeiden. Doch hier hatte eine Gewaltorgie stattgefunden, wie er noch keine zu Gesicht bekommen hatte. Auf dem Fahrer- und Beifahrersitz saß jeweils eine Person. Die Rückbank war leer. Paul umrundete den halben Wagen und sah sich die Leichen genauer an.

»Wer hat sie gefunden?«, fragte er Johann.

Dieser blickte von seinem Klemmbrett hoch und deutete, bevor er antwortete, auf ein Loch in der hinteren Tür auf der Beifahrerseite. Ein Kollege der Polizei machte ein paar Fotos davon.

»Spaziergänger. Ein Ehepaar. Hier kommen häufiger mal Teenager raus und haben ihren Spaß. Deswegen dachten sie sich nichts beim Anblick des Renaults und sind eine große Runde durch den Wald gelaufen. Auf dem Rückweg stand das Fahrzeug immer noch hier, also schauten sie hinein. Die Frau ist ins Krankenhaus geliefert worden, weil sie einen Schock durch diesen Anblick erlitten hatte. Der Mann ist schon auf dem Revier und macht eine Aussage.«

Paul sah sich den Toten auf dem Fahrersitz an. Männlich, Mitte vierzig, vermutete er. Auf dem Beifahrersitz saß eine Frau, Alter nicht zu erkennen, da ihr halbes Gesicht fehlte. Nach ihrer Kleidung zu urteilen müsste sie ein ähnliches Alter haben.

»In einfachen Worten – was ist passiert?«, wollte Paul wissen.

»Sie wurden erschossen. Und nicht nur das. Sie wurden regelrecht in Stücke geschossen. Die Tatwaffe lag unweit von hier entfernt im Unterholz. Neunundzwanzig Hülsen haben wir hier gefunden. Es wurden also mindestens so viele Schüsse abgefeuert, die meisten von der Rückbank aus. Durch die Kopfstützen in die Köpfe der beiden. Sie müssen sofort tot gewesen sein. Danach stieg der Täter aus und feuerte im Kreis laufend weiter auf die beiden. Siehst du das hier?«, er deutete auf den Mann, dessen Kopf nur noch von wenigen Sehnen auf den Schultern gehalten wurde. »Beide wurden fast enthauptet, so oft wurden sie im Hals und Nackenbereich getroffen. Zudem haben wir unzählige Schusswunden in Bauch, Brust, Extremitäten und im Hüftbereich. Der Schütze war wie im Wahn.«

Paul schüttelte den Kopf und steckte sich einen Kaugummi in den Mund. Das Wageninnere glich einem Schlachthof. Es gab kaum einen Zentimeter, der nicht mit Blut bespritzt war. An allen Seiten des Renaults waren Einschusslöcher zu erkennen, es roch nach Schießpulver und geschmolzenem Kunststoff.

»Ich will gar nicht wissen, was der Schütze für ein Monster ist. Das kann ja was werden.«

»Paul, du bist nicht auf dem aktuellen Stand, vermute ich.«

»Was meinst du damit?«

Johann steckte seinen Kugelschreiber in seine Brusttasche und gab das Klemmbrett seinem Kollegen. »Du musst dir keine Mühe mehr machen. Wir haben den Schützen bereits gefunden.«

Paul stutzte. »Wie? Wer ist es denn?«

»Nicht das Monster, das du erwarten würdest.«

KAPITEL 17

Eine Stimme.

Eine männliche Stimme!

»Hörst du das?«, fragte Clair.

Max und Clair zogen sich schnell wieder an und lauschten angestrengt. Jetzt war es ihnen beiden unfassbar unangenehm, so die Kontrolle verloren zu haben.

»Da war doch eine Stimme«, meinte sie.

»Ja, ich habe sie auch gehört.«

Sie drückten ihre Ohren gegen das kalte Metall und warteten.

Da war sie wieder.

Die Stimme klang hohl und metallisch. Einzelne Worte konnten sie nicht verstehen, und wenn Max sich nicht irrte, war es nur eine Person, die dort sprach.

»Amy ist es nicht, soviel steht fest«, sagte er.

»Ist das ... Das ist doch ...«, murmelte Clair und kniff die Augen zusammen. »Das ist Linus«, war sie sich nun sicher.

»Linus? Er ist unten in der Suite bei den anderen. Wie könnte er ...« Max erkannte die Stimme nun auch.

Ganz klar, es war Linus' Stimme. Max drehte seinen Schlüssel im Schloss und erkannte das Klicken, mit dem die weiße Stahltür entriegelt wurde. Langsam zählte Max bis drei und öffnete sie. Zunächst sahen sie nichts. Der Flur stellte durch die hellen Lichter einen absoluten Kontrast zu der Dunkelheit auf dem Dachboden dar. Schnell jedoch gewöhnten sich ihre Augen an die Dunkelheit, und Umrisse wurden sichtbar. Nach dem kleinen Treppenabsatz führten fünf Stufen noch ein kleines Stück weiter hinauf. Noch konnten sie nicht sehen, ob und wer sich dort oben aufhielt.

»Hallo? Bist du da? Melde dich!«

Da war sie wieder. Die Stimme von Linus.

»Mensch, komm schon! Wir brauchen dich wirklich!«

Max und Clair hielten jeweils ein Messer in der Hand und bewegten sich langsam auf die Stufen zu. Sie nahmen die erste, die zweite und dann die dritte. Etwas Licht fiel aus dem Treppenhaus hinauf auf den Dachboden, sodass sie Umrisse ihrer Umgebung erkennen konnten. Kühlschrankgroße Kästen und Boiler, die zur Heizungsanlage gehörten, nahmen einen Großteil des Dachbodens ein. Dicke und dünne Leitungen schlängelten sich an Decken und Wänden entlang, verschwanden und tauchten anderswo wieder auf. Einige Stellen waren noch nicht vollständig isoliert, und man konnte die silbernen Gerippe der tiefer liegenden Leitungen erkennen. Die Bodenplatte war aus Beton gegossen. Hier und dort lagen Werkzeuge und Müllreste aus Plastikverpackungen, die von den Bauarbeiten und Montierungen übrig geblieben waren.

Clair deutete mit ihrer Hand nach oben, und Max erkannte den Feuermelder, der regelmäßig rot aufblinkte. Der hatte das Signal zu dem Computer an der Rezeption gesandt. Das Gute war, dass es hier nicht brannte und offensichtlich auch nie gebrannt hatte. Das Schlechte daran war, dass jemand den Feuermelder absichtlich manipuliert hatte, um den Alarm auszulösen. Der Plastikrand des weißen Feuermelders war leicht geschmolzen und durch Ruß befleckt. Jemand hatte offensichtlich ein Feuerzeug oder ein Streichholz unter den Melder gehalten. Sie sollten hierhergelockt werden.

Und die Sprinkleranlage hatte ganze Arbeit geleistet: Wasser stand mehrere Zentimeter hoch und wurde nur durch ein niedriges Trennelement aus Beton davon abgehalten, ins Treppenhaus zu laufen. Alles hier oben war nass, und die Heizung hatte sicherlich einen Schaden abbekommen. Die Reparaturen würden ein Vermögen kosten. Max lachte innerlich bitter auf. Als ob das überhaupt noch eine Rolle spielte.

Sie konnten das leise Gluckern, Klicken und Schmatzen des Abwassersystems hören, welches das Löschwasser hinaus ins Meer leitete und den Pegel langsam, aber sicher wieder absenkte. Über dem Treppengeländer war ein Lichtschalter montiert, den Max nun betätigte. Der funktionierte immerhin noch. Lichter an der Decke sprangen an, und die plötzliche Helligkeit blendete ihre Augen dermaßen stark, dass sie kurzzeitig wieder nichts erkennen konnten.

»*Hallo?*« Die Stimme von Linus kam von der Mitte des Dachbodens.

Clair und Max traten entschieden ins Wasser. Dass ihre Schuhsohlen klatschten und sie sich nicht lautlos voranbewegen konnten, spielte keine Rolle, denn jeder, der sich hier aufhielt, hätte sie bereits wahrgenommen, als Max die Tür aufgeschlossen und das Licht eingeschaltet hatte.

Sie konnten wieder normal sehen, liefen vorsichtig nebeneinander her und schauten sich nach allen Seiten um.

»Da vorne«, wisperte Clair und nickte mit dem Kopf zu einem blauen Metallschrank, auf dessen Vorderseite die Aufschrift *Lebensgefahr* und das Zeichen für Starkstrom aufgebracht waren. »Linus' Stimme kommt von dort.«

Clair ging nach links, und Max schlich sich rechtsseitig an dem Schrank vorbei, sie umrundeten den Kasten und sprangen im gleichen Moment los, um einem potenziellen Angreifer zuvorzukommen.

Es wartete niemand auf sie, aber ein anderes Bild bot sich ihnen – ein weitaus erschreckenderes und grausameres. Clair ließ vor Entsetzen ihr Messer los, das mit einem lauten Klatschen zu Boden ins Wasser fiel. Max riss schockiert die Augen auf, seine linke Braue zuckte nervös. Nur das Gluckern und Klicken der Abwasserleitung durchbrach die entsetzte Stille, die sich zwischen Max und Clair ausgebreitet hatte. Jetzt war klar, wieso Linus' Stimme hier oben zu hören war.

»Hannes, verdammt. Melde dich bitte«, sagte Linus.

Seine Stimme kam aus einem Walkie-Talkie. Dem Gegenstück zu dem Walkie-Talkie, welches Max vorhin selbst noch bei sich gehabt hatte. Dieses hier wurde von einer Hand gehalten. Von einer leblosen Hand. Der Hand von Hannes, dem Bootsführer.

Max und Clair standen einfach nur da und konnten nicht glauben, was sie sahen.

»Wie ist der Status?«, wollte der Arzt wissen.

»Moment … Hier kommt … Ah, jetzt. Sieht gut aus. Auch die Interferenzmuster bewegen sich synchron. Bemerkenswert!«

Die Frau im weißen Kittel deutete mit ihrem Finger auf den Bildschirm.

»Das ist wirklich gute Arbeit. Dieses Mal sind wir auf dem richtigen Weg.«

Hannes saß auf einem Stuhl. Auf genau so einem Stuhl, wie sie auch im Speisesaal standen. Schwarzes Leder, breite Sitzfläche, glänzender Edelstahl. Max versuchte gar nicht erst, den Puls zu ertasten. Diesen Aufwand konnte er sich sparen, denn dass Hannes tot war, konnte man eindeutig sehen. Sein Schädel war bis zur Unkenntlichkeit mit einem Stein von der Größe eines Handballs eingeschlagen, und dieser steckte zwischen Knochensplittern, Gehirnmasse, Haaren und Hautfetzen noch in Hannes' Kopf.

Max hätte Hannes vermutlich nicht erkannt, wenn dieser nicht seine Uniform mit dem Namensschild getragen hätte. Sein weißblaues Jackett war mit Blut vollgesogen. Der Mörder hatte mit solcher Brutalität zugeschlagen, dass der Kiefer bis in den Hals gerammt worden war. Nur vereinzelt waren noch Zähne zu erkennen, manche krumm und schief im Kiefer, andere lagen im Löschwasser auf dem Fußboden. Er war also hier auf dem Dachboden umgebracht worden.

War dieser Anblick nicht schon schlimm genug, gab es ein weiteres Detail, welches Max das Herz in die Hose rutschen ließ: nicht das Blut, der leblose Körper, die Brutalität der Ermordung, sondern ein kleiner Ohrring, der auf Hannes' linkem Knie lag. Max hatte diesen Ohrring bereits gesehen. Kurz bevor er auf die Fähre gestiegen war, hatte er einen Stecker im Matsch gefunden, der die Form eines länglichen Blattes besaß.

Auch Clair erkannte ihn wieder und schüttelte verwirrt den Kopf. »Das ist der Ohrring, den du im Dreck gefunden hast. Warum ist er hier auf seinem Bein? Warum dieser Ohrring? Ich verstehe das einfach nicht«, stammelte Clair. Tränen liefen ihr über die Wangen und tropften ins Wasser zu ihren Füßen.

Bevor Max etwas sagen konnte, ging plötzlich das Licht an der Decke aus. Erschrocken rangen sie nach Atem. Ob es an dem abrupten Lichtwechsel lag oder ob der Tod von Hannes es auslöste, wusste Max nicht, aber ein scharfer, stechender Schmerz ließ seinen Kopf für einen Moment fast platzen. Auf einmal wurde er zu Boden geworfen, und seine Kleidung sog sich mit kaltem Wasser voll.

Clair stieß einen spitzen Schrei aus, und gleichzeitig vernahmen sie klatschende Fußschritte.

»Clair? Clair! Wo bist du?«, schrie Max.

Patsch, patsch, patsch, dann wieder Stille.

»Max?« Ihre Stimme war plötzlich etwas weiter entfernt.

»Ja! Ich bin hier.«

Patsch, patsch.

»Nein! Lass mich …«, hörte er Clair schreien, doch kamen die Worte nicht mehr richtig bei ihm an – denn irgendetwas traf ihn am Kopf, und er verlor das Bewusstsein.

Der Schmerz ließ nach. Mühevoll öffnete er seine schweren Augenlider.

»Was war das?«, murmelte Max und rieb sich den Hinterkopf.

Irgendetwas hatte ihn umgehauen. Das Licht an der Decke war wieder an, aber niemand war zu sehen. Max überprüfte schnell, ob er verletzt war, entdeckte aber weder Wunden noch Beulen. Langsam erhob er sich aus dem kalten Wasser. Eine Gänsehaut überzog seinen ganzen Körper, und er zitterte.

»Clair?«, rief er, doch bekam keine Antwort. Sie war nirgendwo zu sehen.

»Clair, wo steckst du?«

Max ging zurück zu der Stelle, an der die beiden Hannes entdeckt hatten. Der leblose Körper saß immer noch auf dem Stuhl, und auch der Ohrring lag noch dort, wo sie ihn gefunden hatten. Langsam lief Max umher, sah hinter jedem Schrank und an jeder

Stelle des Dachbodens nach. Er war allein – als wäre Clair einfach vom Erdboden verschluckt worden. Das Walkie-Talkie knirschte. Schnell lief er zurück, schnappte es sich und betätigte die Sprachtaste.

»Linus! Kannst du mich hören?«

Ein paar Sekunden vergingen, dann meldete sich endlich eine Stimme. »*Äh, ja … Max? Bist du das?*«

»Ja, ich bin es.«

»*Wieso bist du bei Hannes? Ist das Boot da? Können wir rauskommen?*«, sprudelte es durch das kleine Gerät in Max' Händen.

»Nein, das Boot ist nicht da. Es ist … Hannes ist …«, ihm fehlten die Worte.

»*Max, rede mit mir! Was ist los? Wo bist du? Was ist denn mit Hannes?*«

Langsam führte er das Walkie-Talkie wieder zu seinem Mund und sagte: »Er ist ermordet worden. Genau wie Emilia und vermutlich auch Amy.«

»*Was sagst du da? Ermordet? Wo denn? Wie?*«

»Ich bin auf dem Dachboden des Hotels. Hannes wurde erschlagen. Es ist furchtbar. Jemand hat ihn umgebracht.«

»*Im Hotel? Hannes war hier im Hotel? War er mit der Botschaft Nummer 2 gemeint?*«, fragte Linus. »*Und ist es sein Blut, mit dem das geschrieben wurde?*«

»Ja, es scheint so«, bestätigte Max und ging langsam zurück zur Treppe. »Und es ist noch etwas passiert. Clair ist verschwunden.«

Es knisterte kurz in der Leitung, ehe Linus fortfuhr: »*Verschwunden? Was meinst du damit?*«

»Sie war eben noch bei mir. Das Licht ging hier auf dem Dachboden plötzlich aus, und irgendjemand hat mich umgeworfen. Ich bin kurze Zeit später wieder zu mir gekommen, und da war sie weg. Keine Spur von ihr. Sie ist also auch nicht bei euch aufgetaucht?«

»*Nein, ist sie nicht. Max ...*«

»Ja, was ist?«

»*Du hast gesagt, du seist nach kurzer Zeit wieder zu dir gekommen.*«

»Genau.«

»*Wie lange, denkst du, seid ihr jetzt unterwegs?*«

Max stutzte kurz und kniff die Augen zusammen. »Wie meinst du das? Zwanzig, vielleicht dreißig Minuten?«

»*Max, es ist drei Stunden her, dass ihr diese Suite verlassen habt.*«

Drei Stunden! Hatte er gerade »drei Stunden« gesagt?

»Ich ... Ich war also fast zweieinhalb Stunden bewusstlos?«, fragte Max, ohne den Knopf des Walkie-Talkies zu betätigen.

»*Hallo? Max? Bist du noch da?*«

»Ja, ich komme runter zu euch.«

»*Warte!*«, unterbrach Linus ihn.

»Wieso? Worauf?«

»*Vor zwanzig Minuten hat es an dieser Tür geklopft.*«

»Dann war das vielleicht Clair! Habt ihr aufgemacht?«

»*Nein. Haben wir nicht. Es war nicht das vereinbarte Klopfzeichen. Jemand anders wollte hier herein. Es ist möglich ...*« Da brach die Verbindung ab.

»Hallo? Linus? Hallo? Bist du noch da? Ich ... Verdammter Mist!«

Die Batterien des Walkie-Talkies waren offenbar leer oder es war durch die Nässe defekt. Das grüne Lämpchen an der Seite war erloschen. Max legte es achtlos auf einen der Technikschränke, da er sowieso keine neuen Batterien hatte, um es wieder in Gang zu bekommen. Mit schnellen Schritten lief er die fünf Stufen hinunter und fand sich im Treppenflur wieder. Er hatte erwartet, nasse Fußspuren von Clair und ihrem Entführer vorzufinden, aber es waren keine zu sehen. Sie mussten inzwischen getrocknet sein.

Max lief los, übersprang immer eine Stufe und erreichte nach wenigen Sekunden den zweiten Stock. Eigentlich wollte er weiter in den ersten Stock, zurück zur Suite, doch etwas ließ ihn innehalten. Die Zwischentür zur Etage war weit geöffnet. Max war sich sicher, dass sie vorhin noch geschlossen gewesen war. Und der Teppich war auf den ersten Metern nass: Spuren von nassen Schuhsolen.

Misstrauisch blickte Max durch die Treppentür in den Flur. Er hörte nichts, die Türen aller Zimmer waren verschlossen. Amy, Elisabeth und Richard hatten eigentlich diese Etage bewohnt. So lange, bis ein Ungetüm Emilia, Hannes und Amy ermordet hatte und die restlichen Überlebenden sich in die Suite in der ersten Etage zurückziehen mussten.

Der rote Teppich war ganz eindeutig nass von Fußabdrücken. Die Farbe der Fasern war an diesen Stellen deutlich dunkler. Angestrengt lauschte er nach einem Geräusch, nach irgendetwas, das auf Clair oder eine andere Person hindeuten würde. Aber hier war nichts. Max war alleine. Trotzdem bewegte er sich vorwärts, nah an die Wand gedrückt. Jetzt erst bemerkte er das fehlende Messer. Er hatte es bei dem Sturz auf dem Dachboden vermutlich fallen gelassen. Nun lag es bestimmt dort oben im langsam ablaufenden Löschwasser und würde ihm nicht mehr helfen. Er musste ohne es klarkommen. Mittlerweile hatte er den Knick des Flurs erreicht. Schnell schaute er um die Ecke, aber auch hier war niemand. Die Schuhabdrücke waren an dieser Stelle nur noch schwach zu sehen. Nach wenigen Metern waren sie gänzlich verschwunden. Eigentlich wollte Max wieder umdrehen, als wieder etwas seine Aufmerksamkeit erregte. Die Tür der anderen Suite auf dieser Etage. An dieser stand eine neue Botschaft geschrieben. Diesmal nicht mit Blut, sondern mit einem schwarzen Stift auf weißem Holz.

Nummer 3

Und noch etwas war dieses Mal anders.

»Clair«, flüsterte Max in der leisen Hoffnung, dass nicht sie es war, die hinter dieser Tür – tot – auf ihn wartete.

Wie in Zeitlupe bewegte er sich auf das Türblatt zu. Unter dem neuen Schriftzug war mit einem Stück Tape ein kleines Gerät festgeklebt – exakt so wie der Brief, der für Nala unten an der Rezeption hinterlassen wurde, nur dass hier das Tape selbst beschriftet war. Zu seiner Überraschung (und auch zu seiner Erleichterung) las Max nicht Clairs Namen auf dem Streifen, sondern den von Amy. Und das Gerät war Amys Handy, in dem noch ihre Kopfhörer steckten, die schlaff an der Tür herunterhingen. Schnell riss er das Tape ab und schnappte sich das Handy.

Die Schmerzen in seinem Kopf hatten mittlerweile einen permanenten Anspruch zur Daseinsberechtigung angemeldet und trommelten die Innenwand seines Schädels ab. Er griff in seine Hosentasche und bekam dann kurzzeitig Panik.

Seine Schmerztabletten waren weg!

Offensichtlich konnte es doch noch schlimmer kommen, als er sich ausgemalt hatte. Sie mussten, genau wie das Messer, beim Sturz auf dem Dachboden verloren gegangen sein. Max hatte nun keine Zeit, zurückzulaufen, um sie zu suchen. Was jetzt zählte, war, so schnell wie möglich dieses verdammte Hotel und die verdammte Insel zu verlassen. Alles war außer Kontrolle geraten.

Kurz überlegte er, die Tür aufzuschließen und nachzusehen, was der Killer mit Amy angestellt hatte.

»Nein, lass es sein! Du musst zu den anderen«, sagte er stattdessen zu sich selbst und drehte um. Auf dem Telefon gab es eine Botschaft, so viel stand fest. Er wollte, dass auch die anderen mitbekamen, wie die Botschaft lautete.

Er schob sich das Handy von Amy in die Tasche und rannte, so schnell er konnte, in die erste Etage.

KAPITEL 18

(Früher)

Paul Seller erwartete seinen Gast bei sich zu Hause. Sie hatte darauf bestanden, ihn hier zu treffen. Erst wenige Tage waren seit dem schrecklichen Mord in dem gelben Renault vergangen. In knapp drei Monaten und zwei Dutzend Tagen würde Paul endlich seine jahrzehntelange Arbeit niederlegen und seine Pension antreten. Eigentlich musste er nur an den verdienten Ruhestand denken, und seine Laune, egal wie mies, wurde schlagartig besser.

Doch dieser Fall, sein letzter Fall, ließ ihn nicht los. Einige Dinge passten nicht zusammen, obwohl der Tathergang eindeutig und der Schütze gefasst war. Ein Mord hatte sich, zumindest unter seiner Regie, noch nie so schnell aufgeklärt. Man hatte Paul dazu nicht einmal wirklich benötigt; er war bei dieser Sache das fünfte Rad am Wagen gewesen. Dennoch hatten ihm die Kollegen gratuliert, und sein Vorgesetzter tat so, als wäre Paul es gewesen, der einen hochkomplexen Fall entwirrt und gelöst hatte.

Irgendetwas stimmte hier einfach nicht. Es war viel zu leicht gewesen. Also stöberte Paul weiter, kramte die Vergangenheit der Opfer durch, rief ehemalige Bekannte, Nachbarn und …

Einen Moment mal. Paul sah sich in seinem Zimmer um. *Dies ist nicht mein Zuhause!*, stellte er fest.

Ja, jetzt erkannte er es: der Fußboden, die Wände, die Möbel – er war nicht in seinem Apartment. Und was war das für ein Geräusch? Ein Wummern und Dröhnen wurde langsam lauter und intensiver. Paul sah vier Fenster an der Frontseite des Wohnzimmers, in dem er sich soeben befand. Die Jalousien waren herabgelassen, aber das Licht an der Zimmerdecke brannte nicht. Er erkannte nur flackerndes Blaulicht, das durch die Lücken der Lamellen hereinfiel. Die Haustür, schwer und aus dunklem Holz, war mit einer Kette gesichert und verriegelt. Draußen auf dem Flur hörte er Geräusche, Fußschritte und leises Flüstern. Außerdem die unverkennbaren Töne eines Funkgerätes. Er blickte zu Boden und dann auf seine Hände. In seiner linken Hand befand sich seine Dienstwaffe. Verwirrt hielt er sie sich näher an sein Gesicht, um sie genauer zu mustern.

Der Lauf war heiß!

Paul fühlte deutlich die abstrahlende Hitze auf seiner Gesichtshaut, was bedeutete, dass jemand seine Waffe abgefeuert hatte. Wer? Und wieso?

Wumm, wumm, wumm dröhnte es lauter, und plötzlich fiel ein heller Lichtstrahl durch die Lamellen. Der Lichtkegel wurde in einzelne Schichten gebrochen, durchströmte das gesamte Zimmer und blendete ihn. Er kam von einem Hubschrauber, der das Gebäude umkreiste.

»Paul, geben Sie auf! Lassen Sie Ihre Waffe fallen und kommen Sie mit erhobenen Händen zur Haustür heraus!«, forderte ihn eine Stimme aus einem Lautsprecher auf.

Paul hatte keine Ahnung, was hier vor sich ging. »Was für ein Spiel ist das?«, fragte er sich selbst und ging zu einem der Fenster.

Er blickte hindurch, indem er mit dem Lauf seiner Waffe eine Lamelle etwas nach unten schob.

»Was zur Hölle?«

Draußen vor dem Gebäude standen unzählige Streifen- und Rettungswagen. Es war offensichtlich mitten in der Nacht, denn der Himmel war stockfinster. Die Straßenlaternen waren ausgeschaltet, und nur das rotierende Einsatzlicht der Fahrzeuge erhellte die Umgebung. Warum das so war, wusste Paul genau. So ging die Einsatzleitung vor, wenn sich ein Schütze mit einer Waffe in einem Gebäude verschanzt hatte. Dieser sollte möglichst wenig Licht zur Verfügung haben, um potenzielle Ziele auf der Straße nicht sehen und mit Kugeln treffen zu können.

Die Straße war komplett abgeriegelt. Schaulustige standen hinter rotweißem Absperrband über einhundert Meter weit entfernt und wurden von Uniformierten zurückgehalten. Auch waren Vans von der Presse dabei, die um die besten Plätze rangen. Der Hubschrauber, der weiterhin seine Kreise zog und die Wohnung ausleuchtete, in der Paul sich befand, gehörte zu einer Spezialeingreiftruppe der Bundespolizei. Er verstand überhaupt nicht, was hier eigentlich los war.

Habe ich die Waffe abgefeuert?

Wieder sah er sich seine Dienstwaffe an, ließ das Magazin herausgleiten und erschrak. Es fehlten sechs Kugeln. Er hatte sechs Mal geschossen. Auf wen? Wieso? Warum war dieses Haus umstellt und warum forderte ihn weiterhin jemand über Lautsprecher auf, aufzugeben?

»Ich habe nichts getan! Was ist hier los?«, brüllte Paul, während Panik in ihm aufkeimte.

Ganz ruhig. Überleg in Ruhe, was vorgefallen ist. Wie bist du hier hineingeraten?

Das Letzte, an das er sich klar erinnerte, war diese Frau. Wer war sie? Wieso konnten seine Gedanken keine klaren Konturen schaffen? Ihr Gesicht verschwand jedes Mal, ehe er sie im Kopf zusammensetzen konnte. Er überlegte weiter. Was war das Nächste, was er noch erfassen konnte? Das Leichenschauhaus! Ihm wurde bewusst, wie er im Leichenschauhaus gestanden und der Gerichtsmediziner die beiden Opfer begutachtet hatte. Diese lagen auf einem sterilen Tisch, und die weißen Leichentücher waren zurückgeschlagen. Der Arzt diktierte seinem Aufnahmegerät, was er beobachtete, und umrundete, während er sprach, die beiden Tische gegen den Uhrzeigersinn. Wenig später hatte Paul die Gerichtsmedizin verlassen und war zur Justizvollzugsanstalt gefahren. Der Schütze war noch sehr jung, also wurde die Untersuchungshaft in einem Jugendgefängnis angeordnet. Als Paul dort angekommen …

Nein. Da war noch etwas. Was war es? Diese Frau … Sie hatte Paul vor der Gerichtsmedizin abgefangen und ihm die Hand geschüttelt. Hatte sich als Ricarda Rousch vorgestellt. Paul dachte, sie gehöre zur Presse und sei Journalistin. Aber dann? Was hatte sie von ihm gewollt?

»Das ist die letzte Möglichkeit, Paul! Komm jetzt raus, sag uns, wo du ihn hingebracht hast, und gib auf! Das hat doch keinen Sinn, Mensch!«

Wo ich ihn hingebracht habe? Wovon reden die denn? Wen soll ich mitgenommen haben?

Paul kannte die Stimme. Es war sein Vorgesetzter Andreas Lemke. Wieder blickte er durch das Fenster und sah den Mann, der an einem Streifenwagen stand und das Sprachmodul eines großen Lautsprechers vor seinen Mund gehalten hatte.

Da bemerkte Paul zwei Dinge. Er vernahm ein leichtes Kratzen. Durch seinen panischen Zustand hatte er das bisher vermutlich nicht wahrgenommen. In diesem Augenblick jedoch wusste er genau, was es war. Nämlich ein ultraleiser Bohrer, der die Wand mit einem winzigen Loch versah, durch das das Spezialeinsatzkommando, das draußen vor der Tür bereitstand, eine Minikamera schieben konnte, um sich ein Bild von der Lage im Innern zu machen.

Das Zweite, was Paul in dieser Sekunde bewusst wurde, war, dass es ein schwerer Fehler war, mit seiner Waffe erneut die Lamellen des Fensterrollos anzuheben und seinen Vorgesetzten direkt anzusehen. Denn genau in diesem Moment erfasste der Suchscheinwerfer Paul, und es musste so aussehen, als würde er nach draußen zielen. Das Spezialeinsatzkommando ging jetzt davon aus, Paul würde das Feuer auf die Kollegen auf der Straße eröffnen. Einen Sekundenbruchteil später wurde die dicke Holztür aus den Angeln gesprengt, eine Blendgranate explodierte vor Pauls Füßen. Mehrere HK-MP-5-Maschinenpistolen, die auf Einzelschuss eingestellt waren, damit genauer gezielt werden konnte und bei der Schussabgabe der Lauf der Waffe nicht unkontrolliert nach oben riss, feuerten auf Paul. Eiskalte Blitze trafen ihn an Brust, Bauch und Hals. Aus Reflex löste sich ein Schuss aus Pauls Waffe, der im Fußboden landete. Aus diesem Grund feuerte das Einsatzkommando eine neuerliche Salve aus 9-mm-Parabellum auf seinen Körper. Pauls Herz, welches schwer getroffen wurde, blieb stehen, ehe er vollständig auf dem Boden aufgeschlagen war.

KAPITEL 19

Max klopfte vier Mal schnell und zwei Mal langsam gegen die Holztür der Suite in der ersten Etage. Genau so, wie es ihr Klopfzeichen vorgab. Es dauerte ein paar Sekunden, dann vernahm er Geräusche von innen. Ein Möbelstück wurde zur Seite geschoben, und die Tür öffnete sich einen kleinen Spalt. Linus blickte hindurch, erkannte Max und gewährte ihm Eintritt.

»Gut, du bist es. Komm schnell rein.«

Nachdem Max hindurchgeschlüpft war, schloss Linus die Tür wieder, legte die Sicherheitskette an, schob einen schweren Sessel, der aus dem Wohnbereich stammte, wieder vor die Tür und verkeilte ihn unter der Klinke. Danach verriegelte er die Tür mit dem innenliegenden Knauf und setzte sich auf den Sessel.

»So.«

In der Suite herrschte bedrücktes Schweigen. Richard saß weiterhin gefesselt auf dem Boden, ans Sofa gelehnt. Elisabeth kämmte ihre Haare und blickte abwesend in den bodentiefen Spiegel, der an einer Rückwand des Zimmers angebracht war. Als sie Max bemerkte, tat sie ihren Kamm verlegen weg und ging zur Minibar im Wohnzimmer. Nala saß am Esstisch und stützte ihren Kopf auf ihre Hände, während ihr Blick wirr durch den Raum wanderte. Sie war leichenblass.

»Max? Was genau ist dort oben passiert? Du bist ja von oben bis unten nass«, meinte Linus und reichte ihm ein weißes Handtuch aus dem Badezimmer.

Dankbar nahm Max es entgegen, rubbelte durch seine Haare und tupfte sich seine Kleidung ab. Elisabeth brachte allen Snacks und Wasser.

»Hier, trinkt und esst das. Wir müssen bei Kräften bleiben.«

Max nahm einen Schluck, und Flüssigkeit lief an seinen Mundwinkeln hinab. Erst jetzt wurde ihm klar, wie viel Durst er hatte.

»Ich … Es ist … Wir sind hier in der Hölle. Es ist schlimmer als ein Horrorfilm. Clair und ich waren oben auf dem Dachboden. Die Sprinkleranlage hat alles unter Wasser gesetzt«, sagte er, um Fassung ringend.

»War das der Harlekin? War er auch da?«, wollte Nala wissen. Ihre Stimme zitterte.

Jetzt sah Max, dass sie den Ausweis von Michael O'Bryan, der in dem Brief an der Rezeption gesteckt hatte, in einer Hand hielt.

Er antwortete: »Ich bin mir nicht sicher. Gesehen habe ich ihn nicht wirklich. Es ging alles so schnell. Allerdings: Wer sollte es sonst gewesen sein?«

Den intimen Moment mit Clair ließ er wohl wissend aus. »Wir waren oben auf dem Dachboden, und dort haben wir Hannes gefunden. Er … Er ist tot. Brutal ermordet. Mit einem Stein erschlagen. Und dann ging auf einmal das Licht aus. Jemand war dort oben, stieß mich um, Clair schrie, und ich wurde bewusstlos. Als ich später aufgewacht bin, war das Licht wieder eingeschaltet und Clair verschwunden.«

»Clair ist verschwunden?«, fragte Elisabeth. Sie war jetzt ebenfalls totenblass. Die Ereignisse gingen auch an ihr nicht spurlos vorbei.

»Ja, sie ist verschwunden. Der Feuermelder, der den Alarm ausgelöst hatte, ist manipuliert worden. Jemand wollte, dass wir Hannes dort oben finden.«

»Aber warum? Was soll das alles?«, fragte Nala und ließ den Ausweis von Michael O'Bryan klappernd auf den Tisch fallen. »Ich meine, es ist doch nicht möglich, dass ...«, schloss sie ihre Frage nicht ab.

Max hatte plötzlich ein Zucken und ein Blitzen vor den Augen. Nur einen Moment, dann war es vorbei.

Elisabeth bemerkte seine Irritation und musterte ihn besorgt. »Alles in Ordnung?«, fragte sie.

»Ja. Nein. Ich weiß nicht genau. Wie kann hier noch etwas in Ordnung sein? Mir geht's gut, ich komme klar.« Er richtete das Wort an alle. »Ich habe keine Ahnung, was der Harlekin von uns will. Allerdings habe ich eine weitere Nachricht gefunden.«

»Eine weitere Nachricht?«, hakte Linus nach.

»Ja, oben vor der Suite. *Nummer 3* steht auf die Tür geschrieben.«

»Wieder aus Blut?«, wollte Nala wissen.

»Nein, dieses Mal mit einem schwarzen Stift.«

»Clair«, meinte Elisabeth.

»Nein, ich vermute Amy. Aber ich habe nicht nachgeschaut«, sagte Max.

Die anderen schwiegen. Langsam zog er das Handy von Amy aus seiner Hosentasche. Die Kopfhörer baumelten nach unten und klapperten leise.

»Das hing an der Tür. Mit Klebeband festgebunden. Genau wie bei dem Umschlag an der Rezeption.« Er deutete auf den Ausweis vor Nala auf dem Tisch und setzte hinzu: »Außerdem war ihr Name auf das Tape geschrieben.«

»Und was ist auf dem Handy? Hast du Zugriff?«, wollte Linus wissen.

»Ich habe es noch nicht überprüft. Erst musste ich hierherkommen. Ich wollte, dass ihr mitbekommt, was sich darauf befindet. Keine Ahnung, nachher löscht sich die Botschaft, oder was auch immer hier drauf ist, nach dem Abspielen, und ich kann sie nicht korrekt wiedergeben.«

»Du hast recht. Es ist gut, dass wir alle es hören«, meinte Nala und stand von ihrem Stuhl auf.

Auch Elisabeth kam etwas näher und musterte das Gerät in Max' Händen, so, als wäre es etwas Giftiges. Zur Überraschung aller Anwesenden konnte Max den Bildschirm mit einem Wisch seines Daumens freigeben, ohne dass ein Passwort oder ein Fingerabdruck nötig gewesen wäre. Das Display leuchtete auf und zeigte ein Hintergrundbild von einer Zeitung auf einer Kommode. Wahrscheinlich ein vorgespeichertes Bild des Handys. Nur eine einzige kleine Mediendatei war auf dem Startbildschirm zu sehen. Keine App, kein Telefonbuch oder die Wahltasten. Nur eine Datei. Sie war benannt mit den Worten *Höllenfeuer für die Sünder.*

»Was soll das denn heißen?«, fragte Max und blickte ratlos in die Runde. Niemand reagierte. Er tippte mit einem Finger auf die Datei, und der Mediaplayer des Handys öffnete sich. Insgesamt verbargen sich achtundvierzig Titelsongs hinter der Datei, aufgelistet von *Track 1* bis *Track 48.* Max wählte den ersten aus, und leise Musik wurde abgespielt. Mit den seitlichen Tasten versuchte er, die Lautstärke zu erhöhen, aber die Musik wurde kaum lauter.

»Die Kopfhörer«, sagte Linus.

»Ich Idiot«, bestätigte Max und zog sie heraus.

Rockmusik schallte aus dem Handy, und er reduzierte die Lautstärke wieder. Ein paar Momente hörten sie sich die brutalen

Klänge an, bevor Max den nächsten Track auswählte. So ging es weiter und weiter.

»Das soll die Nachricht sein?«, fragte Elisabeth mit hochgezogenen Brauen. »Dieser furchtbare Krach?«

Max war schon fast so weit, den Versuch abzubrechen, bis Linus ihn plötzlich an den Arm griff.

»Da!«

Nun sah auch er, was er meinte. Zwischen *Track 27* und *Track 29* war ein Musikstück anders betitelt. Es hieß *Plamy.*

»Plamy? Was zum Teufel soll das?«, wollte Nala wissen, und alle beugten sich dichter über das Handy.

»*Play me, Amy* soll das wohl heißen«, riet Max. »Die Nachricht war für sie bestimmt, und nun sollen wir sie auch hören.«

Er scrollte mit dem Daumen so weit, dass der Track in die Mitte des Bildschirms wanderte, und blickte in die Gesichter der anderen. »Wenn wir das jetzt abspielen, tun wir genau das, was der Killer von uns will. Wir folgen seiner Fährte und spielen sein beschissenes Spiel weiter mit. Er ist uns einen Schritt voraus, wie auch immer er das schafft. Wollen wir das wirklich?«

Alle sahen sich an und überlegten kurz.

»Was bleibt uns denn sonst übrig?«, wollte Linus wissen.

Max nickte und ließ den Track *Plamy* abspielen.

Zunächst tat sich nichts. Die Anzeige des Mediaplayers lief einige Sekunden, ehe ein Knistern und Klappern die Stille zerschnitt. Dann ertönte eine dunkle, mechanisch veränderte Stimme.

»*Hallo, Amy. Du hast die Datei auf deinem Handy gefunden. Es ist an der Zeit, dass ich dir eine Geschichte vorlese.*«

Die Stimme verstummte kurz, und es hörte sich so an, als ob jemand in einem Buch blätterte. Dann fuhr der Sprecher fort. »*Es war still. Stiller, als Kirsten es erwartet hätte. Die Sonne war bereits hinter dem Horizont verschwunden, und der Tau von Kälte und Nässe legte sich wie ein müder Schleier über das weite Land. Ein Spaziergänger, der an diesem Abend am Rande des Waldes stehen geblieben wäre, hätte staunend das Schauspiel des blutroten Sonnenuntergangs bewundert. Vielleicht hätte er ein Foto geschossen, um es in den sozialen Netzwerken zu teilen. Doch Kirsten war nicht hier, um Fotos zu schießen oder die Sonne zu bestaunen. Blut klebte an ihren Händen und tropfte auf den feuchten Rasen zwischen ihren Füßen. Kirsten hatte getötet. Nicht aus Notwehr, nicht aus Versehen. Nein, sie hatte aus Habgier getötet ...«*

»Hey! Das kenne ich. Stopp mal bitte«, warf Elisabeth ein.

Max drückte auf Pause, und die blecherne Stimme verstummte.

»Was meinst du damit, du kennst das?«, fragte Linus.

»Das ist ihr Buch«, entgegnete Elisabeth.

Alle wirkten verwirrt.

»Leute, Amy ist Autorin. Sie hat bereits vier Bücher veröffentlicht. Das erste Buch – es heißt *Killerspiel* – war ein Bestseller.«

Sie sah die anderen an, in der Erwartung, dass es bei ihnen *klick* machte.

»Ich lese nicht«, sagte Max, und auch Linus zuckte mit den Schultern.

»Du auch nicht?«, fragte Elisabeth Nala.

»Nur New Adult. Keine Thriller. Das ist nichts für mich.«

Elisabeth verdrehte die Augen und fuhr fort. »Okay, egal. Nach diesem einen Bestseller jedenfalls blieb ihr Erfolg aus. Vermutlich ist Amy auch deswegen hier. Es gab das Gerücht, sie leide unter einem Burn-out, da der Erfolgsdruck zu hoch wurde. Bestimmt hat sie diese Reise über ihren Verlag zugeschustert bekommen, um hier etwas Energie zu tanken und neu anzufangen. Wie dem auch sei. Eine Sache stimmt hier nicht. Der Erzähler auf diesem Handy zitiert falsch.«

»Falsch? Inwiefern?«, fragte Max.

»Darf ich mal das Handy haben?«

Max gab es ihr, und sie wischte mit dem Finger über den Bildschirm. Zwei Grundmasken weiter fanden sich die übrigen Apps und Dateien wieder. Unter anderem auch eine App zum Bücherlesen. Elisabeth öffnete diese und lachte triumphierend auf. »Ha, wusste ich es doch. Natürlich hat eine Autorin auch ihre eigenen Werke als elektronische Version auf dem Handy. Hier, da ist das Buch *Killerspiel*.«

Sie tippte auf den Titel, und es öffnete sich. Sie hielt das Handy so, dass alle mitlesen konnten. Elisabeth hatte recht. Der Sprecher in der Mediadatei hatte aus Amys Buch nicht korrekt vorgelesen. Und Max erkannte jetzt auch, was Elisabeth damit meinte, dass der Erzähler falsch zitieren würde. Der Name Kirsten passte nicht. In dem Buch hieß die beschriebene Person Jasmine. Ansonsten stimmte der Text überein.

»Warum änderte er den Namen?«, fragten Nala und Linus fast gleichzeitig.

Niemand sagte etwas.

»Ich spiele die Datei weiter ab. Vielleicht löst sich das Rätsel auf.«

Sie hörten sich das komplette erste Kapitel an. Dann noch ein zweites Mal. Vorgelesen von der verzerrten, dunklen Stimme. Doch bis auf den Namen Kirsten gab es keine Abweichungen.

»Ich verstehe es nicht. Wieso hat Amy diese Nachricht auf dem Handy? Sie muss etwas bedeuten. Das Handy hing an der Tür, hast du gesagt, richtig?«, fragte Elisabeth.

Max nickte. »Richtig. Direkt unter der Botschaft *Nummer 3*.«

Sie wischte mit dem Finger ungeduldig hin und her.

»Wenn er dieses Handy unter der Botschaft ... Moment«, meinte Elisabeth plötzlich verdutzt und wischte mit dem Daumen erneut auf dem Bildschirm hin und her.

»Seht ihr? Die Zeitung im Hintergrund auf dem Startbildschirm. Egal, in welche Richtung ich wische, der Hintergrund bleibt derselbe.«

»Ja und? Was willst du uns sagen? Das ist ein vorgespeichertes Bild«, sagte Nala.

Elisabeth schüttelte den Kopf. »Sieh hin. Die Kommode – erkennst du sie?«

Max wusste sofort, was sie meinte. Die braune Kommode stand hier in diesem Vorflur der Suite. Nicht dieselbe, aber eine, die ihr glich. Es gab noch eine zweite, nämlich oben in der anderen Suite.

Nala blickte vom Handy auf und wusste, was Elisabeth herausgefunden hatte. »Es ist kein vorgespeichertes Bild, sondern ein Foto. Jemand hat die Zeitung und die Kommode fotografiert und das dann als Hintergrundbild eingestellt«, sagte Elisabeth und öffnete die Fotokamera des Handys.

Schnell fand sie das gesuchte Foto, öffnete es und zoomte mit zwei Fingern näher an die Zeitung heran.

»Da ist ein Artikel auf der ersten Seite. Leider ohne Bild. Der Text ist vielleicht lesbar. Nur nicht mit den Augen einer alten Frau.«

Elisabeth gab das Handy in Max' Hände, und er versuchte, etwas auf dem Foto der Zeitung zu entziffern.

»Da steht was, ja, ich kann es lesen. Komisch«, sagte Max und kniff die Augen zusammen. »Die Zeitung ist sechs Jahre alt. Oben in der rechten Ecke steht ein Datum.«

»Sechs Jahre? Wer hebt denn eine Zeitung sechs Jahre lang auf?«, fragte Linus.

»Das ist kein Zufall. Lies vor, was dort in dem Artikel steht«, forderte Nala.

Max las vor. »*Dreiundzwanzigster Oktober / Vechta. In den frühen Morgenstunden machten zwei Spaziergänger eine grausige Entdeckung. In einem See nahe dem örtlichen Bowlingcenter fanden die beiden eine weibliche Leiche, die im Wasser trieb. Die herbeigerufenen Rettungskräfte und die Polizei konnten nur noch den Tod der jungen Frau feststellen. Wie ein Sprecher der Polizei Vechta mitteilte, handelt es sich bei der Verstorbenen höchstwahrscheinlich um die vermisste Frau Kirsten Borg.*«

»Kirsten Borg. Kirsten! Der Name, den der Sprecher in Amys Buch benutzt hat«, warf Elisabeth ein.

Max fuhr fort. »*Vor wenigen Tagen war Kirsten Borg nach einer privaten Feier in der Nacht von Samstag auf Sonntag, den 19. Oktober verschwunden. Die Polizei sowie Familienangehörige suchten seitdem nach der Vermissten. Nun jedoch herrscht traurige Gewissheit. Wie der Sprecher der Polizei weiter ausführte, ›gehe man zum jetzigen Zeitpunkt von einem tragischen Unfall aus. Es ist durchaus wahrscheinlich, dass Kirsten Borg aus Unachtsamkeit in das Gewässer gefallen ist. Ihre Wohnung befindet sich ganz in der Nähe des Fundortes, und der See liegt direkt auf ihrem Heimweg von der Feier. Weitere Untersuchungen des Leichnams sollen noch offene Fragen klären.‹ Außerdem bedankte sich die Polizei Vechta bei allen freiwilligen Helfern, die in den letzten Tagen an der Suchaktion nach Kirsten Borg teilgenommen haben.*«

Alle schwiegen einen Moment. Linus zuckte die Schultern. »Ich verstehe es nicht. Was hat das alles mit einem Unfall von vor sechs Jahren zu tun?«

»Wirklich nicht?«, warf Nala wütend ein. »Du verstehst es wirklich nicht?«

Sie blickten Nala alle überrascht an, da diese plötzlich aufgebracht wirkte.

»Nein. Wie sollte ich das verstehen?«

»Weil es vielleicht gar kein Unfall war!«, schrie Nala, und Tränen schossen ihr aus den Augen. Es war wie ein Damm, der brach. Als sie sich etwas beruhigt hatte, berichtete sie den anderen, was keiner wahrhaben wollte.

KAPITEL 20

(Früher)

Die Zeit heilt alle Wunden.

Diesen Spruch hatte Nala bestimmt schon tausendmal gehört, gelesen, selbst gesagt, gedacht. Und zu neunundneunzig Komma neun Prozent stimmte dieser Umstand vielleicht auch. Wie oft ärgerte man sich über etwas, und ein paar Tage später war alles schon wieder vergessen? Wie viele Verluste hatte man in seinem Leben erleiden müssen, und wie oft dachte man, so könnte man niemals weiterleben? Ein Freund, der starb, ein Familienangehöriger, der starb, Liebeskummer oder finanzielle Verluste – letztlich ging das Leben immer weiter. Es war vielleicht nicht dasselbe wie vorher, aber es war ein Leben. Es funktionierte. Die Zeit hatte die Wunden geheilt oder zumindest erträglich gemacht.

Doch heute, an Tag siebenhundertelf, wusste Nala, dass sie zu den null Komma null eins Prozent der Fälle gehörte, bei denen die Zeit nicht alle Wunden heilen konnte. Sie hatte die Hoffnung aufgegeben, noch länger an das Verheilen zu glauben.

Die Erinnerung an den Tag ihrer Vergewaltigung verschwamm nicht. Sie verging nicht, heilte nicht. Sie wurde nicht unklarer oder schleierhafter. Kein grauer Vorhang, der das Geschehene langsam verblassen ließ und ihren Geist aus der Geiselhaft befreite.

Nein, ganz im Gegenteil. Die Schmerzen waren da. Sowohl die körperlichen als auch die seelischen.

Jeden Tag kam es ihr so vor, als wäre der Mann gerade eben über sie hergefallen. Sie roch seinen Schweiß, den Gestank nach Zigaretten und Bier, die alte Lederjacke, das fettige Haar. Sie spürte die kräftigen, tätowierten Arme, die sie festhielten und gegen die sie sich nicht wehren konnte. Den Schmerz im Intimbereich, das Blut in ihrem Mund. Alles war da, und nichts entrückte aus ihren Erinnerungen.

Nala war damals nach der Arbeit in einer schäbigen Bar nach Hause gelaufen. Nicht sehr weit. Sie musste nur ein paar Hundert Meter bis zu ihrer Wohnung überwinden.

Den Kerl hatte sie schon vorher bemerkt. Er saß an einem Ecktisch mit seinen Freunden. Zunächst belästigte er eine Kollegin von Nala, dann Nala selbst.

»Süße, falls du Feuer brauchst, musst du nur meine Hose öffnen«, hatte er ihr mit britischem Akzent entgegengeekelt, als sie die leeren Biergläser vom Tisch in der Ecke abräumte.

»Ich rauche nicht. Und selbst wenn, würden diese paar Funken nicht reichen, um eine Zigarette anzustecken«, entgegnete sie kühl, und der Tisch grölte und jauchzte, während der Typ regungslos blieb. Wenig später verließ er mit seinen Freunden das Lokal, und Nala war erleichtert. Sie hatte keine Wahl, sie brauchte diesen Job. Ihr Studium wurde von ihren Eltern finanziert, aber ihre Miete zu bezahlen und Verpflegung einzukaufen, war ihre Sache. Außerdem wollte sie auf eigenen Beinen stehen. Also putzte sie Tische, räumte Gläser ab, ließ sich anbaggern und belästigen, brachte den Müll auf die Straße und schenkte Schnaps aus. Es war kein Traumjob, aber auch kein schlechter. Es gab eine Menge Trinkgeld, der Stundenlohn passte, und die Kollegen waren nett.

Nala hatte den Mistkerl schon wieder vergessen, als sie nach ihrer Acht-Stunden-Schicht das Lokal verließ. Es war vier Uhr in der Nacht, leichter Nebel hing über der Straße. Vor ihren Augen fuhr das letzte Taxi weg, um zwei volltrunkene Fußballfans nach Hause zu bringen, die einen Sieg von Bayern München ausgiebig gefeiert hatten.

»Na schön. Wäre sowieso viel zu teuer, ein Taxi zu nehmen«, zischte Nala und blickte in die Richtung, in der ihre Wohnung lag. Es waren ja nur wenige Hundert Meter.

Sie hielt sich auf dem Bürgersteig ganz links, nahe an der Hauswand. In einer Seitengasse rollte eine Flasche über den Boden und blieb klimpernd liegen. Nala schlug ihren Kragen hoch und rieb sich die Hände. Es waren nur wenige Grad über null, und während der Arbeit war sie ins Schwitzen gekommen. Jetzt, mit feuchter Kleidung und der Müdigkeit in den Knochen, war ihr kalt. Mit einer Hand kramte sie schon ihren Haustürschlüssel aus der Jackentasche, und nach wenigen Minuten erreichte sie den Hauseingang des Mehrfamilienhauses. Geschlaucht und abgespannt drückte sie den Schlüssel ins Schloss. Es klemmte kurz, gab den Weg dann aber letztlich frei. Die zwei Stockwerke lief sie, wie in Trance, nach oben. Dabei bemerkte sie nicht, dass die Eingangstür etwas später als normalerweise zurück ins Schloss gefallen war. Oben angekommen, nutzte sie den zweiten Schlüssel an ihrem Bund, um ihre Wohnungstür zu öffnen. In dieser Sekunde griff ihr jemand mit einer riesigen Hand ums Gesicht, schlug sie gegen den Türrahmen und warf sie in die Wohnung. Es ging alles so furchtbar schnell, dass sie zunächst nicht verstand, was genau passierte. Blut sickerte aus einer Platzwunde über ihrem Auge. Jemand zog an ihrer Hose, und sie hörte Stoff reißen. Als Nala klar wurde, was hier geschah, versuchte sie zu schreien und zu kreischen. Sie erkannte den Typen aus der Bar. Die Tattoos an seinen Armen, Schweiß, den Gestank nach Zigaretten und Bier, die alte Lederjacke, das fettige Haar. Er schlug ihr ins Gesicht und auf die Brust. Nala blieb die Luft weg, sie konnte nicht schreien.

Sie wurde vergewaltigt.

Wie lange es dauerte, konnte sie im Nachhinein nicht mehr sagen. Im Krankenhaus gab sie den Polizisten gegenüber an, dass es vielleicht zwanzig oder dreißig Minuten gewesen waren. Ihre Nachbarin, die sie letztlich blutüberströmt im Eingangsbereich vorgefunden hatte, gab an, es müsste eher eine Stunde gedauert haben. Sie hatte Geräusche und ein Poltern gehört, sich jedoch nichts dabei gedacht. Nala kam durch ihren Job oft spät nach Hause, und das Gebäude war alt. Als etwa eine Stunde später laute Fußtritte die Treppe hinunterstürzten, wurde sie doch stutzig. So hatte sich Nala bisher niemals verhalten – wusste sie doch, dass die anderen Bewohner im Haus schliefen.

Die Ärzte gaben an, sie würde bleibende Schäden behalten. Ob sie jemals schwanger werden konnte, war nicht klar – eventuell könnte das durch medizinische Methoden in Zukunft möglich werden. Insgesamt blieb Nala einundzwanzig Tage lang im Krankenhaus. Siebenundzwanzig Tage dauerte es, bis die portugiesische Polizei eine Verhaftung vornehmen konnte. Ihr Peiniger war vorbestraft, und ein DNA-Abgleich brachte dann einen Namen hervor, der in internationalen Polizeidatenbanken gespeichert war. Nachdem der Kerl Nala vergewaltigt hatte, hatte er Deutschland verlassen und war mit dem nächsten Flieger nach Portugal gereist. Bei einer automatischen Gesichtserkennung auf einem öffentlichen Platz ging er den portugiesischen Ermittlern ins Netz. Einunddreißig Tage nach der Vergewaltigung war der Kerl wieder nach Deutschland ausgeliefert worden. Die britische Regierung seines Heimatlandes insistierte nicht.

Sechsundneunzig Tage nach der Vergewaltigung begann der Prozess. Keine Reue, keine Entschuldigung, kein Geständnis. Nala musste also aussagen. Ihr Peiniger ersparte es ihr nicht, da sein Anwalt ihm riet, nichts zu sagen und auf Unzurechnungsfähigkeit, bedingt durch Alkohol, zu plädieren. Einhundertvierzig Tage nach der Vergewaltigung sprach das Landgericht sein Urteil. Vier Jahre und zwei Monate Gefängnis.

Vier Jahre, zwei Monate.

Nala hatte lebenslänglich bekommen und dieser Mistkerl ein paar Jahre trocken und warm unter einem Dach, drei Mahlzeiten am Tag, Sport, Arbeitsmöglichkeiten, Gesprächstherapien, Fernsehen, kostenlose Krankenversicherung, einen Arzt in der JVA, der nur für die Gefangenen da war (während Nala Monate auf einen Termin bei einem Facharzt warten musste, um ihre Verletzungen zu behandeln), Zeit für sich und neue Freundschaften.

Selbstverständlich musste der Kerl seine Strafe nicht vollständig absitzen. Sechshundertzweiundsechzig Tage nach der Vergewaltigung setzten die Behörden die Vollziehung der Haft aus, steckten den Kerl in ein Flugzeug und schoben ihn nach England ab, wo er unter Auflagen auf freiem Fuß bleiben durfte.

Nala hingegen hatte lebenslänglich.

Siebenhundertacht Tage nach der Vergewaltigung brachte sie in Erfahrung, dass erneut gegen den Mann aufgrund eines Sexualdeliktes ermittelt wurde. Eine weitere Vergewaltigung, die noch vor ihrer eigenen in Köln stattgefunden haben soll. Das Opfer hatte sich erst jetzt gemeldet.

An diesem Tag traf sie eine Entscheidung.

Nala reiste am selben Tag mit dem geliehenen Wagen einer Freundin nach England, um den Mann zu finden, der ihr Leben beinahe ausgelöscht hatte. Sie wusste seinen Namen und engagierte einen gewieften Detektiv, den sie für einen halben Tag Arbeit bezahlte und dem es nicht schwerfiel, den Aufenthaltsort des gesuchten Mannes zu ermitteln. Drei Nächte quartierte Nala sich in einem Hotel ein. Für vierhundert Pfund besorgte sie sich einen gebrauchten Smith & Wesson Chiefs Special Revolver bei einem zwielichtigen Verkäufer. Stundenlang hatte sie sich in einer Gegend durchgefragt, die nach Kriminalität nur so stank, bis sie endlich einen Verkäufer fand. Siebenhundertelf Tage nach ihrer Vergewaltigung bog sie am späten Abend in eine düstere Straße ab. Die meisten Straßenlaternen waren defekt oder eingeschlagen worden, sodass sie sich wie ein Schatten bewegen konnte.

Ungesehen, unbemerkt.

Vor Hausnummer 155 blieb sie stehen und blickte zu der Eingangstür des verkommenen Hauses. Brauner, alter Klinker, zersplitterte Fensterscheiben, ein verwahrloster Vorgarten, Müll und Bierdosen in der Einfahrt. Leise schlich sie um das Haus und betrat den Hinterhof. Am anderen Ende der Straße wurde laute Rapmusik gespielt, gelegentlich fuhren aufgemotzte Autos vorbei. Nala war wie eine Katze. Niemand wusste, dass sie hier war. Langsam blickte sie durch das Fenster, aus dem das flimmernde Licht eines Fernsehers fiel. Sonst war im Haus keine Beleuchtung eingeschaltet.

Da saß er.

Breitbeinig auf dem Sessel, tätowierte Haut, fettiges Haar, mit einer Dose Bier in seiner rechten Hand. Sie stand direkt hinter ihm und überlegte, ob sie einfach durch das Fenster schießen sollte. Da sie sein Gesicht nicht sah, wusste Nala nicht, ob er schlief oder wach war.

Zu gefährlich! Man könnte mich hören und sehen!

Der Kerl schaute sich eine Tierdokumentation an, was das Bild in Nalas Augen surreal erscheinen ließ: Ein Vergewaltiger sitzt in der miesesten Gegend Englands auf einem abgewetzten Sessel, trinkt Bier und beobachtet Löwenbabys in der Savanne.

Sie schüttelte sich kurz und schlich zum Hintereingang des Hauses. Leise drehte sie den Türknauf, und zu ihrer Erleichterung ließ sich die Tür geräuschlos öffnen. Sie zog den Revolver aus ihrer Jacke, nahm den Schal, den sie eingesteckt hatte, wickelte die Waffe so darin ein, dass sie den Griff und den Abzug noch gut halten konnte, riss die Tür zum Wohnzimmer auf und schoss drei Mal auf den Mann, der überrascht und verdutzt zu ihr hochsah.

Pop.

Pop.

Pop.

Die Schüsse waren nicht sehr laut. Zwar könnte ein Nachbar, der zufällig im Garten stand, sie gehört haben, aber es war dunkel draußen, und niemand stand hier einfach so im Garten. Nicht in dieser Gegend. Zudem waren Schüsse hier sicherlich keine Seltenheit.

Alle drei trafen den Mann in die Brust. Er hatte sich noch aufrichten wollen, als er Nala in den Raum stürzen sah, wurde allerdings durch die Wucht der Projektile zurück in den Sitz gestoßen. Wie auf eine Schnur gefädelt hatte sie die Schüsse gesetzt. Drei Treffer, drei Einschusslöcher. Linke Brust, Sternum, rechte Brust. Die Dose Bier rollte über den Boden, und der Teppich saugte die restliche Flüssigkeit auf, die herauslief. Nala steckte den Schal, die ausgeworfenen Patronenhülsen und die Waffe in eine mitgebrachte

Plastiktüte. Dann näherte sie sich dem Mann und wusste in diesem Augenblick, dass sie einen unfassbaren Fehler gemacht hatte.

Der Kerl lebte noch, konnte aber nicht mehr sprechen. Blut lief aus seinem Mund und an seinem Hals hinab. Sein weißes, versifftes T-Shirt war durch die drei Wunden bereits knallrot getränkt, und durch den Kontrollverlust seines Körpers hatte er sich angeschissen. Mit weit aufgerissenen Augen blickte er zu Nala hinauf und spuckte Blut. Sie glaubte, dahinter ein *Why?* zu hören. Dann erschlaffte sein ganzer Körper, und Blasen blubberten aus den Einschusslöchern.

Er war tot.

Das Problem an der Sache war, dass der Tote nicht der Mann war, den Nala ermorden wollte. Er hatte die gleichen Wangenknochen und die gleichen Augen. Aber die Nase, die Stirnpartie und das Kinn sahen anders aus. Auf einem Tisch lag ein Portemonnaie, das sie mit ihrem Fingernagel aufklappte. Auf dem darin befindlichen Ausweis konnte sie ablesen, was sie bereits wusste.

Michael O'Bryan.

Nicht George O'Bryan.

Anstatt ihren Vergewaltiger, George O'Bryan, zu töten, hatte sie seinen Bruder auf dem Gewissen. Sicherlich ebenfalls Abschaum, aber kein Vergewaltiger, soviel sie wusste. Nicht der Mann, der ihr Leben zerstört hatte. Nala war eine Mörderin, hatte einen Unschuldigen kaltblütig umgebracht. Vermutlich teilte Michael sich diese Bude mit seinem Bruder. Vielleicht kam der richtige O'Bryan jeden Moment nach Hause, und sie müsste nur warten. Doch da erfasste sie Panik, und sie stürzte aus dem Haus, rannte vier Blocks weiter zu ihrem Auto und raste davon.

KAPITEL 21

Es herrschte lange Zeit Stille in der Suite. Keiner wollte glauben, was Nala ihnen soeben erzählt hatte. Max erwartete fast, dass sie einfach laut loslachen würde, um ihnen anschließend auf die Schulter zu klopfen, mit den Worten: »War nur ein Witz, Mensch! Was denkt ihr denn von mir?«

Doch sie sagte nichts. Nur Tränen kullerten ihr über das Gesicht, sammelten sich an ihrem Kinn und fielen auf den Boden.

»Du hast einen Mann erschossen?«, fragte Linus leise.

»Ich wollte meinen Vergewaltiger töten«, entgegnete sie stattdessen.

»George O'Bryan?«

»Ja.«

»Aber du hast Michael O'Bryan getötet?«

»Ja.«

»Und warum wurdest du nicht verhaftet?«, bohrte Linus weiter nach.

»Weil Michael O'Bryan vielleicht kein Vergewaltiger war, aber ebenfalls ein Krimineller, der in einer kriminellen Gegend getötet wurde. Die Polizei hat bei ihren Ermittlungen sicherlich nicht sehr viel Energie und Ressourcen verwendet, um den Mörder eines Verbrechers zu fangen. Sie waren bestimmt froh, dass etwas weniger Arbeit auf den Straßen unterwegs ist. Außerdem habe ich die

Tatwaffe und die Hülsen irgendwo in einem See in Frankreich versenkt, als ich nach Hause gefahren bin.«

Max konnte und wollte nicht glauben, was er dort hörte.

»Nala … Ich … Ich … Was zum Teufel soll ich dazu sagen?«, stammelte er.

Sie zuckte mit den Schultern. »Keine Ahnung. Willst du mich verurteilen? Nur zu.«

Nein, das wollte Max sicher nicht. Ganz im Gegenteil sogar. Er konnte durchaus verstehen, was sie getan hatte. Welche unerträglichen Schmerzen musste sie wohl erlitten haben? Wie viel Angst empfand sie wohl, wenn sie mit einem Mann intim werden wollte? Konnte sie das überhaupt noch? Wie schrecklich musste das Gefühl sein, wenn man von Ärzten hörte, man könnte vielleicht nie Kinder bekommen? Und dieser Verbrecher lebt sein Leben ohne Bedauern weiter? Max hätte vermutlich ebenfalls zur Waffe gegriffen. Es schien so, als würde Nala seine Gedanken lesen können, denn sie lächelte knapp.

»Ich mache dir keinen Vorwurf. Ich weiß nur nicht, was ich sagen soll. Es tut mir so leid, dass dir so etwas Schreckliches zugestoßen ist. Du hast es dir nie anmerken lassen. Ich meine, ich habe es nie für möglich gehalten … Ach, Mann. Was für eine Scheiße«, meinte Max aufrichtig.

»Schon gut. Ich habe gelernt, damit zu leben.«

»Okay, ja, das ist wirklich Mist. Ich muss euch jedoch an den Killerharlekin erinnern, der uns abschlachten möchte«, meldete sich Linus trocken zu Wort. »Natürlich tut es mir auch mehr als leid, was dir widerfahren ist. Aber warum hast du uns diese Geschichte überhaupt erzählt? Was hat das mit dem Wahnsinn zu tun, der hier abgeht?«

Nala kniff die Augen zusammen und antwortete erbost: »Mach

mir nichts vor, Linus! Amy hat offensichtlich etwas mit dem Tod von Kirsten Borg zu schaffen, die in dem Zeitungsartikel steht. Warum sonst sollte sie jetzt ermordet worden sein!? Der Harlekin hat ihr eine Nachricht auf dem Handy hinterlassen und diese dann so platziert, dass wir sie finden mussten. Mir hat er den Ausweis von Michael O'Bryan zukommen lassen, unten an der Rezeption. Und die Datei mit den Audioinhalten heißt *Höllenfeuer für die Sünder*.«

»Willst du sagen, wir werden bestraft?«, erkundigte Elisabeth sich. Sie lehnte am Türrahmen zwischen dem Flur und dem Wohnbereich der Suite. Ihre Atmung ging schnell, und sie wirkte verzweifelt. Mit verschränkten Armen stand sie da, als hätte Nala sie beleidigt.

»Ja, genau das will ich sagen«, entgegnete Nala.

»Das würde implizieren, dass wir alle ein düsteres Geheimnis haben. So eines wie deins. Dass wir Unschuldige erschossen haben – die vielleicht in deinen Augen Abschaum sind«, warf Elisabeth ein.
»Ich habe kein dunkles Geheimnis. Ich habe keinen Unschuldigen auf dem Gewissen. Ich klaue keine Kinder, und ich parke mein Auto nicht falsch. Also, warum sollte ich den Tod verdient haben? Was ist mit euch?« Sie blickte zwischen Linus und Max hin und her.

»Hey, ich habe auch keinen Menschen umgebracht!«, verteidigte sich Max gereizt. Ihm gefiel die Richtung nicht, in die sich das Gespräch bewegte. Genau das wollte doch der Harlekin erreichen: dass sie sich gegenseitig Vorwürfe machten oder sich verdächtigten.

»Und ich bin mir sicher, dass auch Linus kein …«, er stoppte seinen Satz.

Linus war auf einmal blass. Blasser als zuvor.

»Was ist los?«, fragte Nala, die auch bemerkt hatte, dass etwas nicht stimmte.

Linus hob seine Hand und zeigte mit dem Zeigefinger auf Elisabeth.

»Was ist?«, fragte diese erstaunt.

»Ich meine nicht dich. Ich meine Richard. Hinter dir. Wo ist dein Mann?«

»Wir sind nicht verheiratet, das sagte ich schon. Und er ist genau …« Elisabeth drehte sich um und schlug die Hand vor den Mund.

Linus hatte nicht auf sie gezeigt, sondern auf die leere Stelle am Boden, an der Richard zuvor noch gesessen hatte. Er war nicht mehr da. Nur ein kleiner Zettel lag dort am Boden, mitten auf dem Fußboden.

»Was ist das?«, fragte Linus.

Max ging langsam zu der Stelle, an der Richard soeben noch gesessen hatte, und hob den kleinen Zettel auf. »Eine Quittung für Natronlauge – einhundert Liter Natronlauge, um genau zu sein. *Tickopur R 60*. So heißt die Marke.«

»Wie zum Teufel konnte er verschwinden?« Elisabeths Stimme zitterte. Auch Max konnte sich nicht erklären, wie Richard entkommen sein sollte. Gerade noch hatte er auf dem Fußboden gesessen, gefesselt und stumm. Und schlagartig war er weg, spurlos verschwunden.

Umgehend suchten sie die gesamte Suite ab. Hinter dem Sofa, in den Schränken, auf dem Balkon, unterm Bett, im Badezimmer. Max klopfte sogar die Wände ab, um zu prüfen, ob sich irgendwo ein Hohlraum befand. Obwohl er natürlich wusste, dass hier kein Schacht oder Geheimgang sein konnte, da er das Hotel mitentworfen hatte.

Richard blieb verschwunden.

»Das kann nicht sein. Er war hier. Gerade war er doch noch hier. Genau hinter mir. Er kann doch nicht einfach durch die Zimmertür raus sein«, brabbelte Nala panisch.

»Leute, es muss eine Erklärung dafür geben«, sagte Linus. »Niemand kann sich in Luft auflösen.«

»Ach ja? Und wo ist er dann? Ich will hier raus! Ich will raus hier!«, schrie Nala hysterisch.

»Beruhige dich! Beruhige dich, wir kommen hier raus«, sagte Max und hielt sie fest.

Zunächst versuchte Nala, sich loszureißen, gab dann aber nach. Sie schluchzte und krallte sich an seinem Arm fest. »Er bringt uns alle um. Er bringt uns um«, brachte sie immer wieder hervor. Doch langsam beruhigte sie sich.

»Das tut er nicht. Wir werden es überleben. Wir kommen von dieser Insel weg. Vertrau mir.«

Sie schmiegte ihr Gesicht an seine Schulter. Im Spiegel an der Wand konnte Max sie sehen und erkannte, dass sie ihm nicht glaubte. Ihre verzweifelte Miene wirkte, als würde sie sich gerade mit dem Tod anfreunden und alle Hoffnung aufgeben.

Ohne Nala loszulassen, hielt Max Elisabeth mit einer Hand die Quittung hin. »Sagt dir das etwas?«

Sie schüttelte erst verwirrt den Kopf und nickte dann doch. »Doch, also nicht wirklich. Diesen Zettel hatte Richard bereits in unserem Zimmer in der Hand. Er wollte von mir wissen, wieso er in seinem Koffer lag. Dort hatte er ihn entdeckt. Ich hatte keine Ahnung, wie er dahingekommen ist. Er muss ihn versehentlich eingesteckt haben.«

»Warum bestellt dein Lebensgefährte einhundert Liter Natronlauge, steckt die Quittung ein und vergisst das dann alles?«, bohrte Linus nach.

»Richard ist Doktor der Biologie und arbeitet bei einem namhaften Pharmakonzern. Er hat ständig mit Chemikalien und solchen Dingen zu tun und wird die Quittung vermutlich aus Versehen eingesteckt haben. Was spielt das denn jetzt für eine Rolle? Er ist weg, und wir haben es nicht bemerkt. Das ist das viel größere Rätsel«, sagte Elisabeth.

»Es ist wohl kein Zufall, dass diese Quittung hier liegt. Hat er irgendetwas dazu gesagt? War er verwirrt, als er sie gefunden hat? Oder verängstigt? Vielleicht war das seine Nachricht«, meinte Max.

»Seine Nachricht?«, fragte Linus.

»Leute. Denkt mal nach. Emilia war völlig schockiert, als sie die toten Vögel vor dem Eingang gesehen hat. Kurz darauf ist sie tot. Amy hat eine Audiodatei als Botschaft auf ihrem Handy, kurz darauf ist sie weg.«

»Du meinst, der Horrorharlekin sendet uns Nachrichten, bevor er uns ermordet? Wozu?«, forschte Linus nach.

»Damit wir gestehen? Damit uns klar wird, warum wir hier sind?«, riet Max.

»Das hatten wir bereits. Ich habe nichts verbrochen«, behauptete Elisabeth.

»Angenommen, Nala hätte recht«, sagte Linus. »Was ist mit Hannes? Er liegt dort oben auf dem Dachboden, hast du berichtet. Mit eingeschlagenem Schädel. Was war seine Botschaft? Warum musste er sterben?«

Max stockte, da er die Antwort nicht wusste. Doch auf einmal fiel es ihm wieder ein. »Der Ohrring.«

»Welcher Ohrring?«, wollte Nala wissen, die sich nun wieder von ihm löste. Ihre Augen waren gerötet, ihr Gesicht von Tränen nass.

»Clair und ich haben im Matsch auf dem Weg zur Fähre diesen Ohrring gefunden. Er hatte die Form eines länglichen Blattes. Erinnert ihr euch? Ich hatte euch alle gefragt, ob ihn jemand verloren hat. Anschließend gab ich ihn Hannes, damit er ihn in der Fundkiste verwahren konnte. Als ich ihm den Ohrhänger gegeben habe, war er total fahrig. So als würde ihm dieser Ohrring etwas sagen. Vielleicht war das sein Hinweis und wir haben es einfach nicht bemerkt.«

Elisabeth sagte: »Mal angenommen, deine Theorie stimmt. Für Amy hat der Harlekin uns Übrigen neben ihrer eigenen Audiodatei eine weitere Botschaft hinterlassen: den Zeitungsartikel auf der Kommode. Dadurch wissen wir nun, dass Amy etwas mit dem Tod dieser Kirsten Borg zu tun haben könnte. Sie wurde also deswegen unschädlich gemacht. Das heißt, der Harlekin hinterlässt für jeden von uns eine ganz explizite Botschaft, die nur für diese eine Person bestimmt ist, und dann eine Botschaft, die den Grund unserer Ermordung erläutern soll. Nala hat den ersten Hinweis bekommen, indem der Mörder einen Brief an der Rezeption hinterlegt hat.«

»Nein, nicht ich habe den ersten Hinweis bekommen, sondern Emilia. Die toten Vögel. Was soll das sonst gewesen sein?«, fragte Nala.

»Gut, dann war Emilia halt die Erste. Richard hat die Quittung in seinem Koffer gefunden, Amy die Datei auf ihrem Handy, und du hast den Brief an der Rezeption bekommen. Beschriftet mit roten Buchstaben und den Worten *Für Nala*. Nun, Nala hat uns jetzt von dem Mord an Michael O'Bryan selbst erzählt, und der Zeitungsartikel plus diese Audiodatei hat uns Amys Hintergrundgeschichte erläutert. Ihr seid in die Schussbahn des Mörders geraten, weil ihr jemanden auf dem Gewissen habt. Aber was ist mit

Emilia? Und was ist mit Hannes? Wo ist die Aufklärung für deren Tode? Hier haben wir nur die Vögel und diesen Ohrring, von dem du gesprochen hast, allerdings keine Hinweise, die ihre Tötung rechtfertigen. Und Richard? Er hat niemandem etwas angetan«, sagte Elisabeth.

»Wir haben bei Emilia und Hannes nicht nach den Erklärungen gesucht, weil wir da noch nichts von ihnen wussten. Vielleicht waren sie aber trotzdem da. Als wir Emilia in ihrem Zimmer mit der Axt in ihrem Kopf vorgefunden haben, habe ich noch keine Gedanken an irgendwelche Hinweise verschwendet«, sagte Max.

Er versuchte, sich zu erinnern, wie Nala, Linus und er Emilia vorgefunden hatten. Wie sie dort in einer Blutlache ausgestreckt auf dem Teppich gelegen hatte. Brutal ermordet. Linus, der brechen musste und unter Anstrengung »*Du solltest ... sie nicht berühren. Das hier ist ein Tatort. Nicht, dass du Spuren ... verwischst*« gesagt hatte. Wie Max sich in dem Zimmer umgesehen hatte. Da waren ein paar Klamotten auf dem Boden verstreut, der Stuhl des Schreibtisches war umgekippt, und die Lamellen des künstlichen Fensters waren teilweise eingeknickt. Die Nachttischlampe war eingeschaltet, unter der Lampe lagen ihr Handy, eine Flasche Wasser, ein Buch und ... ein Briefumschlag!

»Der Brief«, stieß er aus. »Da war ein Brief auf Emilias Nachttisch. Das könnte die Erklärung sein.«

»Bist du sicher?«, fragte Elisabeth. »Lag dort wirklich ein Brief?«

»Ja, ich bin mir absolut sicher. Er liegt noch immer dort. Wir müssen nachschauen, was drinsteht. Wir sollten ...«

Auf einmal wurde ihm schlecht. Da war ein klapperndes Geräusch, und der Boden unter seinen Füßen wankte. Tränenflüssigkeit lief aus seinen Augen. Nicht, weil er weinte, sondern weil er die Kontrolle über seinen Speichel- und Tränenfluss verloren hatte.

Was zum Teufel?, dachte er und konnte kaum einen klaren Gedanken fassen.

Max erkannte, dass auch Linus taumelte und zur Seite stürzte. Er identifizierte eine Gestalt in seinem Augenwinkel. Ganz kurz sah er diese im Spiegel, aber die Welt drehte sich so schnell, dass er das Bild nicht lange und deutlich genug erfassen konnte. Die Person zog etwas aus ihrer Tasche, und Max war nicht in der Lage, einzugreifen.

Diese Gestalt musste sich hier in diesem Raum aufgehalten haben. Nur wie? Sie hatten alles abgesucht.

Da schrie Elisabeth vor Schmerz auf und wurde gegen das Sofa geschleudert. War Richard wieder da? Hatte er sich befreit? Max musste kotzen, sein Kopf brannte wie Feuer. Dann fielen drei Schüsse.

Pop.

Pop.

Pop.

»Nein!«, schrie Max, konnte sich jedoch nicht halten. Er kippte zur Seite und verlor das Bewusstsein.

KAPITEL 22

»Um Gottes Willen, nein!«

Da war eine Stimme. Eine aufgeregte Stimme.

Max' Kopf brannte. Ganz langsam erwachte er, seine Augen tränten noch immer.

»Was … ist passiert?«, fragte er.

»Hilfe! Hilfe!«, schrie jemand panisch.

Es war Linus, da war sich Max sicher. Schwerfällig drehte er sich zur Seite, rieb seine Augen und übergab sich ein zweites Mal auf den Fußboden. Er ertastete … War das eine Patronenhülse? Er riss seine Lider schlagartig auf. Ihm wurde wieder klar, was sich hier gerade abgespielt hatte. Es waren Schüsse gefallen. Jetzt erkannte er den Revolver vor der Tür zum Badezimmer. Drei Hülsen lagen verteilt zu Max' Füßen.

Linus kniete auf dem Boden und hielt einen Körper in seinen Armen. Überall war Blut. Viel Blut.

»Nein! Nein, bitte!«, schluchzte Linus.

Max stemmte sich hoch, eilte zu ihm und begriff, dass es Nala war, die in seinen Armen lag. Sie hatte drei Schusswunden. Angeordnet genau so wie bei Michael O'Bryan, nachdem sie ihn mit seinem Bruder George verwechselt und erschossen hatte: linke Brust, Sternum, rechte Brust. Sie starrte hoch zur Zimmerdecke, die Augen im Schock aufgerissen und leer.

»Was ist passiert?«, rief Max und ertastete ihren Puls.

Linus hielt Nala in den Armen, weinte und wippte leicht vor und zurück.

»Linus! Was ist passiert?«, schrie Max ihn an.

Max' Knie waren von Nalas Blut feucht geworden, nachdem er sich neben ihnen niedergelassen hatte. Linus sah aus, als käme er aus einem Schlachthaus. Die drei Einschusslöcher in Nalas Körper hatten dafür gesorgt, dass sie nach wenigen Momenten literweise Blut verloren hatte. Ihr Gesicht wirkte blass und wächsern.

Wieder schrie Max: »Verdammt noch mal, sag mir jetzt, was passiert ist! Warum waren wir nicht in der Lage, das hier zu verhindern?« Er packte Linus an der Schulter und schüttelte ihn.

Dieser sah ihn träge und erschöpft an, ließ dann Nalas toten Körper vorsichtig zu Boden gleiten und kauerte sich an die Wand neben sie. Dann zeigte er mit dem Finger an die Zimmerdecke.

Max wurde übel. Über ihren Köpfen stand jene Botschaft geschrieben, vor der sie solche Angst gehabt hatten.

Nummer 4

Die Ziffern waren frisch und offenbar mit Nalas Blut geschrieben worden. Doch dieses Mal stand dort noch mehr.

Versteht ihr dieses Spiel?

»Nummer 4. Versteht ihr dieses Spiel?«, las Max vor und konnte sich keinen Reim darauf machen, was das bedeuten sollte. Er wandte sich wieder an Linus und fragte: »Was hast du gesehen?«

»Ich ... Ich ... Da war ... Irgendjemand war hier. Plötzlich wurde alles schwarz, und ich verlor mein Bewusstsein. Ich vermute, irgendein Gas oder so etwas. Da warst du … Nala wollte weglaufen … Es fielen drei Schüsse. Ich bekam nicht mehr mit … Und Elisabeth …«, seine Stimme versagte. Er verfiel in einen heftigen Weinkrampf und hielt sich die blutverschmierten Hände vors Gesicht.

Max richtete sich auf und ging zum Sofa. Elisabeth lag vor dem Sofa auf dem Fußboden und hatte eine Wunde an ihrem Kopf, die zum Glück mittlerweile aufgehört hatte zu bluten. Jemand hatte sie bewusstlos geschlagen. Aber sie atmete. Max fühlte ihren Puls und war erleichtert, dass er zwar ein schwaches, aber immerhin langsames Pulsieren wahrnahm.

»Elisabeth?«

Sie antwortete nicht. Er schüttelte sie leicht, öffnete ihre Augenlider, aber sie war weggetreten. Max hoffte, dass ihre Kopfverletzung nicht tödlich wäre. Wie sollte er ihr helfen? Wie sollte er sie jemals aus diesem Hotel bekommen? Er hastete zurück zu der Waffe und hob sie auf. Es war eine kleine handliche schwarze Pistole mit einer Drehtrommel. Darin war Platz für sechs Kugeln. Auf dem Boden verstreut lagen drei Hülsen, und es war keine weitere Munition mehr in der Waffe. Jemand hatte auf Nala gefeuert und die Pistole achtlos weggeworfen. Entweder waren in der Waffe nur drei Hülsen geladen oder der Schütze hatte die restliche Munition mitgenommen. So oder so, die Pistole war ohne weitere Kugeln wertlos.

Wo war dieser Jemand? Erneut durchsuchte Max die Suite, fand aber nach wie vor keinen weiteren Ein- oder Ausgang aus diesen Räumlichkeiten. Auch die Abluftspots an der Zimmerdecke überprüfte er, entdeckte jedoch auch hier keinen Hinweis auf Gas oder eine ähnliche Manipulation, die sie bewusstlos gemacht hatte.

Wie also war jemand hier hereingelangt? Wieso konnten sie sich nicht erinnern, was soeben geschehen war? Weder Linus noch Max hatten den Schützen kommen sehen. Warum war ihm auf einmal so schlecht geworden? Warum waren sie bewusstlos gewesen, während Nala erschossen wurde? Warum wurde nur sie erschossen und nicht auch die anderen? Es musste eine Erklärung geben.

Und es musste einen Weg hinein und hinaus geben, schließlich war Richard ebenfalls spurlos verschwunden.

»Wir sind hier nicht sicher«, sagte Max zu Linus gewandt. Dieser hatte sich langsam beruhigt und weinte nicht mehr.

Jetzt bemerkte Max erst, wie kalt er den Tod von Nala hinnahm. Es lag nicht daran, dass er plötzlich kein Mitgefühl mehr in sich hatte oder Nala ihm nichts bedeutet hätte. Ganz im Gegenteil sogar. Es lag daran, dass die Umstände sein Inneres eingefroren hatten. Noch nie zuvor hatte Max eine annähernd ähnliche Situation durchleben müssen. So viel Tod, so viel Leid an einem Tag war für einen Menschen wie ihn einfach zu viel. Etwas anderes in ihm hatte das Kommando übernommen. Es ging nur noch darum, zu überleben.

»Wir sind hier nicht sicher«, wiederholte er.

Linus nickte leicht und blickte zu ihm auf. »Und? Was schlägst du jetzt vor? Wo sollen wir hin? Jemand schlachtet uns der Reihe nach ab, und wir können nichts dagegen unternehmen. Wir waren beide einfach weggetreten, als der Harlekin Nala umgebracht und Elisabeth bewusstlos geschlagen hat.«

»Es gibt für alles eine Lösung. Ich weiß nicht, wie dieser verkleidete Killer das anstellen mag. Aber eines weiß ich sicher: Wir geben nicht kampflos auf! Wir müssen hier raus.«

»Raus? Wohin denn? Ins Meer? Das Boot ist explodiert, erinnerst du dich?«, entgegnete Linus.

»Ja, natürlich. Wir gehen nicht zum Steg. Wir gehen zum Leuchtturm.«

»Zum Leuchtturm?«

Linus erhob sich nun und blickte ihn verwirrt an. »Was willst du denn dort?«

Max zuckte hilflos mit den Schultern. »Was können wir sonst tun? Wir sind hier in der Suite nicht sicher. Wir sind in diesem ganzen Hotel nicht sicher. Emilia, Hannes, Amy, Nala, alle tot! Clair und Richard sind verschwunden und vermutlich auch schon umgebracht worden. Elisabeth ist schwer verletzt. Nur noch wir beide sind übrig. Was denkst du, was als Nächstes passiert? Wir werden wieder angegriffen, und dann war es das. In dem Turm können wir uns besser verbarrikadieren als hier. Bei Tagesanbruch setzen wir den Plan um, den wir bereits besprochen hatten: mit der Leuchtpistole auf uns aufmerksam machen.«

Vorsichtig näherte sich Max Nalas totem Körper, drehte sie ein Stück zur Seite und entdeckte die Leuchtpistole in ihrem Hosenbund. Hier befand sie sich, seit Max sie ihr gegeben hatte, bevor er auf die Suche nach Amy gegangen war. Er nahm die Leuchtpistole an sich.

Linus betrachtete Elisabeth, deren Arme und Beine hin und wieder zuckten.

»Wir werden sie tragen müssen. Und zwar den ganzen Weg. Was ist, wenn wir diesem Harlekin begegnen?«

»Dann ist das so. Besser gleich als später. Ich habe keine Lust mehr, wegzulaufen. Er ist uns dauernd einen Schritt voraus, weshalb mir ein ehrlicher Kampf lieber wäre.«

Linus nickte. »Okay! Dann lass uns aufbrechen.«

KAPITEL 23

Linus hatte Elisabeth hochgehoben und trug sie als Erster. Sie würden sich zwischendurch abwechseln müssen.

Max öffnete die Zimmertür der Suite und blickte vorsichtig in den Flur hinaus.

Kein Harlekin.

Erleichtert stieß er die Tür vollends auf und winkte Linus zu, der mit Elisabeth in seinen Armen an ihm vorbeitrat. Max warf einen letzten Blick auf Nalas toten Körper und erschauderte kurz. Er würde sie nie lebendig wiedersehen. Erst jetzt wurde ihm langsam klar, was mit seiner lieben Nala passiert war.

Weiter!, befahl er sich und schloss die Tür hinter sich. »Okay. Ich gehe voran. Leise«, flüsterte er und setzte sich in Bewegung.

Sie ließen den Etagenflur hinter sich, durchquerten das Treppenhaus und fanden sich unten im Foyer wieder.

»Pause. Ich kann sie nicht mehr halten«, schnaufte Linus und legte Elisabeth vor seinen Füßen ab. Dicke Schweißperlen glitzerten auf seiner Stirn, und sein Atem rasselte. »Sie ist schwerer, als sie aussieht. Wollen wir sie nicht einfach hierlassen?«, sagte er und musste tatsächlich grinsen. »Ich weiß, es ist nicht der Zeitpunkt, um zu scherzen, aber wir leben vielleicht nicht mehr lange, also drauf geschissen.«

Max musste ebenfalls grinsen und hob Elisabeth hoch. »Hol

den Schlüssel für den Turm aus dem Safe. Ich warte hier und werfe sie dem Harlekin vor, falls er kommt, damit wir eine Chance haben, wegzulaufen.«

Linus sauste um die Rezeption herum, verschwand im hinteren Teil und kam nach wenigen Sekunden wieder. In einer Hand hielt er triumphierend den messingfarbenen Schlüssel. Er setzte sich gerade wieder in Bewegung, als sie plötzlich aus der Ferne ein lautes Scheppern und das Schreien einer weiblichen Stimme hörten, das Max bis ins Mark fuhr.

»Clair«, hauchte er und lauschte.

Er hörte nichts mehr. Nur das leichte Summen der Klimaanlage und den Sturm draußen, der wieder angezogen hatte.

»Wo kam das her?«, fragte er Max.

»Ich konnte es nicht orten. Ihr Schrei kann von überall hergekommen sein. Zwischen den Wänden prallt der Schall ihrer Stimme hin und her. Vielleicht beim Wellnessbereich, vielleicht aus einem der Hotelzimmer.«

Er hatte recht. Sie müssten das ganze Hotel absuchen, um Clair zu finden. Als Erstes musste Max Elisabeth und Linus zum Turm bringen. Ansonsten waren auch sie verloren. Er konnte nur hoffen, dass Clair lange genug leben würde, damit er sie retten konnte.

Max hob Elisabeth hoch und lief neben Linus zum Ausgang. Die Schiebetür glitt leise zur Seite, und der Sturm wurde plötzlich richtig laut. Blitze peitschten über den Himmel, fette Regentropfen formten den Boden zu Matsch und bildeten kleine Rinnsale. Wind und Gischt schlugen ihnen heftig in das Gesicht, und nach wenigen Sekunden waren sie bis auf die Haut nass.

»Klasse!«, brüllte Linus durch den Sturm. »Wenigstens ist das Wetter auf unserer Seite. Läuft hier eigentlich auch mal irgendwas für uns anstatt gegen uns?«

Max' Arme wurden langsam lahm, aber er wollte es bis zum Turm schaffen. Sie verließen den Kiesweg und nahmen einen schmalen Pfad, der sich einen Hügel hinaufschlängelte. Aus diesem war jetzt ein enger reißender Bach geworden, der ihre Beine umspülte. Sie mussten aufpassen, den Halt nicht zu verlieren. Oben angekommen, blickten sie auf das Hotel zurück. Es sah prachtvoll aus, und niemand hätte auch nur erahnen können, welche Grausamkeiten sich dort abspielten.

»Wir müssen weiter«, sagte Linus und zog an Max' Arm.

Der Weg führte wieder etwas hinab, und vor ihnen baute sich der große rot und blau angestrichene Leuchtturm auf. Er wirkte dunkel und uralt. Durch das wiederkehrende Blitzen schimmerte er immer wieder kurz auf, und sie erkannten den großen Leuchtstrahler, der nun stumm und blind in Richtung Meer blickte. Früher hatte er eintreffende Schiffe vor den Felsen gewarnt und als Orientierungspunkt gedient. Das war allerdings schon Jahrzehnte her.

Hohe Wellen brachen an der Brandung, und salzige Gischt sprühte ihnen ins Gesicht. Linus öffnete die große, breite Stahltür mit dem Schlüssel aus dem Safe und stieß sie auf. Sie knarzte laut, und das tiefe, dunkle Schwarz im Inneren machte sich vor ihnen breit.

»Ich hoffe, die Beleuchtung funktioniert noch«, sagte Max und übergab Elisabeth nun wieder in Linus' Arme, weil seine wie Feuer brannten.

Dann ging er voran und tastete mit der rechten Hand die Wand neben dem Eingang ab. Er fand einen klobigen Schalter und betätigte ihn. Mehrere Lampen, die an den Innenseiten des Turms angebracht waren, fingen an zu leuchten. Ein paar platzten, weil sie so lange nicht mehr eingeschaltet waren, die meisten blieben zum Glück heil. Linus war hinter ihm eingetreten, also schloss Max den Sturm hinter ihnen aus und verriegelte die Tür von innen. Schlagartig war es beunruhigend still um sie herum.

»Okay, bis hierher haben wir es geschafft«, sagte Max.

Vor ihnen schlängelte sich eine Wendeltreppe aus Stahl nach oben. In der Mitte des Raumes befand sich ein Brunnen, der mehr als dreißig Meter in die Tiefe führte, bis er das Meerwasser erreichte. Aktuell war er mit einem gusseisernen Gitter abgedeckt. Man konnte dort unten leise das Wasser hin- und herschwappen hören. Selbst dort, im unterirdischen Höhlensystem der Insel, ließ der Sturm die Wellen schlagen.

Sie stiegen hintereinander nach oben. Max spürte, dass seine Arme aufhörten zu kribbeln, da er Elisabeth nicht mehr tragen musste. Langsam erlangte er wieder mehr Kraft. Auch oben erwartete sie eine breite Stahltür, die mit demselben Schlüssel geöffnet werden konnte, den Linus gerade schon benutzt hatte. Sie schwang nach innen auf, und wieder betätigte Max einen Schalter an der Wand, sodass der kreisrunde Raum im oberen Teil des Turms erleuchtet wurde. Linus legte Elisabeth neben sich auf dem Boden ab und schnaufte mehrfach tief durch.

Beide sahen sich um.

Der Raum war etwa zwanzig Quadratmeter groß. Eine fest montierte Trittleiter in der Mitte führte eine weitere Etage nach oben zum alten Leuchtstrahler. Der Boden war mit einem abgewetzten Teppich ausgelegt, und neben der Leiter standen ein spartanischer Tisch sowie vier Stühle voller Spinnenweben und Staub. Zwei alte maßgetischlerte Schränke waren an den gebogenen Wänden montiert, enthielten aber bis auf ein paar alte Decken, Angelschnüre und jede Menge Staub nichts. Vor Jahren war dieser Ort ein beliebter Platz für Angler, Bootsführer, Ausflügler und

Jugendliche vom Festland gewesen, die manchmal feuchtfröhliche Abende hier verbrachten. Ein paar Wodkaflaschen lagen noch hier und dort verteilt. Auch leer getrunkene Gläser waren so vorzufinden, wie ihre Vorbesitzer sie zurückgelassen hatten.

Nachdem *HotelDiamant* diese Insel gepachtet hatte, gehörte ihr alles darauf und somit auch dieser Leuchtturm inklusive dessen Inhalte. Max hatte eigentlich geplant, den Leuchtturm auf irgendeine Art mit dem Hotel zu verbinden, sollte Seewind Manor ein Erfolg werden. Vielleicht als Casino über mehrere Etagen, vielleicht mit weiteren Zimmern. Auch eine Sternwarte oder ein hübsches Café hatte er sich vorgestellt. Diese Ideen konnte er jetzt aber genauso gut draußen in den Wind schlagen. Nie wieder würde ein Gast einen Fuß hierhersetzen. Dafür hatte der Harlekin gesorgt.

»Wir sollten Elisabeth auf eine Decke legen und …«

Max merkte, dass Linus die Luft angehalten hatte. Er blickte vor sich auf den Boden, direkt neben dem Tisch.

»Was hast du?«

Linus hob nur leicht einen Finger und zeigte auf den Gegenstand.

»Meine Botschaft«, sagte er.

KAPITEL 24

(Früher)

Der Motor seines Wagens lief schon. Es war ein aufgemotzter BMW. Silbergrauer Lack, breite Reifen, schwarze Felgen, schwarze Rallyestreifen, Heckspoiler, lila scheinendes Licht unter dem Unterboden, orangefarbene Sportsitze und eine fette Surroundanlage.

Linus kam gerade aus einem McFett (so nannte er McDonald's) und hielt zwei Becher Cola sowie eine braune Tüte voller Burger in seinen Händen. Es war mitten in der Nacht, und die Rheiner Straße vor dem Schnellrestaurant war menschenleer.

»Jo, das wird auch Zeit«, sagte sein Kumpel Mats, der bei dröhnender Hip-Hop-Musik auf dem Beifahrersitz gewartet hatte. Linus warf ihm die Tüte durchs Fenster zu und nahm auf dem Fahrersitz Platz. Er reichte Mats einen Cola-Becher und piekte mit dem Strohhalm umständlich durch den Aufsatz seines eigenen. Das Eis klapperte im Innern des Bechers. Linus sog kräftig die kalte Flüssigkeit hoch. Kurzzeitig schmerzten seine Nase und Stirn, aber das legte sich schnell wieder. Die Burger waren heiß, frisch und fettig. Für einen kurzen Moment war Linus verärgert, da in der Küche wohl nicht angekommen war, dass er seinen Burger ohne Gurken bestellt hatte. Egal, er pulte sie herunter und machte sich über sein Mahl her.

Linus und Mats hatten soeben vier Stunden in der örtlichen Diskothek *Zauberer* gefeiert und auch nicht wenig getankt. Als sie den laut dröhnenden, nach Alkohol, Rauch und Gras stinkenden Club verlassen hatten, übermannte sie der Hunger. Linus hätte seinen Wagen stehen lassen sollen. Aber seine Geldbörse gab gerade noch sechzehn Euro und zweiundfünfzig Cent her. Die Heimfahrt mit Umweg über McFett hätten sie mit einem Taxi nicht finanzieren können. Außerdem war McDonald's ja nicht allzu weit weg, sodass sie entschieden hatten, mit seinem Auto über Schleichwege langsam dorthin zu fahren. Was soll schon passieren? Er würde ihn dort parken und von da aus irgendwie zu Fuß nach Hause gelangen.

»Saulecker!«, schmatzte sein Kumpel und drückte sich den dritten Burger rein.

Linus trank einen weiteren Schluck Cola, als plötzlich laute Motorengeräusche zu hören waren. Zwei Autos, ebenfalls aufgemotzt, schossen auf den Parkplatz und blieben mit quietschenden Reifen vor ihnen stehen.

»Scheiße«, entfuhr es Linus.

»Ja, das kannst du laut sagen«, meinte Mats.

Beide wussten todsicher, wer hier angedröhnt kam. Vor zwei Stunden hatte Mats in einer Nische mit einem Mädchen rumgeknutscht. Das Problem an diesem Umstand war: Sie war eigentlich vergeben. Ihr Freund hieß Vitali. Und Vitali stand jetzt mit zwei Wagen und bestimmt etlichen Kumpels vor ihnen. Trotz des eingeschalteten Fernlichts konnte Linus sein vor Wut schäumendes Gesicht hinter dem Lenkrad ausmachen.

»Du dreckiger Hurensohn! Ich schlag dich tot!«, schrie Vitali aus dem Wageninnern und machte Anstalten, sich abzuschnallen. Zum Glück hatte er genauso viel getankt wie Linus und Mats, weswegen er ziemlich lange brauchte, um sich aus dem Auto zu hieven. Während dieser Sekunden warfen Linus und Mats hektisch ihre halb aufgegessenen Burger zurück in die Tüte und steckten die Cola-Behälter in die Mittelkonsole. Linus ließ den Motor an, und sie bretterten fluchtartig los.

In diesem Moment wurden die Beifahrertüren der anderen beiden Vitali-Wagen aufgerissen. Linus konnte nicht mehr ausweichen. Er knallte mit der vorderen Stoßstange gegen die Beifahrertür des rechten Autos, die wieder zufiel.

»Scheiße, wir müssen weg hier! Jetzt bringen sie uns ganz sicher um!«, rief Mats, während seine Cola durch den Aufprall nun doch in den Fußraum kippte. Die Flüssigkeit sickerte geräuschlos in die Fußmatte.

Linus riss das Steuer rum, überfuhr fast einen von Vitalis Schlägerfreunden und gab Vollgas. Die Reifen quietschten über das Kopfsteinpflaster, und der Wagen schlug gefährlich aus. Viel zu schnell bog Linus rechts ab. Er nahm den Fuß kaum vom Gas, während er die Straße hochdonnerte und das Steuer an einer Kreuzung nach links herumriss. Er touchierte mit dem Heck einen Begrenzungspfahl an der Straße, achtete aber nicht besonders darauf.

Linus kannte Vitali. Der hatte einen schlimmen Ruf. Vor Jahren hatte er einen Mann halbtot geschlagen und deswegen über drei Jahre im Gefängnis gesessen. Diebstahl, Beleidigungen und Körperverletzung waren nur einige der Dinge, zu denen Vitali im Wahn fähig war. Und hätte Linus mitbekommen, mit wem Mats sich im *Zauberer* eingelassen hatte, wäre er hundertprozentig eingeschritten, um diesen Fehler zu verhindern. Leider hatte er ihn nicht verhindert.

Jetzt mussten sie um ihre Gesundheit fürchten – wahrscheinlich sogar um ihr Leben. Wenn Vitali und seine Leute sie zu fassen kriegten, würden sie so lange auf Linus und Mats einschlagen, bis sie Brei waren.

»Sie sind noch da! Gib weiter Gas!«, rief Mats und drehte die Musik auf. Dabei grölte und johlte er.

»Hast du sie noch alle? Der bringt uns um. Was bist du so gut gelaunt?«, rief Linus. Angestrengt versuchte er, die Kontrolle über den Wagen zu behalten.

»So ist das Leben, Mann! Scheiß auf den Typen. Der geht nächste Woche sowieso wieder ins Kittchen. Hast du es nicht gehört? Drogenbesitz und Widerstand bei der Verhaftung, als sie ihn hochgenommen haben. Der bekommt mindestens fünf Jahre, weil seine Akte so dick wie mein Pimmel ist. Die Verhandlung beginnt am Montag. Ich schätze, der hat heute seine letzten Tage in Freiheit gefeiert. Den sehen wir nie wieder, weil er anschließend sicherlich abgeschoben wird. Zumindest habe ich die Informationen von meinem Vater erhalten«, sagte Mats grinsend.

Mats Vater war Richter beim Landgericht Osnabrück und entsprechend gut informiert. Auch wenn es Linus beruhigte, Vitali vielleicht nie wiedersehen zu müssen, mussten sie erst einmal heil aus dieser Sache herauskommen. Ansonsten würde bei dem Gerichtstermin zweifacher Mord mitverhandelt werden.

Die Straße machte eine Rechtskurve. Die Tachonadel stand bei einhundertfünfzehn Stundenkilometern.

Im Rückspiegel erkannte Linus die vier Frontlichter ihrer Verfolger, die hinter ihnen her rasten. Allerdings waren sie weit entfernt, hatten die Verfolgung ja nicht direkt aufnehmen können.

Nach der Kurve beschleunigte Linus auf einhundertfünfzig und bretterte die Straße hinunter. Bäume, Schilder und Begrenzungspfähle sausten in seinem Augenwinkel an ihnen vorüber. Motten tauchten für den Bruchteil einer Sekunde vor den Schweinwerfern auf, ehe sie in Stücke gerissen wurden und als Flecken auf der Scheibe klebten.

Ein Dutzend Kreuzungen und Feldstraßen später drosselte Linus die Geschwindigkeit abrupt. Er schaltete die Scheinwerfer aus und bog in ein kleines Waldstück ab, wo er wendete und den Motor abstellte. Mats drehte jetzt sogar die Musik aus. Sie warteten zehn Minuten lang, ohne etwas zu sagen. Schweigend beobachteten sie die Straße. Nach ein paar weiteren Minuten sahen sie auf der Schnellstraße vor ihnen zwei Wagen in die falsche Richtung fahren.

»Ha, diese Penner. Falsche Richtung, ihr Trottel. Die finden uns nicht mehr«, meinte Mats.

»Weiß er, wer du bist?«

»Vitali? Nein, der kennt mich nicht. Glaube ich zumindest. Höchstens vom Sehen.«

»Aber seine Freundin kennt dich jetzt.«

»Ich schätze nicht, dass sie noch zusammen sind«, witzelte er.

»Mats, ich meine es ernst. Nicht, dass sie ihm verrät, wer du bist, und Vitali zu deiner Wohnung fährt, um dich abzupassen.«

»Keine Sorge, Mann. Ich habe ihr gesagt, ich heiße Frederik.«

Linus lachte und war etwas erleichtert. Mats holte zwei Tabletten aus seiner Tasche und reichte ihm eine.

»Was ist das?«, wollte Linus wissen.

»Ecstasy«, erklärte er mit einer Selbstverständlichkeit, als wäre es ein Stück Käse, das er ihm hinhielt.

»Ecstasy?«

»Ja, Ecstasy. Schon mal gehört?«, sagte er grinsend. »Komm, lass uns feiern!«

Er warf sich selbst eine Tablette ein, drehte das Radio wieder lauter und hielt Linus die andere weiterhin unter die Nase.

»Ich weiß nicht«, begann er. »Ich meine, wir haben schon so viel getrunken, ich darf dieses Auto nicht einmal fahren. Jetzt noch mit Drogen anfangen …«

Linus wurde von Mats unterbrochen. »Herrgott, Junge! Wir haben gerade knapp überlebt, weil du diesen Wagen ohne Probleme mit Lichtgeschwindigkeit bewegt hast. Beim Vereinsgelände sitzen die Jungs noch und feiern bis morgen früh. Lass uns dorthin fahren. Komm schon, sei keine Memme!«

Dabei warf er sich eine zweite Tablette ein und spülte sie mit der restlichen Cola runter, die im Becher in der Mittelkonsole übrig geblieben war.

»Hier, ich habe noch ein paar mehr dabei«, meinte Mats und zog weitere Tabletten aus einem kleinen durchsichtigen Beutel, den er in seiner Hosentasche gehabt hatte.

Linus zögerte, hatte aber auch das Gefühl, die Nacht sollte noch nicht vorbeigehen. »Eine! Danach ist Schluss. Und beim Vereinshaus bleibt die Karre stehen.«

Er nahm die Tablette, legte sie auf die Zunge und spülte sie wie Mats mit Cola runter.

»Du bist der Beste!«, johlte sein Kumpel und ließ den nächsten Track abspielen.

Sie blieben noch einen Moment sitzen und aßen die Burgerreste auf. Linus spürte, wie das Ecstasy langsam wirkte und sein Puls schneller wurde. Sein Mund wurde allmählich trocken, und er hatte das starke Bedürfnis, zu tanzen. Das Leben war zu kurz, warum sollte man es nicht nutzen? Die Anlage wummerte.

Linus startete den Motor, der Auspuff dröhnte. Sein Herz raste, und mehr und mehr überkam ihn das Gefühl, die Welt läge ihnen zu Füßen.

»Gib Gas«, lallte Mats lachend, und die breiten Reifen drehten auf dem sandigen Untergrund durch. Steinchen, Gras und Dreck wurden in den Wald hinter ihnen geschleudert. Linus riss das Steuer nach rechts, und der Wagen schlug bedrohlich aus. Als die Reifen dann endlich Asphalt unter sich greifen konnten, beschleunigte sein Auto in wenigen Sekunden auf neunzig Stundenkilometer. Erst da schaltete Linus das Licht wieder an – was in diesem Moment allerdings zu spät war. Wie aus dem Nichts tauchte dieses rosa Fahrrad auf. Und noch bevor Mats »Stopp!« schreien konnte oder Linus' Fuß auch nur in der Nähe des Bremspedals war, rammte er das rosa Fahrrad bei voller Fahrt und katapultierte es von der Straße.

Wie oft hatte er in Zeitungen gelesen, ein Auto- oder Lkw-Lenker hätte jemanden überfahren. Immer hatte Linus sich gefragt, wie sich dieser Schock wohl anfühlen musste. Sah man das Gesicht des unschuldigen Unfallgegners noch? War der Aufprall laut oder konnte man sogar die brechenden Knochen hören? Vielleicht ein letzter Schrei des Opfers, ehe die Situation vorüber war, noch bevor man sie richtig wahrgenommen hatte? Jetzt kannte er für sich die Antwort: Da war nichts. Linus sah kein Gesicht, der Aufprall war nicht laut und auch brechende Knochen konnte er nicht hören. Der Unfall geschah innerhalb von wenigen Hundertstelsekunden, und nichts, aber auch gar nichts hatte ihn auf diese Situation vorbereitet. Die Reifen des Wagens kreischten, und sie drehten sich um einhundertachtzig Grad, ehe sie, mit dem Kofferraum voran, auf dem Acker neben der Straße zum Stehen kamen.

»O fuck. O fuck. O Scheiße«, hörte er Mats sagen, der seine Arme ausgestreckt gegen das Armaturenbrett drückte und an die Rückenlehne des Beifahrersitzes gepresst neben ihm saß. Als würde er auf einen weiteren Aufprall warten.

»Was ist passiert?«, fragte Linus und blickte mit aufgerissenen Augen durch die Frontscheibe. Bis auf leichten Nebel, eine schmale Fahrbahn, Gebüsch und Bäume sah er nichts. »War das ein Tier?«

Der Motor gluckerte vor sich hin. Mats hatte offenbar die Musik abgestellt, was Linus nun erst auffiel. Seine Rückenmuskulatur war so stark angespannt, dass sie zu reißen drohte.

»Ich glaube nicht, dass das ein Tier war«, hauchte Mats. »Ich habe einen Fahrradreifen wahrgenommen.«

Ja, Linus auch. Er wusste, er hatte kein Tier angefahren. Es war ein Mensch gewesen, da war er sich sicher. Und auf einmal erblickte er auf dem gegenüberliegenden Feld der Straße, etwa zwanzig Meter neben ihnen, jenes rosa Fahrrad. Es lag auf der Seite. Das Hinterrad drehte sich noch ganz langsam, ehe es wenige Augenblicke später stoppte.

Da Linus' Wagen halb auf dem tiefer liegenden Acker und halb auf der Straße stand, erfassten die Scheinwerfer das Rad nicht. Sie konnten es dennoch sehen. Die Katzenaugen in den Speichen leuchteten schwach, doch Linus kam es so vor, als würden sie ihn wütend anfunkeln.

»Vielleicht … Vielleicht saß ja niemand auf dem Rad, und es stand einfach nur auf der Straße«, stammelte Mats.

»Genau, jemand stellt mitten im Nirgendwo ein rosa Damenfahrrad ab«, entgegnete Linus gepresst.

»Vielleicht ist es geklaut worden und die Straße hinaufgerollt. Vielleicht sollten wir verschwimmen … äh … verschwinden. Einfach drüsen … düsen …«, fuhr Mats fort.

Linus blickte ihn fassungslos an. Wieso redete Mats so einen Schwachsinn? Da fiel es ihm wieder ein.

Ecstasy!

Sie standen unter Drogen, und Mats' Gedanken, die ihm aus dem Mund sprudelten, waren wirklich ernst gemeint.

O Scheiße!, dachte Linus, während er vorsichtig die Fahrertür öffnete.

Mats fing tatsächlich an zu kichern und fummelte an dem Radio herum. Linus, bei dem die Droge noch nicht vollends wirkte, zog den Zündschlüssel ab, sodass die Digitalanzeige des Displays erlosch.

»Ach, komm schon«, nuschelte Mats. Sabber lief ihm aus dem Mund. Offensichtlich beschleunigte das Adrenalin in seinen Venen den Effekt der Drogen.

»Mann, verdammt noch mal! Wie viele Tabletten hast du denn schon genommen?«

Mats antwortete ihm gar nicht mehr, sondern summte nur vor sich hin.

Das Fahrrad.

Linus drehte sich zur Straße und ging ganz vorsichtig auf den dunklen Umriss zu, der dort im Feld lag. Zunächst erkannte er nicht viel, da es dunkel war, seit er den Zündschlüssel gezogen hatte. Aber seine Augen gewöhnten sich langsam an die Finsternis. Der Mond kam zwischen den Wolken hervor, und alles hellte sich ein wenig auf. Nach einem kurzen Augenblick erkannte er die Silhouette des Rads genauer. Kurzzeitig machte sich Erleichterung in ihm breit, da er niemanden sehen konnte, der auf dem Fahrrad gesessen hatte.

Vielleicht ist sie oder er ja weggerannt. Vielleicht wurde niemand verletzt, sagte er sich selbst.

Seine Hoffnung wurde augenblicklich, wie durch den Schlag eines Vorschlaghammers, zerschmettert.

Dort lag etwas auf dem Acker. Schätzungsweise zehn bis fünfzehn Meter hinter dem Fahrrad.

Linus ging näher heran.

Bitte sei am Leben!

Was er sah, zerstörte seine Hoffnung auf einen Schlag. Linus erkannte ein junges Mädchen. Höchstens sechzehn Jahre alt. Der Kopf der Fahrradfahrerin war um hundertachtzig Grad verdreht, ihre Augen starrten Linus im Mondlicht schockiert an. Eine silberne Kette mit einem Herzanhänger an ihrem zarten Hals, blonde, lange Haare, die zu einem Zopf gebunden waren, ein hellblaues Kleid, eine für diese Temperaturen viel zu dünne schwarze Jacke, weiße Schuhe, ihre linke Hand, in der ein zertrümmertes Handy lag, was noch leuchtete, die unnatürlich vom Körper abstehenden Beine und Arme, die klaffende Wunde im Bauchbereich …

Linus konnte nicht näher hinsehen. Er sank auf den Boden, und alles brach aus ihm heraus. Er brüllte, fluchte und trat wie wild um sich, weil er wusste, was er angerichtet hatte. Er war ein Mörder, hatte ein junges Mädchen auf dem Gewissen. Die Polizei würde ihm Blut abnehmen und feststellen, dass er nicht nur zu viel Alkohol konsumiert, sondern auch Drogen genommen hatte. Es würde zur Gerichtsverhandlung kommen, man würde ihn für Jahre hinter Gitter stecken. Alle Zeitungen im Umkreis würden darüber schreiben, im Gefängnis selbst würde man ihn lynchen, da er ein Kindermörder war. Nach seiner Zeit im Gefängnis, die Jahre dauern würde, würde er niemals einen vernünftigen Job als Koch bekommen, niemals eine Frau finden, niemals eine Familie gründen, niemals …

Außer? Ja, außer, er unternahm etwas. Er blickte zu Mats, dem mittlerweile nicht nur Sabber, sondern auch Schaum aus dem Mund lief. Er sah, dass er auf dem Beifahrersitz zitterte und zuckte.

In diesem Moment entschied Linus, einen weiteren Fehler zu begehen.

KAPITEL 25

Nach seiner Beichte nahm Linus die Kette, die noch immer auf dem Boden neben dem Tisch lag, in seine Hand. Es war die Halskette mit dem Herzanhänger, die dem toten Mädchen gehört hatte. Linus war sich hundertprozentig sicher, die Kette wiederzuerkennen. Durch die Mitte des Anhängers verlief ein gezackter Blitz. Genauso wie bei dem Herz, das das Mädchen um den Hals getragen hatte.

Max saß mittlerweile auf einem der Stühle und wusste nicht, was er noch sagen, fühlen oder tun sollte. Musste er Verständnis zeigen? Linus eine reinhauen? Schreien? Lachen?

Ich bin offensichtlich ein scheiß Menschenkenner!, dachte er.

Die letzten Stunden waren die dramatischsten seines Lebens gewesen. Schlimmer hatte es nicht kommen können – davon war er zumindest ausgegangen. Doch jetzt beichtete einer seiner wenigen Freunde ihm, dass er ein junges Mädchen überfahren hatte.

»Wie bist du aus der Sache herausgekommen?«, fragte er stattdessen ruhig und sah ausdruckslos zu Linus herüber.

»Ich schäme mich«, antwortete dieser.

»Das ist aber nicht die Antwort auf meine Frage, verdammt!«

»Ich wusste, Mats erlitt gerade einen Drogenschock. Er würde einen Blackout haben und sich vermutlich nicht an die letzten Stunden vor dem Unfall erinnern. Ich habe ihn auf den Fahrersitz gesetzt und angeschnallt. Dann habe ich meine Fußabdrücke auf dem Feld verwischt. Es fiel nicht auf, da durch den Unfall die Erde überall zerwühlt war. Ich bin die Straße hochgelaufen, soweit mich meine Füße tragen konnten. Irgendwann war ich zu Hause. Ich habe meine Kleidung gewaschen, mich ein Dutzend Mal übergeben und bin dank Alkohol und Drogen irgendwann eingeschlafen.«

Max schüttelte den Kopf. »Du hast deinen Freund also büßen lassen? Wieso hat er nichts gesagt? Hat er sich nicht daran erinnert, wer am Anfang, nachdem ihr die Disko verlassen habt, gefahren ist? Dann wäre ihm doch die Frage gekommen, wieso er plötzlich auf dem Fahrersitz saß und du über alle Berge warst.«

Linus zögerte kurz, fuhr dann aber fort: »Am nächsten Tag klingelte es an meiner Tür. Es war die Polizei. Sie sagten, es hätte einen Unfall gegeben. Es sei mein Auto gewesen, etwas Schlimmes sei geschehen. Ich fuhr mit auf die Dienststelle und sagte aus. Ich sei in der Nacht mit meinem Auto unterwegs gewesen, ja. Ich sei gefahren, ja. Nach dem Aufenthalt bei McDonald's seien Mats und ich weitergefahren, ja. Aber von da an habe ich meine Geschichte abgeändert. Ich habe der Polizei erzählt, dass es zum Streit kam. Dass es um den Drogenkonsum von Mats ging und ich den nicht länger hinnehmen wollte. Wir seien ausgestiegen und Mats wäre auf mich losgegangen, hätte mich überwältigt und mein Auto geklaut. Ich sagte, er sei davongerast und ich sei mitten in der Pampa alleine dagestanden. Was danach geschehen ist, wüsste ich nicht. Ich sei nach Hause gelaufen und hätte gehofft, Mats würde mir das Auto schon zurückbringen.«

»Aber trotzdem! Wieso kamst du damit durch? Erzähl mir doch nicht, dein Kumpel hatte so einen heftigen Filmriss und wusste nichts mehr.«

Linus blickte zu Boden und rieb sich mit einer Hand die Schulter.

»Nein«, sagte Max. »Nein, nein, nein! Sag nicht … Sag jetzt bloß nicht …«

»Doch, Max. Er ist gestorben. Er ist an seinem Erbrochenen erstickt. Ein Landwirt, der mit seinem Trecker die Straße entlangfuhr, hat das tote Mädchen und ihn am nächsten Tag so vorgefunden. Die Polizei hat den Umstand so rekonstruiert, dass Mats im Laufe seiner Fahrt einen Schock erlitten hatte, das Mädchen überfuhr und aufgrund der Drogeneinnahme erbrechen musste. Daran sei er dann erstickt. Wie sich herausstellte, musste Mats bereits in der Disko Drogen konsumiert haben. Sein Blut war voll davon, außerdem hatte er parallel fast drei Promille. Meine Geschichte konnte so kaum widerlegt werden, auch wenn die Beamten natürlich skeptisch nachgefragt haben. Am Ende waren sie wohl froh, diesen Fall schnell abschließen zu können.«

Jetzt war es Max selbst, der wieder einmal fast kotzen musste. Welche Horrorgeschichten würden auf dieser Insel noch ans Tageslicht kommen?

»Du hast zwei Menschen auf dem Gewissen?«, flüsterte er. »Zwei Menschen, die nicht mehr sind, weil du unter Alkohol und Drogen am Steuer saßt.«

»Ich wusste nicht, wie schlecht es um Mats stand! Ich wollte doch nicht seinen Tod.«

»Nein, du wolltest nur deinen Kumpel für viele Jahre hinter Gittern sehen. Du wolltest nur aus dieser Sache herauskommen und keine Verantwortung übernehmen.«

»Seinetwegen sind wir überhaupt in diesen Schlamassel hineingeraten. Nur weil Mats die Freundin von Vitali angebaggert hat, mussten wir überhaupt auf diese dämliche Straße fahren. Und viel wichtiger: Sie haben beide nicht gelitten. Sie war sofort tot, und er ...«

»MEINST DU, DIESER UMSTAND MACHT IRGEND-WAS BESSER?«, schrie Max, wie er noch nie zuvor geschrien hatte. »MEINST DU DAS WIRKLICH?«

Wieder blickte Linus nur zu Boden und rieb weiterhin an seinem Arm. »Es gibt keinen Tag, an dem ich nicht daran denke. An dem ich nicht sofort in der Zeit zurückreisen will, um alles zu ändern. Ich habe einen schrecklichen, schrecklichen Fehler begangen. Mein Leben war von jetzt auf gleich zerstört. Ich stand unter Drogen, habe einen tödlichen Unfall verursacht und bin anschließend einer ganz falschen Idee gefolgt. Ich habe nicht nur ein Mädchen getötet, sondern auch meinen besten Freund, weil ich nicht erkannt habe, dass er durch das Ecstasy in Lebensgefahr war. Anstatt einen Krankenwagen zu rufen, habe ich ihn zum Sterben zurückgelassen. Jeden Tag bitte ich Gott um Vergebung. Jeden Tag schießen mir Tränen in die Augen, wenn niemand hinsieht. Ich wache nachts auf, weil ich Albträume habe. Und überall sehe ich das Mädchen und Mats in fremden Gesichtern.«

Max, der sich wieder etwas beruhigt hatte, schüttelte erneut den Kopf. »Ich glaube dir, dass es dir leidtut. Aber du hattest immer die Gelegenheit, die Wahrheit zu sagen. Du hättest bei der Polizei alles zugeben können. Auch später noch. Stattdessen bist du frei, und sie sind tot.«

»Und was hätte eine Aussage geändert?« Jetzt war es Linus, der laut wurde. »Nichts! Das Mädchen wäre nicht zurück ins Leben gekommen, und auch Mats wäre nicht auferstanden. Ich habe die Eltern des Mädchens gesehen. Ich war schon auf dem Weg zu ihnen, weil ich ihnen die Wahrheit sagen wollte. Sie kamen aus dem Polizeipräsidium, und dort wollte ich sie abpassen. Vor der Tür standen Familie, Polizisten und Journalisten. Ich hörte den Vater zu einem Reporter sagen, sie würden Trost darin finden, dass wenigstens auch der Mörder ihrer Tochter tot war und nicht im Gefängnis weiterleben durfte. Auch wenn es ihnen schwerfiele, würden sie versuchen, einen Abschluss zu finden. Seine Frau lehnte an seiner Schulter und konnte nicht sprechen, weil sie so verweint war. Hätte ich in diesem Moment etwas sagen sollen? Zugeben, was wirklich geschehen war? Hätte ich das getan, hätten die Eltern das ganze Drama erneut erleben müssen. Vor dem Polizeipräsidium, vor Gericht, immer und überall, immer wieder. Meinetwegen.«

»Ja klar«, sagte Max. »Stell dich jetzt ruhig als edlen Helden dar, der an das Wohl der Eltern gedacht hat. Du solltest dir mal zuhören! Hör dir wirklich mal zu!«

»Und was bringt das? Wir wissen doch jetzt, warum wir alle hier sind! Nicht nur, weil wir in diesem scheiß Hotel arbeiten, sondern weil wir alle eine Vergangenheit haben, auf die wir nicht stolz sind. Du behauptest ja, nichts getan zu haben. Ich glaube dir aber nicht. Amy hat diese Kirsten Borg umgebracht, Nala George O'Bryan erschossen. Auch Hannes und Emilia mussten sterben, weil sie etwas angerichtet haben. Und ich gehe fest davon aus, dass wir auch noch hinter das Schicksal von Richard und Clair kommen.«

Max wurde wütend und stellte sich dicht vor Linus. »Rede nicht so, als wären sie schon tot! Und ich habe nichts Unrechtes getan! NICHTS!«

»Ach nein?«, fauchte Linus und schubste ihn zurück. »Weißt du, was ich mich schon die ganze Zeit frage? Wie groß ist denn bitte der Zufall, dass wir alle hier auch noch arbeiten oder Gäste sind? Wie kann es sein, dass nur Leute auf dieser Insel sind, die den Tod verdient hätten? Jemand weiß von unserer Vergangenheit, das ist

klar. Und da stellt sich mir die nächste Frage: Wer hat uns eingestellt? Das warst du!«

Max war fassungslos. »Was willst du mir unterstellen?«

»Ja, was wohl?«, blaffte Linus.

»Du Arschloch! Ich habe euch nicht eingestellt. Nicht direkt
zumindest. Alles, was ich getan habe, war, eine Empfehlung abzu-
geben! Die *HotelDiamant* hat letztlich entschieden. Emilia hatte
zwar super Referenzen, war aber nicht meine erste Wahl. Dennoch haben die Herren aus Stuttgart ihr die Stelle angeboten. Also
wirf mir nicht vor, ich hätte etwas mit dieser Scheiße zu tun. Habe
ich nämlich nicht!«

»Und wenn schon«, meinte Linus. »Das bedeutet nur, auch du
verbirgst etwas.«

»Ich verberge verdammt noch mal nichts, und auch Elisabeth
hat vehement bestritten, eine düstere Vergangenheit zu haben.«

»Glaubst du, ich gebe etwas auf das Wort einer Frau, die ich in
meinem Leben nie zuvor gesehen habe? Warum sollte sie die
Wahrheit sagen?«

»Schon gut, schon gut. Es bringt jetzt nichts, uns gegenseitig
Vorwürfe zu machen. Wir müssen hier um unser Leben kämpfen«,
versuchte Max zu deeskalieren.

»Ja, du hast verdammt recht. Also bitte verurteile mich nicht
mehr. Ich werde irgendwann vor unseren Schöpfer treten und für
meine Sünden geradestehen. Hoffentlich können wir wenigstens
ihr Leben retten und von dieser Insel verschwinden.«

Max blickte zu Elisabeth, die noch immer bewusstlos war. Seine
Kopfschmerzen pochten Gott sei Dank nicht mehr so penetrant.
Aber er spürte nach wie vor einen leichten Druck. Wenn er doch
nur nicht seine Tabletten verloren hätte.

»Alles okay?«, wollte Linus wissen.

»Ja, meine Kopfschmerzen. Sie sind inzwischen weniger schlimm, aber immer wieder da.«

»Meine Güte. Du musst mal zum Arzt damit.«

»Da war ich ein Dutzend Mal. MRT, CT, Medikamententherapie … Alles versucht. Ich habe chronische Kopfschmerzen, da kann man nicht viel ausrichten.«

Als hätte er es heraufbeschworen, zuckten plötzlich Blitze vor seinem inneren Auge, und Bilder schossen ihm durch den Kopf. Er musste sich zu Boden sinken lassen und beide Hände gegen seinen Kopf pressen.

»Max! Max, was ist?«

»Hätte ich doch nur nichts gesagt«, meinte er und versuchte, die Blitze loszuwerden, indem er die Augen stärker zusammenkniff. Er sah seine Eltern, einen braunen Koffer, den er packte, und wie sie zusammen in den Urlaub fuhren. Seine Mutter drehte sich auf dem Beifahrersitz um und lächelte ihn an. Völlig unkontrolliert schossen die Bilder durch seine Gedanken. Dann war alles wieder vorbei. Die Schmerzen und Blitze verschwanden, wie sie gekommen waren.

»Geht es?«

»Ja, es geht wieder. Das wünsche ich meinem schlimmsten Feind nicht«, meinte Max und richtete sich auf. Er fühlte sich noch ein wenig benommen.

»Dem Harlekin würde ich diese Schmerzen wohl doch gönnen, wenn ich so darüber nachdenke«, sagte Linus dann feixend, und die Stimmung zwischen ihnen war wieder gelöster.

Max mochte Linus. Die Geschichte mit dem Mädchen auf dem rosa Fahrrad war schlimm, änderte jedoch nichts an seiner Sympathie, stellte er fest. Linus war damals jung gewesen, hatte unter Drogen gestanden und unheimliche Angst gehabt. Würde er im Gefängnis tatsächlich mehr Reue verspüren, als insgeheim mit dieser Schande zu leben? Vermutlich nicht. Wie hätte Max selbst reagiert? Welcher Mensch könnte von sich behaupten, das Richtige zu tun, ohne tatsächlich in solch eine Situation zu geraten?

Ich bin ein Idiot. Ich sollte Linus aus dem Turm werfen. Natürlich hätte ich das Richtige getan!

Sollten sie diese Insel jemals lebend verlassen, müsste sich Max darüber klar werden, ob er Linus bei der Polizei anzeigen sollte.

»Was machen wir jetzt?«, fragte Linus.

Max schaute wieder zu Elisabeth. Sie war weiterhin bewusstlos, und auch er fühlte sich müde und erschlagen. Linus selbst hatte mittlerweile tiefe Augenringe und wirkte erschöpft.

»Wir können hier nicht ewig bleiben. Und jemand muss bei Elisabeth sein, falls sie aufwacht oder sonst etwas passiert. Wir müssen herausfinden, wo Clair und Richard sind. Und wir müssen wissen, warum Emilia und Hannes getötet wurden. Nur so können wir vielleicht überleben. Außerdem bringen wir diesen scheiß Harlekin um! Es ist mein Hotel und meine Aufgabe, alles Erdenkliche zu tun, was in meiner Macht steht.«

»Du willst allein zurück?«, fragte Linus angespannt. »Ohne Rückendeckung?«

»Ich riskiere nicht dein und Elisabeths Leben, während wir hier sitzen und nichts unternehmen oder zusammen wieder ins Hotel gehen. Nein, sicher nicht. Also ja, ich laufe zurück. Du bleibst hier und schließt die Tür hinter mir zu. Sollte ich nicht wiederkommen, bleibst du hier und wartest auf den Sonnenaufgang.« Er hielt Linus die Leuchtpistole hin.

»Ich weiß nicht. Ich will dich nicht alleine gehen lassen. Das ist doch Wahnsinn.«

»Das ist keine Bitte. Es ist wichtig, dass ihr es schafft und der Polizei mitteilt, was hier passiert ist. Nimm sie.«

Widerwillig nahm Linus die Leuchtpistole und atmete schwer aus.

»Na schön. Bei Sonnenaufgang gehe ich zum zerstörten Steg und halte Ausschau nach Schiffen. Wehe, du schaffst es nicht. Dann bringe ich dich um.«

»In Ordnung. Hier, der Schlüssel. Schließ die Tür hinter mir ab«, meinte Max und machte sich auf. »Wünsch mir Glück!«

Hinter Max verbarrikadierte Linus die obere Tür zum Aufenthaltsraum des Turms mit einem Stuhl und verriegelte sie. Max konnte das Einrasten des Schlosses und das Schaben des Stuhls hören. Dann rannte er die Treppe des Leuchtturms hinab und erreichte den Eingang. Er wollte gerade hindurch, als plötzlich ein Geräusch hinter ihm seine Aufmerksamkeit weckte. Zunächst war es nur ein leichtes Klicken, dann ein Schaben und Quietschen.

Was zum …?

Der Brunnen!

Max machte kehrt und sah, wie das gusseiserne Gitter ruckelte und wackelte.

Unmöglich! Da geht es dreißig Meter in die Tiefe. Wie könnte dort jemand hochkommen?

Vorsichtig und langsam näherte er sich dem Brunnen. Das Gitter klapperte nun gegen die Steinmauern, und Dreck rieselte an den Seiten zu Boden. Blitzartig sprang die metallene Abdeckung dann mit einem lauten Knall nach außen auf, riss aus der Verankerung und krachte gegen die Wand des Turms.

Max' Ohren klingelten kurz, sein Herz machte vor Schreck einen Satz bis unter seine Schädeldecke. Er wich panisch einen

Schritt zurück, und im nächsten Moment grinste ihn eine Harlekinmaske an. Giftgrüne Augen, gelbe Zähne und eine schwarz-weiße Mütze mit herabhängenden Zipfeln, an dessen Enden kleine Glöckchen befestigt waren. Die Gestalt hievte sich aus dem Brunnen und rollte sich nach vorne ab. In ihrer Hand hielt sie ein dickes Fleischermesser, und Max hörte rasselnde Atemgeräusche.

»Was für ein Wesen bist du?«, schrie er den Harlekin an, während er zum Ausgang zurückwich.

Er musste den Killer aus dem Turm locken. Zwar war die Tür oben verriegelt, aber wenn sich dieses Monster einen Dreißig-Meter-Schacht hinaufbewegen konnte, stellte vermutlich auch die Tür zu Elisabeth und Linus kein ernsthaftes Hindernis für ihn dar.

Der Harlekin bewegte sich ungeheuer schnell auf Max zu und holte mit dem Messer aus. Gerade noch konnte Max unter der tödlichen Attacke abtauchen, doch seinen Arm konnte er nicht schnell genug wegziehen. Das Messer schnitt in seinen Unterarm, der stark zu bluten begann. Dicke rote Tropfen fielen auf den Boden.

Max sprang durch den Haupteingang und rollte sich im nassen Matsch ab und ging an der Außenwand des Leuchtturms in Deckung. Es regnete weiterhin in Strömen, münzgroße Tropfen klatschten ihm auf den Kopf. Tiefe pechschwarze Wolken blitzten immer wieder grell auf, und der Wind war ohrenbetäubend.

Einen kurzen Moment später folgte ihm die Gestalt durch die Tür nach draußen, doch dieses Mal war Max schneller. Der Harlekin rechnete nicht damit, dass Max ihn seitlich rammen würde. Er versuchte noch, Max mit seinem Messer zu treffen, verfehlte ihn aber um Längen. Dafür rammte Max ihn mit seinem Schultergelenk mit voller Kraft mitten auf den Brustkorb. Der Harlekin stolperte und schlug hart gegen die Außenwand des Turms. Zunächst bewegte er sich nicht, doch dann lachte er laut und dröhnend. Die Stimme war unheimlich, fast unmenschlich. Man konnte nicht mal genau sagen, ob sie von einem Mann oder von einer Frau kam. Es klang eher nach dem Heulen eines Tieres.

Max, der durch den Aufprall selbst zu Fall gekommen war, rappelte sich schnell wieder auf und hielt seinen verletzten Arm.

»Komm her, du Arschloch!«, brüllte er den Killer an, um diesen vom Turm wegzulocken.

Seine Stimme war durch Wind und Regen kaum zu hören, allerdings stellte der Killer sein Lachen ein. Es funktionierte. Der Harlekin richtete sich auf, griff zu seinem Fleischermesser, das ihm aus der Hand gerutscht war, und wollte wieder auf Max losgehen. Doch Max nutzte die Gelegenheit der kurzen Verwirrung, um mit seinem Fuß gegen die Hüfte des Harlekins zu treten und ihn dadurch wieder stolpern zu lassen, danach die Eingangstür des Turms abzuschließen und wieder Abstand zu nehmen. Ohne den Schlüssel würde niemand den Turm betreten können.

»Komm schon! Ist das alles, was du draufhast?«, rief er dem Harlekin entgegen, wich dabei mehr und mehr zurück.

Max' kräftiger Tritt hatte die Gestalt erneut stürzen lassen, jedoch war sie schon wieder dabei, aufzustehen. Max spürte, wie sein Fuß schmerzte. Es hatte sich angefühlt, als hätte er gegen einen Amboss getreten.

Besteht der Kerl aus Beton?, fragte sich Max.

Bereit, einen Kampf auf Leben und Tod auszufechten, wartete Max darauf, dass der Kerl ihn angriff. Er hob einen dicken Stein vom Boden auf, um damit zuzuschlagen. Doch der Harlekin blieb lange Zeit regungslos vor ihm stehen. Er legte den Kopf schräg und grinste ihn mit der hässlichen Maske einfach an.

»Was ist? Worauf wartest du? Hast du die Hosen voll?«, rief Max durch den Wind und spannte die Schultern an.

Max hatte gehofft, dass er dem Killer gar nicht erst begegnen würde. Ein Trugschluss. Was ihn nicht wunderte, schließlich war sein Glück in dem Moment abgelaufen, als er die Insel betreten hatte.

Der Harlekin starrte ihn einfach nur an. Dann zog er ein kleines braunes Fläschchen aus der Hosentasche seines Blaumanns. Er wackelte mit diesem und tat so, als würde er die Flüssigkeit auf der Klinge seines Messers verteilen. Nur war der Deckel des Fläschchens verschlossen, und kein Tropfen fiel heraus. Es wäre bei diesem Regen sowieso sinnlos gewesen, da die Klinge umgehend abgewaschen worden wäre. Zunächst blickte Max ratlos in die Richtung des Killers, bis ihm plötzlich dämmerte, was ihm der Harlekin mit seiner Geste sagen wollte.

Er hatte das Messer bereits mit der unbekannten Flüssigkeit beträufelt, bevor er Max damit verletzt hatte!

Just in diesem Moment spürte er, wie die Schnittwunde an seinem Arm heißer wurde. Sie hatte mittlerweile fast aufgehört zu bluten, und der Regen wusch die restlichen aus der Wunde noch heraussickernden Blutstropfen weg. Allerdings wurde das ziehende und heiße Gefühl stärker. Zudem fühlte Max sich mehr und mehr benebelt. Der Harlekin hatte ihn vergiftet und wartete nur darauf, dass Max zusammenklappen würde.

Nein!, sagte Max in seinem Kopf und rannte los.

Er spürte, wie sich auch der Harlekin in Bewegung setzte. Noch war Max schnell genug, um zu entkommen. Er hastete den überspülten Weg zurück zum Hotel und traute sich keinen Moment, nach hinten zu schauen. Platschende, breite Fußtritte verrieten ihm, die Gestalt war dicht hinter ihm. Seine Lungenflügel brannten, und das Gefühl des Giftes oder Betäubungsmittels, welches bereits in seinen Venen zirkulierte, wurde intensiver. Regen und Wind fuhren ihm übers Gesicht, und die Blitze am Himmel wirkten wie Peitschenschläge, die ihn mehr und mehr antrieben. Max war vielleicht kein Rocky Balboa, der sich im Zweikampf mit einem unmenschlichen Killer behaupten könnte, aber er war ein hervorragender Sprinter. Schon während seiner Schulzeit hatte er die Rennstreckenläufe über einhundert Meter regelmäßig gegen seine Mitschüler für sich entscheiden können. Er jagte nun wie ein Windhund über den Weg, und das schöne und prachtvolle Hotel tauchte vor ihm auf. Blitze schossen nicht mehr nur quer über das Firmament, sondern auch durch seinen Kopf. Max merkte, dass sein Bewusstsein langsam schwand. Der Sauerstoffmangel in seinen Muskeln, bedingt durch das Rennen, unterstützte die Wirkung des Giftes, das der Harlekin ihm über die Klinge verabreicht hatte.

Mit letzter Kraft erreichte Max den Haupteingang des Hotels, flitzte hindurch und riss an dem manuellen Türschlosshebel über dem Eingang. Die dicke Glastür rauschte zur Seite und sperrte den Sturm, den Regen und den Harlekin draußen aus. Jetzt konnte man sie nur noch von innen manuell öffnen. Max' Herz raste, und er hustete, auf seine Knie gestützt, Wasser und Matsch aus, die ihm beim Rennen in den Mund geflogen waren. Keuchend, mit Schmerzen vor Brust- und Seitenstechen, blickte er durch das Fenster nach draußen. Es bestand aus vier Zentimeter dickem und bruchfestem Sicherheitsglas und würde selbst einen Stier aufhalten, wenn einer dagegenschmettern würde. Doch eine Bestandsprüfung der Tür war nicht notwendig. Draußen vor der Tür war keine Menschenseele zu sehen.

Kein Killer – niemand.

Max ließ sich auf seinen Hintern fallen und griff an seinen verletzten Arm. Alles drehte sich um ihn herum. Das warme Deckenlicht der Empfangshalle wurde heller und beißender, während es in atemberaubender Geschwindigkeit um sich selbst rotierte. Max sah vor sich eine Frau auf dem Beifahrersitz, die sich lächelnd zu ihm umdrehte.

Seine Mutter.

Dann sah er einen Mann, der vom Fahrersitz ebenfalls nach hinten blickte.

Seinen Vater.

Er erkannte sie, und irgendwo in seinem Unterbewusstsein wusste Max, dieses Bild musste aus seiner Kindheit stammen. Er war mit seinen Eltern auf dem Weg in den Urlaub gewesen. *Wohin? Ich weiß es nicht mehr.*

Und plötzlich lächelten die beiden nicht mehr, sondern rissen den Mund weit auf, so als würden sie ihren Kiefer ausrenken. Das Zahnfleisch über den Zähnen wurde sichtbar, die Wangen rissen auf. Blut spritzte Max entgegen, seine Eltern hielten sich panisch die Hand vors Gesicht. Dann machte das Auto eine Vollbremsung, und sie schlugen mit den Armen aus. Max wollte ihnen helfen, aber er konnte nicht. Er konnte nur zusehen, wie die Gesichter seiner Eltern weiter und weiter auseinandergerissen wurden.

Dann verschwand dieses furchtbare Bild aus seinen Gedanken, und alles war schwarz. Max verlor mitten in der Eingangshalle seines Hotels das Bewusstsein.

»Die Anzeigen sind gut, die Werte passen, bei Nummer 4 haben wir einen erhöhten Herzschlag«, berichtete Amanda.

Der Mann nickte und schmunzelte, während er sich die Linien und Werte auf den Bildschirmen ansah.

»Wie lange läuft es nun bereits?«

Sie gab ihm die Antwort.

»Das ist in Ordnung. Wichtig sind die Hirnströme. Und die sehen fantastisch aus. Richard ist dran?«

Amanda sagte: »Ja, genau. Richard ist nun dran. Ich bin auf seine Analyse gespannt. Sollen wir reinschalten?«

Er sagte: »Gerne. Und später lassen wir Max eine Botschaft zukommen. Vielleicht versteht er ja den Hinweis.«

»In Ordnung.«

KAPITEL 26

Richard sah nichts.

Für mehrere Sekunden war alles schwarz. Dann nahm die Welt um ihn herum wieder Konturen an. Seine Augen tränten, seine Gliedmaßen schmerzten. Er stöhnte und versuchte, seinen Kopf zu heben, aber es gelang ihm nicht. Seine Arme fühlten sich schwer an, wie in Ketten gelegt. Tatsächlich, er war mit Handschellen fixiert. Er ruckelte und zog daran, kam aber nicht los. Im gedimmten schwachen Licht konnte er erkennen, dass die Handschellen an ein Geländer gebunden waren, das Geländer eines Whirlpools, in dem er mittendrin saß. Wasser waberte durch seine Bewegungen in dem Whirlpool zu allen Seiten.

Richard befand sich im Spa- und Saunabereich des Hotels. Gefesselt und gefangen in einem der drei runden Pools, bis zur Brust in Wasser getaucht. Die Becken befanden sich auf einem Absatz, zwei Stufen über dem Hauptpool, auf einer Art Empore errichtet. Der Hauptpool wurde von gedimmten Unterwasserlampen ausgeleuchtet und schien kristallblau. Es war die einzige Lichtquelle im ansonsten düsteren Badebereich.

»Hallo? Hallo?«, rief Richard, und seine Stimme hallte von den Wänden wider. Der Überlauf des großen Pools plätscherte leise. Sonst war nichts zu hören.

»Verdammt noch mal! Ist da wer?«, rief er erneut.

Die Wasserbewegungen nahmen ab, und Stille kehrte ein. Richard lauschte angestrengt. Seine Augen gewöhnten sich mehr und mehr an das wenige Licht, Konturen der Türen zum Dusch- und Umkleidebereich wurden deutlicher. Er erkannte Ablagefächer an einer Wandseite, ausgeschaltete Flachbildschirme, Holzvertäfelungen, Wasserspender und hier und dort ein paar Liegen. Und da war noch etwas …

»Was ist das?«, flüsterte Richard sich selbst zu, während er die Augen zusammenkniff, um mehr zu erkennen. *Hat sich da was bewegt?*, fragte er sich selbst in Gedanken. Er spürte Wut in sich aufsteigen und rüttelte ungeduldig an seinen Ketten, ohne den Blick von dem Schatten abzuwenden, den er dort vor sich in der Ecke sah.

»Hey! Hey, Sie da! Ja, ich habe Sie gesehen. Wie bin ich hierhergekommen? Öffnen Sie gefälligst meine Fesseln!«

Der Schatten bewegte sich tatsächlich. Und nicht nur das, jetzt hörte Richard auch etwas.

Ein … Lachen?

Ja, es war ein Lachen, was er vernahm. In diesem Moment schaltete sich das Licht des Spa-Bereiches komplett ein.

Paff!

Die Sicherungen knallten laut, und die Lampen der Whirlpools, die Deckenbeleuchtung, die Birnen im Umkleideraum, die Wandleuchten, die LED-Fußleisten und jede Lichtquelle in der Umgebung sprangen an. Richard war sekundenlang grell geblendet und kniff die Lider zusammen, bis sich seine Augen auf die neuen Reize eingestellt hatten.

»O Kacke, Mann«, entfuhr es ihm, als er ein paar Meter vor sich den Harlekin sah.

Dieser ließ einen kleinen Lachsack fallen, der dann über den Boden rollte und weitergackerte. Daher also das Lachen. War dieses

Bild nicht schon bizarr genug, beunruhigten Richard die zwei Kanister noch mehr, die neben der Gestalt auf dem Boden standen.

»Was willst du von mir? Hilfe! Hiillffeee!«, schrie Richard in Richtung Tür, aber es erschien natürlich niemand.

»*Es kommt niemand!*«, sagte der Harlekin.

Er musste mit einem Stimmenverzerrer sprechen, den er unter seiner Maske trug. Richard konnte ihn kaum verstehen, da der Ton blechern und verfremdet klang.

»Hilfe! Verdammt, so hilf mir doch jemand!«, brüllte Richard erneut.

»*Es kommt niemand. Das sagte ich doch bereits, du Dummerchen, hihihi*«, wiederholte der Harlekin, nun selbst gackernd.

Die Maske mit den grünen Augen, den gelben Zähnen und der schwarz-weißen Zipfelmütze blickte ihn beängstigend direkt an. Dann klatschte der Harlekin in die Hände und fing an zu tanzen. Er drückte seine Hände gegen die Hüfte und schwang hin und her, ganz ähnlich wie der kleine Lachsack, der neben ihm auf dem Boden hin und her wippte.

»*Ich habe heute so einen Spaß, ihr nicht auch?*«, fragte die Gestalt vor ihm.

Richard antwortete nicht. Er saß zitternd da und überlegte fieberhaft, ob er sich irgendwie aus dieser Situation befreien könnte.

»*Der Hotelmanager liegt bewusstlos vorne an der Tür. Hui, er war ja sooooo müde. Ich bin auch manchmal müde. Wollen wir zusammen müüüüüüddeee sein?*«

»Was redest du da, du irrer Vogel?«

Der kleine Lachsack hörte abrupt auf, sich zu bewegen und zu lachen. Der Horrorharlekin tat es ihm gleich.

»*Och, Mannoooo, wie schaaaade!*«, meinte er und ließ traurig die Schultern und seinen Kopf hängen.

So blieb er stehen. Minutenlang. Richard brüllte ihn an, riss an seinen Schellen. Irrationale Panik übernahm immer mehr die Kontrolle über sein Tun.

»Lass … mich … in Ruhe!«, schrie er, während er sich beinahe die Daumen abriss.

Er konnte sich nicht befreien. Es war unmöglich. Also setzte er sich wieder. Bis zur Brust stand ihm das Wasser.

Der Harlekin wirkte wie erstarrt. Doch plötzlich ein Zucken. Ein Finger wackelte, dann ballte der Harlekin seine Finger zu Fäusten und ließ die Zeigefinger hochschnellen, sodass sie direkt auf die zwei Kanister links und rechts zu seinen Füßen zeigten.

»*Uhuhuhuhuiiii, ich war so müüüüde. Und jetzt, jetzt bin ich wieder wach.* **Wach!**«

Die Stimme hatte sich bei dem Wort »wach« komplett verändert. Sie war nicht mehr blechern und verzerrt, sondern tief und dröhnend – wie die Stimme des Teufels höchstpersönlich. Der Harlekin-Kopf blickte langsam nach oben, und die hässliche Fratze grinste Richard an.

»Hast du Lust auf ein schönes Bad?«

Richard verstand nicht, was er meinte. Doch die Bosheit der Stimme ließ ihn vor Angst urinieren. Er konnte den Harn nicht mehr halten und spürte, wie er austrat.

»Bitte, bitte, ich tue alles, was du von mir verlangst.«

»Was ich von dir verlange? Oh, Richard. Richard, ich sage dir, was ich von dir verlange. Ich verlange, dass du das Spiel hier beendest.«

Richard blickte verwirrt zu dem Harlekin hinüber, der mittlerweile dabei war, die Kanister aufzuschrauben.

»Welches Spiel soll ich beenden? Was redest du da? Und was ist in diesen Kanistern?«

Der Harlekin hob die Arme in einer unschlüssigen Geste hoch und fing wieder an, zu tanzen.

»Was ist hier drin? Fri-Fra-Fragezeichen. Du hättest es nicht zwingend herausfinden müssen. Weißt du, wer ich bin?«

»Was? Nein! Ich verstehe die Frage nicht.«

Der Harlekin hob die Kanister hoch und kam zum Whirlpool. Richard vernahm den Geruch von Medikamenten durch die Maske seines Peinigers.

»Warte! Stopp! Was ist das?«

»Du bist doch Biologe, nicht wahr?«

»Was spielt das für eine Rolle?«

»Na, die Hauptrolle natürlich.«

Richard blickte panisch zu allen Seiten, instinktiv, denn wegen der Handschellen konnte er unmöglich fliehen.

»Bitte, bitte, was ist das? Bitte lass mich gehen.«

»Dich gehen lassen? Ich lasse dich genauso gehen, wie du diese Frau hast gehen lassen. Lena Bloom. So hieß sie doch, hm?«

Richard war nun starr vor Schock. Es konnte doch nicht sein, dass diese Gestalt wusste, was er getan hatte.

»Du fragst dich sicherlich gerade, woher ich weiß, was du getan hast. Ich kenne alle Antworten, weil sie mir die Antworten gibt.«

»Sie? Welche sie? Bitte, es war ein Unfall …«

»Nein Richard, es war kein Unfall. Du warst in dieses Mädchen verliebt. Lena. Du hast ihr den Hof gemacht, und sie hat dich abgewiesen. Du hast nicht aufgegeben, aber sie sagte weiter Nein. Du fingst sie eines Abends ab, um ihr deine Liebe zu gestehen. Allerdings lachte sie dich aus. Alles lief schief. Man könnte sagen, aus dem Ruder. Du hast niemandem davon er-

zählt. Du hast sie in Natronlauge aufgelöst, weil du Zugang zu diesen Chemikalien hast. Saponifikation heißt der Fachbegriff, oder? Du hast dein Leben weitergelebt, und niemand ist jemals hinter dein dunkles Geheimnis gekommen. Außer ihr. Sie weiß alles.«

Schon wieder diese Sie! Wen meint dieser Irre?

»Ich weiß nicht, was du meinst. Ich kenne keine Lena Bloom!«

»Das ist eine Lüge, Richard. Du brauchst mich nicht anzulügen. Das bringt nichts mehr. Du hast das Spiel verloren.«

Der Harlekin stellte die Kanister auf dem Rand des Pools ab, und Richard wurde in diesem Moment klar, was sich im Innern der Behälter befand.

»Nein, das kannst du nicht machen!«, brüllte er und riss verzweifelt an seinen Ketten.

»Ja, ja, ja, du hast es erkannt. Chlorwasserstoff. Fieses Zeug, nicht wahr? Es riecht sehr streng. Die Berührung mit der Haut führt zu Verätzungen. Weißt du, was schlimmer ist?«

Natürlich wusste Richard, was schlimmer war.

»Bitte, bitte nicht!«

»Richtig, Richard. Sehr gut. Chlorwasserstoff in Verbindung mit Wasser ist schlimmer. Das Proton, das bei dieser Verbindung freigesetzt wird, wird dich bei Kontakt auflösen. Genau wie du Lena aufgelöst hast. Nur war sie bereits tot, und du bist es nicht. Bei ihr war es Natronlauge, bei dir wird eeeeeeesssss …?«

»Das kannst du nicht tun! Du Monster!«

»Bingo, Richard. Es wird Salzsäure. Hochkonzentrierte Salzsäure, bei dieser Menge an Chlorwasserstoff. Ich würde ja sagen, es wird nicht wehtun. Allerdings wird es richtig wehtun!«

Der Harlekin schmiss die großen Kanister komplett in den Pool, und scharfer, brennender Dampf stieg umgehend in Richards Nase, Mund und Augen. Er schrie vor Schmerz, als sich das Wasser in Salzsäure dissoziierte. Seine Kleidung verlor ihre Farbe, die Stoffe lösten sich auf. Seine Haut warf dicke Blasen, die aufplatzten. Der Pool färbte sich gelb und rot.

Leider verlief dieser Prozess nicht rasend schnell, sondern langsam.

Erst nach einer Stunde löste sich Richards Haut stellenweise vom Fleisch ab, und seine Organe wurden durch den septischen Schock angegriffen. Ein paar Hautfetzen sammelte der Harlekin kichernd mit einem Kescher ein.

Richard nahm das kaum wahr, da sein Körper unter den Qualen in einen schmerzfreien Modus geschaltet hatte. Nach weiteren zehn Minuten konnte er sich nicht mehr oberhalb des Säurespiegels halten und sackte tiefer in die Brühe des Pools hinab. Er verschluckte sich an der Salzsäure, übergab sich und verlor das Bewusstsein.

KAPITEL 27

»Hast du alles eingepackt, mein Schatz?«

Ich sitze am Küchentisch bei einem Glas Cola und freue mich. Wo geht es noch mal hin? Wie lange war ich schon nicht mehr mit meinen Eltern im Urlaub? Seitdem ich … anders geworden war. Ab da waren es harte Zeiten, ich hatte ständig Heimweh. Aber das passiert eben, wenn Dinge nicht so laufen, wie sie laufen sollen.

»Alles eingepackt, was ich brauche«, rufe ich.

Vater scheint zufrieden, wie er im Garten steht und durchs Fenster zu mir in die Küche blickt.

»Wie fühlst du dich?«, will er wissen und lehnt sich gegen die Fensterbank. »Du weißt, dass wir dich lieben?«, fügte er noch hinzu.

Ich nicke. Meine Antwort verblasst in meinen Erinnerungen. Was habe ich Vater gesagt? Bestimmt, dass es mir gut geht und ich sie auch liebhabe.

Blitze! Dunkelheit!

Wo bin ich? Ich sitze nicht mehr in der Küche. Ich denke nicht mehr an meine gepackte Tasche, mein Vater lehnt nicht mehr am Fenster. Es ist überhaupt kein Fenster zu sehen. Ich befinde mich … woanders. Ich blicke geradeaus und sehe, was passiert ist.

»Nein, oh nein, was habe ich getan?«, rufe ich und weine.

Wieso? Warum bin ich denn überhaupt hier? Wie konnte ich das tun?

»Mach dir keine Sorgen«, sagt auf einmal eine Person hinter mir.

Ihre Hände liegen auf meinen Schultern, und ich zittere am ganzen Körper. Ich kenne die Stimme, drehe mich also nicht mal um. Ich weiß, wem sie gehört. Sie ist mir vertraut, sie leitet mich. Seitdem ich … anders wurde.

»Das war falsch«, meine ich.

»Nein«, meint sie. »Das war sein Wille. Gottes Wille. Kannst du das verstehen? Unsere Prüfungen sind nicht immer verständlich und schon gar nicht einfach. Deswegen sind es Prüfungen. Sie schmerzen, und wir wollen sie nicht. Erst wenn wir sie meistern, sind wir seiner würdig.«

Ich habe diese Art von Sätzen oft gehört. Immer und immer wieder. Ich glaube an sie und glaube an Gott. Bei diesen Gedanken und dem Glauben spüre ich auch das Feuer in mir. Die Erleichterung und das entfesselnde Gefühl. Ich weiß, sie hat recht. Sie weiß, was zu tun ist, und ich folge ihr.

»Komm, mein Schatz. Wir haben viel Arbeit vor uns. Gott hat dich auserwählt. Nur die wenigsten unter uns Milliarden haben Kontakt zu ihm. Ich spreche, du hörst.«

Alles wirbelte durcheinander und verschwand.

KAPITEL 28

Kopfschmerzen und Schwindel. Max ließ seine Augen geschlossen, da er wusste, sein Schädel würde ansonsten explodieren. Noch bevor er völlig aus seinem Delirium erwachte, schoss ihm der Gedanke durch den Kopf, der Killer musste Zugang zum Belüftungssystem haben. Wieso sonst hätte Max erneut sein Bewusstsein verloren? Oder war es wirklich das Gift an der Klinge gewesen? Sie alle waren in der Suite in eine Art Ohnmacht gefallen. Also blieb nur die Begründung mit der manipulierten Atemluft. Eine Art Gas oder Chemikalie, die alle Bewohner des Hotels an Ort und Stelle zusammenbrechen ließ. Nein, eine andere Erklärung gab es einfach nicht. Jedoch so punktgenau? Wie konnte der Harlekin sie so kontrolliert und im exakt passenden Moment außer Gefecht setzen? Mit einer Fernbedienung und einem technischen Zünder, der die Substanz kontrolliert freiließ?

»Fuck«, sagte er und rieb sich das Gesicht.

Er schwitzte, ihm war heiß, aber seine Füße und Hände waren eiskalt. Außerdem war sein Mund ganz trocken. Was konnte er groß unternehmen, wenn der Harlekin ihn jederzeit wieder betäuben konnte? Wieso kannte sich dieser Mörder eigentlich so gut im Hotel aus? Es musste wirklich ein Insider sein, das hatten sie ja schon vermutet. Die Schlüssel im Safe, die Kameras, der manipulierte Telekommunikationsschrank, immer war er einen Schritt schneller als alle anderen. Vielleicht war es der Architekt, der das Hotel entworfen hatte, oder womöglich ein Mitarbeiter von *HotelDiamant*? Auch denkbar: ein Anwohner vom Festland, der sich einen tödlichen Spaß …

Moment!

Blitzartig fiel Max auf, dass hier etwas nicht stimmte. Er lag bequem und weich.

Wieso liege ich bequem und weich? Ich bin in der Vorhalle auf dem Marmor zusammengesackt!

Er öffnete die Augen, wollte sich aufrichten. Gott sei Dank verschwanden zu seiner Überraschung die Kopfschmerzen umgehend. Das war Max eigentlich nicht gewohnt, und aus diesem Grund wartete er noch ein paar Sekunden ab.

Er lag in einem Bett. Genauer gesagt dem Bett in seinem Zimmer. Auf seinem Bauch saß ein Lachsack, der in diesem Moment zu gackern anfing. Max pfefferte ihn mit einer Hand von sich weg, so als hätte er sich schon immer vor diesem winzigen Ding gefürchtet. Der Sack prallte auf der anderen Zimmerseite gegen den Wandspiegel und verstummte. Max atmete schnell, und Schweißtropfen kullerten ihm in die Augen, sodass er blinzeln musste. Er fixierte eine gefühlte Ewigkeit den Lachsack, immer in der Erwartung, dieser würde jeden Moment wieder loslachen und sich auf ihn stürzen. Aber es passierte nichts. Nur die Lüftungsanlage des Hotels brummte ganz seicht im Hintergrund.

»Wie zum Teufel bin ich hierhergekommen?«

Max stand auf und blickte sich um. Die Lampe an der Decke war eingeschaltet, aber rot bemalt, sodass der ganze Raum düster und rötlich wirkte.

War da etwa getrocknetes Blut an der Glühbirne?

Er entschied sich, gar nicht erst nachzusehen. Die Tür zum Flur stand sperrangelweit offen. Minutenlang betrachtete er seine Umgebung, sich selbst, lauschte auf Geräusche und hatte Todesangst. Auch wenn er keinen Hunger spürte, knurrte sein Magen jedoch in diesem Moment. Unpassender konnte es kaum sein. Er war sich mittlerweile sicher, dass er und die anderen unter Drogen gesetzt worden waren. Richard konnte nicht einfach aus einem Zimmer verschwinden, und Nala konnte nicht einfach vor ihren Augen erschossen worden sein, ohne dass sie es bemerkt hätten.

Langsam machte er einen Schritt nach vorne, drehte sich um hundertachtzig Grad und öffnete die Tür zu seinem Bad. Sie knatschte leise, der Raum dahinter lag im Dunkeln.

War da ein rasselnder Atem in der Dunkelheit?

Mit schweißnassen Händen ertastete Max den Lichtschalter an der Wand. Das Badezimmer wurde augenblicklich erhellt, jedoch war niemand zu sehen. Es war die Lüftungsanlage, die ihm mit ihren Geräuschen einen Streich spielte. Die Lampen in diesem Raum waren nicht mit roter Farbe beschmiert. Er schloss die Tür hinter sich und prallte vor einer Gestalt zurück, die unvermittelt vor ihm stand. Er sog erschrocken die Luft ein, stolperte zurück auf das Bett und sprang einen Bruchteil später wieder auf. Dann atmete er erleichtert aus.

Dort war niemand.

Er hatte sich selbst in dem bodentiefen Spiegel gesehen. Das schummrige rötliche Licht hatte seine Sinne getäuscht, und seine Nerven lagen mittlerweile wirklich blank.

»Meine Güte«, murmelte er und wischte sich mit dem Handrücken Schweiß von der Stirn.

Erneut fragte er sich, wieso und wie, verdammt noch mal, er hierhergekommen war. War er selbst gelaufen und erinnerte sich nur nicht mehr? Er konnte sich kaum vorstellen, dass der Harlekin ihn hergetragen und gebettet hatte – eine lächerliche Vorstellung. Eher hätte der ihm ein Messer in die Brust gerammt. Max war dem Harlekin schließlich gerade so entkommen, als er zum Hotel gerannt war. Wenn er sich nicht gewehrt hätte, hätte er ihn schon vor dem Turm aufgeschlitzt. Aber wie kam dieser Lachsack hierher? Max wusste ganz genau, dass er einen solchen nie besessen hatte.

Diese vielen offenen Fragen machten ihn wahnsinnig.

Bam!

Irgendwo polterte etwas. Wo genau, war unmöglich zu sagen.

»Okay, reiß dich zusammen!«

Vorsichtig und unter Anspannung schlich er zur geöffneten Ausgangstür seines Zimmers. Der Flur dahinter wurde nur durch das rötliche Licht aus seinem Zimmer beleuchtet. Denkbar, dass jemand im Schatten auf ihn wartete. Ohne groß darüber nachzudenken, sprang Max in den Flur hinaus. Hätte ein Angreifer hinter der Wand gewartet, konnte er sich so einen kleinen Vorteil verschaffen, anstatt seelenruhig in den Flur zu spazieren und sich niederstechen zu lassen. Max schlug einen Haken nach rechts, drückte sich gegen die gegenüberliegende Wand und … Nichts. Es war niemand hier.

Sein Herz machte bestimmt hundertsiebzig Schläge pro Minute, es fühlte sich an, als würden seine Rippen von innen fast brechen. Er wartete einen Moment, versuchte, seinen Körper ein wenig zu beruhigen. Sein T-Shirt und sein Pullover waren klatschnass geschwitzt.

Was soll ich tun?, fragte er sich.

Hektisch blickte er den Flur rauf und runter. Da überkam ihn eine Erkenntnis. Emilias Zimmer lag zwei Türen neben seinem. Es war verschlossen, und auf dem Türblatt war immer noch der

Schriftzug *Nummer 1* zu sehen. Doch etwas hatte sich verändert. Unter der Botschaft stand nun eine zweite. Wieder mit Blut und einem Finger geschrieben.

Verstehst du das Spiel, Max?

»Nein, ich verstehe es nicht, du kranke Sau!«, rief er.

Niemand antwortete ihm. Wenn der Harlekin ihn beobachtete, wollte er Max wohl nur quälen, anstatt ihn jetzt gleich zu töten. Warum also weiter leise sein?

Max bewegte sich auf Emilias Zimmer zu, öffnete die Tür und schaltete ohne Umschweife das Deckenlicht ein. Mit angehaltenem Atem rechnete er damit, dass ihre Leiche vor ihm auf dem Boden liegen würde. Mit der Axt im Schädel, so, wie er sie vor Stunden bereits vorgefunden hatte. Doch anstatt eines leblosen Körpers war hier nur noch eine Blutlache zu sehen. Dunkelrot, fast braun, in den Teppichboden eingesogen. Die Ansammlung ihrer Klamotten war immer noch auf dem Fußboden verteilt, der Schreibtischstuhl lag nach wie vor zur Seite gekippt auf dem Boden. Von Emilia und auch der Axt fehlte jede Spur. Jemand musste hier gewesen sein, um den Körper und die Tatwaffe zu entfernen.

Aber Max war hier, um ihrer aller Vermutung zu bestätigen, um sich Gewissheit zu verschaffen. Schnell trat er zu der Kommode neben ihrem Bett und fand den Briefumschlag unter der Nachttischlampe. Ohne zu zögern, riss er diesen auf und wusste in diesem Moment, dass Nala, Elisabeth, Linus und er recht behalten hatten, als sie in der Suite über die Motive des Killerharlekins gesprochen hatten. Bevor Nala im Anschluss erschossen wurde. Der Harlekin hinterließ jedem eine persönliche Botschaft, brachte sie nacheinander um und löste das Rätsel mit einer weiteren Botschaft für die restlichen Überlebenden auf.

Max hielt die losen Seiten eines Tagebuchs in seinen Händen, die aus dem Umschlag gerutscht waren. Er erkannte die Schrift eindeutig: das schnörkelige G, das schlecht zu erkennende D. Es war Emilias Schrift. Max ließ sich auf ihr Bett sinken und las sich den Eintrag durch. Niemals hätte er Emilia zugetraut, was er hier lesen musste.

KAPITEL 29

(Früher)

»Das ist die letzte Warnung, die du bekommst. Hast du das verstanden?«

Der Mann mit der roten Lederjacke stand in Emilias Küche und räumte mit einem Brecheisen ihren Geschirrschrank leer. Es klirrte, splitterte und schepperte laut. Der andere Mann, der in der schwarzen Lederjacke, holte in diesem Moment aus und schlug mit dem zweiten Brecheisen eine Vase von Emilias Fensterbank. Glassplitter, Wasser und Blumenfetzen flogen in alle Richtungen.

»Das nächste Mal treffen wir deinen Kopf«, sagte schwarze Lederjacke.

Rote Lederjacke ergänzte: »Zehn Tage. Sonst geht deine Bude in Flammen auf und du atmest dein restliches Leben durch einen Schlauch.«

Sie machten sich auf den Weg nach draußen, wobei sie noch im Flur jeden Bilderrahmen zerschmetterten und die Tür hinter sich zuschlugen.

Emilia stand da und blickte auf ihre Jeans hinab. Sie hatte sich eingenässt, und der Stoff an den Innenseiten ihrer Beine färbte sich dunkler. So stand sie mindestens zehn Minuten lang da und heulte aus tiefster Seele. Sie dachte darüber nach, wie es so weit hatte kommen können.

26 000 Euro Schulden.

Zehn Tage Zeit.

»Das schaffe ich niemals«, wimmerte sie.

Vor zwei Jahren war sie das erste Mal nach Amsterdam ins Casino gefahren. Sie hatte hundertzwanzig Euro dabeigehabt. Am Ende einer durchzechten Nacht zockten sie und ihre Freundin an mehreren Tischen und einarmigen Banditen. Sie gewannen und verloren. Emilia trank weiter und kotzte auf der Toilette, setzte dann wieder auf Schwarz und Rot, gewann und verlor. Doch der Gewinn überwog zum Schluss. Insgesamt verließ sie das Casino mit zweihundertzwanzig Euro in der Tasche, abzüglich aller Getränke und Joints, die sie konsumiert hatten. Es hätte ein legendärer Abend bleiben können, aber die Spielsucht hatte sie gepackt. Warum genau, das konnte Emilia sich nicht erklären. Sucht, egal in welcher Form, war nie ihr Problem gewesen. Sie rauchte nicht, trank höchstens mal unregelmäßig an Wochenenden, trieb keinen intensiven Sport, genehmigte sich alle paar Monate vielleicht mal einen Joint, ansonsten war da nichts. Doch an diesem Abend, als sie die zweihundertzwanzig Euro in den Händen gehalten hatte und im Zug Richtung Heimat unterwegs gewesen war, hatte sie an nichts anderes mehr denken können.

Hätte ich die Summe doch nur noch einmal auf Rot gesetzt, hatte sie überlegt. *Einmal noch fünfzig Euro in den Automaten. Dann hätte ich meinen Sommerurlaub refinanziert. Mist!*

Und so fing es an, dass Emilia regelmäßig allein nach Amsterdam fuhr. Sie hatte sich für diese Stadt entschieden, da sie dort niemand kannte. Anonymität war ihr wichtig. Es ging keinen etwas an, dass sie der Spielsucht verfallen war. Außerdem waren die

Casinos hier einzigartig und schöner als die, die sie aus ihrer Heimatstadt kannte. In der ersten Woche verlor sie über fünfhundert Euro. Sie ging an ihre Ersparnisse und verlor weitere eintausendzweihundert Euro. Um überhaupt noch nach Amsterdam zu kommen, klebte Emilia die Nummernschilder ihres Autos ab, tankte mit Mütze und Schal vor dem Gesicht und raste davon, sobald der Tank gefüllt war. Ohne zu bezahlen.

Die erste kriminelle Handlung in ihrem Leben. Doch die Spielsucht und der Gedanke *Bald habe ich alles wieder drin und bezahle den Tankwart* rechtfertigten ihr Handeln. Wenige Wochen später verlor sie ihr ganzes Geld, verkaufte ihr Auto, den Schmuck ihrer Mutter und die Briefmarkensammlung ihres Vaters. Sie wusste, die Briefmarken waren mehrere Zehntausend Euro wert. Da es aber schnell gehen musste, gab sie sich mit wenigen Hundert Euro zufrieden. Der Käufer musste an diesem Tag vor Lachen kaum in den Schlaf gekommen sein.

Ihr noch lebender Vater bekam davon gar nichts mit. Seit Jahren hatte er sich nicht mehr für seine Sammlung interessiert. Nachdem auch die Erlöse daraus die Casinos reicher gemacht hatten, konnte sie nichts mehr bezahlen. Ihr Handy war leer, da sie es nicht laden konnte. Strom, Gas, Wasser in ihrer Wohnung wurden abgestellt, und der Vermieter drohte mit Räumungsklagen.

Emilia blieb nur noch der Gang zu einem Wucherer. Also begab sie sich in ein Büro in einem verkommenen Hochhaus, wo ein dicker alter Mann hinter einem schweren Schreibtisch sie beäugte. Er nuckelte an einer Zigarre, das düstere Büro stank nach Asche, Rauch, Papier und abgestandener Luft. Der Mann lieh ihr sechsundzwanzigtausend Euro, weil sie die Grundbucheintragung eines Anwesens in Köln mitbrachte, das ihrem Vater gehörte. Seit dem Tod ihrer Mutter wohnte ihr sechsundachtzigjähriger Vater alleine dort. Er würde nicht mehr lange leben, und damit hatte der dicke Mann hinter dem Schreibtisch genug Sicherheiten, die er zur Not eintreiben konnte.

Emilia bekam drei Monate Zeit, dieses Geld plus fünfundzwanzig Prozent Zinsen pro Monat zurückzuzahlen. Einen Tag später saß Emilia an einem Pokertisch und gewann 7020 Euro. Dieses Geld verdoppelte sie auf 14 040 Euro, indem sie beim Roulette auf Rot setzte. Zusammen mit dem geborgten Geld hatte sie nun ein kleines Vermögen angehäuft. Hätte sie die geliehenen 26 000 Euro samt Zinsen auf einen Schlag zurückgezahlt, würde bald wieder warmes Wasser ihre Badewanne füllen. Die restlichen zigtausend Euro hätten ihr einen neuen Anfang ermöglicht, ein neues Auto finanziert. Sie hätte aus der Schuldenspirale herauskommen können.

Aber irgendetwas in ihrem Kopf redete ihr ein, das gesamte Geld erneut auf Rot zu setzen.

Die Kugel blieb auf Schwarz liegen.

Emilias Traum platzte wie eine Seifenblase, und sie wusste, sie war geliefert. Mehr als das: Sie war ab sofort in Lebensgefahr. Eine wandelnde Zielscheibe. Niemand wollte einem Wucherer Geld schulden.

Als sie erstmals über *diese eine Möglichkeit* nachdachte, ohrfeigte sie sich selbst. Doch als diese zwei Männer mit den Lederjacken zum ersten Mal bei ihrer Arbeit erschienen und höflich an ihre Schulden erinnerten, wusste sie, es musste etwas passieren. So ließ sie den Gedanken zu, obgleich ihr dieser die Eingeweide herumdrehte.

Aber ihr Vater war doch schon sechsundachtzig Jahre alt.

Er litt an Prostatakrebs, Altersverwirrtheit, Herzinsuffizienz und Diabetes. Wie lange würde dieser Mann noch leben? Er war nie freundlich zu Emilia gewesen. Hatte sie als Kind nur wahrgenommen, wenn sie etwas erledigen sollte. Putzen, waschen, ihrer Mutter helfen, gute Noten vorweisen. Der Zeitpunkt war gekommen, dass er etwas für Emilia tat und nicht andersherum. Dass er ihr das Leben rettete. Und so schmiedete sie einen teuflischen Plan.

Ihr Vater spazierte jeden Tag die gleiche Strecke entlang. Jeden Tag zur selben Zeit. Bei ihm zu Hause war ständig Betrieb: Tagespflege, die Putzfrau, die Nachbarn, alte Freunde, die Essenslieferungen. Dort konnte Emilia ihn nicht abfangen. Also wartete sie, bis er morgens um sechs Uhr seine Runde durch den Park, durch die Straßen, an dem See vorbei bis in den Wald lief. Emilias Vater liebte Tiere, insbesondere Vögel. Früher hatte er selbst Tauben auf dem Dachboden gehalten, um die er sich besser gekümmert hatte als um Emilia. Nichts tat er lieber, als im Frühling draußen dem Zwitschern, dem Gurren und Krächzen der verschiedenen Arten zu lauschen. Immer wusste er, welcher Vogel dort in den Bäumen sang – und bis heute funktionierte sein Gehör tadellos. Deswegen besorgte Emilia sich in einem Kleintiergeschäft seine Lieblingsvogelart.

Bachstelzen.

Insgesamt sechs Stück an der Zahl. In einem kleinen Korb transportierte sie diese in den Wald. Emilia drang zwanzig Meter tief zwischen Büsche und Bäume, stellte den Korb ab und wartete. Die Vögel piepsten, flatterten und sangen. Es dauerte nicht lange, bis ihr Vater angewatschelt kam. Er würde seinen eingespeicherten Weg niemals verlassen, wäre da nicht dieses eindringliche Piepsen der Bachstelzen gewesen. So viele auf einem Fleck, das erschien Emilias Vater merkwürdig, also ging er zu der Stelle, von der die Geräusche kamen. Er fand den Korb und blieb verdattert stehen.

In diesem Moment schlug Emilia ihrem Vater einen Stein gegen die Stirn. Gerade so stark, dass er nicht direkt tot war. Er sackte zusammen und stöhnte vor Schmerzen. Emilia wusste, welche Medikamente er zu sich nahm. Sie hatte sich welche aus seinem Vorrat besorgt, sie mit Kochsalzlösung gemischt und injizierte ihm diese nun zwischen die Zehen, nachdem sie ihm einen Schuh ausgezogen hatte. Niemand würde den Tod eines uralten Mannes infrage stellen und nach Einstichwunden von Spritzen suchen. Ein alter Mann, der seine Medikamente durcheinandergebracht hatte, beim Spazierengehen zusammenbrach und mit dem Kopf auf einen der vielen Steine auf dem Fußweg prallte.

Emilia ließ die Vögel aus dem Korb fliegen, zog ihrem Vater den Schuh wieder an und schleifte ihn zurück auf den Fußweg. Er war klein, dünn und schwach, sodass sie ihn die zwanzig Meter Stück für Stück zurückziehen konnte. Dann verwischte sie alle Spuren und beobachtete ihren verhassten Vater, wie er verwirrt zu allen Seiten blickte, das Bewusstsein nach wenigen Minuten verlor, einschlief und nicht mehr atmete.

Eine Stunde später wurde ihr Vater von einem Jogger gefunden. Alle Wiederbelebungsmaßnahmen der herbeigeeilten Kräfte schlugen fehl. Emilia bekam von der Kriminalpolizei, die routinemäßig hinzugezogen wurde, einen Anruf, dass ihr Vater verstorben sei. Als einziges Kind der Familie müsse sie herkommen und ein paar Unterlagen ausfüllen. So wie es aussah, hätte ihr Vater zu viele Medikamente eingenommen, beim Spazierengehen einen Herzinfarkt bekommen und sei mit dem Kopf auf einen Stein gestürzt. Er sei seinen Verletzungen, der Überdosis und einem Infarkt erlegen. Vermutlich hätte er keine Schmerzen gehabt. Das meinte der Notarzt.

Emilia spielte ihre Rolle gut: weinen, schluchzen, dem Polizeibeamten in die Arme fallen, unterzeichnen, nach Hause fahren, laut Musik hören, schuldenfrei sein. Alles lief wie geschmiert. Keiner stellte Fragen.

Eine Woche später wurde ihr Vater beerdigt. Knapp einhundert Trauergäste kamen und sprachen Emilia ihr Beileid aus. Sie gab jedem die Hand und nickte traurig in ihrem schwarzen Hosenanzug.

Einen Tag danach konnte sie bei dem Wucherer eine Fristverlängerung erreichen, da sie nun ein Grundstück erben würde. Sie musste insgesamt etwas mehr als 75 000 Euro zahlen, dann würde er ihr die Zeit geben, die sie brauchte.

Vier Monate später war das Grundstück samt Anwesen für 490 000 Euro verkauft worden. Abzüglich aller Schulden, die sich bei Emilia angehäuft hatten, blieben ihr 230 000 Euro übrig. Sie kaufte sich eine kleine Eigentumswohnung und zog nach Greifswald. Nie wieder betrat sie ein Casino. Nie wieder wollte sie sich an den Tag erinnern, an dem sie ihren Vater getötet hatte.

Doch dieser Wunsch sollte nicht in Erfüllung gehen.

KAPITEL 30

Emilia, eine Mörderin? Sie sollte den eigenen Vater getötet haben, um ihre Schulden begleichen zu können? Max wollte nicht, dass das die Wahrheit war. Emilia war eine herzensgute Frau gewesen. Aber hier stand es. Blaue Tinte auf beigem Papier, ihre eigene Schrift.

Wie konnte der Harlekin überhaupt etwas von der Sache gewusst haben? Wo hatte er die Seiten ihres Tagebuchs gefunden? Entsprachen diese Zeilen eigentlich den Tatsachen? Oder hatte der Mörder Emilia gezwungen, es niederzuschreiben? Jedenfalls erklärte es, warum Emilia so fertig gewesen war, als sie die toten Vögel vor dem Haupteingang entdeckt hatten. Der Killer hatte sie für sie drapiert, damit sie Bescheid wusste. Damit ihr klar wurde, warum sie sterben würde.

Ein Geräusch.

Was war das?

Max konnte es nicht genau definieren. Es war eine Art Rattern. Ganz kurz zu hören, aber weit weg und viel zu leise, um es näher bestimmen zu können. Erst dachte er, er hätte es sich eingebildet, wie er sich zuvor schon so vieles eingebildet hatte. Doch da war es wieder. Ein Rattern und dann ein *Plopp*. Max spannte seine Schultern und schloss die Augen.

Wusch, ratter, plopp.

Es nützte nichts. Er musste das Zimmer von Emilia verlassen, um herauszufinden, was das für ein Klang war. Welche Überraschungen würden jetzt wieder auf ihn warten? Max hatte sowieso keine andere Wahl, als nachzusehen. Sollte er sich hier im Zimmer einsperren? Bis irgendwann nach dem Unwetter zufällig mal Hilfe vorbeikäme, wären sie längst alle tot.

Geräusche und wieder das *Plopp*, diesmal noch weiter weg. Max verließ Emilias Zimmer und stand abermals im Flur. Draußen gewitterte es laut. Im nächsten Moment blieb Max fast das Herz stehen. Ein Donnerschlag ließ die Wände des Hotels erzittern, und für einen Moment verdunkelten sich die schwach leuchtenden Lampen an der Decke komplett, ehe sie wieder schummrig leuchteten. Ein gigantischer Blitz musste das Hotel getroffen haben oder zumindest dicht daneben eingeschlagen sein. Max hatte das Gefühl, dass der Boden unter seinen Füßen immer noch leicht bebte. Vermutlich waren es jedoch einfach die Erschöpfung und der Stress, die seine Sinne täuschten. Achtsam ging er den Gang wieder hinauf. Zunächst langsam, dann etwas schneller. Kein Grund mehr, leise zu sein. Er bog gerade bei der Kreuzung beim Spa, Sport- und Poolbereich rechts ab, um zurück zum Empfangsbereich zu gehen, als er wieder diese Geräuschabfolge hörte.

Wusch, ratter, plopp.

Die Glastür zu den Pools und Saunaanlagen war einen Spaltbreit geöffnet. Just als er das sah, identifizierte Max, was das merkwürdige Geräusch verursacht hatte.

Ein kleines gelbes Spielzeugauto.

Es war nicht größer als ein Legostein und fuhr in diesem Moment durch den Türspalt, als hätte es jemand angeschoben. Die kleinen schwarzen Plastikräder ratterten über den gefliesten Boden, das *Wusch* wurde durch den mit einem Drehstift aufziehbaren

Antrieb verursacht, und das *Plopp* war das Geräusch, das das Auto machte, wenn es gegen die Wand fuhr. Kurzzeitig versuchte dieses kleine Ding, die massive Wand anzuschieben, bis die Kraft im Drehmoment nachließ. So stand es dann dort auf dem Fußboden. Die winzigen Scheinwerfer gegen die Fußleiste gepresst, der Drehstift aus dem Heck herausschauend, wo sich eigentlich der Auspuff befunden hätte. Wie erstarrt blickte Max auf das gelbe Spielzeugauto und öffnete, ohne zu atmen, die Glastür.

Dahinter stand niemand.

Er atmete kontrolliert aus und setzte einen Fuß vor den anderen. Die Umkleidekabinen und luxuriösen Einzelduschkabinen lagen zu seiner Rechten. Ein pompöser Schrank hielt flauschige Baumwollhandtücher für Gäste bereit, die nie wieder einen Fuß in dieses Hotel setzen würden. Sandfarbene Tonfliesen an den Wänden wurden durch Strahler mit warmem Licht angeleuchtet, und aus dezenten Lautsprechern kam Entspannungsmusik, die sich automatisch abspielte, wenn jemand den Bereich betrat. Aber da gab es einen Bildausschnitt, der dieses positive Flair ruinierte: Die milchige Glastür zum Poolbereich direkt vor ihm war mit etwas beklebt. Es sah aus wie …

»Ach du heilige …«, begann Max und schlug sich angeekelt die Hände vor den Mund. Er würgte und musste sich zusammenreißen, um nicht zu brechen. »Scheiße, oh mein Gott, Scheiße!«, sagte er immer wieder und hämmerte gegen die gefliese Wand neben der Tür.

Er wusste, was er im Poolbereich vorfinden würde, nur wusste er nicht, wen er vorfinden würde.

Nummer 5

So war die Botschaft mit Hautfetzen an die Tür geklebt worden. Flüssigkeit aus Blut und etwas, das nach Chemikalie roch, lief aus den Hautstücken das Glas hinunter und hinterließ eine dunkle Spur. Max tastete nach der Türklinke und zog sie auf. Dabei lösten sich einige Fetzen und klatschten zu Boden. Er blickte nicht hin, weil sich sein Magen ansonsten wirklich entleert hätte. Nachdem die Tür vollends aufgeschwungen war, machte sich ein beißender Geruch breit. Max' Augen begannen zu tränen, und seine Haut an Armen und Gesicht kribbelte, als er sich den Dämpfen aussetzte. Er kniff die Augenlieder zusammen und versuchte, etwas zu erkennen. Dämpfe waberten um die Lichter an der Decke. Er musste husten. Als er sich schon wieder abwenden wollte, fiel sein Blick auf die drei Whirlpools auf der Empore. Einer dieser Pools wirkte wie ein Schornstein, aus dem diese Gase strömten, die seine Haut brennen ließen. Max erkannte eine Gestalt und trat einen Schritt näher.

»Richard!«, rief er.

Er zog seinen Pullover über seinen Mund, hustete und rannte mit großen Schritten zu Richard hinüber. Nach wenigen Sekunden war er an der Empore und kam knapp vor dem Pool zum Stehen – beinahe wäre er gestolpert und selbst in die Suppe hineingefallen, die da vor ihm blubberte.

Der Anblick war kaum zu ertragen. Vor ihm saß eine Gestalt in dieser Brühe. Max konnte sich nicht mehr erklären, wie er von dort hinten Richard hatte erkennen können. Jetzt war er sich nicht mal mehr sicher, ob die Gestalt eine Frau oder ein Mann war. Geschweige denn, ob sie noch am Leben war. Nur die Haare verrieten ihm, dass er recht gehabt hatte und es sich um Richard handeln musste.

Die Brühe musste eine Art Säure sein. Neben dem Pool lagen zwei achtlos weggeworfene Kanister. Jemand hatte etwas in das

Wasser geschüttet und eine chemische Reaktion hervorgerufen. Die Person im Pool hatte offensichtlich keine Chance gehabt. Sie war angekettet. Beide Arme waren mit Handschellen an den Handlauf der Metalltreppe gebunden. Sie führten rechts an Richards Kopf vorbei, und seine Stirn lehnte auf dem linken Handrücken, so, als würde er sich daran anlehnen und schlafen. Die Haut in seinem Gesicht hatte Blasen geworfen, einige waren bereits aufgeplatzt. Da Richards Kopf oberhalb des Säurespiegels lag, sah die Haut hier noch am besten aus. Überall sonst war sie zum größten Teil aufgelöst. Auch von seiner Kleidung fehlte jede Spur. Gase und Dämpfe blubberten unaufhörlich aus dem Säurebad hervor.

Nach wie vor spürte Max, dass auch sein Körper auf die Belastung reagierte: Der Hustenreiz wurde schlimmer, und die Schmerzen zogen über seine Arme in die Schultern und die Brust. Er musste sofort raus. Wenn die Belüftungsanlage nicht bereits die meisten Dämpfe abgesaugt hätte, wäre dieser Raum womöglich eine tödliche Falle gewesen. Gerade als Max sich zum Gehen wandte, öffneten sich die geschwollenen Augenlider von Richard.

Max erschrak und machte einen Satz zurück. Richard war noch am Leben. Dennoch war es aussichtslos, es würden nur noch Minuten vergehen, ehe er starb.

»Richard?«, fragte Max und beugte sich etwas vor, damit er ihn sehen konnte.

Richard war so schwach, dass er nicht in der Lage war, seinen Kopf anzuheben. Nachdem er die Lider geöffnet hatte, schien sein linkes Auge förmlich zu zerlaufen. Eine weiße Flüssigkeit, versetzt mit Blut, sickerte aus der Augenhöhle seine Wange hinunter. Richard schien das nicht einmal zu merken. Die Dämpfe hatten ihn bereits erblinden lassen.

»Richard, kannst du mich verstehen?«

Sein Körper bebte leicht, und die Kettenglieder klapperten an dem Handlauf. »Herr Ryf?«, fragte er mit schwacher Stimme.

Selbst jetzt, in den letzten Momenten seines Lebens, bestand dieser Idiot darauf, die Höflichkeitsform zu wahren. Auch wenn Max diesen Kerl nicht ausstehen konnte, wollte er ihm den Gefallen tun. Es war ein Akt des Respekts.

»Ja, ich bin es. Was ist mit Ihnen passiert?«

Richard lachte kaum hörbar und bekam einen heftigen Hustenanfall. In seinem Gesicht platzten einige Blasen, und Max erkannte, welche unmenschlichen Schmerzen er erleiden musste.

»Ich weiß es nicht genau ...«

»Wer hat Ihnen das angetan?«, antwortete Max.

»Er. Er hat ... mich aus dem Zimmer geholt. Ich weiß nicht ... wie. Ich war plötzlich in diesem Pool.«

Max erinnerte sich an den Fernzünder, der Richard aus der Tasche gefallen war, als sie beide vor der Rezeption gestürzt waren. Vermutlich arbeitete Richard doch nicht mit dem Harlekin zusammen. Sonst würde der ihn niemals so brutal umbringen.

»Warum haben Sie nichts gesagt, als wir Sie wegen des Zünders verdächtigt haben?«

»Ich weiß nicht, was mit mir war. Ich konnte nicht mehr sprechen. Wie unter Drogen. Erinnere mich nicht.«

Seine knappen Worte wirkten ehrlich, und Max glaubte ihm. Er musste daran denken, wie er vorhin in seinem Bett aufgewacht war. Wie auch ihm die Erinnerung entglitten war – ohne zufriedenstellende Erklärung dafür.

»Sie wissen nicht, wie er Sie aus der Suite bekommen haben könnte?«

»Nein. Ich saß ... Boden und sah mich im Spiegel. Dachte ...

wie ich in diese Lage ... Warum ich nicht die Wahrheit gesagt habe. Dass ich keine Gefahr bin und mi... Explosion nichts zu tun hatte. Dann alles schwarz und ich plötzlich hier in der Säure.«

Er stöhnte vor Schmerzen, und aus seinem Hals sickerte Blut. Der ganze Pool war bereits rot gefärbt.

»Wissen Sie«, fuhr er mühsam und langsam fort. »Sie alle hatten recht. Die Motive des Killers ... Warum wir alle hier sind.«

»Wir werden bestraft.«

»Genau. Jeder ... dunkles Kapitel im Leben. Wir sind hier, um gerichtet zu werden.«

»Was haben Sie angestellt?«

»Schreckliches.«

»Erzählen Sie, solange Sie noch können. Vielleicht hilft eine Beichte, bevor Sie sterben.«

»Ich bin nicht gläubig.«

»Ich auch nicht.«

Richard lachte wieder ganz leise mit schmerzverzerrtem Gesicht. Dann sagte er: »Quittung in meinem Koffer, als wir hier angekommen ... Darauf Natronlauge. Ich hatte ... sie vor Jahren gekauft. Woher das Papier ... kann ich mir nicht erklären.«

Max sagte: »Wir haben diese Quittung gesehen. Sie lag genau an der Stelle in der Suite, an der Sie gesessen haben, bevor Sie verschwunden sind.«

»Sehen Sie. Er wollte, dass ihr erfahrt, was ich getan habe.«

»Was haben Sie mit der Natronlauge gemacht?«

»Schreckliches.«

»Werden Sie konkreter.«

»Eine junge Frau getötet. Hieß Lena. Ist 'ne Million Jahre her. Ich war in sie verliebt.«

»Weiter.«

»Ich war Professor, sie Studentin … fiel mir auf. Habe sie eines Tages abgefangen. Ihr meine Gefühle gestanden. Sie wies mich zurück.«

»Deswegen brachten Sie sie um?«

»Nein … ein Unfall. Habe sie weggeschubst, weil sie gelacht hat. Ist auf den Kopf gefallen, war sofort tot. Ich wollte das nicht. Aber zu spät.«

»Deswegen die Natronlauge. Sie wollten die Leiche beseitigen.«

»Ja. Ich wäre ins Gefängnis … gekommen. Polizei rufen? Hätten … nicht geglaubt, eingesperrt, für immer. So jung, wollte die Welt verändern! Also … Kofferraum und zu mir.«

Richards schwache Stimme brach. Irgendetwas gab Max jetzt das Gefühl, dass an dieser Geschichte nicht alles stimmte.

»Wenn es ein Unfall war, warum dann Sie? Warum bringt der Harlekin Sie um? Emilia, Linus, Nala. Sie alle haben offensichtlich Schlimmeres getan als Sie.«

Richard nickte, seufzte und lachte kurz auf.

»Stimmt. Ich sterbe, was soll's … Als ich zu Hause … Körper aus dem Wagen holte, zuckte sie.«

Richard schwieg, und Max riet: »Sie haben ihr den Rest gegeben, als Sie das bemerkten.«

»Ja. Drückte ihren Mund zu, bis es vorbei war. Kaufte die Natronlauge und löste sie auf. Tagelang. Später … in einen Fluss. Was sonst? Wäre sowieso gestorben … oder bleibende Schäden. Ich habe sie erlöst.«

»Sie hat noch gelebt. Vielleicht hätten Sie sie retten können.«

»Nicht mehr zu ändern.«

»Hat man Sie nie verdächtigt?«

»Doch … befragt. Verdacht, aber keine Beweise.«

»Vielleicht ist es gut, dass Sie sterben. Vielleicht ist es gut, dass alle hier sterben, die Böses getan haben. Ich weiß nicht mehr, wo mir der Kopf steht. Eines weiß ich aber genau: Ich habe nichts Schlimmes getan! Auch Ihre Freundin Elisabeth behauptet, nichts getan zu haben. Ich kann nicht für sie sprechen, jedoch für mich. Somit liegen wir mit unserer Annahme also letztlich falsch.«

Richard sagte zunächst nichts. Er driftete mehr und mehr ab.

»Sei's drum. Sagen … Sie Elisabeth … es tut mir leid.«

Er starb. Von jetzt auf gleich hörte er auf zu atmen. Sobald er das voller Entsetzen festgestellt hatte, rannte Max aus dem Raum, da die säurehaltigen Dämpfe unerträglich wurden. Er musste sich übergeben und spülte sich seinen Mund, das Gesicht und die Arme an einer der Duschen ab. Mit einem Handtuch aus dem Schrank rubbelte er sich über die Haut. Das Kribbeln und Stechen ließ etwas nach. Max warf das Handtuch zur Seite und atmete tief durch.

Er musste das Gesamträtsel lösen. Das war die einzige Chance, die ihm noch blieb. Und Linus und Elisabeth. Außerdem musste er Clair finden – es war möglich, dass sie noch am Leben war.

Max schwirrte der Kopf. Er verstand das alles nicht. Irgendetwas übersah er. Gab es noch ein verbindendes Element?

In diesem Moment traf er eine Entscheidung, die ihn jedoch nicht davor bewahren sollte, in die nächste tödliche Falle zu tappen.

KAPITEL 31

Er ließ den Spa-Bereich hinter sich und hastete den Flur zurück in Richtung Haupteingang. Er musste zunächst zurück auf den Dachboden, um Hannes' Leichnam zu untersuchen. Ganz sicher war seine Geschichte wichtig, um diesen ganzen Horror zu verstehen. Um auf den Dachboden zu kommen, passierte Max eine Tür. Das Problem dabei war: Er hatte diese nie zuvor gesehen.

Sie lag zu seiner Linken. Max blieb der Mund offen stehen, als er die Tür sah. Hellblauer Lack, dicke Stahlnieten in den hölzernen Beschlägen und eine geschwungene gusseiserne Klinke. Sie hatte absolut keine Ähnlichkeit mit den anderen Türen, die Max aus seinem Hotel kannte. Zudem war dieses Exemplar etwas tiefer in die Wand eingelassen als die anderen Türen im Hotel. Es konnte höchstens sein, dass sie vorher von Putz und einer Steinwand verdeckt gewesen war, die jetzt jemand eingerissen haben musste. Nur, wo war der Schutt? Der Teppichboden vor der Tür war unangetastet, makellos. Es hätte wenigstens etwas Staub da sein müssen. Zudem hätte Max mitbekommen, wenn hier jemand mit schwerem Gerät Mauern eingerissen hätte. Hier war nichts, bis auf eine neue Tür, die Max nie zuvor gesehen hatte.

Was ihn aber am meisten aufwühlte, war die Botschaft, die mit einer Art Öl in großen Buchstaben an die Holzbeschläge geschrieben war.

Max strich mit seinem Zeigefinger über die Botschaft und roch daran.

»Motoröl«, stellte er fest.

Ohne zu zögern, presste er die Klinke hinunter. Diese ließ sich erst nicht bewegen, gab aber bei festerem Druck nach. Die Tür war nicht verschlossen, und obwohl sie so massiv war, ließ sie sich überraschend leicht aufschieben. Sie machte kein Geräusch und schleifte auch nicht über den Fußboden. Die Angeln öffneten sich reibungslos. Hinter der Tür lag ein mittelgroßer Raum ohne Fenster, den Max nie zuvor gesehen hatte. Der Boden war grün gekachelt und lief leicht schräg auf einen kleinen Abfluss zu. Hätte Max es nicht besser gewusst, hätte er hier eine Sammeldusche vermutet. Doch statt Duschbrausen an den Wänden war hier etwas anderes zu sehen: In der Mitte des Raumes befand sich auf einem Rolltisch ein Flachbildschirm. Daneben lagen eine Tastatur und eine kleine Schachtel aus durchsichtigem Plexiglas, dessen Inhalt ein einfaches Cuttermesser war. Unmittelbar hinter dem Tisch war ein Stuhl platziert. Darauf saß eine gefesselte Person.

Es war Linus.

Über sein Gesicht war eine durchsichtige Tüte gestülpt und mit einer Plastikschlinge mit Widerhaken um seinen Hals festgezurrt – wie Max mit Schrecken feststellte, hatte ein Seilmechanismus das in dem Moment ausgelöst, als er die Türklinke hinuntergedrückt hatte: Das Seil an der Schlinge führte direkt zur Innenseite der Türklinke. Noch bevor Max das ganz begriffen hatte, schaltete sich außerdem der Fernseher ein. Auf dem Rolltisch stand ein kleiner Bewegungsmelder, der offensichtlich mit dem Fernseher interagierte. Max hatte ihn zunächst übersehen. Dieser hatte das Signal an den Bildschirm gesandt, sich einzuschalten.

Max wartete nicht ab, was auf der Bildfläche erschien, sondern stürmte direkt zu Linus hinüber. Die Tüte saß fest, wie vakuumverpackt, an seiner Gesichtshaut, und in seinem Mund steckte ein kleiner Gummiball. Er konnte nicht schreien, nicht atmen, sondern nur panische Geräusche von sich geben. Seine Arme und Beine waren mit massiven Ketten gefesselt, die wiederum im Boden verankert waren. Der Stuhl war aus festem Aluminium gefertigt und würde sich nicht zerbrechen oder verbiegen lassen, um ihn zu befreien.

»Nein, nein!«, schrie Max und riss mit seinen Fingern an der Tüte.

Linus hatte vielleicht nur ein oder zwei Minuten, ehe er ersticken würde. Durch seine Panik und das Rütteln an den Ketten verbrauchten seine Muskeln zu viel Sauerstoff. So verbissen Max auch versuchte, die Tüte aufzureißen, gelang es ihm einfach nicht. Es war irgendein Spezialkunststoff, der dick und widerstandsfähig war. Sogar seine Fingernägel brachen an einigen Stellen, aber das Plastik riss nicht auf. Auch der Ring um Linus' Hals, der die Tüte versiegelte, ließ sich nicht aufziehen, da die Widerhaken dies verhinderten. Er ließ sich nur noch weiter zuschieben, wie ein Kabelbinder.

Linus hatte die Augen weit aufgerissen, und Max sah, dass sein Gesicht bereits blau anlief.

»Was soll ich machen? Verdammte Scheiße!«, schrie er.

Das Cuttermesser!

Max hechtete zu dem Rolltisch und versuchte, den durchsichtigen Kasten zu öffnen. Doch dieser war durch einen Schaltmechanismus, der ebenfalls mit dem Fernseher verbunden war, verschlossen und auf dem Tisch festgenietet. Er schlug mit der Faust darauf, doch kam er nicht an das Messer heran. Die Plexiglasscheibe war zu massiv.

Der Fernseher!

War es denkbar, dass hier eine mögliche Rettung angezeigt wurde? Max umrundete den Rolltisch und blickte auf die Vorderseite des Gerätes. Er sah die bereits angelaufene Aufnahme einer Handkamera, die wiederum die obere Tür im Leuchtturm zeigte. Eine behandschuhte Hand klopfte an die Tür. Die Kamera drehte sich, zeigte die grausame Harlekinmaske und wandte sich zurück zur Tür. Jemand öffnete sie. Es war Linus.

»Warum hast du aufgemacht?«, sagte Max mit zittriger Stimme, um sich schnell wieder auf das Video zu konzentrieren.

Dort war zu sehen, wie Linus erschrocken in die Handkamera blickte und mit einem Elektroschocker außer Gefecht gesetzt wurde, noch bevor er sich wehren konnte. Danach folgte ein Szenenwechsel. Die Kamera fiel aus und nahm Augenblicke später wieder auf. Sie zeigte Linus, wie er gefesselt auf dem Boden lag. Und sie zeigte Elisabeth, die neben Linus in einer Blutlache drapiert war, die Augen geöffnet, ihr Blick starr. Ihre Kleidung war mit Stichen und dunkelroter Flüssigkeit übersät. Die Hand des Harlekins ließ ein blutiges Messer vor der Linse auftauchen und auf Elisabeths leblosen Körper fallen. Dann wurde der Bildschirm schwarz, und anstatt der Videoaufnahme erschien eine Textzeile. Es war, genauer gesagt, eine Frage und eine Aussage. Eine Frage, die an Max gerichtet war.

Weiße Buchstaben auf schwarzem Hintergrund.

Wieso bist du hier, Max? Antwortest du falsch, stirbt Linus sitzend wie das Mädchen auf dem Rad und erstickend wie sein Freund im

Auto. Antwortest du richtig, kannst du ihn mit dem bereitgestellten Messer befreien.

»Ich weiß es nicht! Ich weiß nicht, warum ich hier bin!«, schrie er den Fernseher an.

Die Nachricht blieb unverändert, und Max blickte auf die Tastatur, die aus abgewetzten gelblichen Tasten bestand. Was sollte er eingeben?

Mit fahrigen Fingern tippte er: *Weil wir bestraft werden.*

Die Zeichen erschienen in weißer Schrift unter dem bereits vorhandenen Text. Sie blieben nur einen kurzen Moment auf dem Bildschirm und verschwanden sogleich. Aus dem Fernseher kam ein greller Ton, wie bei einer Quizshow, in der der Kandidat eine falsche Antwort gegeben hatte.

Max tippte erneut: *Weil Linus getötet hat!*

Greller Ton.

Weil der Harlekin es will!

Greller Ton.

Bitte!!!!!

Greller Ton.

Und plötzlich war es vorbei. Der Bildschirm schaltete sich aus, und Max konnte nichts mehr eintippen. Er blickte über den Rolltisch hinweg und erkannte, dass Linus röchelte, zuckte und dann erschlaffte. Er starb.

»Nein«, flüsterte Max und ging, wie in Zeitlupe, auf seinen Koch, Kollegen und Freund zu.

Durch die Tüte war zu erkennen, dass das Weiß in seinen Augen rot gefärbt war, da die Äderchen geplatzt waren. Ein Lid war halb geschlossen, das andere weit geöffnet. Der Gummiball in seinem Mund saß lockerer, da der Kiefer erschlafft war. Max tastete am Handgelenk nach seinem Puls, aber er fühlte keinen. Rasend vor

Wut kickte er den Fernseher vom Tisch, sodass das Glas des Bildschirms zersplitterte. Er drosch mit der Tastatur auf den Plexiglaskasten ein, bis alle vergilbten Tasten durch den Raum geflogen waren. Er schrie, fluchte und weinte sich die Seele aus dem Leib, weil er sich so hilflos vorkam. Alle waren gestorben. Nein, alle waren ermordet worden! Hannes, Amy, Linus, Elisabeth, Emilia, Richard und Nala. Nur Clair war noch irgendwo in diesem mörderischen Hotel. Clair …!

»Wo bist du nur?«, sagte Max zu sich selbst. Er war schuld daran, dass Clair überhaupt hierhergekommen war. Es war schließlich sein Hotel, das sie für ihre Zeitung aufsuchen sollte, ehe es zum Tor der Hölle mutiert war. Und alle waren sie hereinspaziert, um die schlimmsten letzten Tage ihres Lebens durchzumachen. Konnte er Clair noch retten? Nein, er durfte sich nichts vormachen. Er musste davon ausgehen, dass auch sie bereits ermordet wurde. Bisher hatte der Harlekin alle getötet, niemand hatte auch nur den Hauch einer Chance gehabt. Dieser Killer zeigte kein Erbarmen.

Nur Max hatte er zum Spaß in diesen Raum geschickt und am Leben gelassen, damit er mitansehen musste, wie sein Freund starb.

Schlagartig ein Geräusch.

Eine Art Gurgeln. Es kam aus dem Abfluss direkt hinter Linus. Max beäugte das kleine Quadrat aus silbernem Metall im Boden und wich dann hastig zurück. Eine dunkelrote Flüssigkeit sickerte daraus hervor.

Blut!

Erst ganz langsam wabernd, dann Blasen schlagend schneller und heftiger, sodass dicke Tropfen und Spritzer die Zimmerdecke trafen. Der Abfluss wurde im nächsten Moment herausgesprengt, und eine Fontäne aus Blut schoss in den Raum. Max bekam etwas davon ins Gesicht. Er schmeckte Metall. Ruckartig wich er zu der blauen Tür zurück. Wo konnte das ganze Blut herkommen? Es breitete sich auf dem Boden aus, gewann schnell an Höhe und überstieg bereits die Gummisohlen seiner Schuhe. Weitere Fliesen wurden nun aus dem Boden gerissen, sodass das Zimmer mehr und mehr geflutet wurde. Auf einmal schwang die blaue Tür langsam, aber unnachgiebig zu. Max wollte sie aufhalten, doch es ging nicht. Mit so starkem Druck ging sie zu, dass er keine Chance hatte, sie zu stoppen.

Ich bin in diesem Raum gefangen und ertrinke in Blut!

Im letzten Moment quetschte Max sich durch den Türspalt und stolperte in den Flur hinaus. Er prallte gegen die gegenüberliegende Wand und lag lang auf dem Fußboden. Die blaue Tür schloss sich mit einem harmlosen, dumpfen Geräusch, so als hätte sie jemand ohne Hast und Gewalt von innen verschlossen. Offensichtlich hielt sie den Massen an Blut stand und war vollkommen dicht. Durch keinen Schlitz sickerte etwas hindurch. Nur die gusseiserne Klinke fiel plötzlich mit einem Poltern herab und blieb vor Max auf dem Fußboden liegen.

Sonst kein Geräusch.

Nichts.

Er war allein.

KAPITEL 32

Ruhig stand Max auf und legte eine Hand auf die blaue Tür. Die Botschaft *Nummer 6* aus Motoröl war mittlerweile verlaufen, und dicke braune Tropfen schlängelten sich nach unten. Trotzdem war die Nachricht immer noch deutlich zu erkennen. Max hatte gedacht, dass er die Vibrationen der Blutfontäne auch hier draußen spüren würde, doch irrte er sich. Auch kein Geräusch war zu hören. Er hatte sicher nicht vor, die Tür noch mal zu öffnen, jedoch hob er die Klinke auf und versuchte, sie wieder in das Türblatt zu stecken. Sie glitt zwar ohne Probleme in die Öffnung hinein, wurde allerdings im nächsten Moment wieder herauskatapultiert. Klingend kam der Türgriff zwischen Max' Füßen zum Liegen.

»Das ist doch nicht möglich«, meinte er und fuhr sich mit den Händen durch die Haare. »Bin ich verrückt geworden? Bilde ich mir das alles nur ein?«

Er zwickte sich selbst in den Arm und fühlte den Schmerz.

Kein Traum. Es war real. Max war sich mittlerweile sicher, dass nicht dieser skurrile Killer allein für das Ganze verantwortlich sein konnte. Hier waren weitaus größere Mächte am Werk. Menschen mit ungeahnten Mitteln. Wie sonst könnte man einen Raum in einem Hotel einbauen lassen, ohne dass der Hotelmanager dies mitbekam? Wie könnte eine einzelne Person diesen Raum mit unvorstellbar viel Blut fluten? Wie hätte jemand allein die Möglichkeit, die Lüftungsanlage so zu präparieren, dass die Bewohner zu bestimmten Zeitpunkten bewusstlos wurden?

»Okay, jetzt bin nur noch ich übrig.«

Max wusste, dass er dem Rätsel dieser gesamten surrealen Szenerie auf der Spur war. Er würde nur Klarheit erlangen, wenn er alle Puzzleteile zusammenführte. Das bedeutete, er musste auch zu Amy in die Suite, zu Elisabeth in den Leuchtturm und zu Hannes auf den Dachboden zurückkehren.

Der Schlüssel! Mist!

Max hatte Linus den Schlüssel übergeben, damit dieser die Tür zum Turm verriegeln konnte, während er weg war. Und da die anderen beiden aus dem Safe gestohlen worden waren, hatte er nun keinen mehr, um die Suite im zweiten Stock zu öffnen. Hätte er doch nur Linus' Tasche durchsucht, ehe er aus diesem Mordraum gestolpert war.

»Scheiße!«

Dann blieb Max zunächst nur Hannes' Tatort. Er verließ die unheimliche blaue Tür, joggte den Flur entlang und kam dem Haupteingang näher. Da hörte er ... Musik?

Ganz deutlich, ja. Max blieb stehen und sah den Flur hinauf. Es hörte sich wie ein alter Fernseher an, der dort vorne dudelte. Der Ton knisterte, und das schwarz-weiße Bild war förmlich zu spüren, obwohl Max es noch nicht einmal sah. Nach wenigen Metern erreichte er den Torbogen zum Foyer und blickte hindurch. Über seinen Rücken lief ein eiskalter Schauer, weil er nicht erwartet hätte, *das* zu sehen. Auf der Theke der Hausbar stand wirklich ein Fernseher, der diese Klänge abspielte. Und vor der Eingangstür hing Emilias Körper von der Decke herab. Ihr Schädel, in dem noch immer die Axt steckte, und ihre Arme waren an dünne Ketten gebunden, die durch Löcher in der Decke führten. Irgendwer stand eine Etage darüber in einem der Hotelzimmer, hielt die Ketten fest und spielte mit Emilias Körper, als wäre sie eine Marionette. Ihre Arme und Beine bewegten sich passend zu der Musik aus dem Fernseher, so als würde sie tanzen.

»Du mieses Drecksschwein! Ich bring dich um!«, brüllte Max, rannte zu Emilia und packte sie an ihren Beinen. Er riss an ihnen, und plötzlich ratterten die Kettenglieder durch die schmalen Löcher. Das passierte so abrupt, dass Max Emilia nicht halten konnte und mit ihrem Leichnam zu Boden stürzte.

Max lag auf dem Rücken, direkt unter einem der Deckenlöcher, und sah, wie ein großes Auge ihn anstarrte. Dann verschwand es auf einmal, etwas wurde durch die Öffnung gepresst und fiel hindurch. Ein Lachsack. Er landete neben Max' Beinen und fing umgehend an zu gackern. Max sprang auf, riss die Axt aus Emilias Kopf und teilte den kleinen braunen Lachsack in zwei Hälften. Platinen, kleine Drähte und grüner Kunststoff wurden dabei zerschmettert. Das Gackern hallte noch wenige Sekunden nach, als würde eine leiernde Kassette langsam auslaufen, ehe es ganz verstummte. Max schaute hoch. Das Auge blieb verschwunden und blickte ihn nicht wieder an, aber die Musik des Fernsehers spielte immer noch. Erst jetzt sah sich Max genauer an, was dort eigentlich flimmerte. Das Bild war tatsächlich schwarzweiß und körnig. Es erinnerte ihn an einen alten Streifen aus den Fünfzigern, vielleicht an *Dracula mit Christopher Lee und Peter Cushing*. Die Kameraführung war leicht wacklig. Man sah ein Waldstück und einen Feldweg. Max ging näher an den Fernseher und drückte seine Nase beinahe auf die knisternde Mattscheibe, um die Eindrücke besser wahrzunehmen.

Was und wo ist das?, fragte er sich selbst.

Die Kamera folgte dem Weg um eine Kurve, und die alte, völlig unpassende Musik, wie aus einem dramatischen Film, spielte ebenso weiter. Am Wegrand war ein verrostetes Straßenschild zu erkennen. Wenn Max es richtig erfasste, wies es ein Naturschutzgebiet aus. Auf einmal tauchte in der Ferne eine Gestalt auf. Kaum wahrnehmbar, da sie durch die körnige Aufnahme in dem farblosen Gesamtbild verschwamm. Doch wurde sie größer, schritt auf die Kamera zu, ganz langsam und stetig. Max kam noch näher an das Glas heran und spürte das elektrisierende Knistern an seiner Nasenspitze. Was hatte diese Figur dort in der Hand? Irgendetwas war da, etwas Undefinierbares. Die Kamera selbst bewegte sich nun rückwärts, sodass die Figur noch langsamer auf das Bild zusteuerte. Dennoch erkannte Max mehr und mehr Details. Sicher war, dass es sich um einen Mann handelte. Er trug ein T-Shirt und eine kurze Hose. Max schätzte, dass die Hose schwarz oder blau war und das Shirt gelb oder weiß. Die Arme und Beine der Gestalt waren verschmutzt … Nein, verschmiert. War das Blut? Sein Gesicht hatte pechschwarze Spritzer und Flecken. Ja, es musste Blut sein. Ganz sicher. Max sog die Luft ein, weil er erkannt hatte, was der Mann in dem Video in der Hand hielt.

Es war eine Pistole.

Die Konturen waren jetzt deutlicher zu erkennen. Der Schaft, ein verlängertes Magazin, silbriges Metall, vermutlich Chrom, riet Max, da sie schneeweiß glänzte. Doch er musste sich auf das Gesicht der Gestalt konzentrieren. Er kniff die Augen zusammen. Er glaubte, sie schon einmal gesehen zu haben.

»Komm noch ein Stück näher. Ein kleines Stück näher.«

Die Figur blieb stehen. Sie blickte einfach nur geradeaus, und auch die Kamera verharrte in ihrer Position. Max glaubte zu erkennen, dass hinter der Gestalt etwas zu sehen war. Verschwommen und verpixelt, aber doch. Es war ein Auto. Vier Reifen setzten sich unscharf vom Waldboden ab, und man konnte eine geöffnete Beifahrertür erahnen. Vielleicht das Auto des Pistolenträgers. Plötzlich hob der Mann seinen Arm und zielte auf Max. Was natürlich Quatsch war, da es sich um eine Aufnahme handelte und der Kerl die Kamera oder den Kameramann im Visier hatte. Dann senkte er die Pistole wieder und lächelte. Die Kamera zoomte näher heran, und kurz bevor Max das Gesicht des Mannes sehen konnte ... Vorbei. Das Bild verzerrte sich, und breite schwarzweiße Linien kräuselten sich von links nach rechts, von oben nach unten. Die merkwürdige Musik verstummte, und der Fernseher schaltete sich ab, sodass Max sein Spiegelbild in dem Glas sah. Und dicht neben seinem Gesicht: die Maske des Harlekins.

KAPITEL 33

Mit einem beherzten Axthieb schlug Max um sich, traf jedoch lediglich den Fernseher. Splitter aus Kunststoff, Glas und Metall platzten zu allen Seiten, und die Bar darunter bekam einen tiefen Spalt, weil er mit voller Kraft zugeschlagen hatte. Er zog die Axt aus dem gesplitterten Holz, drehte sich um und schrie vor Schreck.

Kein Harlekin zu sehen.

»Ich werde wahnsinnig! Ich werde wahnsinnig!«, schrie er, und sein Herz schlug ihm bis unter die Schädeldecke.

Max rechnete damit, dass jeden Moment die nächste schockierende Überraschung vor ihm auftauchen würde, also hielt er seine Waffe eine ganze Weile schwungbereit im Anschlag. Jedoch kam niemand. Kein Harlekin, kein tanzender toter Körper und kein weiterer Lachsack, der ihn verrückt machen sollte. Er wollte sich soeben in Bewegung setzen, als blitzartig eine Erinnerung in seinem Kopf erschien.

Das Schild in dem Wald aus dem Video. Er hatte das Gefühl, als hätte er es schon einmal gesehen. Kurz darauf verschwamm die Erinnerung und verlief in seinen Gedanken, als wäre eine Schublade geschlossen worden. Er hatte bereits Hunderte dieser Schilder an jedem Ort in Deutschland gesehen. Natürlich kam es ihm bekannt vor.

»Okay, atme ruhig und kontrolliert. Mach weiter und lass dich nicht beirren.« Seine eigenen Worte beruhigten ihn nicht wirklich, allerdings zitterte während des Sprechens sein Körper nicht ganz so intensiv.

Max erreichte das Treppenhaus und nahm immer drei Stufen auf einmal. Er eilte an der ersten, dann an der zweiten Etage vorbei, ohne stehen zu bleiben. Die Nachricht *Nummer 2*, die er vor Stunden mit Linus entdeckt hatte, tauchte vor ihm auf. Das Blut war mittlerweile geronnen, an der Luft getrocknet und bräunlich geworden. Genau wie bei Emilias Nachricht an der Zimmertür gab es auch hier eine Veränderung, die der Killer vorgenommen hatte. Unter der Botschaft stand nun eine zweite geschrieben.

Willst du das Spiel nicht verstehen, Max?

Er hatte jetzt keine Zeit, sich auf die Psychospielchen des Harlekins einzulassen, also lief er, ohne stehen zu bleiben, an der Nachricht vorbei. Mit wem hätte er auch darüber philosophieren sollen? Wenn überhaupt, dann mit Clair.

Sie war etwas ganz Besonderes gewesen. Sie beide hätten gut zusammengepasst, das hatte schon der intime Moment hier an der Brandschutztür zum Dachboden bewiesen. Aber das war vorbei. Max machte sich keine Hoffnung mehr, sie lebend zu finden. Selbst wenn Max hinter dieses gesamte Konstrukt des irren Killers mit der Harlekinmaske kam, war es zu spät.

Was ihn zusätzlich verwirrte, war, wie er über Clair nachdachte. Wie er über die gesamte Situation nachdachte. Es war keine richtige Panik, die in ihm loderte. Keine echte Angst. Eher eine Art Unwohlsein. Müsste er nicht vollkommen durchdrehen, anstatt analytisch darüber nachzudenken, dass Clair vielleicht schon tot war? Dass er vielleicht auch nicht lebend aus dem Hotel kommen würde?

»Was stimmt nicht mit mir?«, fragte er sich.

Die Brandschutztür zum Dachboden erschien vor ihm, und Max drückte sie auf, überwand die paar Stufen und befand sich nun endlich unter dem Dach. Das Löschwasser war zum größten Teil abgelaufen, nur hier und dort waren noch Pfützen zu sehen. Der Betonboden war durch die Flüssigkeit dunkelgrau gefärbt, und es war deutlich kühler geworden. Die Feuchtigkeit hatte die Raumtemperatur um einige Grad gesenkt.

Max sprang über eine mittelgroße Pfütze hinweg und steuerte auf den blauen Starkstromschrank zu, umrundete diesen und erreichte den Punkt, an dem Hannes' Leichnam auf dem Stuhl saß. Schwarzes Leder, breite Sitzfläche, glänzender Edelstahl. Zu Max' Erleichterung war sein Körper noch hier und tanzte nicht von einer Zimmerdecke. Trotzdem war sein Anblick mindestens genauso verstörend. Er sah ihn nun so brutal zugerichtet ein zweites Mal und erschrak fast so sehr wie beim ersten Mal. Der Kopf eingeschlagen mit einem handballgroßen Stein, auf dem Boden vor dem Leichnam die abgebrochenen Zähne aus seinem Kiefer.

Max zwang sich, wegzusehen, durchsuchte die Taschen von Hannes und wurde nach wenigen Momenten fündig. In seiner vorderen linken Hosentasche befand sich ein kleiner silberner USB-Stick. Er war mit einem dünnen Permanentmarker in roter Farbe beschriftet worden.

Abschlussbericht – Peter Palinski.

»Peter Palinski«, las Max laut.

Er hatte diesen Namen nie zuvor gehört. Er steckte den Stick ein und durchsuchte die restlichen Taschen. Weitere Gegenstände oder Botschaften fand er nicht. So ließ er Hannes zurück, rannte zum Treppenhaus, dann die Stufen zum Foyer hinunter, umrundete die Rezeption und bewegte die Maus des Computers. Der schwarze Bildschirm erwachte zum Leben, und Max führte den USB-Stick an der Hinterseite des Rechners ein.

Der typische Klang beim Erkennen eines Datenträgers ertönte, und Max öffnete dessen Inhalt mit einem Mausklick. Es gab mehrere Dateien. Eine war mit dem Namen *Abschlussrechnung* versehen. Er öffnete sie und sah eine Auflistung von Spesen, Hotelkosten, Tankstopps, Stundenlohn, Pauschalen und Kosten für den Verbrauch von Materialien. Überschrieben war die Rechnung mit einem Logo, in dem der Name *Palinski* eingearbeitet war. Darunter war *Detektei Palinski & Partner GbR* zu lesen.

Eine Detektivkanzlei.

Die Rechnung war an einen Herrn Rauball adressiert.

Max öffnete das nächste Dokument mit dem Namen *Abschluss-dossier.* Es war zweiundfünfzig Seiten lang. Am Anfang waren die Auftragsdaten des Herrn Rauball an die Kanzlei aufgelistet. Es folgten die Konditionen wie Stundenlohn und Pauschalbeiträge für Überwachungs-, Abhör- und Technikgeräte und die Modalitäten der Bar- und Bankzahlungen mit den entsprechenden Fälligkeitsfristen. Max überflog die Auftragszusammenfassung, die sich eigentlich gut auf eine Zeile hätte beschränken können.

Sammeln Sie Informationen, die belegen, dass Herr Hannes Mankel meine Frau ermordet hat.

Auf den nächsten Seiten folgten Ermittlungsberichte der Polizei aus dem Raum Emsland, offizielle Papiere der dortigen Polizei sowie Unterlagen der Staatsanwaltschaft Osnabrück. All diese Dokumente waren auf wenigen Seiten zusammengefasst. Max las diese durch und stöhnte. Wieder musste er etwas erfahren, was er sich nicht hatte vorstellen können. Auch Hannes war ein Mörder.

KAPITEL 34

(Früher)

Es war ein milder Herbsttag. Der Wind rauschte schläfrig durch die Baumwipfel und löste braune und gelbe Blätter, die eines nach dem anderen zu Boden wehten. Hannes' Armbanduhr zeigte zwölf Uhr sieben an. Da es ein Dienstag war, keine Ferienzeit und die meisten Menschen arbeiteten oder in der Schule waren, war an diesem abgelegenen Ort am Ostseestrand nicht viel los. In ein paar Hundert Metern Entfernung erkannte Hannes einen Spaziergänger mit einem schwarzen Hund, der allerdings in die andere Richtung unterwegs war. Am Strand lagen tote Blätter, angespülte Algen und modrige Äste, etwas Plastikmüll und tote Quallen. Er war nicht hier, weil er einen Spaziergang machen wollte oder weil ihm die salzige, frische Luft so guttat. Er war hier, weil er einen Mord begehen wollte. Besser gesagt, weil er ihn begehen *musste*.

Es war nun zwei Jahre her, dass Hannes' Mutter nach langer Krankheit im Altersheim gestorben war. Monatelang hatte Hannes jeden Tag geweint und sich vorgeworfen, dass er als einziger Sohn nicht oft genug bei ihr gewesen war. Er hatte immer wieder versucht, sie regelmäßig zu besuchen, doch sein Job als Busfahrer an einem Flughafen weit weg ließ es kaum zu. Er wusste, wäre sie noch am Leben, würde sie ihm sagen, er sei ein guter Sohn und es gäbe viel einsamere Mütter auf dieser Welt. Dennoch hätte er jedes Opfer gebracht, um seine Mutter ein allerletztes Mal in den Arm zu nehmen. Auch nur für wenige Sekunden, um ihr zu sagen: »Ich hab dich lieb.«

Leider war das unmöglich.

Vielleicht würde er sie eines Tages im Jenseits sehen. Wer wusste das schon? Nachdem seine Trauer überwunden – oder eher: auszuhalten – war, kam der nächste Schicksalsschlag.

Am Morgen des sechsten Oktobers erschien Hannes wie jeden Tag pünktlich bei der Arbeit. Sein Boss rief ihn und die anderen Fahrer zu einer außerordentlichen Sitzung in den Aufenthaltsraum hinter dem Gate B. So stand es in dem Schreiben, welches an jedem Spind hing. Also gingen sie gemeinsam zum vorgeschriebenen Ort und warteten auf ihren Boss. Dieser erschien ein paar Minuten später und setzte sich, stark schwitzend, auf einen Stuhl.

»Ich mach es ganz direkt und kurz«, sagte er. »Die Flughafendirektion hat mich am Montag kontaktiert. Wir sind bankrott. Der Flughafen wird schließen.«

Stille.

Alle saßen sie da und starrten ihren Vorgesetzten an. Irgendwann begannen seine Kollegen, Fragen zu stellen. Hannes hörte allerdings nicht richtig zu. Wenn man der Belegschaft mitteilte, dass es aus und vorbei war, dann war es aus und vorbei. Da konnte man so viele Fragen stellen, wie man wollte. Es änderte überhaupt nichts an der Situation. Hannes vernahm noch, dass ihnen am Ende des Monats noch fünfunddreißig Prozent des letzten Gehalts ausgezahlt würden und dann Schluss war. Was ihm den Boden unter den Füßen wegzog, war nicht, dass er seinen Job verlor. Hannes war klar: *Shit happens*. Viel beschissener

war, dass er sich vor vier Monaten eine Eigentumswohnung gekauft hatte. Die hatte er nicht von seinem Girokonto bezahlt,
sondern mit einem sauteuren Kredit finanziert. Und die Bau-
branche war gereizt, nahezu überladen. Die Mauer war gerade
gefallen, was sich seit Monaten angekündigt hatte. Millionen
Menschen strömten aus der DDR in die BRD, und die Märkte
waren nervös. Kein Mensch wusste, wie es weitergehen würde.
Mussten alle Menschen, die aus dem Osten kamen, nun finanziell unterstützt werden?

Hannes war erledigt. Niemand würde ihm zu dieser Zeit seine
Wohnung zu besseren Konditionen abkaufen.

Tage später ging er zu seiner Bank und teilte ihnen die Nachricht
seiner Kündigung mit. Sie sagten, sie wüssten bereits Bescheid, da
ebenso andere Angestellte des Flughafens Kunden bei ihnen seien.
Sie hatten bereits mit seinem Anruf gerechnet. Nein, sie würden
ihm keinen Spielraum lassen. Nein, er konnte die Wohnung nicht
der Bank überlassen, ohne dabei ein Minusgeschäft zu machen.
Ja, er könne gerne selbst versuchen, die Immobilie zu verkaufen. Ja,
ebenfalls einen schönen Tag noch.

Drei Monate später war er sein Eigentum los. Ein Insolvenzverwalter nahm sich seiner an, und das Amtsgericht veröffentlichte
einen Eröffnungsbeschluss über seine Privatinsolvenz.

Hannes war erledigt.

Gut, viele Menschen waren bereits in seiner Situation gewesen.
Was Hannes aber wirklich aus der Bahn warf, war, dass man ihm
alles wegnahm. Wirklich alles. Der Insolvenzverwalter sperrte
seine Konten, kassierte seinen Wagen und alle seine Wertgegenstände. Sogar den Schmuck seiner Mutter, den er als einziges Kind
geerbt hatte, da sein Vater bereits vor Jahren verstorben war. Es
waren nicht viele Schmuckstücke. Eine Halskette, die Eheringe

seiner Eltern, ein verzierter Spiegel und: ein Paar Ohrringe, die die Form eines Blattes hatten.

»Die sind verdammt viel wert! Mehr als das, was Sie dafür bekommen haben«, brüllte Hannes den Insolvenzverwalter an.

»Herr Mankel, bitte. Schreien Sie in meinem Büro nicht so rum und beruhigen Sie sich.«

»Mich beruhigen? Das sind die Schmuckstücke meiner Mutter! Das sind meine! Meine!«

»Nein, laut Beschluss des Amtsgerichts besitzen Sie nichts mehr. Sie haben Schulden. Schulden bei der Bank, bei Ihrem Strom-, Gas- und Wasseranbieter, bei Ihrer Telefongesellschaft, bei Ihrem Autohaus, bei Ihrer Versicherung und bei mir. Ihre Gläubiger werden leider niemals alles zurückbekommen. Aber sie wollen wenigstens irgendetwas bekommen, und das möglichst schnell. Deswegen verkaufe ich jeden Gegenstand, den ich unter den Hammer bringen kann. Und der Schmuck Ihrer Mutter gehört dazu.«

»Ich habe meinen Job verloren, weil die Bonzen im zehnten Stock sich verkalkuliert haben. Ich habe kein Verbrechen begangen, dass man mich hier so vorführt! Mir ist klar, dass Sie Ihr Geld bekommen wollen, aber dann verkaufen Sie den Schmuck nicht für fünf Prozent seines Wertes. Allein die Ringe sind über tausend Mark wert. Mann, die sind aus Gold!«

»Ja, Herr Mankel. Jedoch habe ich nur wenig Zeit für diese Angelegenheit. Und ich nehme, was ich kriegen kann. Und jetzt verlassen Sie bitte mein Büro.«

Hannes war erledigt.

Also verließ er das Büro dieses Halsabschneiders und ging zu der Sozialwohnung, die man ihm bereitgestellt hatte. Irgendwo im Nirgendwo. Außerhalb der Stadt. Er bewohnte nun eineinhalb Zimmer im sechsten Stock, besaß wenige Möbel aus Pressholz, ein altes Radio, das er auf irgendeinem Sperrmüllhaufen gefunden hatte, und die Erinnerungen an ein besseres Leben. Klar, auch als Busfahrer an einem Flughafen hatte er keine Bäume ausreißen können. Aber es war okay gewesen, die Bezahlung in Ordnung, und er war unter Leute gekommen. Denn Einsamkeit hatte Hannes in seinem Leben zur Genüge gehabt.

Als seine Eltern noch am Leben waren, forderten sie ihn ständig auf, endlich mal eine Frau mit nach Hause zu bringen. Dies tat er dann und wann auch, aber es fühlte sich falsch an. Keine der Frauen sprach ihn wirklich an. Es lag nicht daran, dass sie nicht schön oder schlau genug waren. Nein, sie waren Frauen. Dass er auf Männer stand, wusste Hannes seit der Grundschule. Er war schon in der zweiten Klasse auf seinen Lehrer abgefahren und hatte damals verstanden, dass es bei ihm halt anders war als bei anderen Männern. Doch obwohl er später in seinem Leben durchaus Möglichkeiten gehabt hatte, blieb er allein. Es war für ihn nie akzeptabel gewesen, schwul zu sein. Seine Mutter hatte es irgendwann gewusst und geschwiegen, weil sie ihn nicht verletzen wollte. Sein Vater hatte es bis zu seinem Tod nie begriffen oder begreifen wollen.

Shit happens. Aber Hannes hatte sein Dasein, bis zu seinem Bankrott, gemocht. Und sicherlich hätte er auch diesen Abschnitt seines Lebens überstanden – schließlich gab es immer ein Weiter. Was er jedoch nicht akzeptieren konnte, war der Umstand, dass man ihm den Schmuck seiner Mutter genommen hatte. Die letzten Erinnerungen an sie. Das konnte und wollte er nicht einfach so hinnehmen. Also suchte er eines Tages den Juwelier auf, der seinem Insolvenzverwalter den Schmuck zu einem unfassbar günstigen Preis abgekauft hatte. Hannes wusste, dass solche Läden Buch darüber führten, an wen sie Schmuck aus Insolvenzmassen verkauften. Er begriff nicht, wieso, aber offensichtlich verlangte der Gesetzgeber dies so.

Eines Abends, kurz vor Ladenschluss, platzte Hannes also mit Sturmmaske und einer Spielzeugpistole, die verblüffend real aussah, in den Juwelierladen. Die Kassiererin, eine junge Frau, gab ihm siebentausend Mark aus der Kasse, öffnete den Safe und überließ ihm alle Bücher, die darin gelagert waren. Hannes notierte sich zwei Straßen weiter die benötigte Adresse, warf die Bücher in einen Papierkorb und tauchte unter. Der Raubzug stand am nächsten Tag auf Seite eins der regionalen Zeitung, dann auf Seite vier, und irgendwann vergaß man, dass er jemals stattgefunden hatte.

Hannes ließ weitere acht Monate verstreichen, ehe er die alte Frau aufsuchte, die die Ohrringe seiner Mutter gekauft hatte. Die Ohrringe, die die Form eines Blattes hatten, waren alles, was er zurückhaben wollte. Seine Mutter hatte sie an jedem Tag ihres Lebens und sogar auf dem Sterbebett getragen; er hatte sie gar nicht anders gekannt. Den Rest des Schmucks konnte er vergessen, aber nicht diese zwei Blätter.

Hannes sprach die alte Dame eines Tages an, als er sie wie zufällig auf der Straße antraf. Er bot ihr mehr Geld an, als die Ohrringe wert waren. Doch die blöde Kuh lehnte ab. Sie lachte ihn sogar förmlich aus, weil er eine fremde Person am Straßenrand ansprach, um Schmuck zu kaufen. Er erklärte ihr, sie hätten seiner Mutter gehört und bedeuteten ihm alles. Die Dame lachte nicht mehr, blieb jedoch hartnäckig. Sie würde sich gut um sie kümmern und versprach ihm, dass sie sie liebte und bei jeder Gelegenheit tragen würde. Dies hätte seiner Mutter doch sicher gefallen.

Shit happens.

Hannes wusste nun, er konnte die Blätter nur auf eine Art und Weise zurückbekommen. Jetzt und heute. Wenn die alte Dame erst einmal zu Hause war, könnte sie ihrem Mann, Nachbarn oder sogar der Polizei erzählen, dass ein fremder Mann sie angesprochen hatte. Sie könnte ihn beschreiben, und jede Hoffnung wäre zerschlagen, die Ohrringe jemals zurückzubekommen.

Hannes verabschiedete sich höflich von der Frau und tat so, als würde es ihm nichts ausmachen, dass sie abgelehnt hatte. Heimlich folgte er ihr, bis sie zum Strand gelaufen war und mit den nackten Füßen durchs Wasser watete. Später ging sie einen Steg entlang, an zahlreichen alten Fischerbooten vorbei. Hier wehte die frische Meeresluft besonders frisch.

Das war seine Chance.

Sie bemerkte nicht, wie er sich von hinten an sie heranschlich. Er packte sie an den Schultern, drückte sie zu Boden und tauchte ihren Kopf ins Wasser. Sie war so überrascht, dass sie sich gar nicht wehren konnte. Während Hannes wider seine Natur handelte, sagte er sich wie in einem Mantra: »Entschuldige, Mama. Entschuldige, Mama. Entschuldige, Mama ...« Und in seinem Hinterkopf lief der Refrain: *Shit happens.*

Dann war es vorbei. Sie rührte sich nicht mehr. Und es passierte das Unfassbare: Gerade hatte die Dame die Ohrringe noch getragen, aber als Hannes sie hochzog, um die Anhänger von ihren Ohren zu lösen, waren sie nicht mehr da. Sie musste sie im Todeskampf in die Hand genommen haben. Hannes sah nur noch, wie sich ihre Hand öffnete und die Ohrringe ins Meer fielen. Er sah ihnen hilflos hinterher, wie sie nacheinander im Dunkel verschwanden. Der Steg reichte hier vierzig Meter weit ins Meer, und er würde die Anhänger ohne Ausrüstung niemals auf dem Grund finden können.

Hannes war erledigt.

Er blickte panisch nach links und rechts. Der Spaziergänger mit dem Hund war verschwunden, und als wäre nichts gewesen, segelten die Blätter immer noch zu Boden. Ansonsten war niemand hier. Er warf den leblosen Körper der alten Dame zwischen zwei Fischerboote ins Wasser und rannte davon, den Strand entlang, ganz dicht am Wasser, damit seine Fußabdrücke von den Wellen weggewaschen würden.

Und er kam nie wieder hierher.

KAPITEL 35

Die Kanzlei hatte eine Vermutung, wie sich der Tod von Frau Rauball abgespielt haben könnte. Die Polizei war kurzzeitig der Theorie nachgegangen, dass es ein missglückter Raubüberfall gewesen sein könnte. Der Ehemann von Frau Rauball hatte nämlich ausgesagt, sie hätte wertvolle neue Ohrringe gehabt und ständig getragen. Diese seien jedenfalls nicht zu Hause aufzufinden. Zudem berichtete er, sie hätte die Ohrringe bei einer Zwangsversteigerung erworben. So fand die Polizei schnell heraus, wem sie vorher gehört hatten.

Hannes Menkel.

Doch weder bei Hannes noch bei dem Spaziergänger mit Hund (dieser hatte sich bei der Polizei gemeldet, als er vom Tod einer Frau erfahren hatte, die auf seiner Spazierstrecke verstorben war) wurden Wertgegenstände gefunden. Also ging man letztlich von einem tragischen Unglück aus. Frau Rauball hatte starke Medikamente gegen Herzprobleme eingenommen, und es war durchaus möglich, dass sie sich an dem besagten Morgen mit der einzunehmenden Menge vertan hatte. Eventuell hatte sie einen Schwindelanfall bekommen und war ins Wasser gefallen. Die Wassertemperatur lag an diesem Morgen bei gerade mal neun Grad über null. Sie konnte sich zwischen den Booten nicht selbst befreien und war in einem Panikanfall ertrunken. Als später eines der Boote losgefahren war, wurde Frau Rauballs Schädel durch dessen Schiffs-schraube bis zur Unkenntlichkeit zertrümmert. Als der Kapitän des Bootes nachschaute, was sich dort verfangen haben mochte, machte er den grausigen Fund.

Dennoch konnte bei der Obduktion eindeutig Ertrinken als Todesursache festgestellt werden: Die Lungen der Toten waren voller Flüssigkeit, was handfest darauf schließen ließ, dass Frau Rauball Wasser eingeatmet hatte. Dem Kontakt mit der Schiffs-schraube hatten die Ohrringe genauso wenig standgehalten wie Frau Rauballs Schädel, waren auf den Grund des Meeres gesunken oder fortgespült worden, folgerte die Polizei. Einen Beweis, dass Hannes Mankel sich zum selben Zeitpunkt dort aufgehalten haben könnte, konnte sie nicht erbringen. Auch den Raubüberfall auf den Juwelier konnte sie Hannes Mankel nicht nachweisen.

Die Kanzlei *Palinski & Partner GbR* merkte an, dass es weitere Raubüberfälle in der naheliegenden Umgebung gegeben hatte. Diese Straftaten wurden damals einer ukrainischen Einbrecher-bande zugeschrieben. Es sei deutlich wahrscheinlicher, diese hät-ten auch den Überfall auf den Juwelier begangen, als dass es Herr Mankel gewesen sei. Und so wurde die Akte geschlossen.

Herr Rauball hatte daraufhin die Kanzlei beauftragt. Diese kam zu dem Schluss, dass Hannes Mankel ein Motiv gehabt haben könnte. Der jedoch, ob schuldig oder unschuldig, schwieg eisern. Schlussendlich musste man die Ermittlungen ohne zufriedenstel-lendes Ergebnis abbrechen, da eine Weiterführung der Arbeit Herrn Rauball nur Geld und falsche Hoffnung kosten würde.

Ein tragischer Unfall.

Punkt.

»Deswegen warst du so schockiert, als ich dir auf dem Boot den Ohrring gegeben habe, den ich im Matsch gefunden hatte«, sagte Max zu Hannes, der natürlich nicht antwortete. »Deswegen wurdest du ermordet.«

Bestimmt könnte ein Gerichtsmediziner jetzt in Hannes' Lungenflügeln ebenfalls Wasser nachweisen. Genau wie es bei seinem Opfer Frau Rauball der Fall gewesen war. Hannes' eingeschlagener Schädel sollte wohl den Unfall mit der Schiffsschraube repräsentieren.

Max blickte ratlos auf den Rezeptions-Bildschirm. Er zog den Stick heraus, wusste für einen Moment nicht, wohin damit, und ließ ihn dann einfach auf der PC-Abdeckung liegen. Irgendwann würde die Polizei dieses Hotel auf den Kopf stellen, und dann war es besser, wenn sie alle Beweise und Umstände sofort auffinden würden.

»Wer weiß schon, ob ich den Tag überlebe und aussagen kann?«

Schlagartig wurde Max aus seinen Gedanken gerissen, weil ein Kopfschmerz wie eine Bombe in seinen Schädel einschlug. Er übergab sich auf den Fußboden und hielt sich an der Anrichte fest, um nicht den Halt zu verlieren. Die Schmerzen verschwanden allerdings genauso schnell, wie sie gekommen waren. Und mehr noch: Max hatte das Gefühl, als wäre dies die letzte Attacke seines Lebens gewesen. Er wusste nicht, wieso, aber etwas war von ihm abgefallen. Eine Art Klammer, die ihn permanent unter Kontrolle gehabt zu haben schien. Die ihn bei jeder Gelegenheit seines Lebens in einem eisernen Griff gehalten hatte.

Sein Geist war jetzt frei, und die Wunden, die während der letzten Tage aufgerissen worden waren, fingen an zu verheilen. Es tauchten Gesichter in seinen Gedanken auf, die er nicht verstand oder zumindest nicht gleich wiedererkannte. Max hatte das

Gefühl, sie schon einmal gesehen zu haben, aber sein Kopf fand nicht die richtigen Schubladen, die er öffnen musste. Da war eine Frau, nicht alt, nicht jung. Außerdem das Gesicht eines Mannes. Er müsste ungefähr im gleichen Alter wie die Frau sein. Sie verschwanden aus seinen Gedanken, und Max richtete den Blick nach vorne, weil er eine Bewegung wahrgenommen hatte.

Elisabeth stand im Foyer.

Max' Magen machte einen Satz, und er stolperte fast über den Bürostuhl, der vor dem Computer stand.

Wie ist sie hergekommen? Das ist unmöglich!

Elisabeth stand dort vor ihm, so stark aus Messerstichwunden blutend, dass sich eine rötliche Lache um ihre Füße herum bildete. Ihre Haut war blass, und sie deutete mit einer Hand zum Fahrstuhl, jedoch war dort nichts zu sehen. Als Max sich wieder zu ihr wandte, war sie urplötzlich weg. Einfach verschwunden. Anscheinend wollten diese Psychosen, die er seit Kurzem entwickelt hatte, noch nicht ganz verschwinden. Oder es war eine Nebenwirkung der brutalen Kopfschmerzattacke oder der schrecklichen Ereignisse, die sich an diesem fürchterlichen Tag abgespielt hatten. Wie viel konnte ein Geist verkraften? Er dachte an Soldaten, die im Krieg ihre Kameraden hatten sterben sehen. Viele litten anschließend unter PTBS. Hatte er selbst eine posttraumatische Belastungsstörung? Max schlug sich mit der flachen Hand auf den Hinterkopf, so als wollte er ein altes elektronisches Gerät wieder in Gang bringen.

Elisabeth blieb verschwunden.

Natürlich, sie lag tot oben im Leuchtturm. Er hatte gesehen, wie der Harlekin sie ermordet und Linus hierhergebracht hatte, um ihn vor Max' Augen sterben zu lassen. Er betrachtete sich in dem großen Wandspiegel, der neben der Rezeption in die Mauer eingelassen war. Seine Augenringe hatten die Größe von Gürtel-schnallen, seine Haut war aschfahl und glänzte vor Schweiß. Er war um mindestens fünf Jahre gealtert. Er lief durch zur Gäste-toilette, die sich neben dem Spiegel befand, riss an einem der vier Waschbecken den Wasserhahn auf, spülte sich den ekeligen Ge-schmack aus dem Mund und wusch sich sein Gesicht. Das kalte Wasser tat ihm gut. Max meinte zu spüren, wie ein wenig Energie in ihm zurückkam. Aus dem Papierspender zog er sich genügend Lagen heraus, wischte sich trocken und ging zurück ins Foyer, um zu überlegen, was er nun tun sollte.

Diese Entscheidung wurde ihm allerdings abgenommen. Der Fahrstuhl neben dem Treppenhaus hielt im Erdgeschoss, öffnete sich mit einem elektronischen *Ping*, und er sah darin Clair gefes-selt und geknebelt auf dem Boden liegen. Doch sofort schloss sich die Tür wieder.

Clair?! Hatte er das wirklich gerade gesehen? War sie doch noch am Leben? Oder war es nur wieder eine Täuschung seines Gehirns, wie er sie heute mehrfach erlebt hatte? War er überhaupt noch Herr seiner Sinne oder hatte Max sich einfach alles nur eingebil-det? Wie konnte überhaupt ein Verrückter herausfinden, ob er verrückt war? In seinen Gedanken gefangen, ging Max zur Fahr-stuhltür. Mit einem Ohr lauschte er an dem kalten Metall. Die Kabine war in Bewegung und fuhr gerade entweder nach oben oder unten. Max trat einen Schritt zurück und erkannte an dem leuchtenden Pfeil, dass die Kabine mit Clair nach unten gefahren sein musste. Sofort rannte er ins Treppenhaus und sprintete die Stufen hinab. Dort lag die geöffnete Fahrstuhlkabine zu seiner Rechten. Doch sie war leer. Von Clair fehlte jede Spur. Sie musste von dem Harlekin bereits tiefer in die Kellerräume gebracht wor-den sein.

Max wollte schon weiter durch die Flügeltür rennen, als er erschrak, denn eine hölzerne Figur starrte ihn von dort aus an.

Als er den ersten Schreck verdaut hatte, fragte er sich selbst: »Was um alles in der Welt soll das denn?«

Auf den Türblättern prangte ein übergroßes Jesus-Kreuz. Die Figur sah ihn mitleidig an, die Augen halb geschlossen. Eine stachelige Krone zierte seine langen zotteligen Haare, Blut lief von seinem Gesicht hinab und tropfte auf den Fußboden. Offensichtlich war das Blut echt. Unter den Beinen der Figur, wo normalerweise der Schriftzug *INRI, Jesus von Nazaret, König der Juden* stand, war stattdessen eine LED-Leiste zu sehen. Rote, blinkende Lichtpunkte auf schwarzem Untergrund vermittelten den Eindruck, als würde der Text von rechts nach links verlaufen: *WIR-SIND-WEIT-GEREIST-UM-DIE-AUFGABE-DES-HERRN-UND-DIESE-UNTER-SEINEM-SCHUTZ-ZU-VERRICHTEN.*

Er konnte nicht glauben, was er dort las. Die Anzeige wiederholte sich ein zweites und drittes Mal, ehe sich der Schriftzug veränderte.

NUMMER-7-NUMMER-7-NUMMER-7-NUMMER-7-NUMMER-7.

Max riss das Kreuz von der Tür und schmiss es zur Seite. Wenn es wahr war, was er im Aufzug gesehen hatte, dann war Clair noch zu retten. Er musste ihr helfen, ehe sie ein weiteres Opfer dieses verrückten Monsters wurde! Max stieß die Doppeltür auf und – wäre um ein Haar auf einen kleinen Gegenstand getreten.

KAPITEL 36

Sie stand einfach direkt auf dem Fußboden hinter der Tür. Die kleine orangefarbene Verpackung. Der Inhalt waren seine Schmerztabletten. Max hatte sie vor Stunden auf dem Dachboden verloren. Waren der Schachtel etwa Beine gewachsen, sodass sie sich auf den Weg nach unten gemacht hatte? Er hob sie auf und drehte sie zwischen seinen Fingern. Die Tabletten klapperten im Innern, und auf dem Etikett stand sein Name, so wie er ihn selbst auf das weiße Papier geschrieben hatte. Die Tablettenbox hatte sich Max im Internet bestellt, da er seine Pillen nicht in der klobigen Verpackung aus der Apotheke herumtragen wollte. Die amerikanische Ausführung der Medikamentenboxen hatte er schon immer charmanter gefunden. Zweifellos war es seine Schachtel.

Jetzt jagte ihm der Anblick einen Schauer über den Rücken. Warum sollte der Killer wollen, dass er keine weiteren Kopfschmerzen ertragen musste? Wo war der Sinn dahinter? Oder hatte er die Tabletten im Inneren ausgetauscht?

Max leerte die Dose, warf die Tabletten weg und schaute den Gang entlang nach vorne. Der Keller war weitaus pragmatischer gestaltet als der Rest des Hotels: Betonfußboden, grelle Neonröhren und rot lackierte Stahltüren, die links und rechts abführten. Nichts von dem warmen, kostspieligen Luxus im restlichen Gebäude war hier unten zu sehen. Warum auch? Für Gäste war dieser

Bereich erstens tabu und zweitens uninteressant. Waschmaschinen, Trockner, ein Lagerraum für Lebensmittel, Werkzeug und Ersatzteile sowie Putzutensilien. Mehr gab es hier nicht zu entdecken.

Beim Anblick der fünf roten Türen – zwei links, zwei rechts, eine geradeaus – stöhnte Max gequält. Alle waren geschlossen, und alle waren mit schwarzer Farbe beschriftet. Aber nicht so, wie Max es in Erinnerung hatte. Die Schriftzüge *Werkzeugraum* oder *Wäscheraum* waren verschwunden. Stattdessen stand auf der ersten Tür zu seiner Linken *A: Hi, hi, gefährlich!* und auf der Tür zu seiner Rechten *B: Ui, ui, supergefährlich!* Tür drei und vier waren mit den Schriftzügen *C: Traust du dich?* und *D: Ich würde es lieber lassen*! versehen. Die fünfte Tür, direkt geradeaus, trug die beunruhigendste Botschaft: *Schaust du zuerst in diesen Raum und hältst nicht die Reihenfolge ein, stirbt die liebe Clair grausam und gemein!*

A, B, C, D und die Tür geradeaus. Der Harlekin wollte, dass er diese Reihenfolge einhielt. Sollte er sich dem Willen dieses Psychopathen beugen? Es hörte sich an, als sei Clair solange halbwegs sicher. Er könnte auch einfach die letzte Tür aufreißen. Doch Max hatte gesehen, was der Mörder seinen Kollegen und Freunden angetan und was er für eine Macht hatte. Das Hotel war zu seinem Spielplatz geworden, und egal, was Max auch tat und unternahm, er war immer zwei Schritte zu spät.

Der Raum, in dem Linus gestorben war, war ohne sein Wissen in dieses Hotel eingebaut worden. Emilia hatte wie eine Puppe von der Decke gehangen, im Stockwerk darüber festgemacht. Es gab plötzlich einen Schacht oder Tunnel unter dem Leuchtturm, damit der Harlekin aus dem Brunnen klettern konnte. Die Manipulation der Lüftungsanlage, die Kappung aller Kommunikationsmittel zum Festland, die Bombe, die Informationen über die dunkle Vergangenheit der Hotelbewohner.

All das war dem Mörder so leichtgefallen, weil er nicht allein handelte. Weil dieser ganze Albtraum bis ins kleinste Detail durch irgendwelche Kräfte geplant war und nur durch ihn, den Harlekin, ausgeführt wurde.

Wenn Max jetzt nicht mitspielte, würde Clair grausam sterben. Daran bestand gar kein Zweifel. Allerdings, wenn Max tat, was der Horrorharlekin wollte – würde sie nicht auch dann ohnehin sterben? Bis jetzt hatte er keinen Einzigen der Hotelbewohner retten können. Alle waren sie tot.

Okay. Ich werde gehorchen. Vielleicht kann ich dadurch etwas Zeit gewinnen und mehr über die Umstände herausfinden, die uns alle hergebracht haben, dachte er.

Also wandte er sich nach links.

A: Hi, hi, gefährlich! stand auf dem Türblatt.

Max schluckte schwer, atmete tief ein und öffnete die Tür.

KAPITEL 37

Der Raum lag im Halbdunkel. Max betätigte den Lichtschalter neben der Tür. Es tat sich nichts, und jetzt erkannte er die Scherben auf dem Boden. Die Deckenleuchten waren zertrümmert worden. Das bisschen Licht, das den Raum ausleuchtete, kam von einem Kerzenständer, der am anderen Ende des Kellerraums neben einem Pult platziert war. Rechts und links an den Wänden standen Waschmaschinen und Trockner. Sie liefen nicht, und in dem schummrigen Licht wirkte es beinahe so, als würden sie Max mit großen Mäulern anblicken und nur darauf warten, sich auf ihn zu stürzen, wenn er ihnen zu nahe kam. Max' Innerstes sträubte sich dagegen, diesen Raum zu betreten, und er hatte das Gefühl, sich gegen seinen Instinkt zu verhalten.

»Ist hier jemand?«

Seine Stimme klang dumpf und wurde beinahe akustisch verschluckt; niemand antwortete. Wäscheständer mit Handtüchern, Bettlaken und Stoffbezügen breiteten sich neben den Trocknern aus. Es roch nach Waschpulver, Weichspüler und Chemie. Der Boden war weiß gefliest, die Wände waren mit feuchtigkeitsresistenten Tapeten tapeziert. In der Ecke hinten rechts waren ein Waschbecken, ein Spiegel und ein kleiner Hängeschrank angebracht. Mehrere Rohre leiteten Dämpfe und Feuchtigkeit durch die Zimmerdecke ab. Bevor Max sich dem Pult zuwandte, kontrollierte er die Umgebung. Er blickte hinter die Maschinen, sah unter den Wäscheständern nach, öffnete sogar den Hängeschrank und begutachtete jeden Quadratzentimeter, ehe er sich sicher war, dass niemand ihm auflauerte.

»Okay. Weiter.«

Vorsichtig ging er auf den Kerzenständer zu. Glassplitter zerbrachen knirschend unter seinen Schuhen, und er hoffte, es würde sich keine Scherbe durch seine Sohle bohren. Die Kerzenflammen flackerten in dem Luftzug, der kaum spürbar durch den Raum zog, seit Max die Tür geöffnet hatte, doch sie waren weit davon entfernt, zu erlöschen. Drei Kerzen auf einem goldverchromten Gestell, das auf einem Regal auf Schulterhöhe platziert war. Daneben ein Pult, wie man es aus der Kirche kannte. Dunkles, altes Holz, reichlich verziert. Darauf lag ein weinrotes Buch, dessen Farbe in dem Kerzenschein fast schwarz wirkte.

Es war eine Bibel.

Alt und abgewetzt. Der Schriftzug *Die Bibel* war durch einen Satz ergänzt, den jemand daruntergeritzt hatte: *Und wie ich zu Gott fand.*

»Die Bibel – und wie ich zu Gott fand?«, las sich Max den Schriftzug als Frage formuliert selbst vor.

Sogleich fiel ihm auf, dass das Papier der Bibel nicht zu dem Einband passte. Es war hell, offensichtlich nicht so alt und verschlissen wie der Einband und dabei auch etwas überproportional. Außerdem wirkte die Bibel insgesamt zu schmal, als hätte sie weniger Seiten als üblich. Max war kein Kirchgänger, und er konnte sich auch nicht daran erinnern, wann er zuletzt die Heilige Schrift in den Händen gehalten hatte. Trotz seiner religiösen Unkenntnis war er sich aber sicher, dass diese Bibel präpariert war. Warum lag sie hier? Jemand wollte, dass er sie sich ansah, kein Zweifel. Abermals erwog Max, ob er dem Plan des Harlekins folgen und tun sollte, was er von ihm erwartete. Seine Wahlmöglichkeiten waren ohnehin begrenzt. Es durchziehen oder flüchten. Und beide Optionen waren riskant.

»Also gut. Was willst du mir zeigen?«

Er streckte seine Hand aus, und plötzlich sprang dröhnend eines der Entlüftungsrohre an. »Himmel!«, ächzte Max und fuhr sich mit der Hand durch die Haare.

Wenn der Harlekin ihn nicht auf direktem Wege umbrachte, würde sein Herz die Sprünge bis in seinen Hals sicherlich nicht mehr lange durchhalten. Er klappte das Buch auf und schob vorsichtig den Kerzenständer näher an das Pult, um zu lesen. Die Buchstaben waren mit einem Füller von Hand geschrieben. Die Tinte war dunkelrot. Max hatte keinen Zweifel, dass es sich um echtes Blut handelte.

KAPITEL 38

Gott.

Dies war das erste Wort der ersten Seite. Max blätterte weiter.

Mein Name lautet Dr. Ricarda Rousch. Ich schreibe diese privaten Notizen für diejenigen auf, die durch meine Hand Erlösung finden können. Es ist ein heiliger Pfad, den ich gehe, und die Nachwelt hat ein Anrecht auf mein Wissen. Mein Tun, mein Handeln und mein Werk dienen seit jeher und bis in alle Zukunft dem Vater, dem Allmächtigen.

Wie soll ich es anfangen, wie meine Geschichte aufschreiben? Am besten beginne ich ganz von vorne.

Die allererste Botschaft des Vaters erhielt ich im Spätsommer des Jahres 1969. Es begann in einem Schwimmbad. Kann man sich das vorstellen – in einem ordinären Schwimmbad? Das Thermometer zeigte 26 Grad, und die Ferien waren bereits zu Ende. Doch meine Freundin und ich genossen den Tag auf dem Rasen, direkt hinter dem Sprungturm. Ich war jung, fragil, frei und lebensbejahend. Meine Zukunft stand in den Sternen, mein Geist in Flammen.

Es war der Mann, der im Wasser hinter mir schwamm, zu mir herüberblickte und mir zuzwinkerte. Mein Wesen war seit jeher extrovertiert, und entsprechend dachte ich mir nichts dabei. Ich dummes Mädchen!!!

Ich duschte in der Sammelumkleide, meine Freundin war bereits gefahren. Plötzlich packte mich jemand von hinten an den Schultern und bugsierte mich unsanft in eine Umkleidekabine. Zwei junge Männer sahen weg; ich verstehe es bis heute nicht. Der Täter, vielleicht fünfundzwanzig Jahre alt, groß und stark, gegen ein dreizehnjähriges Mädchen. Was konnte ich da schon ausrichten? Die Erinnerung an die nachfolgenden Handlungen werden bis heute durch meinen Schutzgeist getrübt. Ich weiß noch so viel: Ich konnte den Geschehnissen nicht entkommen.

Gedemütigt, alleine und weinend saß ich danach stundenlang im Freibad. Niemand bemerkte mich, die Tore wurden verschlossen. Ich fror, und meine Eltern waren sicherlich außer sich vor Angst. Der Mond schien hell und strahlend durch pechschwarze Quellwolken, als ich über den Zaun des Freibades kletterte, um diesen Ort der Grausamkeit zu verlassen. Der Schock, meine Angst und die Scham saßen so tief, dass ich vergaß, wer ich war, wo ich hingehörte und was ich machen sollte. Ich war völlig orientierungslos, stand auf irgendeiner Straße. Die wenigen Autofahrer, die mich passierten, beachteten mich nicht. Niemand half mir. Die Wolken zogen zu, es war finster. Wohin sollte ich? Wo war mein Zuhause?

Und dann geschah etwas. Es war in mir, um mich herum, und ich fühlte, ich war nicht allein. Jemand nahm sich meiner an. Mich erfüllte eine Wärme, und gleichzeitig riss die Wolkendecke erneut auf, und der Schein des Mondes zeigte mir, welche Richtung ich einschlagen musste. Die auf dem Erdtrabanten reflektierenden Sonnenstrahlen wiesen mir den Weg. Also folgte ich diesem Zeichen. Die Angst war verschwunden, ich war ich. Ich bleibe ich.

Die Straße führte mich durch einen Park, an einem Stadion vorbei und an einem Bach entlang.

Und dort stand er.

Dieser narzisstische, bösartige Mann, der mir auf solch brutale Weise meine Unschuld genommen hatte. Er rauchte eine Zigarette, mit dem Rücken zu mir. Und wieder waren es die Wärme und das Licht des Mondes, die mir den Weg zeigten. Neben einer Sitzbank ein überquellender Mülleimer, darauf eine zerbrochene Flasche Rotwein. Sie blitzte und blinkte in solch einer Schönheit, dass meine Augen, obwohl es Nacht war, geblendet wurden.

Ein Zeichen.

Nein, mehr als das.

<u>Eine Antwort!</u>

Ich ergriff die Flasche.

Der Mann hörte mich nicht näher kommen. Ich rammte ihm die scharfkantige Flasche seitlich in den Hals. Das Bild des spritzenden Blutes und sein Zusammensacken waren grotesk, geradezu von unwirklicher Schönheit. Er stürzte in den Bach.

Meine frischen Wunden fingen schon in dieser Nacht an, zu heilen.

So nahm alles seinen Lauf. Ich wusste, mir würde nichts geschehen. Es war Gott, der mich dieser Prüfung unterzogen und mir den blutigen Pfad gezeigt hatte. Ich sehe das klar, aber auch pragmatisch. Es gibt Milliarden Seelen auf dieser Welt, und ein Teil davon ist <u>bösartig</u>. Ein verschwindend geringer Teil, aber der Teufel lebt in ihnen. Er betrügt, bereichert sich, verletzt, verstümmelt, vergewaltigt, raubt, tötet und zettelt Kriege an – dafür braucht man keine Armee, sondern lediglich Menschen an den entscheidenden Positionen.

Du sollst nicht töten!

Das fünfte Gebot.

Aufgeschrieben wurden die Gebote von Menschen. Sie wurden übersetzt, erneut niedergeschrieben, in weitere Sprachen übersetzt ... Und im Laufe der Jahrhunderte war nicht auszuschließen, dass sie

missverstanden wurden. Als Gott Mose die Gebote überlieferte, besaß
das fünfte Gebot einen Zusatz.

Du sollst nicht töten, außer ich <u>erwähle dich</u>!

Und an diesem Tag im Freibad bin ich erwählt worden. Wenn der
Teufel sich von seiner hässlichsten Seite zeigt, bleiben den Menschen
nur zwei Waffen, um sich zu verteidigen. Die erste ist die Liebe. Die
zweite sind die Auserwählten, die des Teufels Geschöpfe zurück ins
Höllenfeuer stoßen.

Die Leiche des Mannes wurde nie gefunden, und nie geriet ich
unter Verdacht. Es war der Wille Gottes, dass ich meine Bestimmung
aufnahm und sie weiterführe, bis er eine neue Aufgabe für mich be-
reithält.

Ein Wispern in der Ferne, ein Rauschen in den Lüftungsanlagen.
Max stellten sich die Nackenhaare auf, und er lauschte angestrengt.
Niemand war hier. Also widmete er sich wieder den Aufzeichnun-
gen in der »Bibel«. Sie klangen abartig, aber auch überzeugend.

Ich tötete anschließend eine Frau, die ihre Tochter jahrelang in einem
Kellerverlies eingesperrt hatte. Gott hatte mich zu ihr geführt: Eine
Straße auf meinem Heimweg von der Schule war gesperrt, sodass ich
einen Umweg nehmen musste. Ich stieß mit dieser Frau zusammen
und wusste im selben Moment, sie war eine Dienerin des Teufels. Ich
sah es in ihren Augen, ich spürte es, als ich sie berührte. Wochenlang
beobachtete ich sie. Dafür, dass sie offenkundig alleine wohnte, kaufte
sie zu viele Lebensmittel. Ich brach eines Abends über den Balkon in
ihr Haus ein und fand ein junges Mädchen im Kohlenkeller. Es war
völlig apathisch, angekettet, verdreckt und saß in seinen Fäkalien.
Mit einem Schürhaken erstach ich die Mutter, als diese nach Hause
kam. Wieder wurde ich nicht gefasst oder belangt, da der Vater seine

schützenden Hände über mich hielt. Obwohl ich die Türen, Wände, die Tatwaffe und dieses Monster berührt hatte, konnte die Polizei keine Fingerabdrücke finden. Dies war der endgültige Beweis: Meine Taten waren gottgewollt.

Mein nächster Auftrag war ein Pastor, der seine Messdiener sexuell missbrauchte. Ein Mann, der im Namen Gottes zu seiner Gemeinde sprach! Ich war mit meiner Mutter in der Messe gewesen, als ich auf dem Weg zum Parkplatz den Pastor sah, wie er aus der Tür zur Sakristei kam. Vor ihm ein Junge, der flehend zu mir herübersah, sich dann aber schamvoll abwandte. Ich beobachtete den Pastor daraufhin ausdauernd, bis ich ihn dabei ertappte, wie er sich Videos in seinen privaten Räumlichkeiten ansah: pornografisches Material, welches er durch eine versteckte Kamera im Hinterzimmer der Sakristei aufgenommen hatte. Mit einem Messer löste ich die Bremskabel seines Wagens. Ein tragischer Unfall. Die Messe zu seinem Gedenken war mehr als voll, und ich saß in der dritten Reihe.

So vergingen die Jahre, und es tauchten immer weitere Dämonen auf, die ich beseitigen musste. Ich entwickelte eine Art Routine. Sie konnten mir nicht entkommen. Unzählige Ausgeburten der Hölle wurden durch meine Hände zurückgeschickt. Der Teufel muss getobt haben, wenn seine Diener ihm von mir berichteten.

Eines Tages bekam ich ein besonderes Zeichen, welches mein Tun in eine neue Bahn lenken sollte. Dieses Mal in der Form eines Funkens. Auf dem Weg zu einem Restaurant brannte an einer Straßenseite ein Feuer. Es war eine Feuerschale. Sie spendete Obdachlosen in dieser kalten Nacht Wärme. Meine überempfindliche Kognition lenkte meinen Blick auf die knisternden Flammen. Ein Funke löste sich, wirbelte um mich herum und flog in eine Gasse. Ich folgte dem Zeichen und vergaß meine Verabredung in dem Restaurant. Der glühende Punkt wehte weiter, und ich musste rennen, um ihn nicht zu verlieren.

Plötzlich stand er in der Luft und fiel kerzengerade hinab. Er landete auf einem alten Telefonbuch, das aufgeschlagen zwischen Mülltonnen auf dem Boden lag. Der Funke brannte sich in einen Namen.

Dr. Krone, Gerhard.

Ich riss die Seite aus dem Buch heraus und steckte sie ein. Am nächsten Tag fuhr ich in aller Frühe zu Dr. Krones Adresse. Es war ein beeindruckendes Gebäude. Hohe Mauern, breite, dunkle Klinkersteine, ein prächtiges Schindeldach und eine gewaltige Einfahrt, auf der zwei deutsche schwarze Luxuslimousinen standen. Ich wartete stundenlang in meinem Auto, die Sonne ging langsam auf, und dann trat ein Mann aus der Haustür. Er wirkte pedantisch auf mich, wie er seine Krawatte am Außenspiegel des Wagens richtete und mit einem Taschentuch einen Fleck an der Tür entfernte. Das Tor zur Einfahrt öffnete sich, und ich folgte der Limousine, bis wir ein Krankenhaus erreichten. Es war nicht irgendein Krankenhaus, sondern eine psychiatrische Klinik für Straftäter. Dr. Gerhard Krone war forensischer Psychiater.

Tagelang blieb ich auf seinen Fersen. An einem Abend, nachdem Dr. Krone die Klinik verlassen hatte, fuhr er nicht nach Hause, sondern in ein ärmliches Randgebiet der Stadt. Diese Gegend passte nicht zu seiner schicken und dekadenten Art, was mich umso aufmerksamer machte. Dr. Krone betrat ein großes Wohnhaus und lief in den achten Stock. Durch die Hilfe meines Vaters bemerkte er nicht, dass ich an ihm klebte wie eine Klette. Er öffnete eine Tür und verschwand in einer Wohnung. Ich umrundete das Gebäude auf der Außenveranda, kletterte in schwindelerregender Höhe über Fensterbänke und erhaschte einen Blick in das Wohnzimmer der Wohnung. Dort saß ein Ehepaar, Hand in Hand, auf einem Sofa – doch sie waren seit Jahren tot. Ihre skelettierten Körper waren vertrocknet, und ihre Köpfe wiesen Schusswunden mitten auf der Stirn auf. Dr. Krone beachtete die beiden mumifizierten Leichen nicht. Er sortierte Post, verstellte die Heizung, schaltete den Fernseher ein, duschte in dem Badezimmer der Toten und betätigte die Waschmaschine, ohne Kleidung zu waschen. Offenbar wollte er den Eindruck erwecken, hier würde jemand leben. Zu meinem Glück hatte er diesmal seinen Wagen nicht abgeschlossen – ich bin mir sicher, Gott hatte seine Finger im Spiel. Ich wartete auf seinem Rücksitz und hielt das Messer bereit, das ich in meiner Tasche mitführte. Dr. Krone stieg ein, ohne sich meiner bewusst zu sein. Nachdem er losgefahren war, übernahm ich die Kontrolle. Ich zwang ihn, den Wagen fünfzig Kilometer weit zu fahren, ehe wir an einem verlassenen See hielten. Während der Fahrt gestand er mir, er würde die Rente seiner Eltern abgreifen, nachdem er sie ermordet hatte. Dann versuchte er, mir meine Tat auszureden. Er psychoanalysierte mich und wollte uns Auswege aus dieser Situation verschaffen. Ich ließ mich nicht beirren, schnitt ihm die Kehle durch und versenkte seinen Wagen mitsamt seinem Körper im See. Noch vor dieser Tat war mir eine Zeitschrift auf dem Beifahrersitz aufgefallen. Auf dem Cover war ein weiterer Arzt zu sehen, der mit ausgestrecktem Finger auf den Leser zeigte. Darunter waren die Worte We want You! zu sehen, wie man es von der amerikanischen Figur Uncle Sam kannte, die mit Zylinder, roter Fliege und strengem Blick für das U.S. Militär warb. Mir wurde klar, dass Gott entschieden hatte. Ich löschte das Leben eines Dämons aus, der sich als forensischer Psychiater ausgab, damit ich selbst diese Aufgabe übernehmen konnte. Diese Entscheidung war nur logisch. Aus erster Hand könnte ich dann die Diener des Teufels studieren, analysieren und beseitigen.

Zwölf Semester Medizinstudium, sechs Jahre Fachausbildung und eine Zusatzausbildung in einer forensischen Klinik später hatte ich mein Ziel erreicht.

Ich weiß noch genau, wie ich den Jungen das erste Mal traf. Ein Jugendgericht hatte ein medizinisches Gutachten über ihn angefordert. Die Ermittlungsakte meines Patienten war unfassbar. Über eintausend Seiten zeigten mir Straftaten, die er seit seinem achten Lebensjahr bis zu unserem ersten Treffen begangen hatte. Da das Jugendstrafrecht keine Verurteilungen für Kinder vorsah, die das zwölfte Lebensjahr nicht vollendet hatten, hatten die Behörden bisher nur zusehen und hoffen können, dass dieses Kind sich selbst auslöschte. Doch dazu sollte es nicht kommen. Zwei Tage nach seinem vierzehnten Geburtstag besprühte der Kleine ein Mädchen aus der Nachbarschaft mit Spiritus und zündete es an. Nur das beherzte Eingreifen der umstehenden Zeugen verhinderte Schlimmeres. Das Mädchen würde lebenslang Narben auf seinen Armen tragen, aber immerhin war es am Leben. Es war klar, dass der Bursche früher oder später töten würde. Die Frage war lediglich: Wie viele Opfer würde es geben, ehe man ihn aufhalten konnte?

Der Junge saß in unserer ersten Sitzung vor mir, trank einen Orangensaft und sah mich mit seinen großen funkelnden Augen an. Ich wusste, ich hatte einen der größten Dämonen vor mir, die ich in meiner langen Zeit des Kampfes jemals gesehen hatte. Das Böse war in ihm, ich konnte es riechen und spüren. Meine Aufgabe bestand darin, das Gericht zu bestärken, diesen Jungen für Jahre wegzusperren. Nichts hätte ich lieber getan, und mein Bericht fiel vernichtend aus. Er ist ein Soziopath, der kein Mitgefühl oder irgendeine Art von Empathie empfinden kann. Er ist sich seiner Schuld nicht bewusst und leidet zudem unter paranoider Schizophrenie – bis heute. Auf der Skala der GAF (Global Assessment of Functioning) bewertete ich sein Funktionsniveau mit dem Wert 17 von 100 und sein Werteniveau mit dem Wert 2 von 100, was ihn als ständige Gefahr für die Gesellschaft klassifizierte. Er war sich seiner Taten zwar bewusst, verstand aber die

Tragweite dieser Tragödien nicht – beziehungsweise waren diese ihm einfach egal. Die narzisstische und antisoziale Persönlichkeit dieses Dämons würde das Gericht darin bestärken, ihn für den Rest seines Lebens unter Aufsicht zu behalten.

Nach einer weiteren Sitzung mit dem Jungen fuhr ich nach Hause. Im Autoradio lief eine Werbung mit dem Claim Nutze die Chance! Ich stand im Stau, und wieder und wieder kamen die Worte Nutze die Chance! aus den Lautsprechern. Und dann wurde es mir schlagartig bewusst: Es war Gott, der mir eine neuerliche Botschaft schickte. Es war glasklar! Ich hatte einen Dämon gefangen, in meine forensische Klinik und unter meine Kontrolle gebracht! Nichts würde dem Teufel mehr schaden, als dass ich seine eigenen Soldaten gegen ihn verwendete. Dieser Junge war die ideale Möglichkeit, mich nicht selbst in Gefahr zu begeben. Doch wie konnte ich seine Bösartigkeit nutzen, wenn er hinter Gittern und unter Medikamenten dahinvegetierte? Mir blieb nichts anderes übrig, als ihn zu befreien.

Ich änderte das Gutachten und überzeugte einen Kollegen, meine Ansichten zu bestätigen. Das Gericht ordnete weitergehende Maßnahmen der psychiatrischen Untersuchung an, überließ ihn meiner Obhut. Monatelang kam er in meine Sitzungen, und durch medikamentöse Indoktrinierung und Hypnose gelang es mir, seine schizophrene Seele zu modellieren. Ich eignete ihm ein weiteres Ich an und überzeugte diese Persönlichkeit, mir zu folgen. Ich konnte ihm die irrige Annahme einverleiben, er hätte Gefühle und Empathie.

Eines Tages gingen wir zusammen auf einen Jahrmarkt, und der Junge wünschte sich von mir die Maske eines Harlekins. Es bleibt mir ein Rätsel, warum, aber bis heute fühlt er sich zu Harlekinmasken hingezogen. Vielleicht, weil er sein Gesicht dadurch hinter einer Maske verstecken kann. Weil seine Seele Zuflucht in etwas Andersartigem sucht. Weil der hässliche Teil seines Inneren ein Stück Falschheit braucht, um zu funktionieren.

Im Zuge der Sitzungen hörte ich viel über seine Eltern und verstand schlussendlich, warum Gott mir diesen Dämon in die Arme getrieben hatte. Ich erkannte, wie der arme Junge so bösartig hatte werden können: Sein Vater und seine Mutter hatten ihn – wie schon seine Geschwister davor – misshandelt. Ich fand heraus, was sie getan hatten. Zwei Kinder hatten sie früh verloren. Die Berichte der Krankenhäuser ließen den Schluss zu, ihre Kinder wären in den frühen Monaten ihres Lebens gequält worden. Es gab verheilte Knochenbrüche, infizierte Wunden, Vergiftungserscheinungen, Zeichen der Mangelernährung. Einmal wurden Scherben aus dem Darm eines der Kinder operiert. Beweisen konnte man nie, dass die Eltern dafür verantwortlich waren. Wenn das Jugendamt einschritt, präsentierten sie sich immer von ihrer besten Seite. Irgendwann kam das dritte Kind zur Welt. Wieder wurden sie handgreiflich, doch deutlich vorsichtiger. Sie vermieden bei ihren Quälereien äußerliche Symptome, konzentrierten sich also auf Schlafentzug, Hunger und emotionale Verwahrlosung. Was sie hierdurch mit seiner Seele angestellt hatten und welche Entwicklungsfolgen diese Folter haben würde, bedachten die beiden nicht – und es war ihnen vermutlich auch völlig egal. Sie erschufen das Monster, welches ihnen zum Verhängnis werden würde.

So kam der Tag, an dem die Zeit reif war.

Ich erhöhte die Medikation schrittweise, und in unseren Sitzungen bereitete ich ihn auf die große Tat vor. Ich gab ihm eine Waffe und wies ihn an, zu tun, was getan werden musste.

Er tötete seine Eltern in ihrem Auto. Er schoss vom Rücksitz aus, und ich filmte die Tat, um die anschließende interne Aufarbeitung zu gewährleisten. Während der Tat trug er seine Harlekinmaske, und alles verlief nahezu reibungslos. Wenig später jedoch verfiel der Junge *in eine Art depressiven Stupor, war stundenlang fast regungslos. Außerdem zeigte er kurz nach der Tat eine Katatonie. Dass er schizophren war, wusste ich, doch mit den krampfartigen Muskelzuckungen hatte ich nicht gerechnet. Ich konnte ihn nicht kontrollieren, musste ihn zurücklassen, und er wurde gefasst.*

Das war ein Problem. Da mein erstes Gutachten vor Gericht zu seiner Freilassung geführt hatte, würde man mit der Aufarbeitung des Verbrechens einen anderen Gutachter betrauen. Es war denkbar, dass meine absichtliche Fehlbehandlung zutage kam und ich Gottes Auftrag auf dieser Erde nicht beenden könnte. Ich musste mir etwas einfallen lassen. Ich brachte den leitenden Ermittler, Paul Seller, durch aggressive Hypnose dazu, den Jungen aus dem Gefängnis zu befreien. Und ich sorgte dafür, dass der Dämon des Teufels mit mir das Land verließ. Im Ausland ließ ich ihn chirurgisch verändern. Es ist faszinierend, was man mit Geld alles kaufen kann. Dann passte ich seine Medikation an und hob unsere Sitzungen auf ein anderes Niveau. Die Seele ist ein feines Garn aus Seide.

So begann die Geschichte.

Mein Name lautet Dr. Ricarda Rousch. Der Dämon an meiner Seite heißt

Max konnte den Namen nicht lesen. Die Zeile endete an dieser Stelle abrupt: Ein kreisrundes Brandloch zierte die letzte Seite dieser »Bibel«. Wer war der Junge, den diese Dr. Ricarda Rousch zu einem Werkzeug umfunktioniert hatte? Kein Zweifel, dass er der Harlekin sein musste, der all die Menschen in diesem Hotel getötet hatte. Wieso, wusste Max bereits. Er war an eine Gruppe *Dämonen* geraten. Zumindest würde Dr. Rousch sie so bezeichnen. Menschen, die in dieser Welt Bösartiges getan hatten, die getötet hatten, aus welchen Gründen auch immer. Doch obwohl ihre Taten in Max' Augen vielleicht unverzeihlich waren, waren Nala, Emilia, Hannes, Amy, Linus, Clair, Richard und Elisabeth keine Monster.

Wie konnte sich diese Frau, die auch noch Ärztin war und einen Eid geschworen hatte, anmaßen, Leben auszulöschen? Sie lebten schließlich in einem Rechtsstaat. Hatten Angeklagte nicht mehr das Recht, sich zu verteidigen und einen fairen Prozess zu erhalten? Ihr Tod erweckte die Opfer auch nicht wieder zum Leben. Nein, die Gesellschaft würde um zweihundert Jahre zurückfallen, wenn man zuließe, dass wieder nach dem Prinzip *Auge um Auge* gehandelt würde. Etwa 200 000 Jahre lang gab es die Menschheit nun schon, und erst 199 930 Jahre später war die Todesstrafe in Deutschland abgeschafft worden. Also waren in 99,965 Prozent der Menschheitsgeschichte Menschen zur Strafe durch das Schwert, den Galgen, die Kugel oder andere Gerätschaften getötet worden. Und welche Zeit war die bessere? Die vor Beendigung dieses Irrsinns oder die danach? Und was war, wenn Dr. Rousch sich irrte? Wurde ihr Todesurteil erst einmal vollstreckt, konnte sie es nicht wieder rückgängig machen.

Nein, wie er es auch drehte und wendete, Max war sich sicher, er konnte ihre Beweggründe nicht nachvollziehen oder gar gutheißen. Sich dabei auch noch einzureden, Gott hätte da seine Finger im Spiel, war überhaupt der größte Witz an ihrer Geschichte.

Während er die präparierte Bibel vor sich auf dem Pult anstarrte, erloschen plötzlich alle drei Kerzen auf einmal. Ein Luftzug hatte sie ausgepustet, und jetzt fiel nur noch Licht aus dem Flur in diesen Raum. Und dann verdunkelte sich auch diese Lichtquelle, weil jemand in der Tür stand.

KAPITEL 39

Just als sich Max zur Tür drehte, verschwand der Schatten. Es war niemand mehr zu sehen. War der Harlekin da gewesen? Hatte Max nicht noch die gefletschten Zähne gesehen? Oder war es nur eine Einbildung gewesen, ein inneres Abbild seiner Erwartung, während der Schreck ihm bis ins Mark gefahren war? Für einen ganz kurzen Moment war er erstarrt, doch schon konnte er sich daraus befreien. Er hastete zur Tür und blickte den Flur rauf und runter. Niemand war hier.

»Ich habe etwas gesehen. Oder spinnen jetzt auch meine Augen?«

So schnell konnte sich diese Gestalt nicht davongemacht haben. Max war nur den Bruchteil einer Sekunde später hier gewesen. Zumindest müsste eine der Türen noch im Zufallen sein, aber die übrigen vier und die Doppeltür zum Treppenhaus waren fest verschlossen. Und selbst wenn diese Gestalt flink wie ein Wiesel war, hätte er doch das Zuschlagen einer dieser Türen hören müssen. Hatte er sich tatsächlich nur eingebildet, dass jemand im Türrahmen gestanden hatte? Wenn er jetzt darüber nachdachte, war er sich wirklich nicht mehr sicher. Schließlich hatte er die Person nur aus dem Augenwinkel gesehen. Aber das Licht war kurzzeitig verdunkelt worden. Zumindest was das anging, war er sich einhundert Prozent sicher. Und dann begriff Max, dass er sich tatsächlich geirrt hatte. Eine fette Motte umkreiste eine der Deckenleuchten im Flur. Es war ein riesiges Ding, und bei jeder ihrer Runden um die Lichtquelle verdunkelte sich der Flur kurzzeitig. Hier war niemand. Max war weiterhin allein.

»Du kannst mich mal!«, sagte er und ließ die Tür mit der Aufschrift *B: Ui, ui, supergefährlich!* rechts liegen. Er wählte einfach die Tür *C: Traust du dich?* und drückte die Klinke nach unten. Doch die ließ sich nicht öffnen, war abgeschlossen.

»Verdammt.«

Auch die Tür *D: Ich würde es lieber lassen!* war verschlossen, ebenso wie die letzte Tür am Flurende, die mit dem Schriftzug *Schaust du vor meinen Schwestern in diesen Raum und hältst nicht die Reihenfolge ein, stirbt die liebe Clair grausam und gemein!* beschmiert war.

Er hatte also doch keine Wahl. Er musste die Reihenfolge einhalten und mit der Option *B* vorliebnehmen. Er seufzte genervt und ging ohne Hast wieder zurück.

B: Ui, ui, supergefährlich!

»Fick dich doch«, raunzte Max und drückte die Klinke hinunter.

Sie war nicht verschlossen. Max hatte keinen Schimmer, wie der Harlekin es anstellte, die Türen der Reihe nach aufzuschließen, ohne physische Präsenz zu zeigen. Konnte er durch Wände gehen? Doch diese Frage würde Max später klären – falls es ein Später überhaupt gab. Ihm fiel noch auf, dass die Motte keine Kreise mehr flog, weil sie verschwunden war. Dann betrat er den nächsten Raum.

KAPITEL 40

Dieser Kellerraum unterschied sich vollkommen von dem vorherigen. Es war hier nicht dunkel, sondern eher schummrig. An der Decke hingen bunte Leuchten und Lichterketten, die rhythmisch blinkten und flackerten. Der Fußboden war mit einem Teppich belegt, der den Aufdruck von Straßen, Kreisverkehren, Zebrastreifen, farbigen Gebäuden und Plätzen trug. Max kannte diese Spielteppiche, da er als Kind selbst so einen besessen hatte, auch wenn seiner damals wesentlich kleiner gewesen war als dieser. Die Wände waren komplett verspiegelt, sodass der Raum riesig wirkte. Max sah sich selbst in tausendfacher Wiederholung, da sein Spiegelbild unendlich oft reflektiert wurde. Es wirkte beinahe so, als hätten sich rund um Max Dutzende Warteschlangen formiert, die nur aus ihm selbst bestanden. Linkerhand lag Spielzeug verteilt: Bälle, kleine Autos, Tennisschläger, Kartenspiele, Zauberwürfel, Kreidestifte, Kuscheltiere, Holzeisenbahnen, ferngesteuerte Rennautos, Superheldenfiguren und zahlreiche andere Dinge, die das Herz eines kleinen Jungen erfreut hätten. Die rechte Seite der Spiegelfront war mit roter Farbe beschmiert. Bestimmt hundert Mal wiederholte sich hier eine einzige Zeile.

Vertraue ihr, vertraue Gott!

Klein, groß, quer, vertikal, rückwärts geschrieben, horizontal, dick, dünn, leserlich und unleserlich. Am Kopfende des Zimmers stand ein Schreibtisch, der ebenfalls in ein Kinderzimmer gepasst hätte: weißes Holz, knallrote Griffe und darauf eine Leselampe, die die Form eines Fußballs hatte. Die Tischplatte war leer, bis auf eine einzige Sache: einen Gegenstand, der aussah wie eine Brille. Nur dass diese hier wesentlich größer und klobiger als eine normale Brille wirkte. Sie lag direkt im Lichtkegel der Lampe, sodass Max es als klaren Hinweis verstand, sie aufzusetzen. Sie bestand aus pechschwarzem Material, und da, wo sich die Gläser befinden sollten, war ein großes Element aus dunklem Kunststoff angebracht, das leicht perforiert war, was einen futuristischen Eindruck vermittelte. Um die Brillenfront verlief eine dunkelblaue LED-Leiste, die schummrig pulsierte, als befände sie sich in einer Art Ruhemodus. An den Seiten, direkt an den breiten Bügeln, waren Kopfhörer installiert. Sie bestanden aus einer Art Gelee. Max hatte solch ein Material noch niemals zuvor gesehen. Es war durchsichtig, und bei genauer Betrachtung stellte er fest, dass sich dieses weiche Zeug ganz leicht bewegte. Fast so, als wäre es lebendig. Außerdem nahm er ein leichtes Vibrieren dieses Objekts wahr. Es musste eine Art hypermoderne Virtual-Reality-Brille, kurz VR-Brille, sein.

»Okay, ich soll dich aufsetzen, schon klar. Aber was ist, wenn ich dazu keine Lust habe?«

Max hätte anstatt »keine Lust« wohl eher »zu viel Angst« sagen sollen. Die merkwürdige Vibration der VR-Brille hielt weiter an, als würde sie geduldig warten und sich nicht beirren lassen. Max atmete langsam aus und schloss die Augen. Beinahe hätte er angefangen zu lachen.

»Wo bin ich hier nur reingeraten?«

Bevor er seine Gedanken ordnen konnte, knallte die Tür zum Flur plötzlich zu.

RUMS.

»Was …?«

Max hetzte durch den Raum und wollte sie wieder öffnen. Kurz bevor er sie erreichte, hörte er das Klicken des Schließmechanismus.

»Nein!«

Er hämmerte wie wild gegen die Stahltür, was offensichtlich absolut sinnlos war.

»Lass mich raus! Mach die scheiß Tür auf!«, brüllte er und brach sich fast die Handgelenke beim Schlagen.

Natürlich wurde die Tür nicht geöffnet. Nach wem rief er da überhaupt? Dem Killer mit der Maske? Klar, der würde bestimmt die Tür öffnen, sich für den ganzen Aufstand hier entschuldigen, Max zum Festland bringen und sich ohne Widerstand festnehmen lassen.

Jetzt fiel Max ein Touchpad neben der Tür auf. Es hatte kein Ziffernfeld, sondern Tasten, die aussahen wie … Er konnte sie gar nicht mehr richtig erkennen, weil etwas geschah, das Max' Beunruhigung anwachsen ließ. Die Lichterketten und Leuchten im Zimmer verdunkelten sich. Gerade so weit, dass sie kurz vor dem Erlöschen waren, aber eben nicht ganz. Auf den Spiegelscheiben an allen Raumseiten erschien parallel ein riesiger Timer. Er zeigte fünfzehn Minuten an. Sekundenlang passierte nichts, bis die Zeitangabe auf einmal rückwärts lief.

»Scheiße!«, rief Max panisch und suchte hektisch nach einem Ausweg. Wo sollte er hin? Die einzige Tür war versperrt. Es gab keinen zweiten Ausgang. Max trat gegen einen der Spiegel, hinter dem der Timer weiter herunterlief.

Bam, bam, bam.

Doch damit erreichte er nichts. Die Zeituhr lief weiter. Es war klar, was der Killer von Max wollte. Er sah zur VR-Brille hinüber. Aufsetzen sollte er sie. Und der unheilvolle Timer machte dabei Druck.

»Na schön, du Mistkerl!«

Er ging zurück durch den Raum, blieb vor dem Schreibtisch stehen und setzte das Ding auf.

KAPITEL 41

Zunächst passierte nichts. Max sah nur tiefes Schwarz. Die Brille passte gar nicht richtig auf sein Gesicht: Die Bügel standen zu weit ab, und die Geleekopfhörer hingen unterhalb seiner Ohren. Die Leichtigkeit der VR-Brille überraschte ihn allerdings. Er hatte angenommen, sie sei deutlich schwerer, doch war die Brille leicht wie ein Stück Stoff, ihr Gewicht kaum spürbar. Fast hatte Max Angst, er würde sie kaputt machen.

Plötzlich hörte die Vibration auf. Einen Moment später bewegte sich das ganze Gestell und passte sich in unfassbar schneller Geschwindigkeit seiner Kopfform an. Das Gelee der Kopfhörer drückte sich in seine Ohren. Er versuchte, sich das Ding wieder vom Kopf zu streifen, was ihm aber nicht gelang. Panik stieg in ihm auf, ließ jedoch kurz darauf nach, als Max bemerkte, dass das Gerät ihn offenbar nicht verletzen konnte. Das Gelee war warm, weich und leicht elektrisierend, nicht unangenehm. Die VR-Brille saß plötzlich wie angegossen. So eine Technik hatte Max zuvor noch nicht erlebt. Es musste sich um eine komplett neuartige Hightech-Generation handeln. Ein blaues Licht erschien vor Max' Augen, so ähnlich wie beim Millenium-Falken aus Star Wars, wenn er auf Lichtgeschwindigkeit beschleunigt. Es wurde heller und heller. Und schlagartig befand sich Max in einer anderen Welt.

»Du Monster!«

Das Mädchen kreischt vor Schmerzen. Ich habe sie getroffen.

Geil!

Warum regen sich alle so auf? Ich schaue auf die Spiritusflasche in meiner Hand, rieche das verbrannte Fleisch und bewundere die Flammen, die sich über diese blöde Kuh ausbreiten.

»Aaaahhh, Hilfe, bitte, Hilfe!«, brüllt sie und wirft sich auf den Boden, um sich im Sand zu wälzen.

Ein echt schönes Bild, aber die Nachbarn müssen mir den Spaß natürlich vermasseln. Die dicke Tussi von nebenan ist aufgetaucht, obwohl ich mit meiner Rache noch gar nicht fertig bin. Sie wirft eine Decke auf die blöde Kuh, um die Flammen zu ersticken.

»Lass sie brennen!«, schreie ich und fange mir eine gewaltige Klebe vom Ehemann der dicken Tussi ein.

»Du Tyrann, du Teufel! Das war's für dich, Junge! Dich sperren sie weg!«

Wie auf Kommando kommen meine Eltern aus dem Haus gerannt. Eine ganze Meute von Schaulustigen steht schon herum, um meine Tat zu bestaunen.

»Der Junge muss in die Klapse! Was soll er noch anstellen, bevor ihr tätig werdet?«, schreit eine andere Frau meine Erzeuger an.

Ich reibe mir über meine Wange, damit der Schmerz nachlässt, da haut mir mein Vater eine noch heftigere Ohrfeige auf die andere Seite. Es dauert einen Moment, dann bin ich wieder da. Ich war wohl kurz bewusstlos. Ich klopfe den Sand von meiner Hose und reibe mir die zweite Wange.

Warum regen sich alle so auf?

Wieder erschien das blaue Licht, wie zu einem Szenenwechsel. Max hatte das Gefühl, er würde fallen, und stieß mit der Brille einen Moment später offenbar gegen die Spiegelwand. Er tastete sich durch den Raum und entschied, sich hinzusetzen, bevor er sich noch verletzte. Das blaue Licht verblasste, und er fand sich in der nächsten Szene wieder.

Ich sitze an einem Tisch in einem grellen Raum. Grell, weil die kalten Leuchtstoffröhren an der Decke ein unangenehmes Licht ausstrahlen.

»Weißt du, warum du hier bist?«

Das Gesicht der Frau vor mir erkenne ich nicht. Es ist zu hell.

»Es ist zu hell«, fauche ich.

»Nein, das liegt an deinen Medikamenten. Es ist eine Nebenwirkung.«

Etwas klappert.

»Was soll das?«, will ich wissen.

»Zur Beruhigung.«

»Ich muss nicht beruhigt werden!«

Die Frau sagt: »Du weißt doch, wer ich bin, oder?«

»Meine Beschützerin. Zumindest sagen Sie das immer zu mir.«

»Möchtest du denn nicht beschützt werden?«

»So einen Scheiß brauch ich nicht. Ich kann auf mich aufpassen. Ich bin zwölf.«

»Und du glaubst, du bist damit alt genug, um richtige Entscheidungen zu treffen?«

Ich schnaube. »Ja!«

Die Frau kramt in einer Aktentasche und legt mir Fotos hin. »Was siehst du da?«

Ich beuge mich vor. DIN-A4-große Farbdrucke liegen auf dem Tisch. Direkt neben meinem Orangensaft. Ich trinke einen Schluck.

»Verbranntes Fleisch. Die Arme der dummen Kuh aus dem Nachbarhaus.«

Wieder klappert sie mit den komischen Dingern. Es stört mich nicht mehr. Meine geballten Fäuste entspannen sich.

»Warum hast du sie angegriffen?«, will die Frau wissen.

»Weil ich es konnte. Weil es mir Spaß macht. Weil sie mich genervt hat. Sie sprang andauernd über dieses dämliche Seil. Ich wollte das aber nicht. Also habe ich Papas Spiritus aus der Garage geholt und hab sie leuchten lassen.«

»So, du hast sie leuchten lassen? Nennst du es so, wenn du Menschen anzündest?«

»Ist doch egal, wie ich es nenne.«

Es klappert wieder. Ich bekomme nicht richtig mit, was die Frau sagt. Ich nicke und grinse.

»Du weißt, ich beschütze dich.«

»Ja, ich weiß.«

»Wir haben viel Arbeit vor uns.«

Ich weiß nicht, was ich darauf sagen soll, also schweige ich und trinke einen Schluck Saft.

»Kann ich mehr Saft haben?«

»So viel du möchtest.«

Wieder erschien das blaue Licht, und Max wurde auf einmal schlecht. Er nahm die Perspektive des Jungen so deutlich wahr, als würde er wirklich durch dessen Augen sehen. Er war nicht an diese VR-Brille gewöhnt – beziehungsweise an gar keine VR-Brille. Er hatte schon mal irgendwo gelesen, die Realitätsnähe in Videospielen ließe das Hirn verrücktspielen, da es einem vorgaukelte, genau das zu erleben, was man vor sich sah.

Das blaue Licht wich erneut, und Max driftete in das nächste Kapitel.

»*Deine Eltern haben dich nur gequält*«, verrät sie mir, ehe ich aus ihrem Büro gehe.

»*Warum?*«, will ich wissen.

»*Weil sie, wie du es einst warst, vom Teufel besessen sind. Du weißt es. Du fühlst es. Du sprichst ihre Sprache.*«

Ja, ich spreche ihre Sprache. Aber durch diesen Engel, der die Welt von dem Bösen befreien will, weiß ich nun, wie falsch meine Gedanken sind, auch wenn ich sie niemals abstellen kann. Sie sind jeden Tag da, und ich rieche das Blut, doch kann ich mich nun kontrollieren.

Sie gibt mir nach der Sitzung die Waffe, und ich nehme sie mit. Auch meine Harlekinmaske, die ich auf dem Jahrmarkt bekommen habe, packe ich in meine Tasche.

»*Du musst dem Vater zeigen, dass du den Dämon in dir hinter dir lassen wirst. Dass du die Chance nutzt, die er dir gibt*«, sagt sie mir noch.

Ich will meine Chance nutzen. Ich bin böse, aber nicht dumm. Ich weiß, ich bin kein guter Mensch, und irgendwie weiß ich auch, dass es nicht richtig ist, Menschen zu töten. Genauso wenig wie Tiere zu quälen, zu klauen oder Nachbarsmädchen anzuzünden. Ich fühle nur keinen Unterschied in meinen Entscheidungen. Ob ich die eine oder die andere Richtung einschlage, es ist kein Unterschied für mich. Wenn ich ihr folge und meine dämonischen Fähigkeiten so nutze, wie sie es sagt, hat das zweierlei Auswirkungen: Erstens kann ich meine Loyalität zu Gott zeigen und zweitens trotzdem meinem inneren Trieb nachgeben. Ob nun meinen Eltern oder sonst wem gegenüber.

Jetzt sitze ich auf der Rückbank unseres Wagens.

Ein gelbes Auto.

Meine Eltern sitzen vorne und unterhalten sich. Ich fordere sie auf, dort rechts in den Wald zu fahren, weil ich mal muss. Widerstrebend fährt mein Vater nach rechts, und wir holpern über einen unbefestig-

ten Weg. Ein Kaninchen sprintet über die Straße, bleibt kurz stehen, blickt zu dem Auto und hoppelt dann davon.

»Weiter, ich will nicht, dass jemand guckt.«

Mein Vater weiß, er braucht nicht zu diskutieren. Ich werde nicht nachgeben, bis er weiter gefahren ist.

Der Platz hier ist super.

Ich setze meine Maske auf. Meine Mutter sieht mich fragend, leicht belustigt an. Sie will noch was sagen, dann verschwindet ihr Lächeln plötzlich.

»Ja, eine Waffe«, sage ich.

Ich schieße ihr mitten in die Stirn. Dann schieße ich durch die Kopfstütze und erledige meinen Vater.

Sie sind Dämonen. Teufelswerk.

Ich schieße und schieße und schieße. Das Knallen ist hier drinnen zu laut, also steige ich aus. Ich lade nach, umrunde das Auto und schieße weiter. Dann ist es vorbei.

»Mist, keine Munition mehr.«

Es hat gerade solchen Spaß gemacht. Und als ich meine ermordeten Eltern so ansehe, überkommt es mich. Ich gehe weiter in den Wald hinein, und dort steht sie.

Meine Beschützerin.

Sie trägt eine weiße Maske, lächelt und filmt mich mit der Kamera. Mir gefällt das nicht. Erst hebe ich meine Waffe an. Aber das Magazin ist leer, also senke ich sie wieder. Ich drehe mich von ihr weg und blicke zu dem gelben Auto. Überall Blut, überall Einschusslöcher.

»Nein, oh nein, was habe ich getan?«, rufe ich, sinke auf die Knie und weine.

Wieso? Warum bin ich denn überhaupt hier? Wie konnte ich das tun?

»Mach dir keine Sorgen«, sagt die Frau auf einmal hinter mir. Ihre

Hände liegen auf meinen Schultern, und ich zittere am ganzen Kör-
per. Ich kenne die Stimme, drehe mich also nicht mal um. Ich weiß,
wem sie gehört. Sie ist vertraut, sie leitet mich. Seitdem ich … anders
bin.

»Das war falsch«, meine ich.

»Nein«, meint sie. »Das war sein Wille. Gottes Wille. Kannst du
das verstehen? Unsere Prüfungen sind nicht immer verständlich und
schon gar nicht einfach. Deswegen sind es Prüfungen. Sie schmerzen,
wir wollen sie nicht durchleben. Erst wenn wir sie meistern, sind wir
Seiner würdig.«

Ich habe diese Art von Sätzen oft gehört. Immer und immer wieder.
Ich glaube an sie und glaube an Gott. Bei diesen Gedanken und dem
Glauben spüre auch ich das Feuer in mir. Die Erleichterung und das
entfesselnde Gefühl. Ich weiß, sie hat recht. Sie weiß, was zu tun ist,
und ich folge ihr.

»Komm, mein Schatz. Wir haben viel Arbeit vor uns. Gott hat dich
auserwählt. Nur die wenigsten unter uns Milliarden haben Kontakt
zu ihm. Ich spreche durch ihn, und du hörst.«

Aber ich kann mich nicht bewegen. Meine Eltern – sie sind tot. Für
immer und ewig. Sind das Gefühle, die ich jetzt wahrnehme? Sie hat
mir oft gesagt, ich sei irgendwann fähig, etwas zu fühlen.

»Kommst du?«, fragt sie.

Ich kann nicht antworten. Tränen laufen mir aus den Augen, sam-
meln sich und tropfen auf den Laubboden.

»Hast du deine Medizin genommen?«

Sie wirkt nun etwas forscher, fast sauer.

»Komm! Wir müssen weg.«

Ich glaube, da kommt jemand. Spaziergänger. Sie sind weit weg,
jedoch könnten sie hier vorbeikommen. Früher oder später wird je-
mand kommen. Vielleicht hat jemand die Schüsse gehört.

Sie geht, blickt sich noch einmal zu mir um, dann ist sie weg.
Ich bin allein.

Blaues Licht, dann der nächste Szenenwechsel. Max stand unter
Schock.

Ein Mann. Er heißt Paul Seller. Er hat einen Wachmann nieder-
geschlagen und einen anderen eingesperrt. Ich saß gerade noch in
meiner Zelle, da öffnete sich die Tür. Jetzt laufe ich neben dem
Mann. Er sagt, meine Beschützerin schickt ihn. Ich soll jetzt keine
Angst mehr haben. Auf dem Parkplatz des Gefängnisses steht eine
Frau, die Paul Seller kennt. Sie grüßt, er schießt. Treffer in den
Bauch. Ob sie das überleben kann? Es sieht nicht tödlich aus. Die
Frau liegt auf dem Boden und schreit vor Schmerzen. Ziemlich viel
Blut.
    Cool!
    »Hast du auch den Schuss gehört? Paul, was machst du mit dem
Jungen …«
    Schuss ins Knie. Es ist der Wachposten in dem Häuschen vor dem
Tor zum Gefängnis. Er liegt am Boden, schreit nun ebenfalls. Paul
Seller macht das Tor auf, und ich schaue interessiert zu. Warum er
mich wohl mitnimmt? Kennt er wirklich meine Beschützerin? Ich
habe keine andere Wahl. Also folge ich ihm. Da steht ein Auto, direkt
an der Seite.
    »Rein da!«, befiehlt er, und ich gehorche.
    Ich sitze hinten, er fährt los.
    »Das letzte Mal, als ich hinten saß, habe ich zwei Menschen er-
mordet.«
    Paul Seller blickt verunsichert in den Rückspiegel. »Jetzt bist du frei,
Junge.«

Wir fahren weiter und weiter. In der Ferne sehe ich Blaulichter, die in die andere Richtung fahren. Nach wenigen Minuten biegen wir auf einen öffentlichen Parkplatz ab. Schotterweg, dicke Pfützen in der Mitte, hier und da ein paar Autos. Paul Seller dreht einige Runden, und die Steine knirschen unter den Rädern. Dann öffnet sich die Fahrertür eines schwarzen SUV. Er sieht teuer aus, fast beängstigend. Eine Frau steigt aus. Ich kann ihr Gesicht nicht sehen, da sie eine weiße Maske trägt. Dennoch weiß ich genau, wer sie ist.

Meine Beschützerin.

Sie tritt an das Seitenfenster, klappert mit diesem komischen Ding und flüstert Paul Seller etwas ins Ohr. Er nickt nur und bedeutet mir, auszusteigen. Ich gehorche und stehe nun auf dem Schotterparkplatz. Der Wagen fährt weg, und ich steige in den SUV. Die Frau gibt mir eine Tablette, ich schlucke sie herunter. Wir fahren über zwei Stunden, dann sind wir endlich da. Die Frau führt mich in ein großes Haus, läuft die Treppe neben mir hoch und öffnet eine Tür. Sie sagt, dies sei nun mein Zimmer. Überall Spielzeug, ein weißer Schreibtisch mit roten Griffen, darauf eine Tischlampe in der Form eines Fußballs. Die Wände sind voller Spiegel, und ich mache große Augen. Bisher hatte ich nie ein Zimmer dieser Größe. Jetzt habe ich eins. Dann klappert sie wieder mit diesem Ding, redet mit mir, und ich dämmere weg.

Max verstand die Zusammenhänge nicht. Es ging alles zu schnell, als dass er über das Gesehene hätte nachdenken können. Und die Reise ging schon weiter.

Jahre sind vergangen. Es gab da einen Kriminalbeamten. Sein Name lautete Paul Seller. Er stand kurz vor der Pension, war ein Trinker, aber ein guter Polizist. Sein letzter Fall sollte ihm zum Verhängnis werden. Menschen waren in einem Auto brutal erschossen worden. Der Täter wurde schnell gefasst.

Der Täter bin ich.

Paul Seller war es, der mich aus dem Gefängnis geholt hat. Nicht freiwillig, natürlich nicht. Sie hat ihn dazu gezwungen. Ihn manipuliert und ihn anschließend in eine Falle gelockt, damit er starb. Damit er nicht das Bindeglied werden konnte, um sie und mich zu überführen. Sie sagt, er war ein notwendiges Opfer. Nicht alle Schafe unserer Herde können gerettet werden. Das Kollektiv steht im Vordergrund.

»Tu es, jetzt«, sagt sie.

Ich habe ihre Stimme in meinem Ohr. Nichts Übernatürliches, nur ein Kopfhörer, den man so gut wie nicht sehen kann. Der Mann, den ich umbringen soll, steht neben mir und schaut über die Skyline von Kiel, direkt am Platz der Kieler Matrosen. *Unter uns ein Restaurant, in dem man Nudeln und Pizza bestellen kann. Ich bin schon einmal dort gewesen und habe mit einem kleinen Gerät an einem Tisch gewartet, bis es endlich vibrierte und mir dadurch mitteilte, dass meine Pizza abholbereit war. Jetzt bin ich nicht zum Essen, sondern zum Töten hier. Unten gehen ein paar Menschen ins Kino. Es läuft der neue* James Kolbeck, *aber das interessiert mich jetzt nicht.*

»Alles in Ordnung? Sind wir im Geschäft?«, fragt mich der Mann stirnrunzelnd.

Im Geschäft. *So nennt er es. Was er eigentlich meint, ist, ob ich ihm nun zwei Frauen aus Weißrussland abkaufen möchte, um sie zu vergewaltigen, zu foltern, zu töten, zu ertränken oder was auch immer mir beliebt. Mir gefällt auch, was er sagt. Aber ich kann mittlerweile unterscheiden. Zwischen dem, was richtig, und dem, was nicht richtig ist.*

Ich lächle, packe den Mann am Kragen und werfe ihn über die Brüstung.

Komisch. Er schreit nicht einmal. Sein Blick ist schockiert, ja. Nur kein Schrei. Ich sehe ihm fünf Sekunden lang zu, wie er fällt.

Klatsch.

Blut, schreiende Menschen, Genugtuung.

»Erledigt«, sage ich.

»Ich habe es gesehen«, sagt sie.

»Bist du stolz auf mich?«

»Immer, mein Junge. Komm her. Ich habe eine neue Aufgabe.«

»Hier in Kiel?«

»Nein, ein längeres Unterfangen. Nicht hier.«

Eine Stunde später sitzen wir im Auto, dann in unserer Unterkunft.

»Ein Hotel?«, frage ich.

»Ganz recht.«

»Das hat Gott dir mitgeteilt?«, frage ich.

»Ganz recht.«

»Wie?«

Sie holt eine Zeitung aus dem Koffer auf dem Bett. Sie schlägt die Seite drei auf und reicht sie mir.

»Ich hatte die Eingebung, mir eine Zeitung zu kaufen. Als ich in einem Café saß und diese studierte, stieß mich die Bedienung versehentlich an. Mein Kaffee wurde verschüttet, sog in das Zeitungspapier und ... Sieh selbst.«

Ich schaue es mir an. Der rechte Rand des Papieres ist dunkelbraun. Dann zieht sich die mittlerweile getrocknete Flüssigkeit wie eine dünne Line über den Rest der Zeitung. Die Linie hat eindeutig die Form eines Messers. Das Messer schlitzt einem Mann, der in der Zeitung abgedruckt ist, symbolisch den Hals auf. Das Gesicht des Mannes starrt mich aus der Zeitung heraus an und lächelt.

»Ihn?«, frage ich.

»Offensichtlich, ja. Aber lies weiter. Es ist ein besonderer Auftrag.«

Ich blicke wieder auf die Zeitung und lese die Überschrift und das Vorwort vor.

HotelDiamant *setzt Fuß an der Ostsee. Junger Hotelier eröffnet Luxushotel auf einer kleinen Insel. Jungferntaufe per Auslosung.*

Mein Blick wandert zurück zum Foto, dann zu dem Namen des Mannes.

»Maximilian Ryf.«

Meine Beschützerin nickt.

»Bist du bereit?«, will sie wissen.

Ich grinse. »Immer.«

Max riss sich die VR-Brille vom Kopf und atmete heftig ein und aus.

Ich kann das alles nicht mehr glauben! Warum ich? Was habe ich denn getan? Wer ist diese verdammte Frau, die den Jungen als Mordwaffe benutzt?

Bevor er den nächsten Gedanken fassen konnte, ertönte plötzlich ein schrilles Signal.

Der Countdown. Die letzten Sekunden waren angebrochen, begleitet von Warntönen. Max beobachtete noch die letzten Sekunden des Timers, der auf jeder Spiegelscheibe lief, bis die Zahlen bei 00:00 stehen blieben. Eine Sirene heulte kurz, dann passierte das Unfassbare.

Die Wände bewegten sich!

Ganz langsam, aber sicher rückten die Spiegelscheiben der Seitenwände auf ihn zu. Das Spielzeug wurde mitgeschoben, und es polterte hier und dort. Sofort rannte Max zurück zur Tür, aber sie war weiterhin verriegelt.

Das Touchpad!

Er hatte es ganz vergessen. Es leuchtete nun rot. Zehn Tasten waren zu sehen. Neun waren in einem Quadrat angeordnet und zeigten keine Zahlen, wie man es von Bankautomaten kannte, sondern Tierformen: ein Reh, ein Kaninchen, einen Elefanten, einen Skorpion, einen Hund, einen Vogel, eine Schlange, einen Fisch und einen Löwen.

Was sollte das denn?

Unter diesen merkwürdigen Tasten befand sich noch eine große grün leuchtende zum Bestätigen der Eingabe.

Auf der digitalen Anzeige stand *1 Versuch(e) übrig* geschrieben.

»Das soll wohl ein Witz sein.«

Doch die Spiegelwände machten keine Witze. Der Raum hatte sich bereits um die Hälfte verkleinert, das Spielzeug kullerte in Max' Richtung, und das Ruckeln und Wummern wurde lauter. Viel Zeit blieb ihm nicht mehr.

»Denk nach! Denk nach!«

Was wollte man Max sagen? Welches Tier war die Lösung? Er hatte nur einen Versuch, das zeigte das Tastenfeld ihm deutlich an. Wenn er sich irrte und das falsche Symbol auswählte, würde er zu Brei zerquetscht werden.

»Gibt es eine Reihenfolge, die Sinn macht? Gehört ein Tier hier nicht rein?«

Ein Ball rollte an seinen Füßen vorbei.

»Scheiße!«, fluchte Max und schlug gegen die Tür.

Reh, Kaninchen, Elefant, Skorpion, Hund, Vogel, Schlange, Fisch, Löwe.

Welches davon musste er wählen?

»Ein Raubtier?«, fragte Max sich selbst. Das könnte passen, wenn der Harlekin sich selbst als Raubtier sah. Er jagte schließlich Dämonen.

»Ein Vogel ist aber ebenso ein Raubtier wie ein Löwe oder eine Schlange! Wen willst du verkörpern?«

Nur noch ein Drittel des Raumes war übrig. Max konnte aus den Augenwinkeln sehen, wie die Wände näher kamen.

Dann stoppten sie.

Bloß für einen minimalen Augenblick. Es krachte und knallte laut. Es war der Schreibtisch, der dem Druck einen kurzen Augenblick widerstanden hatte. Holzsplitter schossen durch die Luft und prasselten gegen Max, da sie kaum Platz hatten, zu den Seiten wegzufliegen.

Reh, Kaninchen, Elefant, Skorpion, Hund, Vogel, Schlange, Fisch, Löwe.

»Komm schon! Komm schon!«, schrie er.

Er entschied sich für den Löwen und wusste nicht, wieso. Sein Zeigefinger schwebte schon über der grünen Taste, um seine Eingabe zu bestätigen.

Doch er hielt inne.

Das Glas war noch wenige Zentimeter von seinen Schultern entfernt, und er hörte, wie Spielzeug zerbarst, das sich dazwischen verkantet hatte.

»Da war doch …«, sagte er, dann spürte er schon den Druck an seinen Schultern.

Der Junge im Wald!

Als dieser seine Eltern erschossen hatte, war ein Kaninchen über den Waldweg geflitzt. Hektisch drückte Max auf die Kaninchenfigur und dann auf die Eingabetaste.

Seine Schultern wurden so stark gequetscht, dass es schmerzte, und er drehte sich längs, um einen kleinen Moment mehr Zeit zu gewinnen. Das Touchpad zeigte einen Ladebalken, verschwand dann allerdings schon hinter einer sich bewegenden Wand. Max wusste also nicht, ob er recht behalten würde. Die Spiegelwände waren noch wenige Zentimeter von seinem Oberkörper entfernt, als schlagartig die Tür aufschwang. Mit einem beherzten Sprung rettete sich Max in den Flur, und die Tür zum Raum *B: Ui, ui, supergefährlich!* knallte umgehend hinter ihm zu.

KAPITEL 42

Max saß auf dem Hosenboden und betrachtete die verschlossene Tür. Er war knapp mit seinem Leben davongekommen, aber jetzt deutete nichts darauf hin, dass er soeben einer tödlichen Presse entwischt war. Kein Geräusch, kein Poltern, nichts drang hier in den Flur. Die Motte drehte noch immer oder schon wieder ihre Kreise um eine der Deckenleuchten, und Max schüttelte den Kopf. Bei einer Sache hatte die Frau, die der Harlekin seine *Beschützerin* nannte, recht: Hier war ein Dämon am Werk.

Max richtete sich auf, klopfte sich Holzsplitter von seiner Hose und sah sich die nächsten Türen an. Insgesamt noch drei Stück. *C: Traust du dich?*, *D: Ich würde es lieber lassen!* und die letzte Tür in der Mitte. Er würde es tatsächlich lieber lassen, doch die Perversion dieses Spiels war, dass Max ja überhaupt gar keine Wahl hatte. Er musste die Türen nacheinander öffnen, egal, ob er wollte oder nicht.

»Okay. Tief einatmen, nicht kotzen, cool bleiben, und weiter geht's. Schlimmer kann es ja wohl kaum werden.«

Kaum hatte er diese Worte gesagt, bereute er es, da ihn sein Hotel doch längst eines Besseren belehrt hatte: Natürlich sollte es noch viel schlimmer kommen.

»Nummer 3«, sagte Max und strich sich mit einer Hand durch

sein buschiges Haar. »Mal sehen, was hier für Überraschungen lauern.«

Energisch stieß er die Tür auf, die sich nun ohne Widerstand öffnen ließ, und setzte einen Fuß vor den anderen. Zumindest gab es hier keine Spiegelwände, und die festen Mauern links und rechts konnten sich vermutlich nicht bewegen. In der Mitte stand ein schmuckloser Tisch, auf dem ein Projektor aufgebockt war. Dessen Linse zielte auf die hintere Betonwand, war jedoch nicht eingeschaltet.

Hinter dem Tisch stand ein großes Fass voller Wasser, daneben eine elektronische Waage, ein Plastikbehälter und ein Metalleimer.

»Wird bestimmt lustig«, urteilte er.

An der Decke sah Max wieder Lüftungsrohre. Plötzlich fiel ihm neben dem Beamer eine Fernbedienung auf, und … Was war das? Max ging näher heran. Es war eine ID-Karte. Eine Art Ausweis, der dort auf dem Tisch lag.

International Criminal Police Organization stand in der oberen rechten Ecke des Dokuments. Linksseitig war ein Foto zu sehen, das einen Mann mittleren Alters zeigte. Etwa vierzig bis fünfundvierzig Jahre alt, schwarze kurze Haare, glatt rasiertes Gesicht, braune Augen mit bohrendem Blick, buschige Augenbrauen, kein Lächeln, markantes Kinn, rote Krawatte und weißes Hemd. Die Kleidung war kurz unterhalb seines Halses im Bildausschnitt noch zu erkennen. Das Foto war hinter einem silbernen Wasserzeichen in den Ausweis eingearbeitet. Der Name dieses Mannes lautete *Webber, Marc.*

Max machte große Augen. Marc Webber war der Gast, der nicht aufgetaucht war. Jetzt stellte sich heraus, dieser Mann arbeitete bei einer der einflussreichsten Behörden dieses Kontinents.

INTERPOL.

Warum war er nicht aufgetaucht? Hatte die europäische Behörde, die zur Stärkung der Zusammenarbeit nationaler Polizeibehörden diente, Wind von dieser Frau und ihrem Killer bekommen? Warum hatte Marc dann nicht eingegriffen, um Max' Gästen und Angestellten das Leben zu retten? Wieso war dieses verrückte Duo weiterhin aktiv, um zu morden?

Max richtete seinen Blick auf die Fernbedienung. Er wusste, er würde die Antworten nur erhalten, wenn er sich ansah, was der Projektor präsentierte. Er drückte die Power-Taste, und ein kleines grünes Licht, gefolgt von einem sanften Rauschen, verkündete, dass das Gerät anlief. Auf der hinteren Wand erschien zunächst ein rechteckiges weißes Fenster, dann startete eine Aufnahme.

»Musst du immer alles filmen?«, fragte eine Frau, die mit dem Rücken zur Kamera auf einem Sessel saß und sich über Papierdokumente auf einem Tisch beugte.

Offensichtlich war es die Frau, die Max bereits kennengelernt, aber noch nicht zu Gesicht bekommen hatte. Die *Beschützerin* dieses jungen Mannes, der für sie die Drecksarbeit erledigte. Und auch jetzt wieder war ihr Gesicht nicht zu sehen. Es war dieselbe wacklige Kameraführung – wahrscheinlich per Hand –, die Max zuvor bereits gesehen hatte. In dem Raum, wo Linus' Leben geendet hatte. Dort hatte er mit ansehen müssen, wie Elisabeth in dem Leuchtturm sterbend zurückgelassen und Linus aus eben diesem entführt worden war, um letztlich im Hotel ermordet zu werden.

»Was ist denn los?«, fragte der Mensch hinter der Kamera.

»Wir haben ein Problem. Wir werden verfolgt.«

Die Frau auf dem Sessel nahm einen Zettel hoch und hielt ihn sich näher vor das Gesicht.

»Was meinst du damit, wir werden verfolgt?«, fragte der Filmende.

»Wir sind mit unserem Plan so weit fortgeschritten, wir können jetzt nicht zulassen, von einem Dämonen aufgehalten zu werden.«

Die Kamera umrundete den Tisch und nahm die Dokumente darauf auf. Aber Max konnte nichts Aussagekräftiges erkennen.

»Rede mit mir. Wer verfolgt uns denn?«

»Interpol!«, schnaubte die Frau. »Hast du deine Medizin genommen?«, fragte sie sogleich.

»Ja, keine Sorge. Habe ich. Mir geht's gut. Was soll denn Interpol von uns wollen?«

Gerade als der Unbekannte die Frau filmen wollte, vergrub sie ihr Gesicht in ihren Händen und stöhnte genervt.

»Sie haben einen Agenten geschickt. Ich weiß nicht, wie, aber sie haben uns irgendwie aufs Radar bekommen.«

»Ich dachte, Interpol arbeitet nicht mit Agenten, sondern koordiniert nur die einzelnen Polizeibehörden der jeweiligen Länder.«

Die Kamera drehte sich wieder zum Tisch, und Max hörte die Frau antworten.

»Auf dem Papier, mein Junge. Nur auf dem Papier. Interpol ist ein Sammelbecken von Korruption und undurchsichtigen Geldströmen. Diese Behörde erhält, und das ganz offiziell, finanzielle Mittel von der FIFA. Von der FIFA! Verstehst du das?«

Der Unbekannte fragte: »Aber Gott beschützt uns doch, dachte ich. Diese Agenten können uns nichts, oder?«

»Zweifel nicht an Ihm. Niemals, hörst du? Natürlich beschützt Er uns. Bisher hat Er uns nie im Stich gelassen. Aber diese Behörde, dieses Konglomerat aus Macht, Geldgier, Dämonen und Verrat, ist ein ganz anderes Kaliber als eine örtliche Polizeibehörde. Der Einfluss des Vaters endet dort, wo die Macht des Teufels anfängt. Interpol gehört offensichtlich nicht zu seinem Einflussbereich. Verstehst du das? Lucifer weiß, was wir tun! Er weiß, dass du, ein ehemaliger Dämon aus

seiner Legion, gegen ihn kämpfst. Er ist mächtig sauer, und er will dich und mich aufhalten, mit allen Mitteln und um jeden Preis. Er schickt seinen Asmodäus, eine Ausgeburt seiner Bosheit, um uns aufzuhalten. Wie immer in menschlicher Gestalt. Aber Gott ist da! Erkennst du das? Er hat mir diese Warnung geschickt. Er sorgt dafür, dass wir wissen, was der Teufel plant.«

Die Frau hielt ein Stück Papier vor die Kamera. Darauf war das Bild von Marc Webber zu sehen.

»Er sieht nicht gerade beeindruckend aus«, meinte der junge Mann.

»Das ist immer so. Sah der Mann in Kiel, den du vom Dach geschmissen hast, bösartig oder beeindruckend aus? Sah der Landwirt in Lingen, den du in seiner Scheune verbrannt hast, wie ein Monster aus? Oder die Nonne in Rom, die Familie in Prag und der Lehrer in Paris? Sie alle waren Geschöpfe des Bösen. Eingehüllt in die unschuldige Ummantelung eines Durchschnittsmenschen.«

»Dann schalten wir ihn sofort aus«, schlug er vor.

»Wenn wir das jetzt direkt machen, schickt Lucifer weitere Soldaten. Nein, ich habe eine Idee. Wir lassen ihn nahe herankommen. Interpol hat sich ein Ticket gesichert, um diesen Agenten in dem Hotel übernachten zu lassen. Sie denken, wir wissen nicht, dass er kommt. Du tötest ihn erst, wenn es für Interpol zu spät ist, zu reagieren. Dann haben wir genügend Zeit, um die anderen auszuschalten.«

»Okay, wie gehen wir vor?«

»Wie immer.«

Der Projektor projizierte kurzzeitig wieder das weiße rechteckige Bild an die Betonwand, ehe ein weiteres Video abgespielt wurde.

Regen. Dicke, lange Tropfen klatschten auf den Asphalt, und das wacklige Kamerabild zeigte einen Bus, der in einer Parkbucht am

Bahnhof stand. Der Fahrer unterhielt sich am anderen Ende des Park-platzes mit anderen Busfahrern unter einem Vordach. Sie rauchten und tranken Kaffee aus Pappbechern.

Der Mensch mit der Kamera näherte sich dem Bus von hinten. Dort blieb er längere Zeit stehen. Es passierte nichts. Auf einmal zoomte er näher heran, sodass in einiger Entfernung eine Gestalt zu erkennen war, die mit Schirm und hochgeschlagenem Jackenkragen in Richtung Bahnhof steuerte. Man hörte ein Rascheln und Knacken, dann zeigte die Linse der Videokamera auf den Asphalt. Regenwasser strömte zwischen den Beinen des Unbekannten, dann richtete er das Aufnahmegerät wieder auf und filmte kurzzeitig sein Gesicht. Zu-mindest wäre sein Gesicht zu sehen gewesen, wenn er sich nicht einen orangefarbenen Schal um den Kopf gewickelt hätte. Jetzt platzierte er sein Videogerät offenbar in einer Art Tasche mit Öffnung oder Blick-fenster, sodass weiterhin die Straße vor ihm im Bild war.

Der Mann mit dem Schirm war fast am Bahnhof angekommen. Der Filmende lief zügig auf ihn zu, durch Pfützen und nassen Dreck, sodass man seine klatschenden Fußtritte hörte.

»Hallo, entschuldigen Sie bitte«, sprach der Kameramann den Neu-ankömmling an.

Max erkannte, dass es sich um Marc Webber handelte.

»Ja, was gibt's denn?«, fragte dieser irritiert, etwas verärgert sogar, weil er mitten in diesem scheußlichen Wetter aufgehalten wurde.

Max hatte damit gerechnet, dass der Mann mit der Kamera Marc Webber irgendwohin lotsen wollte. Vielleicht in eine Seiten-gasse, einfach weg vom Bahnhof. Aber dann wurde ihm klar, dass Marc Webber ein Spitzenagent von Interpol war. Dazu ausgebil-det, gefährliche Situationen sofort zu erkennen und unverzüglich zu reagieren. Um solch einen Mann auszuschalten, musste man das Überraschungsmoment auf seine Seite bringen. Zum Beispiel einen Schal ums Gesicht binden, um zu verhindern, dass der Interpol-Agent einen im Bruchteil einer Sekunde als sein Zielobjekt erkannte.

Der Unbekannte stach mit einem Messer zu. Es geschah so plötzlich, dass Max es zunächst gar nicht richtig mitbekam. Die Messerklinge blitzte einen winzigen Moment auf, stach in den Hals des Agenten, nicht mal sehr tief, aber gezielt, und verschwand wieder aus dem Kameraausschnitt. Marc Webber starrte sein Gegenüber sekundenlang an und verstand nicht, was gerade passiert war. Dann brach eine Fontäne aus Blut aus dem kleinen kaum wahrnehmbaren Schnitt an seinem Hals. Der Agent presste eine Hand auf die Wunde, doch Blut sickerte durch seine Finger. So stand er weitere Sekunden da. Starr vor Schock. All das Training, all die Jahre der Ausbildung halfen ihm nicht mehr.

Ein Zipfel des orangefarbenen Schals baumelte ins Bild – offensichtlich hatte der Unbekannte diesen heruntergezogen.

Marc Webber versuchte, etwas zu sagen, aber er brachte keinen Ton hervor.

»Sch, ganz ruhig. Es geht schnell.«

Der Unbekannte packte Marc Webber am Kragen, zog ihn in eine Gasse und schubste ihn hinter einen Müllcontainer, wo er zusammenbrach. Der Kameramann zog ein Handy und ein Portemonnaie aus der Jackentasche des sterbenden Agenten.

»Marc Webber, Interpol«, las er vor, nachdem er sich den Ausweis geangelt hatte.

Die Wunde an Webbers Hals spritzte weiter, und mittlerweile hatte der Regen viel Blut über seine ganze Jacke gespült. Der Anblick wirkte bizarr, hatte Marc Webber doch immer noch seinen aufgeklappten Schirm in der Hand. Er starrte mit aufgerissenen Augen zu seinem Mörder hinauf. Unbeirrt legte dieser ein paar schwarze Müllsäcke, die ringsherum verstreut lagen, auf den Agenten. So viele, dass Marc Webber bald nicht mehr zu sehen war.

»Zurück in die Hölle, Asmodäus. Sag dem Teufel, er wird uns niemals aufhalten.«

Der Mann ließ den sterbenden Agenten zurück und ging zurück zum Bus. Der Fahrer hatte seine Pause beendet, grüßte den Mann, und beide stiegen ein. Dabei goss sich der Busfahrer einen Rest Kaffee aus seinem Becher über sein weißes Hemd und fluchte: »Scheiße!« Kurz war sein Gesicht zu sehen, während er hinterm Steuer Platz nahm.

Max fiel fast aus allen Wolken.

Er konnte den Blick nicht von der Aufzeichnung abwenden, tastete nach der Tischkante, während er weiterhin auf die Projektion an der Wand starrte. Sie endete just in diesem Moment, und zurück blieb nur wieder eine grelle weiße Fläche.

Den Busfahrer kannte Max nur zu gut. Es war der Mann, der sie alle zum Hotel gefahren hatte. Der Busfahrer, der ihn in den letzten Wochen und Monaten fast täglich gefahren hatte. Im ersten Augenblick hatte Max den Bahnhof, den Bus und die Umgebung nicht erkannt, da die wacklige Kameraführung, der Regen und der ungewohnte Blickwinkel ihn getäuscht hatten. Viel erschreckender jedoch war, dass der Mörder von Marc Webber in den Bus eingestiegen war.

»Du warst im Bus? Wie? Wann bist du ausgestiegen? Welcher Tag war das?«

Ihm dämmerte, dass es tatsächlich der Tag der Hoteleröffnung gewesen sein musste. Max erinnerte sich an den Kaffeefleck, den der Fahrer auf dem weißen Hemd gehabt hatte. Er konnte nicht genauer darüber nachdenken, weil zwei Dinge passierten: Als Erstes platzte die Glühbirne unter der Zimmerdecke mit einem lauten Knall, und als Zweites schossen mehrere rote Lichter aus dem übrig gebliebenen Gewinde der Lampe. Max zuckte zusammen und duckte sich. Es waren Strahlen, die ihn an Laser erinnerten. Sie waren wie ein undurchdringliches Hindernis vor ihm aufgetaucht. Wie Gitterstäbe einer Gefängniszelle. Und sie kamen auf ihn zu! Der gesamte Raum war in einem düsteren Rot gehalten, und die einzelnen Lichtstränge waren keine zwanzig Zentimeter voneinander entfernt. Dort, wo sie den Boden erreichten, verkohlte der Beton. Es roch verbrannt. Der Weg zur Ausgangstür war Max also versperrt, denn er konnte zwischen den einzelnen Strahlen nicht hindurchschlüpfen.

Max nahm die ID-Card von Marc Webber und warf sie durch das tödliche Hindernis hindurch. Sie landete zwar auf der anderen Seite, brannte und schmolz aber umgehend.

»O Kacke, Mann.«

Zu allem Übel bewegten sich die Laserstrahlen weiterhin langsam, jedoch stetig in seine Richtung. Max erkannte die schwarzen Brandlinien auf dem Beton. Wenige Zentimeter lang, doch sie wuchsen eindeutig an.

Erst fast zerquetscht, jetzt verbrannt und zerteilt werden?

Er sah sich panisch um.

Das Wasser in dem Fass! Es stand auf seiner Seite der künstlichen Zelle.

Max schnappte sich den Metalleimer, befüllte ihn mit Wasser und warf den Inhalt in Richtung Deckenleuchte, aus dem die Laser herausbrachen. Es zischte und dampfte heftig, aber die roten Strahlen ließen sich nicht auslöschen. Max versuchte es erneut und erneut – immer mit demselben Ergebnis.

»Okay, neuer Plan.«

Er konnte nirgendwohin. Es gab keinen weiteren Ausgang. Die Wände, der Boden und die Decke bestanden aus massivem Beton. Sein Blick fiel wieder auf die Wassertonne, den Plastikbehälter und die Waage. Max drehte den Metalleimer in seiner Hand und sah plötzlich eine feine Linie und einen Aufdruck, die in die Innenseite gestanzt waren.

»Fünf Liter«, murmelte er.

Er stellte den Eimer ab, nahm den Plastikbehälter und sah auch hier eine Kennzeichnung.

»Drei Liter.«

Sein Blick wanderte zu der Waage. Sie hatte ebenfalls einen Aufdruck auf der Wiegefläche.

»Vier Liter.«

Auf ihrem Display stand eine Botschaft, die Max bekannt vorkam: *1 Versuch(e) übrig.*

Die Aufgabe war damit klar. Ein Kanister mit drei Litern Fassungsvermögen, ein Eimer mit fünf Litern Fassungsvermögen. Hieraus sollte er vier Liter Wasser abmessen. Aber wie? Er könnte den Eimer nehmen, drei Liter aus dem Kanister hineinkippen und den letzten Liter schätzen. Aber Max war sich sicher, dass die Waage nur exakt vier Liter akzeptieren würde. Nicht vier Komma eins und auch nicht drei Komma neun Liter.

Die Laser erreichten jetzt den Tisch. Er ging sofort in Flammen auf, und der Projektor fiel aus. Schnell zog Max die Waage, den Eimer und den Kunststoffbehälter weiter nach hinten. Das Wasserfass konnte er nicht bewegen, weil es viel zu schwer war. Sobald er dieses nicht mehr erreichen konnte, war er verloren. Das Fass stand zum Glück etwas hinter dem Tisch, und somit hatte Max noch ein paar Momente Zeit.

»Denk nach. Wie kann ich aus drei und fünf vier machen?«

Sein Blick wanderte zwischen den zwei Gefäßen hin und her. Der brennende Tisch und der Beamer, der in diesem Moment von einem Laserstrahl eingeschmolzen wurde, ließen ihn kaum atmen. Schwarzer Rauch stieg empor, wurde aber von der leistungsstarken Lüftungsanlage zum größten Teil abgesaugt. Der tödliche Laserbogen rückte weiter vor, und der Tisch brach in mehrere Teile auseinander, die alle in Flammen standen.

»Vier Liter, vier Liter.«

Max füllte die drei Liter aus dem Kanister in den Eimer.

»Und jetzt?«

Es fehlte nun der letzte Rest, um auf vier Liter zu kommen. Aber wie konnte er den abmessen? Es gab keine weiteren Kennzeichnungen an dem Kanister, nur die Drei-Liter-Marke.

»Verdammt noch mal!«, fluchte Max und kippte das Wasser aus dem Eimer.

Dann befüllte er den Eimer bis zur Kennzeichnung und sah sich vor der unmöglichen Aufgabe, hiervon vier Liter Wasser in den Drei-Liter-Behälter umzukippen.

»Das ist doch nicht möglich!«

Die Laserstrahlen hatten den Tisch hinter sich gelassen und waren kurz vor dem Wasserfass. Die schwarzen Brandlinien auf dem Beton wirkten so, als würde eine große Klaue eines Monsters Furchen in den Boden kratzen. Max hechtete von links nach rechts, um noch ein Schlupfloch zu finden.

Keine Chance.

Die Abstände waren zu schmal.

Zwei Laser berührten den Rand des Fasses, und das Metall leuchtete an dieser Stelle hellweiß auf. Sie wanderten den Rand hinauf, und da, wo sie auf Wasser trafen, verdampfte dieses sofort.

Dann hatte Max die Lösung plötzlich vor seinen Augen.

Hastig nahm er den Kunststoffkanister und tauchte ihn in den Wassertank, um drei Liter abzufüllen. Er verbrühte sich die Hand, weil die Flüssigkeit schon beinahe am Siedepunkt war. Unverzüglich kippte er die drei Liter in den Metalleimer und wiederholte die Prozedur des Auffüllens.

»Drei Liter im Eimer, drei Liter im Kanister.«

Vorsichtig, um nichts zu verschütten, goss er aus dem Kanister nun Wasser in den Eimer, bis er die Marke von fünf Litern erreicht hatte.

»Fünf Liter im Eimer, ein Liter im Kanister.«

Das Wasser im Metalleimer kippte er aus und schüttete den einen Liter aus dem Plastikkanister in den Eimer.

»Ein Liter im Eimer, nichts im Kanister.«

Zwei Laser hatten sich bereits am Fass hochgearbeitet und strahlten ins Innere. Wasserdampf schoss hervor, und Max konnte die Hitze spüren.

Jetzt oder nie mehr!

Er streifte die Ärmel seines Pullovers bis über die Handgelenke, tauchte den Kanister in das kochende Wasser und taumelte zurück. Die Haut an seinen Fingern hatte Blasen geworfen, und er schrie vor Schmerz. Ohne weitere Verzögerung jagte er zurück zum Eimer.

»Immer noch ein Liter im Eimer, drei im Kanister.«

Wenn er sich nicht geirrt hatte, müsste er so die vier Liter zusammenbekommen. Er goss etwas überschüssiges Wasser aus dem Kanister, bis der Wasserstand exakt bei drei Litern stand. Dann kippte er dieses in den Eimer und betete, dass er recht behalten würde.

Die Laser hatten das Fass hinter sich gelassen. Max würde keine weitere Chance erhalten. Behutsam stellte er den Eimer auf die Waage und hielt den Atem an.

Würde die Waage das Gewicht des Metalleimers akzeptieren? Falls nicht, woran könnte es liegen? War das Wasser überhaupt ganz rein gewesen? Wenn sich Salze oder andere Inhaltsstoffe darin befanden, würde ein Liter nicht gleich ein Kilogramm wiegen. Die Laser rückten näher, waren noch wenige Zentimeter von seinen Füßen entfernt. Max presste sich stramm an die hintere Wand und beobachtete, wie der Metalleimer und der Kanister in Stücke zerteilt wurden.

Unvermittelt gab die Waage ein Geräusch von sich, und das Display zeigte exakt vier Kilogramm an. Augenscheinlich sandte sie ein Signal an die Glühbirne, denn die Laserschranken verschwanden. Der Fußboden mit den kohlschwarzen Rillen dampfte noch ein wenig, das Wasserfass war auseinandergebrochen, und der Rest des Schreibtisches und des Projektors kokelten vor sich hin.

Max hatte es geschafft. Er atmete vorsichtig aus, so als würde eine zu hastige Bewegung oder ein lautes Geräusch dafür sorgen, dass die Tötungsmaschine an der Decke wieder loslegte. Einen kurzen Moment später hastete er los, stellte fest, dass sich die Tür einfach öffnen ließ, und stürmte in den Flur.

»Gott sei Dank«, keuchte er, und Tränen der Erleichterung schossen ihm in die Augen.

Die Gefühle übermannten Max, und er weinte minutenlang, ehe er sich wieder beruhigte. Wie oft er heute dem Tod von der Schippe gesprungen war, vermochte er überhaupt nicht mehr zu zählen.

»Eine noch, Clair. Dann bin ich bei dir.«

KAPITEL 43

D: Ich würde es lieber lassen! stand auf der Tür geschrieben. Max wusste nicht, ob er noch einmal in der Lage war, solch einen Albtraum zu überstehen. Die Spiegelpresse und die tödliche Laserkammer hatten ihn an seine äußersten Grenzen gebracht.

Er drückte die Klinke hinab, und die Stahltür schwang nach außen hin auf. Eiseskälte schlug ihm entgegen, eine Gänsehaut überzog seinen Körper, er konnte seinen Atem sehen. Er war in der Kühlkammer gelandet. Vier Klimaanlagen, zwei links, zwei rechts, mit rotierenden Ventilatoren, hatten die Temperatur auf unter null Grad Celsius fallen lassen. Das zeigte ein Quecksilberthermometer neben der Tür an. Eigentlich war dieser Raum nicht dafür geeignet, so weit heruntergekühlt zu werden.

»Minus vier«, las er ab und rieb sich mit den Händen über seine Arme.

Auf keinen Fall wollte er in dieser Kühlkammer eingesperrt sein. Er nahm das Thermometer von der Wand und verkeilte es mit dem Fuß unter dem Türabsatz. Der Innenraum war komplett mit Edelstahl ausgekleidet. Der Fußboden war mit Frost bedeckt, genau wie die Wände und ein Teil der Decke. Vor den Kühlventilatoren klatschten und flatterten Papierstreifen rhythmisch im Takt. Das gleichmäßige Brummen der Anlagen wirkte beinahe einschläfernd. Links und rechts standen Regale, die mit Lebensmitteln befüllt waren, doch die meisten Flächen waren aktuell leer.

Der Raum war in der Mitte durch Gummilamellen geteilt, die von der Decke herabhingen. Sie waren leicht transparent, aber milchig. Max konnte nicht ausmachen, was sich dahinter befand. Er erkannte etwas Großes wie einen Schrank oder eine Truhe. Vorsichtig näherte er sich, steckte seine Hände durch die Lamellen und drückte sie auseinander.

Max blieb jäh stehen, weil er das Bild vor sich erst einordnen musste. Dort stand eine Art Totenbahre aus kaltem Edelstahl. Darauf lag ein Körper, mit einem Tuch bedeckt, sodass Max das Gesicht nicht sehen konnte. Da, wo sich der Kopf befand, war auf dem schneeweißen Laken gefrorenes Blut zu sehen.

»Clair«, flüsterte er schockiert.

Nein, sie war doch bestimmt in dem letzten Raum. Das hier konnte sie nicht sein. Sie *durfte* es nicht sein. Wenn er auch sie verloren hatte, würde ihn das vollends zerstören. Er musste sich eingestehen, dass seine einzige Hoffnung, alles wiedergutzumachen, darin bestand, Clair zu retten. Schritt für Schritt näherte er sich dem Leichnam. Sollte er wirklich nachsehen, wer darunter verborgen lag?

Zuerst sah Max zur Decke. Lange Neonröhren, die etwas abgedunkelt waren. Verbarg sich hinter einer von ihnen eine weitere tödliche Waffe? Er hatte keine andere Möglichkeit, als es drauf ankommen zu lassen.

Max streckte seine Hand aus und packte das Laken an einer Ecke. Mit einem Ruck riss er es zur Seite und blickte auf einen toten Mann.

Max starrte die Person lange an. Männlich, ungefähr sein Alter, blonde Haare, helle Haut, circa einen Meter achtzig, ein Tattoo am rechten Knöchel, das den Planeten Saturn abbildete. Die Kehle des Mannes war von der einen bis zur anderen Seite komplett aufgeschlitzt. Die Wunde sah fürchterlich brutal aus. Da die Leiche gefroren war, wirkte sie wächsern, blass und steif. Die blauen Augen des Toten waren weit aufgerissen und starrten die Decke an. Sein Mund war halb geöffnet, als würde er noch ein letztes Wort rufen wollen.

Wer war der Mann, den Max vor sich hatte?

»Wer bist du?«

Sein Blick fiel hinter die Totenbahre. Dort lag Kleidung auf dem Boden, säuberlich zusammengefaltet. War es die Kleidung der Leiche? Vermutlich. Max ging um die Bahre herum, bückte sich, nahm die Hose aus dem Stapel. Er tastete und fand, wonach er suchte.

Eine Geldbörse.

»Okay, schauen wir mal nach.«

Max klappte sie auf und warf einen Blick ins Innere. Siebzig Euro an Scheinen und ein paar Centstücke im Kleingeldfach. Ein Organspendeausweis, der noch nicht ausgefüllt war, Quittungen, ein Foto, aber kein Ausweis oder Führerschein. Max zog das Bild heraus und erkannte darauf den Mann, der eine Frau in den Armen hielt, wahrscheinlich seine Freundin oder Ehefrau. Sie standen vor dem Brandenburger Tor und lachten glücklich in die Kamera. Der Mann hielt in seiner Hand ein Stück Papier. Es schien eine Art Vertrag oder etwas Ähnliches zu sein. Max erkannte Unterschriften, Stempelabdrücke und Siegelzeichen. Er hielt das Foto näher an seine Augen und … erstarrte.

HotelDiamant stand in der Kopfzeile des Dokuments.

Max erkannte die Überschrift nicht deutlich, aber das Firmenlogo war unverkennbar. Ein goldenes *H* und ein *D*, die von einem

roten Lorbeerkranz umringt waren. Er drehte das Foto um und
bemerkte eine handschriftliche Notiz.

Ich bin so stolz auf dich! Viel Glück mit deinem ersten
Hotel. Hol dir deine Träume!
Ich liebe dich, Max.
Deine Marie

»Was zum …?«

Da hörte er hinter sich ein Geräusch.

Max drehte sich um.

Dort in der Tür stand eine Frau. Sie lächelte ihn an und
klatschte in die Hände. »Sehr gut, mein Junge, sehr gut!«

KAPITEL 44

»Elisabeth?«, fragte Max fassungslos. »Du bist tot. Ermordet in dem Turm. Ich habe es auf dem Video gesehen. Du lagst vor dem Harlekin! Erstochen!«

Elisabeth Roth stand vor ihm. Erschreckend lebendig.

»Du hast gesehen, was du sehen wolltest, mein Junge. Ich bin nicht tot. Ich würde dich doch niemals alleinlassen. Meine Bewusstlosigkeit war nur vorgetäuscht«, sie deutete auf ihre Platzwunde am Kopf. »Kleiner Stoß gegen eine Kante. Es musste echt aussehen.«

Max verstand nichts mehr.

»Was, zum Teufel, ist hier los?«, verlangte er zu wissen.

Elisabeth hob beschwichtigend ihre Hände. »Ich weiß, es ist jedes Mal schwierig. Aber ich werde dir alles erklären. Du kannst ganz unbesorgt sein.«

»Ganz unbesorgt?«, schrie Max jetzt. »Weißt du, was ich hier gerade durchgemacht habe? Was soll das Ganze? Warum sind wir hier und wer ist dieser Mann auf der Bahre?«

Elisabeth seufzte. »Schon gut. Beruhige dich. Fangen wir ganz von vorne an.«

Sie überlegte kurz und nickte dann entschieden. »Erst einmal etwas ganz Einfaches: meinen Namen. Elisabeth Roth ist nur eine Maske. Du kennst mich unter dem Namen Ricarda Rousch.«

Max schüttelte verwirrt seinen Kopf. »Du bist Ricarda Rousch? Die Frau aus der Bibel in dem ersten Raum? Die Frau aus der VR-Brille, die den Jungen zu ihrem Werkzeug gemacht hat? Die Frau aus dem dritten Raum, die diesen Interpol-Agenten von eben jenem Jungen umbringen hat lassen?«

»Ganz recht. Ja, ich bin exakt diese Person.«

Max hob abwehrend die Hände. »Nein, nein, nein, das ist ein Scherz. Ich glaube dir nicht. Das ergibt doch alles keinen Sinn. Ich verstehe das nicht. Du warst tot!«

Ricarda alias Elisabeth lächelte wieder verständnisvoll. »Hör mir zu, mein Junge. Du hast nur gesehen, was du sehen solltest. Es gab kein Video. Die Szene der Aufzeichnung fand nur in deinem Kopf statt. Du hast meine blutige Kleidung und meinen Körper gesehen, wie er dort im Turm lag. Du hast nicht gesehen, wie ich ermordet wurde, oder?«

Max antwortete nicht.

»Der Mann dort neben dir«, sie deutete auf den Leichnam. »Sein Name lautet Maximilian Ryf. Er war der Hotelmanager dieses Anwesens hier.«

Max verlor beinahe den Verstand. »Das ist eine Lüge!«, schrie er. »Ich bin Maximilian Ryf!«

»Ach ja? Wo hast du Hotelmanagement studiert? Welchen Kommilitonen kennst du beim Namen?«

Max konnte nicht antworten. Nichts fiel ihm dazu ein.

Sie fragte weiter: »In welcher Straße hast du gewohnt, als du studiert hast? Nichts? Keine Ahnung? Wie lautet der Name einer deiner Professoren? Wieder nichts?«

Er konnte nicht atmen. Sein Herz schlug wie wild.

Sie fragte weiter. »Du solltest doch wissen, wie viele Semester du studiert hast. Weißt du es?«

Er konnte nicht antworten. Er wusste es nicht.
Wieder dieses Lächeln auf ihrem Gesicht.
»Du hast den Mann neben dir ermordet, Joris.«

KAPITEL 45

Joris.

Es kamen Erinnerungen zurück. Bruchstücke. Er kannte diesen Namen. Er hatte ihn schon mal gehört. Konnte es wahr sein? Wie war das alles möglich? Bilder tauchten auf. Eine Klinge, ein Schnitt, Maximilian Ryf, der vor ihm verblutete. Die Bilder rasten durch seinen Schädel. Da war die Frau. Seine Beschützerin. Die Angestellten, die wie erstarrt vor dem Hotel standen, während Ricarda Rousch *alias* Elisabeth Roth *mit ihnen sprach. Emilia, Linus, Hannes, Nala, er selbst. Sie alle sahen mit offenen Augen zu ihr herüber. Apathisch und unfähig, sich zu wehren. Sie hypnotisierte sie alle. Formte ihre Gedanken um, damit sie alle Joris, der ab jetzt Max war, so akzeptierten. Schließlich hatten sie alle den echten Maximilian Ryf kennengelernt. Sie mussten glauben, dass Joris nun der* echte *Maximilian Ryf war.*

Ricarda Rousch.

»Er musste sterben. Auch er war ein böser Mensch. Wir müssen Gottes Plan in die Tat umsetzen, mein Junge«, hatte sie ihm ins Ohr geflüstert, nachdem er den Hotelier getötet hatte.

Weitere Bilder. Sie schafften die Leiche in den Keller des Hotels. In die Kühlkammer.

»Denk dran. Morgen kommt der Agent von Interpol. Töte ihn und steig in den Bus. Du bist jetzt Maximilian Ryf«, sagte sie und klapperte mit einem Gegenstand.

Er wurde aus seinen Gedanken gerissen. Er befand sich wieder in der Kühlkammer. Vor ihm diese Frau, die behauptete, Ricarda Rousch zu sein.

Panik und Zorn stiegen in ihm auf. Ohne Vorwarnung stürmte er los. Er wollte sie angreifen, sie ausschalten. Und plötzlich war da wieder dieses Klappern. Er blieb stehen, weil er nicht mehr laufen konnte. Stocksteif stand er da, keine Möglichkeit, sich zu bewegen. Er wollte etwas sagen, aber es kam kein Wort heraus. Tränenflüssigkeit kullerte über sein Gesicht, weil er seinen Körper nicht mehr unter Kontrolle hatte, und seine Zunge war bleischwer.

»Joris, hör zu. Dies ist eine entscheidende Phase, um dein Gehirn nicht zu überfordern.«

Sie hielt eine goldene Kastagnette in der Hand.

Daher immer das Klappern.

»Du bist der Junge, den ich damals kennengelernt habe. Du hast das Mädchen in deiner Nachbarschaft angezündet. Du warst in der Psychiatrie und wurdest von dem Kriminalbeamten Paul Seller herausgeholt. Du hast deine Eltern in dem gelben Auto erschossen. Ich habe diese Tat gefilmt, und ich war es, die dir den rechten Weg gezeigt hat.«

Joris. Ich bin Joris. Sie hat recht. Das ist mein Name.

Sie klapperte wieder mit der Kastagnette, und sein Körper erschlaffte. Er fiel zu Boden und atmete schwer.

Er fragte: »Was ist das für ein Ding?«

Ricarda sagte: »Hypnose, Joris. Manchmal muss ich dich lenken, da habe ich keine Wahl. Ich beherrsche die Kunst der Hypnose. Am besten kann man diesen Geisteszustand durch ein bestimmtes Geräusch hervorrufen. Nicht durch diesen Taschenspielertrick mit der pendelnden Uhr. Nein, ich fixiere den Probanden auf ein

Geräusch und lasse seinen Geist auf die Andersseite gleiten. So nenne ich den Zustand einer Hypnose. Andersseite. Hierbei verbindet sich künstlich erzeugter partieller Schlaf mit einem veränderten Bewusstseinszustand. Die Tranceinduktion gelingt am besten durch die Sinneswahrnehmung des Gehörs. Warum glaubst du, haben deine Kollegen nicht erkannt, dass du nicht Max bist, sondern ein Betrüger? Dass der echte Max tot ist?«

Seine Erinnerungen kamen wieder. Er hasste es, wenn sie dieses Ding gegen ihn verwendete. Er hatte schon zigmal mit angesehen, wie seine Beschützerin einen Menschen auf die Andersseite schickte. So, wie sie ihn selbst damit *behandelt* hatte. Das erste Mal hatte er diese Kastagnette gesehen, als Ricarda in diesem Verhörraum vor ihm gesessen hatte. Als er in die Psychiatrie gekommen war.

»Ich ... Ich bin langsam wieder klar«, faselte Joris.

»Sehr gut, mein Junge. Sehr gut. Du wirst viele Fragen haben. Komm, ich beantworte sie dir alle.«

»Warum das alles hier? Warum musste ich fast sterben, bevor du mich aus der Anderswelt herausgeholt hast?«, fragte Joris empört. »Ich meine, die Presse, die Laser. Ich hätte es fast nicht geschafft.«

Ricarda Rousch schüttelte den Kopf. Aus ihrer Tasche holte sie die orangene Medikamentenbox. »Erkennst du die?«

»Meine Schmerztabletten.«

»Nein. Nein, es sind keine Schmerztabletten. Es sind deine Medikamente. Eine Mischung aus Antipsychotika, Phasenprophylaktika und eine Reihe anderer Substanzen, die deinem Geist helfen. Dein Geist ist zerbrechlich, Joris. Wir haben Jahre gebraucht, um deine dämonische Verstörtheit in den Griff zu bekommen. Nimmst du sie nicht, verfällst du in alte Muster. Du wirst wahnhaft, gefährlich, emotionslos und tötest gute Menschen. Ich habe dir eine

Seele modelliert, indem ich deine Medikation über einen langen Zeitraum angepasst und dich mittels Hypnose behandelt habe.«

Sie breitete ihre Arme aus.

»Du bist in die Rolle von Max Ryf geschlüpft, indem ich dich auf die Andersseite geschickt habe. Um dieses zerbrechliche Konstrukt zu wahren, musstest du deine Medikamentendosis aber natürlich weiternehmen. Ansonsten hält das Gerüst der Anderswelt nicht. Ich habe deinem Gehirn Kopfschmerzempfinden eingeredet. Nur so konnte ich dich dazu bringen, weiter deine Tabletten zu nehmen. Doch du hast sie verloren. Oben auf dem Dachboden, weißt du noch?«

Joris erinnerte sich. »Ja, ich weiß. Als Clair verschwand. Aber warum diese Aufgaben? Ich hätte sterben können.«

Ricarda hob ihre Augenbrauen und schnaubte belustigt. »Aufgaben? Ja? Sieh doch mal nach. Welche Räume meinst du?«

Joris war kurz perplex, setzte sich dann aber in Bewegung. Er verließ die Kühlkammer und stand wieder im Flur. Ungläubig sah er, dass nun keine der Türen mehr beschriftet war. Es standen keine Botschaften darauf.

Hastig rannte er zu dem Raum, in dem ihn vor wenigen Minuten die Laserstrahlen fast verbrannt hätten, und riss die Türe auf.

Der Raum war leer.

Da war kein Beamer, kein Schreibtisch, keine Wassertonne, kein Eimer, keine Waage, kein Kanister.

Entsetzt öffnete Joris die Tür zu dem Raum mit den vielen Spiegeln.

Leer.

Keine VR-Brille, kein Tastenfeld an der Wand. Keine Spiegel, keine Spielsachen.

Er kontrollierte den ersten Raum.

Nur Waschmaschinen und Trockner. Kein Pult, keine Bibel.

»Ich verstehe das nicht«, stammelte er. »Ich habe es doch gesehen.«

Ricarda stand wieder neben ihm und nickte. »Die Hypnose und das gleichzeitige Weglassen deiner Medikamente haben dir einen Streich gespielt. Dein Geist hat versucht, aus der Anderswelt zu entkommen. Es gelang ihm nicht ganz, aber deine echten Erinnerungen kamen zurück: an mich, an unser erstes Treffen, an die ersten Dämonen, die du getötet hast. Du hast sie deutlich visualisiert, in Form von Wahnvorstellungen.«

»Aber deine Geschichte. In dem Freibad. Der Junge, der dich ...«

»Ich hatte sie dir erzählt, Joris. Ich habe dir genau beschrieben, wie Gott mich auserwählt hat.«

Er musste sich übergeben.

»Schon gut, Joris. Alles gut«, tröstete sie ihn und tätschelte seine Schulter, während er sich die Seele aus dem Leib würgte.

»Dann war nichts davon echt? Alles Paranoia?«, fragte Joris und wischte sich mit dem Handrücken den Mund ab.

»Du meinst das Hotel? Die Dämonen hier drin? Doch, das ist echt, mein Junge. Deine Halluzinationen setzten erst vor wenigen Stunden ein. Ich glaube, kurz nachdem du den Leuchtturm verlassen hast.«

Joris erinnerte sich und sprach alles einmal durch: Er war bewusstlos geworden, nachdem er vor dem Harlekin geflüchtet war, und erst in seinem Bett wieder aufgewacht. Dann der alte Fernseher, in dem er gesehen hatte, wie dieser Junge im Wald stand, nachdem er seine Eltern erschossen hatte. Er war der Junge gewesen. Die Leiche von Emilia, die von der Decke baumelte. Sie war nie wirklich dort gewesen, sondern lag weiterhin in ihrem

Zimmer. Und was war mit Linus und diesem Raum, in dem er erstickt worden war?

»Du hast Linus getötet, Joris. Oben im Turm, nachdem er dir wieder geöffnet hatte.«

»Mir?«

»Ja. Wir haben zusammen alle umgebracht.«

Was? Wir?

Dann fiel ihm die wichtigste Frage ein. Aber er wusste die Antwort darauf eigentlich schon. »Ich bin der Harlekin, stimmt's?«

Ricarda zog zunächst die Leuchtpistole, die sie Linus im Turm abgenommen hatte, und dann die Maske des Horrorharlekins unter ihrem Oberteil hervor.

Ein weißes Gesicht, eine schwarz-weiße Zipfelmütze, an dessen Enden kleine Glöckchen hingen, ein breites Maul mit spitzen Zähnen und giftgrünen Augen.

»Ja, du warst von Anfang an der Harlekin. Zwischendurch habe ich die Maske getragen. Warum sonst sollte der Harlekin alle im Hotel, aber nie dich erwischen? Außerdem habe ich dafür gesorgt, dass du ihn dir hin und wieder einbildest, wenn du nicht gerade selbst in der Rolle warst.«

»Wie ist das möglich? Ich meine, der Harlekin war … *Ich* war immer und überall! Wie konnte ich mich hier in diesem Hotel so frei bewegen?«

Seine Gedanken funkten wieder kreuz und quer. Er sah einen Tunnel, einen Spiegel, sein Zimmer, Emilias Zimmer, Gänge und …

»Die Spiegel!«, rief er.

Ricarda lachte. »Ja, richtig. Die Spiegel. Vor etwas mehr als einem Jahr haben wir Maximilian Ryf aufgesucht. Es war nicht leicht, ihn in die Anderswelt zu geleiten. Aber nach wochenlanger und konsequenter Indoktrinierung gelang es mir schließlich. Er folgte meinen Befehlen, brachte seine Frau um, die uns auffliegen lassen wollte, und ließ heimlich ein Tunnelsystem zwischen die Zimmer bauen. Mach dir keine Sorgen. Max und seine Frau Marie wären zu Dämonen geworden. Ich habe es in einem Traum gesehen. Es war besser, sie gleich zu eliminieren.«

Sie schmunzelte wieder und strich über seine Wange.

»Wir haben die einmalige Gelegenheit gehabt, mehr als einen Dämon zu vernichten. Gott hat uns gleich sieben geschickt. Durch das manipulierte Auswahlverfahren konnten wir sie herlocken. Durch die Geheimgänge konnten wir beide überall zugleich sein. Und das Beste ist: Wir können diesen Ort nutzen, um weitere zu vernichten. Verstehst du das? Wir haben die ultimative Waffe erlangt. Wir müssen die Dämonen nicht mehr suchen, sie kommen zu uns!«

Joris kam mehr und mehr in seinem alten Bewusstsein an. Klar erinnerte er sich jetzt an andere Situationen, in denen er aus der Anderswelt zurückgekommen war. Er war wieder Joris, er hatte die Kontrolle, er wusste Bescheid: In allen Räumen, in jedem Hotelzimmer gab es bodentiefe Spiegel. Sie alle waren Pforten, über die er sich zwischen den Wänden bewegen konnte. So war es möglich gewesen, in Gestalt des Harlekin den anderen immer einen Schritt voraus zu sein.

Das Puzzle fügte sich Stück für Stück zu einem Gesamtbild. Nachdem er den Turm verlassen hatte, war er direkt umgekehrt und hatte geklopft. Dann hatte er Linus mit einem Elektroschocker außer Gefecht gesetzt und ihm die Tüte über den Kopf gezogen. Schnörkellos und einfach.

Das Video, das Ricarda alias Elisabeth gezeigt hatte, wie sie sterbend in dem Turm lag, war nur in seiner Anderswelt modelliert gewesen. Ricarda verfügte über so krude Tricks, das kannte er von ihr.

Und Joris wurde noch etwas klar: Als Clair ihn im Bus interviewt und über seine Eltern befragt hatte, hatte er nicht antworten können. Ihm war übel geworden, und sie übergingen diese Frage. Aus dem einfachen Grund, dass Joris nun einmal nicht Max war und sich demnach natürlich nicht an Max' Eltern erinnern konnte. Nicht mal vermeintlich, denn dafür hatten ihm für seine Rolle in der Anderswelt nicht genug Informationen zur Verfügung gestanden.

»Als wir auf der Fähre waren, um die Insel zu erreichen, hast du die Gäste weiter unter Hypnose gehalten. Ich erinnere mich daran, dass du allen die Hand gegeben hast. Ich habe mehrfach dieses Klicken vernommen. Du warst das. Auch hinter den Spiegeln, richtig? Um mich und sie in der Anderswelt zu halten«, fragte er.

»Ja, richtig. Deine Erinnerungen trügen dich nicht.«

Joris' Gedanken überschlugen sich jetzt, sein Gehirn lief wieder auf Hochtouren. Immer mehr Details fielen ihm ein – Dinge, die er nicht als Max, sondern in seiner vertrauten Rolle als Harlekin getan hatte. Der Generalschlüssel mit der roten Kappe. Er selbst hatte ihn auf dem Haufen toter Vögel abgelegt. Er selbst war es gewesen, der Nalas Botschaft, den Ausweis von Michael O'Bryan, an die Rezeption geklebt hatte, als er beim Rennen das Gleichgewicht verloren, gestolpert und gegen sie gefallen war. Der Sturz war nur ein Vorwand, um den Brief dort zu befestigen. Die Fernbedienung der Bombe, die das Rettungsboot zerstört hatte. Er hatte sie betätigt und Richard untergejubelt. Dieser konnte sich nicht mehr wehren und schwieg, weil Ricarda ihn weiterhin unter Hypnose hielt. So wie jeden anderen in diesem Hotel.

»Was war, als ich mit Linus nach Amy gesucht habe? Wir haben zusammen den Harlekin gesehen. In dem Moment konnte ich es ja nicht …«, er unterbrach sich. »Es war Amy selbst, die diese Maske trug, bevor du sie hast sterben lassen? Sie war in der Anderswelt und wusste nicht, was sie tat.«

Ricarda Rousch nickte. »Ja, so konnten wir glaubhaft machen, dass wir nicht hinter allem stecken. Linus hat mit eigenen Augen gesehen, dass du nicht der Mörder sein konntest. Und wir anderen waren unten am Steg. Es kam schließlich langsam der Verdacht auf, dass vielleicht jemand unter uns hinter alldem steckte. Was ja auch der Wahrheit entsprach.« Eine mörderische Freude schwang in ihren Worten mit.

»Wie ist Amy gestorben?«, wollte er wissen.

»Ertrunken in ihrer Badewanne.«

»Sie hat ihre Mitbewohnerin, Kirsten, umgebracht. Damals in dem See in der Nähe des Bowlingcenters. Ich habe den Zeitungsartikel vorgelesen. Sie hat sie ins Wasser geschubst, damit sie ertrank. Warum hat sie das getan?«

»Kannst du dir das nicht denken? Sie schreibt einen Bestseller, danach kommt aber nur noch Prosa?«

Joris fiel es schlagartig ein: »Sie hat das Potenzial von Kirstens Manuskript erkannt. Deswegen wollte Amy sie umbringen, um es selbst veröffentlichen zu können. Ich verstehe. Warum aber die ganzen Botschaften? Wozu das Ganze, wenn wir sie doch alle umbringen?«

Elisabeth deutete auf das Kruzifix um ihren Hals.

»Selbst für einen Dämon kann es Erlösung geben, wenn er seine Taten bereut. Jede Person, auch das Böse selbst, kann ins Reich der Liebe aufsteigen, wenn sie die Wahrheit spricht und dem Schlechten abschwört. Deswegen haben hier alle die Möglichkeit bekommen, ihre Taten zu beichten. Zu gestehen, dass sie den falschen Weg gewählt und dem Teufel vertraut haben. Und Nala hat die

Gelegenheit ergriffen und tatsächlich ihre eigene Boshaftigkeit gestanden.«

Michael O'Bryan. Ihr Vergewaltiger. Sie hat es in dem Zimmer vor allen gestanden.

Joris hatte in dem Zimmer jemanden im Spiegel gesehen, der Nala kurz darauf erschossen hatte. Er war es selbst gewesen.

»Jeder hat vor seinem Ableben die Möglichkeit bekommen, die volle Wahrheit zu sprechen. Ich verstehe«, schloss Joris.

»Ja, so war es. Diejenigen, die diese Option gewählt haben, durften einen schnellen Tod erfahren. Nala wurde durch deine Hand rasch getötet. Die anderen … Nun ja, sie haben ihr Schicksal gewählt.«

Joris konnte sich noch nicht ganz von dem gerade Erlebten lösen. Er fragte: »Richard war nicht wirklich dein Lebenspartner?«

»Um Gottes Willen, nein. Ich bin homosexuell. Auch das habe ich dir erzählt. Keine Sorge. Nimm deine Tabletten, die Anderswelt wird mehr und mehr von dir abfallen. Letztlich kommen deine Erinnerungen immer vollständig zurück.«

Sie hielt ihm die Tablettendose hin. Er nahm sie, warf sich eine ein und nickte. »Ja. Ich werde wieder der Alte. Es bleibt also nur noch Clair, dann haben wir es geschafft, richtig?«

Ricarda nickte.

»Gut, dann bringen wir es hinter uns.«

KAPITEL 46

Ricarda deutete mit dem Zeigefinger auf die hinterste Tür des Flurs.

»Sie ist dort?«, wollte er wissen.

»Ja.«

Umgehend machten sie sich auf zu ihrer letzten Mission. Joris öffnete die Tür, und beide traten ein. Er war froh, dass seine Gedanken wieder in normalen Bahnen verliefen. Keine Überraschungen mehr. Nur die reine Befriedigung, zu töten. Seinen Urtrieb würde er niemals aufgeben können. Gott hatte ihn aber dazu auserwählt, seine Fähigkeiten gegen die Richtigen einzusetzen.

Dieser Kellerraum war der größte von allen. Unter Abdeckplanen standen Möbel, Fernsehgeräte, ein riesiges Weinregal mit den erlesensten Marken, Ersatzmatratzen und Bettzeug, links ein bodentiefer Spiegel – und in der Mitte saß Clair auf einem Stuhl. Hände und Arme waren gefesselt, in ihrem Mund steckte ein Trichter. Auf einem kleinen Beistelltisch neben ihr befand sich eine Dose Erdnüsse. Joris beachtete sie zunächst nicht, sondern ging schnellen Schrittes zu dem Spiegel.

»Wie lässt er sich noch mal öffnen?«, wollte er wissen.

Ricarda sagte: »Von innen per Druck, von außen gibt es einen kleinen Trick. Venezianische Spiegel mit Fingerscanner. Ich habe sehr viel Geld aus meinem Privatvermögen einfließen lassen, damit die *Hotel Diamant* keine Fragen stellt. Drück deinen Daumen in die obere rechte Ecke.«

Joris tat, wie ihm geheißen, und presste seinen Daumen gegen die Scheibe. Es klickte, und der Spiegel schwang ein Stück nach vorne. Joris öffnete ihn komplett und warf einen Blick in den hohlen Gang hinter der Betonwand. Kleine LED-Leuchten an der Decke warfen ausreichend Licht, um sich zurechtzufinden. In der Entfernung konnte Joris schmale Stufen wahrnehmen, die nach oben führten.

»Die Gänge und Treppen sind verwinkelt, aber man kommt überall hin. So konnten wir beide alles im Blick behalten. Du hast Kleidungsstücke verlegt, während die Gäste unter der Dusche waren, hast sie in der Nacht beobachtet, während sie schliefen, und ich war mit euch auf dem Dachboden, als du und Clair Hannes gefunden habt. Wir hatten immer alles im Blick, waren den anderen einen Schritt voraus. Dieses Hotel ist ein Segen«, schloss sie und lachte laut.

Irgendetwas störte Joris, aber er konnte es nicht greifen. Was war es? Er war noch dabei, seine Gedanken in die entsprechenden Schubladen seines Verstandes zu sortieren, während tausend neue Informationen auf ihn einprasselten.

Es wird mir schon noch einfallen.

Ricarda schloss den Spiegel wieder und nickte zu Clair. »Erledigen wir das. Anschließend werden wir beten, damit wir neuerliche Anweisungen erhalten«, sagte sie.

Joris betrachtete Clair. Das Make-up rund um ihre Augen war tränenverschmiert. Mit dem Trichter im Mund konnte sie nur undeutliche Laute von sich geben.

Sein Blick fiel auf die Erdnüsse. »Nüsse? Ich verstehe noch nicht.«

»Versuch es. Deine Erinnerungen sind da.«

Angestrengt überlegte er und schritt dabei im Kreis um Clair herum.

Erdnüsse, Clair, der Bus, der Trichter, Penicillin, Erdnüsse, Erd-
nüsse, Mecklenburg Aktuell, Erdnüsse, Slums in Osteuropa, Penicillin,
eine E-Mail, Daniel, Slums, Daniel, Daniel … Daniel Heidt!

Jetzt wusste er es wieder. Ihm fiel wieder ein, warum Clair hier war.

»Du arbeitest bei Mecklenburg Aktuell. Ja, du bist eine aufstre-
bende Journalistin«, sagte er zu Clair, ohne eine Antwort zu erwarten – wie auch, schließlich hatte sie einen Trichter in ihrem Mund.
»Vor zwei Jahren hast du über Flüchtlingsslums in Osteuropa berichtet. Du hast Fakten gefälscht und Interviews mit Geflüchteten
vorgetäuscht. Deine Tätigkeiten wurden von Lobbyisten unterstützt, die einer konservativen Migrationsbewältigung ablehnend
gegenüberstanden. Du hast dich bestechen lassen.«

Clair schloss die Augen und stöhnte erschöpft. Joris ließ sich
nicht beirren. Die Erinnerungen rasten durch seinen Kopf.

»Einer deiner Kollegen kam dir auf die Schliche. Sein Name war
Daniel Heidt. Er recherchierte und fand heraus, dass du besto-
chen wurdest. Deine Karriere wäre beendet gewesen, wäre er damit zu deinem Vorgesetzten gegangen. Eines Abends, noch bevor
er alle Beweise zusammengetragen hatte, hast du dich in seine
Wohnung geschlichen. Du wusstest, dein Kollege war gegen Penicillin allergisch, und hast eine Wasserflasche damit versetzt. Auf
seinem Laptop hast du eine Nachricht hinterlassen, einen Ab-
schiedstext. Man ging von einem tragischen Selbstmord aus.«

Ricarda nickte zustimmend und führte weiter aus: »Wir haben
herausgefunden, was wirklich geschehen ist, weil ich zur Mutter
des Opfers geführt wurde. Sie hat nie daran geglaubt, dass ihr

Sohn sich selbst gerichtet hat. Aber es gab auch keine Verdächtigen, denn die Unterlagen gegen Clair hatte Clair selbst verschwinden lassen. Kein Verdacht, kein Kläger. Die Polizei musste von Eigenverschulden ausgehen. Doch der Allmächtige führte meine Hand. Und jetzt führt er deine Hand. Clair hätte ihre schreckliche Tat beichten können. Sie hatte in dem Bus die Penicillinverpackung gesehen. Du, Joris, hast sie dort deponiert, als sie eingestiegen war. Sie war ihr Hinweis. Doch Clair tat nichts. Sie schwieg, weil sie sich damit abgefunden hatte, böse zu sein«, schloss sie.

Joris fiel erst jetzt die kleine Medikamententasche an Clairs Handgelenk auf. Jetzt hatte er alle wichtigen Fakten parat. »Sie hat gesagt, sie sei gegen Nüsse allergisch. Deswegen wird sie so sterben, wie Daniel Heidt gestorben ist. An einem anaphylaktischen Schock.«

Ricarda Rousch nickte. »Genau. Los jetzt.«

Irgendwelche winzigen Details waren in Joris' Kopf noch immer nicht ganz sortiert. Etwas ließ ihn nicht los. Aber er kam nicht drauf, was es war. Innerlich war er alarmiert. Dennoch war er sich sicher, dass es nichts mit Clair zu tun hatte.

»Tut mir leid. Du bist ein Dämon, und Dämonen haben nichts auf der Erde verloren«, sagte er.

Joris griff zur Erdnussdose, öffnete diese, packte Clair mit der anderen Hand am Kinn und richtete ihren Kopf auf. Schon wollte er die Nüsse in ihren Hals schütten. Doch genau in diesem Moment passierte das Unvorstellbare. Und während es passierte, wurde Joris klar, was ihn innerlich aufgewühlt hatte.

KAPITEL 47

Als Joris mit Linus zusammen zum Leuchtturm geflüchtet war, während sie die bewusstlose Ricarda alias Elisabeth getragen hatten, hatte er etwas gehört.

Ein Scheppern und einen Schrei.

Zu diesem Zeitpunkt dachte Joris noch, es würde sich um Clair handeln, die vielleicht von dem Harlekin gefoltert wurde. Nur war Clair doch die ganze Zeit hier unten gewesen, nachdem Ricarda und er sie vom Dachboden verschleppt hatten. Sie konnte also nicht geschrien haben. Es war jemand anderes gewesen, der vielleicht eine Scheibe eingeschlagen und vor Schreck gejault hatte. Und dieser Jemand war kein *Er*, sondern eine *Sie* gewesen.

Amy!

Genau die Amy, die nun bewaffnet mit einer breiten Scherbe durch den geöffneten venezianischen Spiegel stürmte. Einen Sekundenbruchteil später rammte Amy das spitze Ende einer Glasscherbe in Ricardas Schläfe, noch während sich diese schockiert zu den Geräuschen umdrehte, die sie hinter sich vernommen hatte. Amy hatte das Ende der Scherbe mit einem Handtuch umwickelt, um sich selbst nicht zu verletzen. Ihr Gesicht und ihre Arme waren allerdings mit Schnitten übersät. Noch bevor Joris weiter darüber nachdenken konnte, was hier eigentlich passierte, riss Amy die Scherbe aus Ricardas Kopf und stürmte auf ihn zu. Sie stach auf ihn ein. Joris wich einen Schritt zurück und strauchelte über den kleinen Tisch, wobei ihm die Erdnüsse aus der Hand fielen. Er landete auf dem Hosenboden und rollte sich blitzartig zur Seite, sodass ihn Amy mit der Scherbe zum Glück nur an der Schulter erwischte. Doch der Schnitt ging tief.

Joris brüllte laut vor Wut und Schmerz, weil sein Geist jetzt erst begriff, dass seine Beschützerin tot war.

Ricarda lag auf dem Bauch, das Gesicht zur Seite gerichtet. Eine riesige Blutlache bildete sich unter ihr. Ihre Augen blickten, entsetzt aufgerissen, ins Nichts.

Ihr Gesichtsausdruck spiegelte die Erkenntnis wider: Gott hatte sie verlassen.

Gott hat uns beide verlassen!

»Du Schlampe«, schrie Joris und hielt sich die stark blutende Schulter.

Er richtete sich auf und wandte sich Amy zu, die daraufhin außer Atem zurückwich.

Doch sie war bewaffnet, er nicht.

Egal! Ich töte sie mit bloßen Händen!

Langsam ging Joris auf sie zu. In einem der Wandregale sah er plötzlich einen Mehrfachstecker. Er packte ihn rasch an seinem langen Kabel und ließ ihn wie einen Morgenstern kreisen. Er musste nur Amys Waffe treffen. Ein gezielter Schlag, und die Scherbe würde zerspringen. Danach konnte er sie in aller Ruhe erwürgen oder erschlagen. Amy konnte ihm körperlich nichts entgegensetzen.

Er drängte sie weiter in eine Ecke des Raums, und angsterfüllt stolperte sie rückwärts. Vorwärts traute sie sich nicht: Ein Fehlversuch, und sie wäre erledigt. Als sie mit ihrem Rücken gegen die Mauer stieß, riss sie voller Furcht die Augen weit auf und blickte wie ein gehetztes Tier von links nach rechts, nur um festzustellen, dass es keinen Ausweg gab.

Sie war gefangen.

»Jetzt bist du erledigt!«, sagte er triumphierend.

Er holte mit dem Mehrfachstecker zum Schlag aus und hörte seine Worte erneut.

»Jetzt bist *du* erledigt!«

Doch kamen diese Worte nicht von ihm, sondern von Clair. Irgendwie musste Amy sie in Sekundenbruchteilen losgeschnitten haben. Mitten in seinem Angriff auf Amy drehte sich Joris um und sah sich dem Lauf der Leuchtpistole gegenüber. Clair drückte ab, und das glühende Geschoss durchschlug sein Auge.

KAPITEL 48

Amy und Clair saßen vor dem Hotel auf den Klippen. Keine der beiden hatte ein Wort gesagt, seitdem sie die Kellerräume verlassen hatten. Zwei Stunden war das nun her. Beide standen so sehr unter Schock, dass sie erst geweint, dann geschwiegen, dann wieder geweint und wieder geschwiegen hatten.

Jetzt endlich, wo das Unwetter sich aufgelöst hatte, die Sonne zwischen den Quellwolken hindurchkam und ihre Gesichter wärmte, ergriff Clair das Wort.

»Ich danke dir.«

Amy schnaubte amüsiert. »Gern geschehen.«

Es vergingen weitere Minuten, ehe Clair fragte: »Wie hast du das geschafft? Ich meine, wie bist du entkommen?«

»Einer der beiden Verrückten hat mich betäubt, in eine Badewanne gelegt und das Wasser aufgedreht. Sie wollten mich ertränken, weil ich … Ich habe auf ähnliche Art und Weise getötet. Es sollte also meine Bestrafung sein, so zu enden. Die Betäubung hat aber früher nachgelassen, und ich konnte mich knapp befreien. Ich war in der Suite im zweiten Stock eingesperrt. Natürlich habe ich nicht gegen die Tür gehämmert, da ich keine Ahnung hatte, wem ich vertrauen konnte und wem nicht. Ich habe mich still verhalten. Aber es kam niemand, und irgendwann habe ich vor Zorn dann mit der Faust gegen diesen dämlichen Spiegel geschlagen. Hab mir fast das Handgelenk gebrochen. Und was ist passiert? Der Spiegel zersplittert, ich falle halb hindurch, hole mir dabei etliche Schnittwunden. Das wäre vielleicht ein beschissenes Ende gewesen.«

Amy schloss die Augen, um das warme Sonnenlicht auf ihrer Haut zu genießen. Dann fuhr sie fort.

»Ich fand mich in einem Labyrinth aus Gängen wieder. Ich bin weitergegangen und habe verstanden, dass diese Gänge die Erklärung waren: Ich konnte zu jedem Raum gelangen, alle Spiegel waren von einer Seite durchsichtig. Als meine Panik nach und nach abklang, habe ich das Gängesystem erkundet. Fitnessraum, Küche, Suiten – ich konnte alles einsehen. Später habe ich Geräusche aus dem Keller gehört und vorsichtig nachgesehen, bewaffnet mit einer Scherbe aus der Suite. In einem der Kellerräume war Max, ich meine Joris. Er ist hin und her gehetzt, wirkte verwirrt, als hätte er Wahnvorstellungen. Irgendwann ist diese Elisabeth aufgetaucht und hat behauptet, ihr beschissener Name sei Ricarda Soundso – Ruth, Rusch oder was weiß ich. Scheißegal. Ich habe beide beobachtet und musste mir die unglaublichste Geschichte anhören, die ich in meinem abgefuckten Leben jemals gehört habe. Die beiden waren so was wie ein Killerpaar. Mutter und Stiefsohn. Und Gott hätte uns alle hergelockt, damit sie uns richten konnten. Nun ja, und dann waren sie bei dir. Der Wichser wollte dich mit den Nüssen killen. Und den Rest kennst du.«

Clair blickte über das Meer. In der Ferne war diffus das Festland zu erkennen. »Zumindest hast du jetzt eine neue Geschichte für dein nächstes Buch«, sagte sie dann.

Wieder schnaubte Amy. Sie stand auf und deutete auf ein Schiff, das sich der Insel näherte. »Schau mal, dort drüben. So ein Mist, dass du die Birne von diesem Idioten grillen musstest. Jetzt haben wir keine Munition mehr für die Leuchtpistole.«

Clair gab keine Antwort, was Amy irgendwie ärgerte. Wollte sie nicht auch langsam mal gerettet werden? Wie sollten sie jetzt auf sich aufmerksam machen? Sie drehte sich zu Clair um, um sie zu fragen. Aber Clair stand bereits dicht hinter ihr und grinste sie auf merkwürdige Art an.

»Alles okay?«, fragte Amy überrascht und endgültig verstimmt, weil Clair sich hinterrücks an sie herangeschlichen hatte.

»Fragst du dich nicht auch, ob da etwas dran ist?«, fragte Clair zurück.

»Wo dran?«

»Na, wie kommt es, dass wir alle hier sind? Ich glaube, ich habe das Spiel gewonnen.«

»Welches Spiel, wovon redest du bitte?«

Noch bevor Amy eine Antwort erhielt, wurde ihr klar, was Clair sagen wollte. Doch es war zu spät. Clair schubste sie kräftig, und Amy stolperte rückwärts über den Absatz der Klippe. Sie fiel mehrere Meter und schlug auf scharfkantigen Felsen auf.

Ihr Genick brach sofort.

Tot.

Game Over!

KAPITEL 49

»Er kommt zu sich«, hörte er eine Stimme aus dem Nirwana. »Nervus olfactorius und Nervus opticus sehen gut aus. Reflexe sind in Ordnung. Ein beeindruckendes Gehirn.«

»Wa... was ... Wo bin ich?«, stotterte er.

»Keine Sorge, es wird dir gleich besser gehen.«

Dunkelheit legte sich wie ein Schatten über seinen Geist, und er dämmerte wieder weg ...

Licht! Grelles Licht, mitten in sein Gesicht.

»Mann, was soll das?«, fragte er.

»Keine Sorge, Joris. Es sind die üblichen Funktionstests. Du kennst das Prozedere.« Es war Dr. Phillip Braun, der sich einen Spaß daraus machte, ihn mit der Lampe zu quälen.

Joris setzte sich in seinem Bett auf und rieb sich den Kopf. »Mir geht's gut, wirklich.«

»Die Firma – also auch du – will dennoch, dass wir nichts dem Zufall überlassen. Du weißt doch sicherlich noch, wie es das letzte Mal ausgegangen ist ...«, schloss Dr. Braun vielsagend und blickte über seine Brille.

Joris grinste. »Natürlich. Die Narbe an meinem Hinterkopf wird mich für immer daran erinnern.«

»Der Zeitungsreporter ist hier. Meinst du, wir können das Interview gleich schon führen?«, fragte er und leuchtete weiter in seine Augen.

»Sicher.«

»Gut«, meinte Phillip. »Dann zieh dich um. Und geh vorher duschen. Du stinkst.«

KAPITEL 50

Joris Wagner knöpfte sein Hemd zu. Er befand sich nun in seinen privaten Räumlichkeiten und blickte erschöpft in den Spiegel über seinem Waschbecken. Er hatte geduscht und sich rasiert. Die reinweiße Einrichtung seines Zimmers blendete ihn beinahe so wie die Lampe von Phillip, da sich seine Augen noch nicht ganz an die Realität gewöhnt hatten. Doch dieses Gefühl war ihm schon geläufig. Unzählige Male hatte er bereits das Spiel gespielt.

Es klopfte an der Tür. »Komm, er wartet«, sagte Phillip.

»Bin schon fertig.«

Joris verließ sein Zimmer, und die Schiebetür schloss sich hinter ihm. Um sein Handgelenk trug er ein Bändchen mit einem QR-Code. Schlüssel gab es hier keine. Der Scanner an seiner Tür erkannte, wenn er sich näherte. Dieses High-Tech-Gebäude erinnerte ihn immer an die Brücke des *Raumschiff Enterprise*. Zusammen schritten sie den weißen, blank polierten Flur entlang. Dabei passierten sie die Zimmer der anderen Teilnehmer. Die Tür von Clair stand offen, die von Richard und Hannes waren geschlossen. Sie hielten jedoch nicht an, um Hallo zu sagen. Ein Wachmann kam ihnen entgegen und grüßte grimmig, die blaue Uniform gebügelt, die Dienstwaffe blitzsauber im Holster.

»Ist Frank nicht gut drauf?«, wollte Joris wissen.

»Es sind wieder Hunderte Demonstranten vor den Toren. Die

Lage ist angespannt, nachdem alles publik wurde. Und sag mir nicht, dass du damit nichts zu tun hast! Ich kenne dich seit zwanzig Jahren.«

Joris beließ es dabei und ging nicht weiter darauf ein. Er wollte sich jetzt nicht mit seinem besten Freund streiten. Sie kamen an eine T-Kreuzung und liefen rechts herum. Frauen und Männer, die gebannt auf ihre iPads starrten und sich Informationen hin- und herschickten, beachteten die beiden gar nicht. Sie erreichten die Mensa und traten durch das futuristische Tor. Zweihundertfünfzig Tische fasste der Raum, und vielleicht ein Dutzend davon war besetzt. Es war mitten in der Nacht, und die meisten Angestellten schliefen, der Rest war an den Arbeitsplätzen. Der Boden war hier ebenfalls blank poliert, und alles war in sterilem Weiß gehalten. Die Tische und Stühle waren ergonomisch geformt. In die Tischplatten und Wände waren Displays integriert, die anzeigten, was heute auf dem Speiseplan stand. Kleine Roboter flitzten herum, brachten Getränke, wischten Dreck weg und räumten Geschirr ab. Sie wurden per GPS ferngesteuert, wie die Saugroboter daheim. Nur ein Teil der Essensausgabe war während der Nachtschicht in Betrieb. Joris wusste mittlerweile, dass sich die Nerds und Superbrains lieber von Chips, Pizza und Cola ernährten anstatt von vernünftigen Nahrungsmitteln.

Phillip und Joris holten sich Kaffee bei einer dürren Frau, die wortlos und müde bediente (sie erschrak, als sie Joris erkannte, und setzte ein falsches Lächeln auf), gingen zu einem Tisch und setzten sich zu dem Mann, der auf sie gewartet hatte. Grauer Anzug, blaue Krawatte, schwarze Brille mit runder Fassung, ein waches Gesicht dahinter.

»Sebastian Krüger, sehr erfreut«, stellte er sich vor, stand auf und gab beiden die Hand.

»Dr. Phillip Braun, und der müde wirkende Mann neben mir heißt Joris Wagner. Geschäftsführer von IA.«

»Hallo. Joris, Geschäftsführer und offensichtlich unfähig, mich selbst vorzustellen«, schloss Joris.

Sebastian Krüger holte ein durchsichtiges Aufnahmegerät aus seinem Aktenkoffer, platzierte dieses auf der Tischplatte und fragte, ob er das Gespräch aufzeichnen dürfe, was beide bejahten.

»Also«, begann der Reporter und schlug die Hände zusammen. »Der Neurologe Dr. Braun und Joris Wagner, der Erfinder. Es ist das erste Mal, dass Sie einem Interview zustimmen. Wir von der BILD sind sehr erfreut, dass uns diese Ehre zuteilwird.«

»Nun ja, nachdem ein Angestellter unsere Betapläne geleakt hat, können wir ja wohl kaum weiter schweigen«, meinte Phillip.

»Manche sagen, es war ein kluger Marketinggag, die Entwürfe ›ungewollt‹ ins Netz zu stellen.« Sebastian Krüger hob seine Finger zu Anführungszeichen, während er sprach.

Joris lachte. »Sorry, zu unserer Marketingstrategie müssen Sie unsere Marketingchefin befragen«, entgegnete er.

Der Reporter grinste breit. »Später vielleicht. Auch wenn ich schwer glauben kann, dass Sie nicht eingeweiht waren. Als CEO der Firma.«

Joris lächelte die Anspielung weg.

»In welchem Stadium befindet sich Ihr Spiel aktuell? Wann kann man mit einer Veröffentlichung rechnen?«

»Aktuell befinden wir uns in der Endphase der Programmierung. Es gibt noch ein paar grafische Aspekte, die durch ein Patchpaket gelöst werden müssen.«

Phillip wusste, was Joris meinte. »Du sprichst von der rückwärts brechenden Welle am Anfang auf der Fähre, oder? Die Grafikpanne ist protokolliert.«

»Ja, meiner Figur und auch Amy war das aufgefallen«, meinte Joris.

»Können Sie diese Grafikproblematik etwas genauer ausführen?«, fragte der Reporter.

Joris nickte Philipp zu, der erklärte: »Es gibt Milliarden von parallel laufenden Grafikberechnungen in jedem Spiel. Da kann es vorkommen, dass Fehlberechnungen sich in Form von Grafikfehlern bemerkbar machen. Da steht dann plötzlich ein Baum auf der Rennstrecke, ein Haus schwebt in der Luft oder der Arm einer Spielfigur ragt durch festen Klinkerstein. Solche Dinge eben. Dafür ist die Testphase da. Wir merzen alle Fehler aus, bevor das Spiel veröffentlicht wird. Wobei ein hundertprozentig fehlerfreies Spiel fast unmöglich ist.«

»Wenn es nach uns geht, können wir diese Phase am Ende des Jahres abgeschlossen haben«, übernahm Joris wieder. »Und abgesehen von den Grafikfehlern, die wir entfernen werden, müssen lediglich das Gesundheitsamt und ein paar andere Behörden noch zustimmen. Hier laufen unabhängige Gutachten, die aber auch bald abgeschlossen sein werden.«

Der Reporter fragte: »Viele Menschen glauben, dass Ihr Spiel, Ihr Killerspiel, eine Gefahr darstellt. Fiktion und Realität verschwimmen in einer nie da gewesenen Form. Kritiker glauben, dass dieses Spiel Psychische Krankheiten und Stress auslösen wird, Folgen, die sich die Gesellschaft noch gar nicht vorstellen kann. Ihre Gegner finden, Ihr Spiel sollte verboten werden. Was sagen Sie dazu? Die ganze kostspielige Entwicklung wäre umsonst gewesen.«

»Dem widerspreche ich vehement. Es ist immer die Angst vor dem Neuen, die die Menschen zweifeln lässt. Sehen Sie«, sagte Joris und lehnte sich zurück. »Als die ersten Computerspiele produziert wurden, hat man diese verteufelt. Als 1993 der Ego-Shooter Doom auf den Markt kam, wurde er gleich von der Bundesprüfstelle für jugendgefährdende Schriften auf die Liste für jugendgefährdende Medien aufgenommen. Man glaubte, dieses Spiel würde Jugendliche verstören und motivieren, Amokläufe zu begehen. Diese negative Behaftung hält sich bis heute. Dreht irgendwo auf der Welt ein Junge oder ein Mädchen durch, greift zur Waffe und schießt um sich, hat man schnell die Videospielindustrie als Verursacher ausgemacht. Die Frage muss lauten: Ist es das Videospiel, das den Amokläufer zum Amoklauf getrieben hat, oder seine psychische Verstörtheit, die er durch eine schreckliche Kindheit aus einem gewalttätigen Elternhaus erfahren musste?«

»Diese Meinung ist durchaus streitbar. Vielleicht war ein Videospiel der letzte Anstoß«, meinte Sebastian Krüger.

»Es hätte genauso gut jeglicher negative Umstand im Leben des Geisteskranken sein können. Die unfreundliche Verkäuferin, der Tod des Großvaters, eine Nichtigkeit im Straßenverkehr. Ich weiß nicht, haben die Terroristen des Islamischen Staates oder der Hamas jemals Videospiele gespielt, bevor sie sich in die Luft gesprengt haben? Man sollte nicht einfach wild um sich schlagen, nur weil man einen Schuldigen braucht«, antwortete Joris.

Der Reporter nickte. »Bewaffnetes Personal, täglich Hunderte Demonstranten. Was sagen Sie denen? Sind deren Sorgen absolut unbegründet?«

»Ich will zuerst klarstellen, dass es zwischen *Demonstranten* und *Radikalen* einen Unterschied gibt. Ob man friedlich demonstriert oder, wie schon geschehen, sich mit Gewalt Zutritt zu unserer Entwicklungsfirma verschafft, sind zwei völlig unterschiedliche

Dinge. Ich kann den friedlichen Demonstranten nur versichern, dass sie keine Befürchtungen haben müssen und wir alles transparent machen und veröffentlichen. Den Rest ignorieren wir.«

Der Reporter fuhr fort: »IA – Intelligence Develope ist eine Firma, die in der Spielebranche Maßstäbe gesetzt hat. Virtual-Reality-Brillen waren gestern. Sie haben mithilfe von Nanotechnologie Kontaktlinsen hergestellt, um den Spieler auf Ihrer Konsole namens Blackfeel in neue Dimensionen vordringen zu lassen. Der brillante Neurowissenschaftler Dr. Phillip Braun war als Ihr Freund stets an Ihrer Seite. Nun haben Sie ein weiteres Feld der Unmöglichkeiten erschlossen: Sie lassen den Spieler nicht mehr nur an einem Spiel teilnehmen, sondern lassen das Spiel auf die Spieler eingehen. Das zusammen mit einer KI. Was genau haben Sie hier entwickelt?«

»Unsere KI ist die beste, die es auf diesem Planeten gibt. Sie lernt ununterbrochen, und sie ist dabei nahezu menschlich.«

»Sie ist menschlich?«

»Sie heißt Amanda. Bitte verstehen Sie, dass wir über Amanda nicht viel verraten werden. Sie ist das Coca-Cola-Rezept meines Unternehmens. Entwickelt, um Milliarden Berechnungen, die so ein Spiel benötigt, in wenigen Millisekunden durchzuführen. Mehr möchte ich über sie nicht sagen.«

»Wie kommuniziert man denn mit Amanda? Das dürfen Sie doch beantworten, oder?«

Phillip zuckte mit den Schulten, und Joris überlegte kurz.

»Amanda. Stell dich vor.«

Aus der Decke blitzten zwei blaue Lichtstrahlen auf, die das Bild einer Schwarzen Frau in die Luft projizierten.

»Hallo, Herr Krüger. Mein Name ist Amanda. Ich weiß, Sie haben sicher viele Fragen. Allerdings bin ich ganz der Meinung von Joris: Betriebsgeheimnisse sind Betriebsgeheimnisse. Und ich bin ein riesiges Geheimnis.«

Der Reporter war auf dem Stuhl zurückgerutscht und staunte. »Unglaublich! Unglaublich. Du redest wie ein Mensch.«

Amanda lächelte. »Nun, ich wurde so erschaffen. Es ist meine Aufgabe, mit Menschen zu reden. Auch wenn die Gespräche manchmal langweilig sind.« Sie zwinkerte Phillip zu.

»Ha, witzig«, meinte dieser und wischte mit der Hand durch die Luft.

Amanda verschwand.

»Sie ist weg«, meinte der Reporter.

»Sie ist nie weg. Sie ist hier schließlich zu Hause«, meinte Joris. »Genug von Amanda. Mehr bekommen Sie nicht zu sehen. Das meine ich ernst.«

Sebastian Krüger wirkte enttäuscht, aber auch wahnsinnig beeindruckt. »Okay. Ich verstehe. Und Blackfeel selbst? Wie läuft das Prozedere ab? Was muss man tun, um am Spiel teilzunehmen?«, wollte der Reporter wissen.

»Ich zeige es Ihnen«, sagte Joris.

KAPITEL 51

Sebastian Krüger war aufgeregt wie ein kleines Kind, als sie mit ihm ins Innerste von IA vordrangen. Er wollte am liebsten jeden Raum sehen und Fotos machen, aber Joris blieb hart. Keine Fotos der Entwicklungszentren, da die Gehirnstränge seiner Firma ansonsten in einer Zeitung abgedruckt werden würden. Nur Tonaufnahmen, mehr nicht. Kein Besuch im Rechenraum von Amanda. Die Tür zu einem großen Komplex öffnete sich, als Joris sich ihr näherte. Die Barcodes waren Phillips Idee gewesen und wie all seine Ideen brillant. Die drei wandten sich nach links, und eine weitere Tür glitt surrend zur Seite.

»Wow!«, hauchte der Reporter, als er das Herzstück der Firma sah.

Vor ihnen standen fünfzehn gläserne Kammern, *Spielsärge*, wie seine Angestellten sie nannten, kreisförmig angeordnet um einen Supercomputer, der die Form einer drei Meter hohen Säule hatte.

»Wow«, wiederholte er. »Das ist sie also? Die *Blackfeel 5*. Gesteuert durch die KI. Amanda.«

»Richtig. Unsere neueste Innovation in der Gaming-Welt«, meinte Phillip.

Der Reporter umrundete die leeren Kammern und warf überall einen Blick rein. Joris sah ihm seine Enttäuschung an, keine Fotos machen zu dürfen.

»Wie funktioniert sie?«

Joris übergab das Wort Dr. Braun.

»Nun, durch diesen Quantencomputer in der Mitte, unser leistungsstärkstes Modell, sowie Amanda sind wir in der Lage, eine Welt zu kreieren, die der Realität in nichts nachsteht. Die entscheidende Frage war, wie wir diese Welt in die Köpfe der Spieler bekommen. Das funktioniert durch eine elektronische Stimulierung des Stammhirns und des Hippocampus. Damit können wir unsere Probanden in die neue Welt eintauchen lassen. Sozusagen ein Upgrade für das Gehirn.«

»Sie sprechen von einem chirurgischen Eingriff in den Geist des Menschen?«

»Weniger in den Geist, wohl aber in den Körper, ja. Minimalinvasiv und völlig schmerzfrei. Das ist nichts Neues. Ein Chip, nicht größer als ein Sandkorn, wird direkt ins Rückenmark integriert. Durch Nanomaschinen, die sogenannten Nanobots, die in den Chip integriert sind, haben wir Zugriff auf das zentrale Nervensystem und somit auf das Gehirn des Menschen«, sagte Phillip.

»Klingt gruselig. Kritiker würden jetzt sagen, Ihre Firma könnte Menschen dadurch zu willigen Sklaven machen. Sie einer KI aussetzen, die den Menschen vollständig kontrollieren könnte.«

Joris schüttelte den Kopf. »Die drei Robotergesetze: Erstens, ein Roboter darf kein menschliches Wesen verletzen oder durch Untätigkeit zulassen, dass einem menschlichen Wesen Schaden zugefügt wird. Zweitens, ein Roboter muss den Befehlen eines Menschen gehorchen, es sei denn, ein solcher Befehl würde mit Regel eins kollidieren. Und drittens, ein Roboter muss seine Existenz schützen, solange dieser Schutz nicht mit Regel eins oder zwei kollidiert. So ist auch Amanda erschaffen. Sie kann diese Regeln niemals brechen. Und Nanobots sind nichts anderes als Roboter. Sie sind so programmiert, dass sie dem Menschen nichts antun können. Wenn der Mensch möchte, dass sie absterben und seinen Körper auf natürlichem Wege verlassen, tun sie das. Sie werden abgebaut und ausgeschieden. So wie es der eigene Körper mit jedem Fremdkörper macht. Wir können niemals Zugriff auf unsere Spieler haben, wenn sie dies nicht explizit wollen. Und Zugriff bekommen wir nur über Blackfeel 5.«

Er deutete auf die Anlage neben sich.

Sebastian Krüger sah sich wieder eine der Boxen an, die für menschliche Körper gemacht waren.

»Wie viel Zeit benötigt man für das Spiel? Ich meine, nicht jeder hat drei Tage lang Zeit, um zu spielen. Kann man das Ganze unterbrechen?«

»Die Zeit, wie sie sich in den Köpfen der Spieler abspielt, verläuft wesentlich schneller als in der Realität. Sechs Stunden Spielzeit in unserer Welt bedeuten drei Tage in der Blackfeel 5. Dennoch, man kann unterbrechen, ja. Die Pausen müssen vor Spielbeginn festgelegt werden«, sagte Phillip. »Will man aber doch eher unterbrechen oder abbrechen, bemerken die Nanobots das. Die Kontrolle des Menschen geht nie verloren.«

»Wie funktioniert das konkret? Man legt sich rein und dann?«

Phillip berichtete. »Über ein energetisches Feld erhält Amanda Kontrolle über die Nanobots. Der Quantencomputer generiert die Welt, die unser Entwicklungsteam entwirft, in den Köpfen der Menschen. Damit Realität und Fiktion nicht interagieren und sich im Weg stehen, wird der Spieler in dieser Kammer in eine Art Schlaf versetzt. Ansonsten könnte das Gehirn die zwei Welten, das Hier und das Dort, nicht auseinanderhalten. Das würde Komplikationen nach sich ziehen.«

»Wie meinen Sie das, eine *Art Schlaf*?«

Phillip deutete auf einen Punkt in der Kammer.

»Über einen venösen Zugang leiten wir ein Mittel in den Körper des Spielers, der jene Hirnfunktionen zurückfährt, die nicht für das Spiel benötigt werden. Völlig risikofrei, wie auch das Gesundheitsamt und eintausend führende Wissenschaftler und Ärzte bestätigt haben. Zugegeben, wir arbeiten an einer eleganteren Lösung. Unsere Tests sind vielversprechend, und demnächst wird es uns gelingen, durch Schallstimulation die Spieler völlig frei von Narkosemitteln in die Spielewelt eintauchen zu lassen. Auch das verdanken wir Amanda.«

»Dennoch gab es Probleme, richtig?«, fragte der Reporter.

Joris nickte. »Deswegen war ich höchstpersönlich der Erste, der Blackfeel 5 getestet hat. Aber ja, zu einer gesunden Unternehmenskultur gehört auch, Fehler zu erkennen, einzugestehen und zu beseitigen.«

»Berichten Sie davon. Was ist passiert?«

Joris lächelte verlegen. »Unser Gehirn ist ein hochkomplexes und empfindliches Organ. Bei kleinsten Veränderungen sind wir schon nicht mehr wir selbst. Als wir die ersten Tests durchgeführt haben, habe ich kurzzeitig mein Gedächtnis verloren. Es ist alles wieder gut, und es gab zum Glück keine bleibenden Schäden. Der Vorfall ist gutachterlich vom medizinischen Dienst aufgenommen worden und liegt der Gesundheitsbehörde vor. Diese Form des Risikos ist zu einhundert Prozent eliminiert.«

Phillip lachte. »Joris hat gedacht, er sei in einem Krankenhaus und man würde auf ihn schießen. Er ist durch das ganze Haus gerannt. Dann glaubte er, wir hätten seine Familie auf dem Gewissen. Letztlich ist er vom Balkon gesprungen. Gut, dass wir im ersten Stock waren.«

Joris fasste an seine Narbe am Hinterkopf. Sebastian Krüger wirkte fassungslos angesichts ihrer Ehrlichkeit.

»Sie wundern sich, warum wir von diesen eklatanten Rückschlägen sprechen, was?«, fragte Joris.

»Wenn ich ehrlich bin, ja. Aber es freut mich, dass Sie bereitwillig Auskunft geben.«

»Sehen Sie, wir haben den Beweis erbracht, dass diese Fiktion machbar ist. Dass Spieler in eine völlig neue Welt eintauchen können. Und nehmen Sie die weiteren Möglichkeiten: Das Militär kann seine Soldaten Kampferfahrung sammeln lassen, ohne sie in den Krieg zu schicken. Fahrschüler können ihre Fahrprüfung in der Blackfeel 5 machen, Ärzte können risikoreiche Operationen testen, ohne Patienten zu gefährden. Die Möglichkeiten sind unendlich. Der Stein rollt, und niemand wird ihn ernsthaft aufhalten können. Auch wenn es Rückschläge gab.«

Der Reporter nickte. »Ich verstehe, und vermutlich haben Sie recht. Aufzuhalten ist diese Form der Technologie vermutlich nicht mehr. Allerdings sind wir da schon bei meiner nächsten Frage: Der Quantencomputer ist ziemlich groß. Für die Spieler zu Hause ist eine Anschaffung räumlich wie finanziell kaum machbar. Wie soll das also funktionieren? Wird außerdem jeder eine Amanda zu Hause haben?«

»Gute Frage. Wir werden Blackfeel 5 zunächst in unseren Spielezentren anbieten. Amanda ist vorerst nur zur technischen Implementierung dabei. Später wird eine kleine Variante von Amanda in die Konsolen eingebaut. Also ja. Der Computer und Amanda können somit später zu Hause alleine agieren. Es wird also eine voll entwickelte und marktführende KI dabei sein, wenn man Blackfeel 5 kauft. Unsere Forschungsabteilung arbeitet mit Hochdruck an einer kleinen Version. Die NASA hatte in den Sechzigern einen Supercomputer von IBM, der einen Raum ausfüllte. Der war nicht leistungsfähiger als ein normaler Autoschlüssel oder eine Chipkarte. Ein paar Jahre später brachte Apple den Macintosh Computer für daheim auf den Markt. Und wenige Jahre danach gab es Computer von anderen Herstellern für daheim. Noch rasanter ging es dann mit den Handys in unseren Taschen. Neunzehnhundertneunzig hatte jeder hundertdreißigste Mensch ein Handy. Heute hat jeder im Schnitt eins Komma vier Handys. Was glauben Sie, wie lange werden wir brauchen, um den nächsten Schritt zu machen? Der technologische Fortschritt ist nicht aufzuhalten«, erklärte Joris.

»Erzählen Sie mir mehr von den Kammern, diesen Spielsärgen.«

»Das ist ziemlich einfach. Mit dem Tastenfeld«, Joris drückte auf einen breiten Touchscreen am Rande der Kammer, »lässt sich der Sarg öffnen.«

Die obere Abdeckung klappte fast lautlos auf. Nun war die Sicht auf die gepolsterte Liegefläche gut zu erkennen. Wie alle Black-Konsolen war auch diese in einem hellen Gelb gehalten. Bis heute machte es Phillip wahnsinnig, dass Joris die Blackfeels hatte in Gelb statt in Schwarz entwerfen lassen, wie es der Name logisch vorgegeben hätte.

»Nun nimmt der Spieler darin Platz, ein kompetenter Mitarbeiter oder eine Mitarbeiterin legt ihm den Zugang für das Anästhetikum. Wie bereits erwähnt, wird die zukünftige Generation auf diese Form von Narkose verzichten. Es ist nur eine vorübergehende Funktion. Die Kammer schließt sich, unser Quantencomputer und Amanda stellen eine Verbindung zu den Nanobots in den Körpern der Spieler her, und los geht's«, schloss Phillip.

Sebastian Krüger fragte: »Also, zunächst mal die Nanobots im Rückenmark, eine KI, die einen lenkt und sich die Kontrolle der

Gedanken aneignet, dann die Narkose. Sie verlangen eine Menge Vertrauen von den Spielern. Muten ihnen viel zu.«

Phillip nickte. »Der Eingriff für die Nanobots wird vor Ort durchgeführt, dauert etwa fünfundzwanzig Sekunden und hinterlässt keine Spuren oder gar Narben. Nanobots werden bereits in der Medizin verwendet, sodass in naher Zukunft nach unseren Prognosen achtzig Prozent der Weltbevölkerung diese in sich haben werden. Die Nanobots, die in unseren Spielezentren verwendet werden, deaktivieren sich direkt nach dem Spiel und werden auf natürlichem Wege ausgeschieden. Man muss sie also jedes Mal neu einpflanzen. So viel zu den Kritikern, die glauben, wir wollen unsere Spieler zu Werkzeugen ohne Verstand machen. Die Narkose werden wir in wenigen Monaten völlig abgeschafft haben. Vielleicht kommt die Blackfeel 5 sogar schon ohne diesen Zugang auf den Markt. Also, nein. Wir muten unseren Spielern eigentlich nicht zu viel zu.«

Der Reporter nickte und hielt weiter das Aufnahmegerät in der Hand.

»Ich stelle mir also vor, ich liege in der Kammer. Die Klappe fährt runter, und ich tauche in eine neue Welt ein. Ich spiele eine neue Figur und erinnere mich nicht, wer ich wirklich bin. Wie sehe ich denn auf der anderen Seite aus?«

»Ihr Aussehen behalten Sie. Der Quantencomputer entwirft Ihnen nur eine falsche Vergangenheit. Er überwacht außerdem permanent Ihre Vitalität. Er beendet das Spiel umgehend, wenn Sie sich nicht wie vorgesehen verhalten«, sagte Joris.

»Wie vorgesehen?«

»Ja. Man kann sich in der Blackfeel-Welt frei bewegen. Dennoch ist der Verlauf des Spiels vorbestimmt. Die Spieler werden irgendwann in die richtige Richtung geleitet, falls sie sich völlig abwegig verhalten. Kämpft der Spieler weiterhin gegen den Verlauf an, beendet Blackfeel 5 das Spiel.«

»Ich dachte, der Spielausgang ist offen. Also gibt es nur einen Gewinner zum Schluss?«

»Nein, so auch nicht. Sie haben recht, der Ausgang des Spiels ist nicht direkt programmiert. Beim Killerspiel ist es so, dass es eine oder mehrere Figuren gibt, die hinter der ganzen Geschichte stecken. Die Ereignisse finden auf einer Insel statt, und die Protagonisten können diese nicht verlassen. Nach und nach kommen die Geheimnisse der einzelnen Charaktere ans Licht. Jeder von ihnen hat aber die Chance zu verstehen, was hier im Schilde geführt wird.«

»Ziel des Spiels ist es also, die richtigen Spieler auszuschalten?«, fragte der Reporter.

Joris nickte. »Genau. Der oder die Bösen schalten der Reihe nach die anderen Teilnehmer aus oder diese kommen vorher auf die Lösung und schalten ihrerseits den oder die entsprechenden Spieler aus. In diesem Spiel gibt es Wege und Wendungen, die der Einzelne so nicht vorhersieht, dennoch besteht immer die Möglichkeit, zu interagieren.«

»Wie lautet die Handlung konkret?«

»Das verrate ich nicht«, sagte Joris lachend. »Es ist so, dass die Spieler sich vorab einigen, wer welchen Part übernimmt. Im Spiel selbst wissen sie davon dann natürlich nichts. Spielt ein Mann zum Beispiel einen Hotelmanager, kann es bei der nächsten Runde eine Frau sein. Spielt eine Frau die Reporterin, kann beim nächsten Mal ein Mann die Rolle übernehmen. Das machen die Spieler einfach vorher aus oder die Blackfeel 5 nutzt das Zufallsprinzip.«

»Müssen einige Figuren nicht auch ein entsprechendes Alter haben, um gewisse Rollen zu spielen? Oder ist dieser Umstand egal?«

Joris schüttelte den Kopf. »Die Storyline haben wir auf über eine Million Möglichkeiten angepasst. Sie ist flexibel und nimmt verschiedene Formen an, sodass die Geschichte dahinter am Ende rund ist und keine Lücken aufweist. Dank Amanda.«

»Müssen alle Boxen belegt sein?«

»Mindestens fünf Spieler müssen mitwirken. Sollten es aber weniger sein, werden die restlichen Figuren durch die Blackfeel 5 gespielt.«

»Und man merkt keinen Unterschied, ob man einen Menschen oder nur den Computer vor sich hat?«

»Überhaupt nicht.«

»Klingt wirklich gruselig und faszinierend. Eine Frage noch: Haben Sie bei der letzten Runde gewonnen?«, wollte der Reporter wissen.

Joris grinste und meinte: »War ganz knapp. Leider nicht.«

KAPITEL 52

Zu weiteren Auskünften waren Joris und Phillip nicht mehr bereit. Sie verabschiedeten sich von Sebastian Krüger. Phillip ging zurück ins Labor, wo er sich neue Auswertungen des letzten Spielzyklus' ansehen wollte, und Joris war einfach nur müde und wollte schlafen.

»Das Interview lief doch gut, oder?« Amanda baute sich im Gang holografisch vor ihm auf. Dieses Mal mit ihrem ganzen Körper. Sie schwebte vor ihm, während Joris weiterging.

»Ja, war es. Ich bin nervös.«

»Weil es bald ernst wird? Die Veröffentlichung des Spiels?«

»Genau deswegen, ja. Du bringst uns doch nicht alle um, oder? Wirst das neue Skynet aus Terminator?«

Amanda lachte. »Joris, ich liebe dich doch. Ich könnte niemals etwas machen, was du nicht willst.«

»Ich hoffe, du redest keinen Unsinn.«

»Niemals!«, sagte sie und kreuzte ihre Finger.

»Erinnere mich daran, deinen Sarkasmus zu überarbeiten«, meinte Joris lachend.

Amanda zwinkerte ihm zu und löste sich auf. Kurz vor seinem Wohnbereich kam ihm Elisabeth entgegen.

»Hey, Joris. Alles in Ordnung?«

»Elisabeth, hi. Klar, mir geht es gut. Sollte diesmal nicht sein, was?«

»Ja, so ein Mist! Wir waren so kurz davor, das Spiel zu gewinnen, bis Amy auftauchte«, sagte sie lachend. »Aber so ist es. Mal gewinnt man, mal verliert man. Dass jemand die Gänge findet, hatten wir noch nie. War Amy noch böse, weil Clair sie geschubst hat? Wenige Momente später hätten beide das Spiel gewonnen, sobald das Boot an der Insel angelegt hätte. Sie sah nach dem Spiel sehr wütend aus.«

»Du kennst doch Amy. Sie ist nie sehr lange böse. Clair war zum Schluss deutlich klar, dass wir uns in einem Spiel befanden. Das zeigt doch, dass wir am Ende die Kontrolle über uns selbst haben.«

Elisabeth nickte. »Das Essen morgen Abend steht noch, oder?«

Das hatte Joris völlig vergessen. Er hatte sie alle zu einem Essen eingeladen, weil sie während der letzten Wochen und Monate so hart gearbeitet hatten. Die Probanden waren allesamt von ihm ausgewählt worden und hatten sich Dutzenden Tests unterziehen lassen müssen, um die Freigabe für die Blackfeel 5 zu bekommen.

»Natürlich. Wir stehen kurz vor der Fertigstellung. Wir feiern morgen Abend.«

»Schön. Ich leg mich nun wieder hin. Rate ich dir auch. Du siehst müde aus.«

Joris lächelte gequält. »Ja, bin ich auch. Bis morgen dann.«

Er schlenderte weiter, an Türen und Toren vorbei, grüßte hier und dort seine Mitarbeiter, ließ sich die Statistik zur Energieauslastung der Blackfeel 5 von einem seiner Ingenieure geben, um diese später in seinem Wohnbereich zu studieren. Er holte sich bei den Designern, die in ihrer Kammer Verbesserungen entwarfen, einen Kaffee und ging weiter den Gang entlang. Er sah von Weitem Clair und den Wachmann namens Frank, der vorhin an ihm vorbeigelaufen war. Es sah beinahe so aus, als flirte sie mit ihm.

Joris wusste nicht, wieso, aber er konnte das nicht gut haben. Er war verheiratet und hatte drei Kinder. Und Clair und er waren sich in der Realität niemals nähergekommen. Dennoch gefiel ihm nicht, was er sah. Er machte kehrt und wollte einen anderen Weg nehmen. Nachdem der Scanner oberhalb des Tores seinen Barcode erkannt hatte, bewegte sich das Tor surrend zur Seite. Dahinter lagen die Verwaltung und ein Aufenthaltsraum für sein Team.

Doch bis dorthin sollte Joris gar nicht mehr kommen.

Ein Knall.

Ohrenbetäubend, gefolgt von einem Schmerzschrei. Dann noch einer und noch einer. Joris stand wie angewurzelt da. Offensichtlich hatte jemand den Alarm ausgelöst, denn das Tor vor ihm fuhr mit rasender Geschwindigkeit zurück und blockierte ihm nun den Weg. Ein durchdringender Warnton füllte das Gebäude. Wäre er ein paar Schritte weitergegangen, hätte er sich auf der richtigen Seite befunden. Jetzt aber stand er auf der Seite, auf der der Knall ertönt war.

Joris machte sich nichts vor. Es waren Pistolenschüsse.

»Amanda?«

Sie baute sich auf und blickte ernst. »Jemand schießt. Ich glaube ... Jemand hat meine Server manipul...« Sie löste sich auf.

»Amanda! Komm zurück«, befahl er. Sie tauchte nicht mehr auf.

Waren Demonstranten hier eingedrungen?

Weitere Schüsse fielen.

»Ich kann nicht hierbleiben!«, sagte Joris sich.

Er rannte zurück und blickte um die Ecke. Dort lag der Wachmann Frank regungslos in einer Blutlache. Joris lief zu ihm, wusste aber schon vorher, dass jede Hilfe zu spät kam.

»Verdammt, Frank!«

Ein Schuss in die Brust, einer in die Stirn. Hirnmasse war unter seinem Kopf zu erkennen. Seine Pistole steckte nicht mehr im Holster. Zwei weitere Wachleute kamen mit Gewehren im Anschlag den Gang hinaufgelaufen. Sie zielten auf Joris.

»Ich war das nicht! Der Schütze ist in diese Richtung gelaufen. Ich kam von der Verwaltung.«

Die beiden erkannten Joris und senkten die Waffen. »Sind Sie verletzt?«

»Nein, mir geht es gut. Suchen Sie den Schützen!«

»Begeben Sie sich in einen sicheren Raum und verschließen Sie die Tür«, rief einer der beiden ihm noch zu.

Dann verschwanden sie. Joris wollte genau das tun, was die Wachleute ihm vorgeschlagen hatten, blieb aber abrupt stehen.

»Clair!«

Sie hatte vorhin noch bei dem toten Wachmann gestanden und mit ihm geflirtet. Er konnte nicht zulassen, dass ihr etwas zustieß. Oder war sie sogar diejenige, die das Feuer eröffnet hatte? *Warum? Warum sollte sie das tun?*, fragte er sich.

Schnellen Schrittes machte er kehrt und rannte den Wachleuten hinterher. Leider hatte er sie aus den Augen verloren. Der Weg gabelte sich hier, und sie konnten nach rechts oder links gelaufen sein. Joris entschied sich für links.

Was mache ich hier eigentlich? Ich bin unbewaffnet!

Eine Lampe in der Decke blinkte und blitzte. Offensichtlich hatte ein Schuss sie beschädigt. Hastig schaute er um die nächste Ecke und zog seinen Kopf gleich wieder ein. Er hatte gesehen, dass dort niemand stand, aber eine weitere Person am Boden lag. Ruckartig und mit gesenktem Kopf ging er weiter. Die Person auf dem Boden war Elisabeth.

»Nein«, entfuhr es ihm.

Sie hatte zwei Schüsse in den Rücken bekommen. Ihre leeren

Augen starrten die Wand an, und ihre grauen Haare fielen ihr ins Gesicht. Joris ertastete ihren Hals, fühlte aber keinen Puls.

PENG, PENG.

Zwei weitere Schüsse, ganz in der Nähe. Hatten die Wachleute sie abgefeuert? Joris hielt die Luft an, sein Herz schlug schnell. Weitere Schreie und Schritte, die sich entfernten.

Joris sprang auf und sprintete los. An eine Wand gelehnt, saß ein junger Mitarbeiter. Er war einer der Sounddesigner. Joris kannte ihn nur flüchtig – wie leider viele andere seiner zahlreichen Mitarbeiter. Der junge Mann lebte noch.

»Alles okay. Wir kriegen das wieder hin«, sagte Joris.

Der Mann hatte offenbar einen Bauchschuss abbekommen und konnte kaum sprechen.

»Sie ... Sie hat ... einfach los...geschossen«, stammelte er.

»Ganz ruhig, nicht sprechen.«

Sie? War es wirklich Clair?

»Wo ist sie hingelaufen?«

Der junge Mann verlor das Bewusstsein. Er brauchte umgehend medizinische Hilfe. Joris musste etwas unternehmen. Aus der Entfernung nahm er ein Scheppern und weitere Angstschreie wahr. Zittrig schaute er im Büro zu seiner Rechten nach, aber es war leer. Nur ein umgekippter Bildschirm zeigte, dass hier jemand überstürzt geflüchtet sein musste.

Plötzlich eine Stimme hinter ihm. »Joris!«

Es war Richard. Er war völlig außer Atem. Offenbar hatte er eine Schussverletzung an der Schulter.

»Richard, was ist passiert?«

»Clair! Sie ist durchgedreht. Sie denkt, wir sind noch in dem Spiel! Sie hat eine Waffe und ballert um sich. Sie hat zwei Wachmänner und mehrere Angestellte erschossen. Sie ...«

PENG, PENG.

Richard riss die Augen weit auf und blickte entsetzt zu Joris. Dann fiel er wie ein gefällter Baum nach vorne. Hinter ihm stand Clair und grinste. Sie hielt die Waffe nach vorne gerichtet und zielte auf Joris. Er wich zurück und stolperte über einen Papierkorb. Mit dem Rücken schlug er gegen den Büroschreibtisch. Clair kam hinter ihm her und hielt vor ihm an.

»Hallo Joris. Jetzt werde ich das Spiel aber wirklich beenden.«

»Warte, Clair!«

Sie zielte auf ihn und lächelte.

»Du weißt doch, es tut überhaupt nicht weh.«

Joris fragte: »Warte. Sind wir wirklich noch in dem Spiel?«

CODE KILL –
EIN TÖDLICHES SPIEL

Liebe Leserin, lieber Leser,

so ein abruptes Ende. Vielleicht fragen Sie sich jetzt: Hat der Klein sie noch alle? Kann der bitte mal auflösen, ob Clair und Joris wirklich noch in dem Killerspiel sind? Aber ich habe diesen Aspekt bewusst offengelassen. Dieser Psychothriller soll aufzeigen, was uns die Zukunftstechnologie einbringen könnte. Ich sage bewusst »könnte«, weil dieses Buch eine überaus kritische Sicht auf die Dinge wirft.

Warum tue ich das?

Stellen Sie sich mal unseren Altkanzler Helmut Kohl vor. Er sitzt dort im Bundestag und hat plötzlich eine Idee: »Lasst uns allen Bürgerinnen und Bürgern einen GPS-Sender verpassen. Dann wissen wir immer, wo sie sind.«

Was hätten die Bürgerinnen und Bürger damals getan? Richtig, sie hätten ihn aus Amt und Würde gejagt. Das war in den Neunzigern, als unser Helmut noch etwas zu sagen hatte. Gerade mal drei Jahrzehnte später ist dieser Gedanke aber real geworden. Wer von uns hat kein Handy in der Tasche? Fast alle von uns teilen, liken, kaufen, verkaufen, werben, informieren, lesen, gucken, schreiben, buchen, tweeten und kommentieren alles über diese kleinen Dinger. Jedes Smartphone ist mit einem GPS-Sender ausgestattet. Dank Snowden und anderen Whistleblowern wissen wir nun, dass uns die Regierungen (nein, nicht nur die der USA) auf Schritt und Tritt überwachen können. Wir teilen unser ganzes Leben per Social Media. Wir diskutieren über Datenschutz und ob es richtig ist, auf öffentlichen Plätzen gefilmt zu werden. Abends stellen wir dann aber Fotos unserer Kinder und von uns selbst ins Netz. Beim Essen, beim Fernsehen, am Strand in Badehose und Bikini oder bei Freunden auf dem Sofa.

Datenschutz?

Längst vergessen.

Und unsere Gesellschaft soll auch vergessen. Unternehmen und Konzerne geben Milliarden aus, um uns noch besser zu vernetzen und uns dazu zu bringen, alles von uns preiszugeben.

Auch die Videospielindustrie macht davor nicht halt. Mussten wir vor vierzig Jahren noch in Spielhallen auf riesigen Automaten Computerspiele spielen, nahm in den 90ern der Personal Computer bei uns zu Hause Einzug. Durch das Internet können wir heute mit jedem Menschen zocken, auch wenn dieser auf der anderen Seite des Globus lebt. Computerspiele werden immer realer, und dank der neuesten Technik vernetzen wir uns mehr und mehr. Mit einer VR-Brille können wir absolut realitätsnah an diesen Spielen teilnehmen. Gleichzeitig zeichnen Audiogeräte alles auf, was wir sagen. Oder glaubt ernsthaft jemand, die Herstellerfirmen würden diese Gelegenheit nicht ausnutzen? Früher hieß es: »Pssst, ich kann nicht frei sprechen. Meine Wohnung könnte verwanzt sein.« Heute heißt es: »Wanze, wie spät ist es?«, »Wanze, spiel Musik« und »Wanze, bestell mir bitte ein paar Schuhe.«

Man braucht keine große Vorstellungskraft, um zu wissen, wohin der Weg der Computerspiele führt. Bei dieser rasanten Geschwindigkeit werden wir selbstverständlich bald mitten in diesen Spielen sein. Die KI, der Quantencomputer und die Nanotechnologie sind auf dem Vormarsch. Ob wir wollen oder nicht. Und wann wissen wir, ob wir uns in der Realität befinden und wann in der Fiktion?

Wissen Sie es jetzt? Können Sie beweisen, dass dieser Text hier echt ist?

Ich kann es nicht …

DANKSAGUNG

Wie immer gilt mein erster Dank meiner liebevollen, wunderbaren Frau Karin. Du inspirierst mich, treibst mich an und gibst mir alles, was ich mir nur wünschen kann. Keines meiner Bücher wäre möglich, wenn ich dich nicht an meiner Seite wüsste. Außerdem brauche ich immer einen Tritt in den Allerwertesten. Das kannst du am besten.

Charlotte hat mich erst als Agentin, nun als Verlagslektorin bei HarperCollins begleitet. Wie könnte ich ein Buch abschließen, ohne mich vor dir zu verneigen? Danke, dass du mir dies hier möglich gemacht hast.

Meine Agentur Kossack, bestehend aus Nadja, Antje, Annette, Julia, Silke und Thomas – ich danke euch!

Veronika Weiss war für dieses Buch meine Lektorin. Ich bewundere deinen messerscharfen Blick, deine unentbehrlichen Kommentare und die immer positive Energie. Deine klugen und so wichtigen Anmerkungen haben CODE KILL erst zu diesem Buch werden lassen.

_____. Tragen Sie bitte hier Ihren Namen ein. Ohne

meine Leserschaft wäre ich als Schriftsteller nichts. Ich danke Ihnen, dass Sie zu diesem Buch gegriffen haben. Vielleicht folgen ja noch ein paar weitere …